大方
sight

租界

小白 著

中信出版集团 · 北京

图书在版编目（CIP）数据

租界 / 小白著. 一北京：中信出版社，2018.4
ISBN 978-7-5086-7183-3

Ⅰ.①租… Ⅱ.①小… Ⅲ.①长篇小说－中国－当代
Ⅳ.①I247.5

中国版本图书馆 CIP 数据核字（2017）第 005490 号

租界

著　者：小　白
出版发行：中信出版集团股份有限公司
　　　　　（北京市朝阳区惠新东街甲 4 号富盛大厦 2 座 邮编 100029）
　　　　　（CITIC Publishing Group）
承 印 者：浙江新华数码印务有限公司

开　本：880mm×1230mm　1/32　　印　张：12.5　字　数：275 千字
版　次：2018 年 4 月第 1 版　　　印　次：2018 年 4 月第 1 次印刷
广告经营许可证：京朝工商广字第 8087 号
书　号：ISBN 978-7-5086-7183-3
定　价：68.00 元

窗外右下方是外白渡桥，窗子对面是俄罗斯领事馆绿色的圆形屋顶，然后我听到了枪声，惊恐奔散的人群，鲜血，照相机镁光灯闪动，警笛长鸣……

这里是浦江饭店，哦不，是礼查饭店，深褐色的柚木护壁和粗大屋梁，拱形窗，这里的房间让人想起森严的城堡，或者，这是轮船的舱室——窗外，轮船正在浑浊的黄浦江上缓缓驶过。

小薛和特蕾莎，一前一后走在这幢深奥的大楼的阴暗的走廊里，十九世纪的地板吱吱作响，步步惊心。小薛精巧、瘦削，有时你会觉得他像一只漂亮的动物，机灵、警觉、惹人怜爱又让人不放心，而特蕾莎，那个俄罗斯女人，她高大、丰饶，她有一种沧桑之美、废墟般的美、险峻的美，她在前边走着——

他们消失在礼查饭店的外面，外面是一九三一年的上海，这两个人走进了一本名为《租界》的小说，这是一个万象杂陈的世界，构成这个世界的元素是：革命、反革命、暴力、恐怖、恐惧、阴谋、爱情、背叛、权力、信念、谎言、仇恨、同情，还有枪、钱、鲜血、奔涌的体液、颤栗的神经、照相机和摄影机……

一切都是如此紧迫、关乎生死，疾风暴雨摧迫着人们。

读《租界》，翻到仅仅三四十页，我就知道我看到了什么，那是一部卓越的虚构作品的气息，你看到一个或许并不存在的世界以不容置疑的气势扑面而来——详尽、浩大、气象万千，乱世中的大城如热带雨林，密集的、腐烂的、生殖与死亡的、华丽妖邪的、幽暗的、壮观的、琐屑的，这大城或许就是一九三一年的上海，而这一九三一年的上海属于一个名叫小白的作家。小白从历史档案中、从缜密的实地考察中，以一种考古学家的周详（当然不是挖掘曹操墓的考古学家），和一个诗人的偏僻趣味，全面地重建这座城市。

这样一座城市注定与另外的城市形成比较关系：张爱玲的上海、王安忆的上海、中产阶级想象中的上海……

小白的上海有一种"魔性"，上帝与撒旦在这座城市博弈。小白为人类活动的巨大规模所激动，他即使不是宏大的，至少也是爱热闹的，他至少是有一种审美上的趣味：把所有的景象放进大些、再大些的"世界戏剧"的舞台；我们知道在这一九三一年的上海红尘浮世的远处，南京政府正在经历内部分裂的危机，从屠杀中站立起来的中国共产党人正在进行志在摧毁这个世界的顽强斗争，日本军人的军刀已经出鞘，在这小说的故事结束两个月后，九·一八事变爆发；而在上海，十九世纪殖民主义冒险家们的后继者在疯狂地囤积地皮，他们坚信他们的经验、逻辑和运气，坚信一个"上海自由市"的出现，那将是一块更大的西方飞地，永久繁荣、遍地黄金。

站在文学的立场，小白深刻地理解政治与历史，至少他深知，政治不是人性中的异物，政治就是人性，是人性中最深邃、持久、最具爆发力的成分。小白的一九三一是政治之年，各种政治的叙事、话语和修辞，相互冲突、混杂，有时是润物无声、有时是明刀明枪地规划和推动着人的生活——直到最隐秘、最私人的经验；小白或许知道，在这个城市持续演进的神话中，一个执着的想象方向就是穿越历史与政治，如同一艘幽灵船，在黑暗的时间之海中负载着某种恒常秩序，从过去驶向现在和未来；而他重新确立起一种想象基准：很抱歉，没有什么不是政治，文学化的政治：在此时、在这个城市里，每个人对他人的回应，都注定是在政治压力下做出的人性反应，都是在寻求和确认敌人与同道；批判的武器和武器的批判，在情感和话语的尽头，就是暴力，是刀子、枪和子弹。

所以，小白的上海一九三一不是让中产阶级感到温暖而浑浊的下午时分，天地不仁，生命因危险的激情而战栗，这部小说一直保持着极高的肾上腺素分泌水平。小白知道这个世界是残酷的，在一种淑女世界观里，这种残酷化为了自怜自叹的苍凉手势，而小白并不为此哀叹，他像一个疯狂的摄影师——对，这是这部小说里一个根本意象，这个摄影师在镜头后面，恐惧、狂喜地捕捉着眼前的一切：人的挣扎、世界在倾覆，人的美和不美、生命在污秽中壮丽地展开——这是炼狱般的人间。

　　然后，我们看到了那几个人：小薛、特蕾莎、冷小曼、顾先生……我相信，那是你从未看到的人，这不仅是因为他们的身份、经历和命运的特殊性，而且，相对于中国小说的人性想象域而言，他们具有一种确凿的原创价值。也许冷小曼会让你想起《色，戒》，但相比于简略的王佳芝，冷小曼有更为丰沛的内在性。

　　小白在《租界》中对人性的了解有时到了令人发指的程度——不是了解，是一种深入的理解力和想象力，源自于宽阔幽暗的心，这心里，有一个炼金术士的密室。

　　很少看到现在的作家如此耐心大胆地跟踪审查每一个人物，他精力充沛不知疲倦，他身上混杂着小报娱记的八卦趣味、私家侦探玩世不恭的黑暗眼光、心理学家的解释癖、革命家的决断冷静和一个杀手、一个打手的邪僻激情，等等。也就是说，小白理解力和想象力其实是来自于角度的跳跃、重叠、混杂，来自于他对现代都市中纷繁的感知方式与路径精确、广博的掌握。

　　让我再说得清楚一点：我们可以假设有一个作家，他有成竹在胸的目光和角度，他选好了地方，架起摄影机，然后观察、想象和书写。但也可以假设有另一个作家，比如小白，他同时操纵十几台摄影机，小白是一个民工，小白是一个律师，小白是一个明星，小白是一个证券交易员，小白是一个厨子、一个刺青技师……每个小白都有一副独自的内在眼光，都在自身的边界之内包罗万象。正是这种孤独的、隔绝的内在性使得现代都市成为无数微小的孤岛和荒漠，而中国当代的小说家对此几乎无能为力；而现在，这个小白，他是夜幕下的拾荒者，他灵敏地穿越于孤岛和荒漠之间，最终回到他的密室。

——他细致地设定和玩味每个人的独特条件和境遇，但同时，他坚信，在最为具体逼仄的境遇中，人性存在着无穷化合的可能。当然，实际上这几乎是文学存在的根本前提和小说继续存在下去的唯一具有说服力的根据，但是，很少有中国作家像小白这样真正牢记这一点并为此而着迷，这个炼金术士，他在每一个人物身上试验着各种元素和各种组合，考验人类生活的各种价值，他力图精确、有时是精确到纤毫毕现地展示这种化合过程，它的构成、它的趋向。

小白有一种甚至令人羞愤的人性鉴赏家的气质，他的热情几乎无目的，不是为了说明什么，只是为了证明人是如此神奇，人的身上潜藏着无穷变幻的可能。

对人性之丰饶的巨大兴趣使得《租界》获得强劲的戏剧性：悬念迭起，意外频生，紧张、激越，如同复杂地形中的赛车；支持这种速度、支持事物向不可预料的方向不断蔓延的，并非某种给定的、需要人类理智去攫取的东西，你不知道下面将要发生什么，那不是知识和信息问题，不是叙事技巧问题，而是，你真的不知道人将要怎样，怎样选择和怎样行动。

这小说常常让我想起格雷厄姆·格林——多年前，我曾写过一篇名为《我喜欢的岛屿》的短文，在文中，我表达了对英国小说传统的倾慕。而小白是目前为止我所见过的唯一拥有英国风范的中国小说家，这倒不是指小白本人精通英文，熟读西典，而是那种广博甚至享乐的经验主义气质，那种阴郁、那种克制的狂暴。正如在格林的小说中一样，人性中各种各样的因素，在偶然的灵机一动和虚妄的深谋远虑的推动下备受考验，在小说中汇集成加速度的洪流——事情没有也不可能如某个人的计划、预想或信念、知识般前进，每个人在事件中倾尽全力，但最终，每个人都发现，这并非他们想要的结果。

《租界》由此达到了对一般人类事务、特别是大规模人类事务的洞察，对此，另一个英国人以赛亚·伯林曾经做过精彩的论述，他在谈到自维柯开始的一种宇宙论模式时说道："这些模式倾向于认为人类社会的制度习俗不仅来自人类有意识的目的或欲望；在适当承认这些有意识目的——无论是属于制度习俗的奠基者、运用者还是参与者——的作用之后，他们强调的是个人及群体方面不自觉或不完全自觉的原因，尤其强调不同的人未经协调的目的相互碰撞产生的出人意料的结果，每个人的行为都部分地出于清楚连贯的动机、部分地出于他自己与别人都不甚了解的动机或原因，导致事态发展成了可能谁都不想要的样子，然而它却制约着人的生活、性格和行动。"[1]

小薛最终消失在远处。在这部小说的所有人物中，只有他走出了小说的时间边界——小白认为有必要交代他的下落，他在二战结束后到了法国。为什么小白对他如此关照？当然，他是最关键的人物，就像化学实验中最关键的那滴溶液，当他进

1.《现实感》，译林出版社 2004 年 11 月第一版第 3 页。

入烧瓶的一瞬间，平衡打破，世界沸腾；但这不是原因，原因可能在于，小白甚至在下意识里焦虑于这个人物的内在状态：他在根本上不属于任何地方、任何人、任何组织、任何观念，他在这世上最难安顿、永难安顿。

我承认，我渴望细致地分析这个人物，他的身上有奇特的魅力：他是历史、政治和道德除不尽的一个余数，他有一种令人惊异的本能的肤浅，但恰恰是这种逃脱一切判断的肤浅把他带进了生命的深处，深渊般的深处。

但是，考虑到本文仅仅是一篇序言——印在小说前头，我想我必须克制我的兴趣，把此人的盛大冒险完整地留给读者。

我要说的是，二○一○年的某一天，我站在浦江饭店——礼查饭店的窗前，凌晨，外白渡桥上空无一人，然后，我看见小薛从远处走来，他依然年轻或者老态龙钟，他在桥头停住，似乎在等待什么，许久之后，他抬头，注视这座饭店的某个窗户。他这时在想什么？他在等待什么？他的眼里或许有一丝泪光闪烁：从这里开始，这个浮浪、幸运的人，这个注定无所属的人经历了比他所认识所遭遇的任何人都更为强劲、深邃、幽暗、宽阔的生命。

李敬泽

二○一○年十二月十三日子夜

And walked like an assassin through the town,
And looked at men and did not like them,
But trembled if one passed him with a frown.

———

W. H. AUDEN

IN TIME OF WAR: A Sonnet Sequence with a Verse Commentary

他走过市镇，像是个刺客，
看着芸芸众生却并不喜欢他们，
但他会发抖，假若路人对他皱眉蹙额。

———

W.H. 奥登

《战争时期——十四行组诗附诗体解说词》

In fact, when the moment came,
power had not so much to be seized as to be picked up.
It has been said that more people were injured
in the making of Eisenstein's great film *October* (1927)
than had been hurt during the actual taking
of the Winter Palace on 7th November 1917.

———

Eric Hobsbawm
The Age of Extremes: The Short Twentieth Century, 1914—1991

事实上，当时刻到来，
权力与其说是被夺取，倒不如说是被随手捡起。
有人说，在爱森斯坦拍摄那部伟大的
电影《十月》时受伤的人，
比一九一七年十一月七日那场真正的
攻打冬宫现场伤亡的人还要多。

———

艾瑞克·霍布斯鲍姆
《极端的年代：1914—1991》

引 子

舱壁剧震，汽笛声短促两响，小薛睁开眼睛。床单蒙在他头上，潮音宛如另一个世界的雷声。而床单下的这个世界仍旧暖和，仍旧……只是轻轻晃动，特蕾莎赤裸的脊背也在黑暗中颤抖。好一阵他才明白过来：船在重新启动轮机。

舱外浓雾弥漫。看不见星光，此时若是踏足甲板，多半像一脚踩到梦里，眼前漆黑飘渺，身体冰冷，可疑的湿滑地面，身体方位感失灵，甚至对身体本身都不敢说很有把握……听得见海水涌动，却看不见它在哪里，黑暗无穷无尽地向外延伸，一直延伸到几百米外的那只趸船浮标上，隔着一万层黑纱，灯光微弱闪烁。

正涨潮。领航员已登船。宝来加号[1]。右舵十五度调整船首，船尾向左侧微摆，险些碰到那艘意大利巡洋舰利比亚号几小时前刚刚放下的深水锚索。邮轮昨天夜里停到长江口这片临时锚地，位置大约在北纬 31 度和东经 122 度 32 分附近的舟山群岛海面。

轮船全速驶离锚区。两小时后，长江口潮汐会涨至最高点，要抓紧时间通过"公平女神"航道[2]。航道北侧是一大片隐

---

1. PAUL LECAT。

2. Astrea Channel，宣统元年三月十六日（一九○九年五月五日），吃水六点七米的英国巡洋舰"阿司脱雷"号（Astrea，希腊传说中正义的公平女神），首先通过新开通的这条航道，而定名。

藏在水底的沙滩,航道底下也全是泥沙。退潮至最低时,某些水域深度不足二十英尺,宝来加号重达七千五百吨,吃水将近二十八英尺,必须在涨潮时抵达吴淞口的另一个临时锚地。

这条航道刚开始通行巨轮。从前,大型船舶从长江口进入黄浦江走最北面那条航道,绕过暗沙和长兴岛,水域更加诡异莫测。前年,宝来加号差点在那里一命呜呼,宣告它十五年海上服役生涯的终结。在冬日的浓雾中,它一头撞上阿默斯特暗礁[1]。这段暗礁丛生的海域曾让无数船只遭难——"阿默斯特"这名字本身就来自一艘在这里撞沉的英国小型巡洋舰[2]。

宝来加号被送到上海的船坞,今年一月刚出厂,首航马赛港。回程停靠海防,然后是香港,现在它又再次回到上海。

邮轮在吴淞口外再次停机。一小时前,它差点又碰上麻烦。一艘德国货轮朝长江口外驶去,与它擦身而过——pass port to port[3],领航员会在当天的日志上写下这句。江面浓雾笼罩,他没有听到对驶船只桥楼喇叭的呼叫声,等他看到对方左舷红灯时,两船几近擦碰。右舵十五度,宝来加号紧急实施避让动作,险些被挤出航道,陷进导沙堤侧的淤泥中。

门缝透入微弱红光,小薛拉开舱门,他吓出一身汗,对驶而来的巨轮像座移动的大厦,陡然向他倾覆过来。

他钻回到床单底下。特蕾莎睡得像头母兽,鼾声绵长,偶尔抽搐两下。他用指甲搔刮她的脊背,掠过那两块肩胛骨中间

---

1. Amherst Rocks,现名鸡骨礁,在佘山岛附近东海海面上。
2. LORD AMHERST。
3. 航行术语:"左舷对左舷通过。"

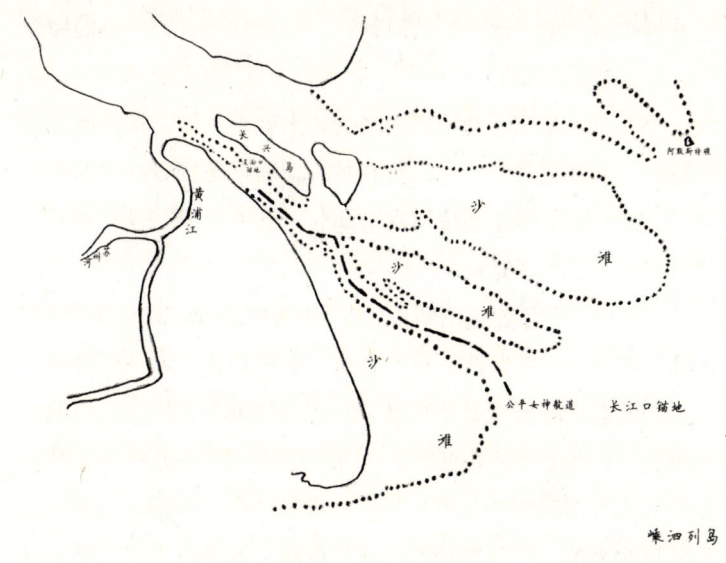

【长江口航道图】

的一大块紫色云雾般的斑点。

　　他陪她旅行。他知道她的名字，可除此以外他搜肠刮肚，也只能找到一些含糊的词句——那又怎样？人家只不过希望他是个称职的情人，又没让他当情报人员。

　　"她对古董珠宝具有丰富的知识"，"她有一块墨绿色的翠石榴石，马尾状的花纹泛着黄金般的色泽"，"她喜欢一根接一根抽香烟，尤其是在床上"，"她在香港和西贡认识一些神秘的人物"。其中有些说法纯粹出自他的职业想象——陌生人总会刺激他的想象力。他是个摄影师，靠向上海租界里大小报纸杂志零星出售作品为生。运气好的时候，一张抢劫杀人案现场的照片可以卖上五十块钱。

初次相遇是在一个枪杀现场，边上就是尸体。第二次是莉莉酒吧，招牌写着"Lily"，就在虹口，隔壁是挂着灯笼的按摩室——当时他觉得她跟按摩室里那些"巴黎女子"没什么两样（"巴黎女子"在灯笼上）。

其实连这名字他也刚知道。在河内的大陆饭店[1]，他听到别人这样叫她——特蕾莎。在这之前，他只知道大家都叫她梅叶夫人。他渐渐猜想她是个白俄，人家都说她是德国人。可他被她迷住啦，在上海的礼查饭店[2]，在河内的大陆饭店……那些阳台和回廊有多宽敞，还有吊扇，挂得那样高，你都找不到风是从哪里吹来的。空气里全都是腐烂的热带水果散发出的淫荡气味，风会吹开浅绿色的窗帘，吹干身上的汗水。他差点就会爱上她，要不是……

现在是退潮时分，船要在临时锚地停上十二个小时，等下一次涨潮时才能继续航行，进入黄浦江。到时候会有另一位领航员登船。

他掀开床单，跳下床，穿上衣服走到舱外，这才发现离靠岸还早。天际线渐渐露白，寒风直往他的领子里钻，他扭头往餐厅走，他需要喝杯热茶。

---

1. Hotel Continental。
2. Astor House Hotel。

4

右侧船舷。另一个大菜间[1]。冷小曼也打算悄悄起来，不要惊动枕边的曹振武。按照计划，她这会该去电报室，有条紧急电文必须发送。

曹振武是她的丈夫，此去香港身负机密使命，为某个极其重要的人物安排行程。他如期回上海，是要在租界里等候那位党政要人，陪同他绕道香港从新圳回广州。

曹振武的鼾声忽高忽低，如同他的脾气，时而暴躁时而温顺，捉摸不透。冷小曼此刻望着他，滋味复杂。她有些伤感，可不是为他。她也曾试图从日常生活中寻找理由，她作出努力，想要憎恨他。她把他身上让她讨厌的地方全都想个遍，从中却得不到什么决绝的力量。可是，让我们的生活变得有意义的是那些更崇高的理由，更耀眼的词句，难道不对么？

泊吴淞口候领水十时前上岸码头照旧　曹

值班电报员将电文发送至呼号为 XSH 的上海海岸无线电台，收电人林有恒先生，身份是中国旅行社的接待人员。半小时后，位于四川路 B 字 21 号的电报局大楼内，夜班服务生推开玻璃门走到柜台前，把电报纸交给已在那里等候两个多小时的林先生。

大餐厅舱门紧闭。小薛回到房间，她还在熟睡中。他本来已打定主意，要把她扔在一边，不理她，不住她的房间，不睡

---

1. 头等舱。

她的床。她那样嘲笑他。他甚至去订好一个三等舱位。他怒气冲冲跑出饭店，步行到码头，站在一棵棕榈树下，鞋底粘着块跟唾液搅在一起的槟榔渣，望着码头旁那些穿着黑色短褂的安南小贩，闻到空气里那股让人头晕的汗臭味……不知为什么他又回到饭店。

她根本就没打算来找他，她知道他会自己乖乖回来。他年轻，她比他大上个七八岁，一切都在她的掌控之中。那人是谁？那个家伙是谁？他问她。陈先生，她告诉他。在香港，她独自出门，一整天把他扔在旅馆。最初他以为那是些俄国人，那些不得不卖掉最后几件首饰的白俄。从香港去海防，他在船上看到过这家伙，这个陈先生。特蕾莎装得不认识他，他一路和他们同行，一直到河内，在饭店大厅里，小薛亲耳听到那家伙喊她——特蕾莎。他下楼，只是来买包烟，谁知刚巧就看到，他看到她走进那人的房间。

一直到半夜她才回房间。他质问她，愤怒地把她推在墙上，掀开她的裙子，扯开那条丝绸衬裤，伸手进去摸她。她甚至都顾不上洗澡。她朝他笑，直到他问她：他是谁？为什么他从香港一路跟着我们？

她甩开他，嘲笑他，你以为你是谁？他以为自己爱上她。他以为自己是在为她抽烟的方式着迷，她不用烟嘴，不用玛瑙烟嘴，或是青绿色玉石烟嘴，烟草粘在鲜红的唇弧上，蓬乱的黑褐色短发朝她苍白的面孔投下捉摸不定的阴影。

他坐在床边，她在醉睡。床头柜上是她的手提袋，以前他从未翻看过她的东西。他打开袋子，圆窗透进灰白曙光，一块黑乎乎的铁器，他伸手拨到袋口，那是一支手枪——

袋子被人夺走，屁股上给踹一脚，特蕾莎坐在枕头上，他跌落地毯。舷窗外灰白色的天空变得橙红，她坐在逆光里望着他，赤裸的肩膀鲜艳透明。他觉得鼻子发酸，站起身来，抓过照相机，转头朝舱门外走。

江面浓雾散尽，水光闪耀，太阳把白漆甲板照得血红。他下到底层甲板，往船首走去。缆绳，防雨布，按单数编号排列的救生艇 [1]……人群拥挤在船舷旁，正是日出时分。

这里有几张桌椅。可帆布潮湿，没有人坐——再说，这会，也没别人，船头上风更大。他倚靠舷栏，七八艘轮船呈扇形停泊，船头一色朝西南吴淞口方向。近处是一艘美国邮轮，"PRESIDENT JEFFERSON" [2]，江水拍打船体，水线上方，漆成橙红色的船壳上溅满水珠，好像某种无毛巨兽的皮肤上渗出的油汗。漂浮的垃圾聚集到水线周围，海鸥盘旋，在寻找腐烂食物。他朝虚空中咒骂，自我怜惜迅速转化成一股怒气。

白影飘过眼角，一小块丝绸——手绢。在船舷外侧飞舞，像一团白色的水母在风中鼓缩。他转头，有个女人臂靠船首另一侧舷栏，黑呢大衣，绿黄格旗袍（在大衣下摆处窄窄露出一条边）。太阳从长江口外的天空照过来，撒满左舷，撒在她的头发上，脸颊上几点晶光闪烁，像是泪水。他觉得自己好像在哪里见过她，面孔苍白，阳光照进她的瞳仁，眼泪被混合成某种

---

1. 救生艇从船首按编号依次向后排列，单数编号在右舷，双数编号在左舷。
2. 杰弗逊总统号。

金色的水珠，他想，是哪部电影吧？他一定在哪里见过她，该是哪部电影里的女主角吧？他愣愣地望着她，一时间回不过神来——

钟声敲响，餐厅在召唤客人。冷小曼用手背抹一下脸颊。她看看他，这个一肚子脾气不知要朝哪里发的家伙，她扭头要走，看到那台照相机，肩带拖得长长，一直挂到肚子上。镜头盖翻开，手指按在快门上，她疾步离开。

领航员在八点三十分左右，从左舷梯登船。他负责引导邮轮进入跤口航道[1]，顺黄浦江上行，最后停泊到此次航行的终点站，陆家嘴以东、黄浦江北岸的公和祥码头。早两个月，他原本可以到中午再上船，下一次潮汐涨至最高水位是下午二点多钟。

提前登船纯粹是因为港务管理处最近下发的那份文件。文件由港务总监亲自签署，要求全体领航员早上七点三十分前必须进办公室。每天一大早，船务代理公司会把当天进港船只的领港通知书交到这里，由办公室分配给上班的领航员。这就像领取一天的口粮，他们说。

领航员联合工会发出紧急通知，要求大家严格照办。要不然饭碗就会被别人抢走啦，工会头头说。近来有一些冒牌的领航员登上进港船只，没有执照，缺乏必要的水域知识，仅凭在船桥上跟船长拍拍肩膀，再加上对折价格，就能擅自带船进港。这些业余选手纯粹是乘虚而入，事情说来话长。

---

1. 吴淞口进港航道，为长江口航道进入黄浦江的口门段，故名。

两年来世界性的贸易萧条使银价持续下跌，领航员整天在办公室里哭天抹泪。一百年来，他们的服务价格始终都按银两计算（别人家的港口都用黄金来结算工钱）。这做法如今就很吃亏，干同样的活，收入按汇率一折算，少掉一大截。千山万水跑到这里不就是为挣钱么？联合工会向港务总监诉苦，总监却不闻不问。原因是前不久南京政府交通部根据条约，发出正式照会，声称将于民国二十二年年底前全部收回领港权利。港务总监本人也需要寻找新饭碗，哪里还顾得上大伙儿？联合工会不得不发起罢工，让那些船只塞满黄浦江吧，有人在办公室里大叫大嚷。罢工的结果，不但没让服务价格涨起来（等这场世界性贸易萧条过去之后吧，负责调查的海关巡视官员是这么说的），反而在港口里弄出一大帮冒牌领航员来。

最后就弄成这样，最后就弄得大家每天一早就要从床上爬起来去办公室，领取口粮——实际上是抢口粮。

他不是单独前往登船，在港务办公室外的浮码头上，四个身穿短裤的中国人登上另一条快艇，两条船一前一后靠上宝来加号的舷梯。他猜想那是帮会人物，他看到他们身上带着枪。

帮会大先生派来的人走到舱门口时，曹振武早就梳洗完毕，吃过早饭。两名保镖把他的箱子提到舱外甲板上。他坐在大菜间沙发上，冷小曼站在门外船舷旁。他不知道冷小曼为什么不守在家里，偏要跟他跑出来，一出来却又老摆出那副闷闷不乐的样子。她忽然打个寒战，走过去打开箱子，取出一条红色围巾包在头上。

他此来身负秘密任务，行程不仅通知法租界巡捕房，更要请青帮出面保护。他不准备等船停靠公和祥码头再下船，那是在公共租界。他要坐快艇从陆家嘴南面的金利源码头上岸，那是在法租界，那是大先生的势力范围。

两条小艇同时驶离大船。一条船上坐着个法国人，他是信使，定期从河内保安局乘坐火车转道海防来上海，随身携带须由法租界巡捕房政治部首长亲自签收的密件。另一条船上坐着南京的重要人物，以及他的太太和保镖，还有四个帮会打手。不久以后，那位太太声称头晕，坚持要爬到舱口"透透风"。

天已大亮，林培文坐在那个快要锈烂的铸铁梯子上，梯子沿堤向江里伸到潮线以下。码头边的水面上泛着灰白色的泡沫，漂浮着腐烂的木块，还有几片菜叶。这是渔行码头，他看到隔壁金利源码头上坐着几名脚夫，脖子上挂着铜制工牌，只有领到铜牌的工人才能进入外档码头。他望着东北方向的陆家嘴，黄浦江在这里突然向南来个大转弯，东岸的陆地被航道围出一个尖角，有人说，那块尖嘴型的岸角上从前居住着六姓人家，所以叫六家嘴。现在那里可不止六户人家，各大洋行都在那里圈地建造仓库栈房，沿岸连片污黑的高墙，孤零零几块乡下人的油菜地，好像那一嘴烂牙上，还烂出几只牙洞来。他觉得自己没法看清从陆家嘴转弯过来的小船，附近的江面上密布大小船只。报纸上说，浚埔局在那里实施工程，往江里抛石卸土，要填平那里的水底深坑。

今天凌晨，他用伪造的证件从海岸电台领取船舶无线电报。他已将电文内容向老顾报告：目标将按预定计划出现。从某种意义上来说，这个人才是今日之星，其余的人——包括林培文自己，都是他的配角。

顾福广凌晨时还在浦东烂泥渡。一行三人雇小船过江。租界当局规定，过江客运由少数几家华洋商办轮渡公司专营，严禁违法私渡。但狭长曲折的黄浦江里，还是有人冒险私自载客渡江。

他们坐在一辆栗色"配极"[1]四门轿车里，汽车停在金利源码头大门口。

林培文看见两只小艇一前一后从转角冒出头来，他看见快艇舱口站着一个女人，扶栏的克罗米镀层光芒闪烁，红色头巾在江风中飘舞。他转身离开，从铁丝网破洞钻出渔行码头。他走到那辆"配极"车旁，摆手示意。

戈亚民跳出汽车，消失在人群里。外滩路的码头出口两侧人头簇拥。林培文看到那个记者，鬼头鬼脑的样子特别显眼。

李宝义站在人群里。说记者是有些抬举他。《亚森罗宾》报馆的雇员从未超过三个人。三日出一刊，每期四开一大张。他得到消息，一大早跑来观望。这消息极其惊人，他不敢独占，没那胆子。他在茶楼里把消息卖给几家大报的记者。这会，人家正站在他边上，还有人在十米开外的地方架着照相机。

法租界老北门分区捕房的程友涛探长带着几名巡捕走进大门。今天有要紧人物上岸，帮会负责贴身卫护，他的责任是驱

---

1. Peugeot，今译"标致"。

赶闲杂人等，封锁栈桥外的浮码头。汽车要从栈桥直接开上浮码头。"配极"车看见巡捕出现，缓缓驶离码头出口。

顾福广站在太古路[1]的南侧，长衫底下藏着一支勃朗宁M1903手枪，塞在他那条灰色哔叽裤子的左口袋里，口袋是另外缝制的，格外深，手枪藏在里头，十分妥帖。背后那幢没有窗户的古怪建筑是顺昌渔行的冷冻库房。顾福广很担心，他突然发现情况不妙，栈桥已被封锁，没人可以随意出入浮码头。如果是车队，如果车窗拉上帘子……

林培文站在对面街角，正朝这边张望。老顾身后，沿外滩路继续向南，隔开两条与太古路平行的窄街，在小东门大街[2]和法租界外滩路交叉口的铁栅门旁边，有巡捕房的哨所。再往南，外滩路进入华界的那一段，路名变成外马路，外滩路和外马路交接处街心的那幢楼房，是上海特别市水上警察分局大楼。林培文此刻的任务是严密监视那两个单位。顾福广站立的位置是最佳观察点，对面金利源码头大门口发生的所有事件尽收眼底。在太古路靠洋行街[3]的另一头，停着那辆栗色的"配极"。

冷小曼已上岸。她也发现情况不妙。那是三辆黑色的八缸福特轿车，他们坐中间那辆，曹振武在她边上。她不知道别人能不能弄清她坐哪辆车，窗帘拉得严严实实。

她瞬间作出决定，这会她倒一点都没犹豫。

程友涛探长站在浮码头上，迎接客人。他要曹振武的保镖

---

1. Rue de Takoo，今高桥路。
2. 今方浜东路。
3. 今阳朔路。

交出那两支盒子炮。法租界地盘不允许普通市民携带无照枪支，安全问题由帮会担保。

汽车缓缓离开栈桥，绕过大楼向门口驶去。

十点刚过，李宝义发誓说他听见江海关的钟声，那是后来他在茶楼里告诉小薛的。

这时鞭炮声响起来，从码头大门北侧排成一长列的黄包车后面，传出噼里啪啦的爆炸声。事后，巡捕房证实那就是鞭炮，挂在金利源码头外围墙的铸铁栅栏上。那一小段地面上满布纸屑，散发着浓烈的硝磺气味。租界巡捕对鞭炮的爆炸声早已形成条件反射。在近来小规模的游行暴动中，鞭炮被大量应用。这样的爆炸并不会造成任何损失，但连续不断的炸裂声足以把现场弄得一片混乱。

一辆黄包车冲出队列，拦住冷小曼坐的那辆汽车。车窗是打开的，她摇下窗子，把头伸出窗外，把食指插到舌根上，使劲呕吐起来，那是船上的早餐牛奶。汽车急停，她的头晃动一下，吐出的东西飘落在车门上。她没有看到黄包车后的戈亚民。车门被人猛地拉开，她跟着一起倒在车外的地上，她听到枪声，像锥子刺痛她的耳膜——

外滩路两侧林立的高楼为鞭炮的爆炸声带来极佳的回音效果。但顾福广来不及欣赏鞭炮造成的混乱，他关心的是结果。看到冷小曼从车里跌出来，他觉得自己能够想象出她此刻的心境。

当最后决定是由戈亚民，而不是她做出致命的一击，没有人为她庆幸。尽管冷小曼向组织表示过她有同样的勇气，尽管

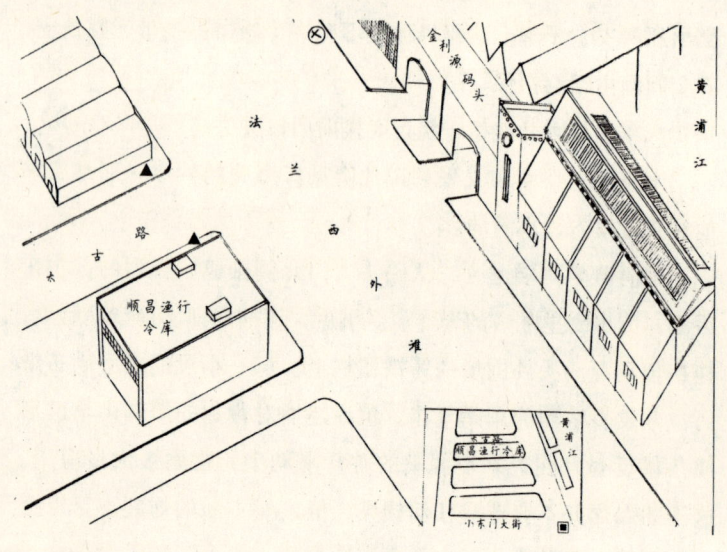

图释
⊗ 曹振武遇刺地点
▲ 观察位置
▣ 上海水上警察分局

【金利源码头刺杀现场】

组织上认为，汪洋——也就是她的前夫在狱中的壮烈牺牲，很有可能与这个前广西军官，这个一度担任北伐军驻上海军法处处长的曹振武有关。顾福广还是决定由戈亚民来执行报复计划。行动的效果是最重要的，必须当众处决。幸亏他制定计划时，没去考虑直接在浮码头上开枪，要不然对方封锁栈桥这一手，显然就会让他的计划完全泡汤。他当时只是想要个更醒目的行动现场。顾福广知道戈亚民为什么那样激动地争夺这一任务，曹振武下令枪决的不仅是他同父异母的哥哥，他的精神导师，还是至今占据——因为已死去而更加占据冷小曼整个内心的人。

戈亚民几乎是把手伸进汽车后座里开枪的，毛瑟手枪里的三颗子弹全部打在曹振武身上，最后一颗甚至直接命中太阳穴。

对曹振武本人，那当然是最后的一击。但对顾福广来说，那不过是第一击，是对租界、对上海发出的第一个极富威慑力量的信号。

在场的法租界巡捕毫无反应。来不及反应。事后，在针对这一事件召开的多方会议上，他们只是对人家说，一切都发生得太快，没有人能够做出适当的反应。

同样，青帮派出的七八名保镖也措手不及。他们分头钻进前后两辆汽车，刚刚坐定。如同舞台上幕布降落，那半分钟内所有人都短暂松懈下来，致命时刻稍纵即逝，刺客把握住了这个机会。

南京派驻上海的某个研究小组对这一事件展开调查，在内部会议上有人提出，巡捕房要求曹振武的保镖交出手枪，这里头有没有什么问题？此外，有人还提出应该对这批青帮打手做详细调查，曹振武何时何地上岸，这详细情报是通过什么渠道透露给刺客的呢？但这项提议不久就自动取消。因为随后的调查很快发现，曹振武的太太曾在邮轮暂停吴淞口时通过海岸电台发过一份电报。针对她的调查随即展开。证据一项接着一项轻易找到，她的让人惊讶的奇特历史，她在香港朝上海发出的电文，她的红色头巾，还有她的呕吐。可她本人早就失踪。她的照片被人印到报纸上，租界小报对她大做文章，试图用很多疑问句式把读者的思路引到更加香艳传奇的方向去。

有人拿来那个中国旅行社职员在电报局登记的表格，可查无此人，线索就此中断。更重要的线索是那个名叫李宝义的小报记者，但南京方面能够做的事不多，这个人是租界居民，只能让巡捕房去调查。巡捕房送来的审讯笔录显然被重新整理过，还附有一份由老北门捕房程友涛探长撰写的简报，结论是，李宝义本人与暗杀组织并无关系，他只是在报馆接到匿名电话。在事件发生后的当天下午，又收到一只牛皮纸信封。该记者有帮会背景，他很滑头，事发前就把消息卖给别家报馆，事后还把信封里的东西连同故事一起卖给几家在租界里声名卓著的中外报纸，没有在自己那份小报上刊登，并无触犯新闻检查条例情事。南京方面没有人为此着急，毕竟，有关部门与法租界巡捕房更加全面的合作正在协商中。

而那个杀手，无论是南京还是巡捕房，或者青帮，都不可能从他身上挖出什么情况，因为他在射出三颗子弹之后，竟然掉转枪口，又朝自己的太阳穴开一枪。巡捕房的验尸官后来发现，他在朝自己开枪之前，还咬破舌头下的一颗蜡丸，蜡丸里包着一点氰化物。开枪只是毒药之外的另一重保险。

一

马立斯茶楼像个船舱。把房子弄成这样也不奇怪，租界里有些上年纪的欧洲商人就喜欢这一套。给自己加个船长的头衔啦，在房子里弄点舷窗啦，在墙上挂个舵盘啦。要是更准确一点说，它更像个漂浮在半空中的六角形塔楼。楼梯弯弯曲曲，扶手还包着一层黄铜皮，三楼的大间三面都是宽窗，朝东北方向任哪扇伸头，都能看见跑马场。

茶楼里吵吵闹闹，活像一个马厩。事实上，在被改造成茶楼以前，它的确就是一个马厩。楼下的大门嵌着两块黑铁，圆形，马蹄状，李宝义进门前都要摸它一下。

马立斯茶楼就像是租界里小报行业的票据交换所，因为它靠近跑马厅。天气好的时候，你站在朝北的窗口，甚至可以清晰地看到看台旁售票摊公告牌上色彩缤纷的数字，摇号啊，赔率啊。人群还没进场，三五成群簇拥在跑马总会大门口。李宝义朝跑马场内眺望，赛马晨跑练习用的内圈黄土跑道上，一匹皮色黝黑的小母马被人牵着，在空地上懒洋洋走动，偶尔从浑圆的屁股缝里掉下几块马粪。好像看到什么宝贝，马夫赶紧用叉子捡进竹篓里。

呸，李宝义吐掉沾在嘴唇上的茶叶末，这地方连茶水都像马尿。前天，礼拜六，一大早老北门捕房的巡捕就找到他家里。

17

他几乎是被人从睡梦中拖出去的，从那个油煎咸鱼的味道总是散不干净的亭子间拖出去，塞进黑洞洞的车厢后座。然后又再次被人拖出来，一直拖进那个四壁煞白的小房间。这都怪他晚上不关房门。他又何必关上门呢？那房子里根本就没什么值钱东西。再说，陌生人怎么能堂而皇之从弄堂的房门进来，穿过天井绕过后楼厨房间，又走上嘎吱作响的木楼梯，还不惊动楼下杨家那个多事的老太婆？可人家是巡捕。穿着号衣，领口贴着番号，挂着铜哨警棍，谁又能拦住这帮家伙？

所以直到被人掀开蒙头的被子，李宝义都还睡得很香甜。来人很客气，请他穿上衣服。只是到车子七拐八绕，停到一幢红砖楼房前，又被人一把推下车时，他才一下醒觉，问人家：你们是谁？

到这时候，人家就不会那么客气啦，伸手给他后脑勺上来一个巴掌。房间里的人他认得，是老北门捕房的程探长。程麻皮他很熟，说起来大家都在青帮，一样是白相人，可人家是大人物。他跟人家讲场面话，把家门先生报出来，可人家根本就不理他，一样吃拳脚，一样滚钉板，他只得一五一十把事情告诉程探长。他什么都不知道。开枪之前，他确实不知道会发生什么，要不然他当然会报告巡捕房，他是好市民。好吧，就算他不是好市民，他也没那胆子呀。他只是得到消息说，那天上午在金利源码头将会有重大事件发生，匿名电话是早上七点就打进来的。为什么一大早就去报馆？因为他根本就没回家，他整晚都在牌桌上。为什么一个匿名电话就会让他相信呢？别家报馆的记者又怎么会相信他的话呢？他说不清，他的肩膀又被人压住——可他真的弄不懂自己为什么会相信人家。大概是语气,电话里对方的声音很阴沉,他觉得话筒里有一股冷气往外冒。但他又怎么能让别家报馆的记者相信呢?这很简单——他的后脑勺上被人重击一拳,程探长的手下不喜欢这种轻佻的语气——可记者不就是这样么?记者不就是听到点风就是雨么?

程探长放他回家。临走时程探长告诉他,要不是看他先生的面子,要不是他李宝义还算聪明,没在《亚森罗宾》上刊登那篇声明,把这故事通通卖给别家报纸,这次他可就完蛋啦,他多半要在龙华警备司令部的监狱里蹲上几年。金利源枪杀案发生后,租界报纸上有大量报道,居然还都附有暗杀组织的告上海市民书,根本不把设在东亚旅社的上海特别市党政军联合新闻检查处放在眼里。

茶楼上客人渐渐多起来,他坐在北窗口,小薛在桌子对面,八仙桌上放着小薛的照相机。

"谁让你不在呢?前一天晚上我就到处找你,当天一大早我还到茶楼上来找你,就是找不到你。"

李宝义这会说的是实话,他没把实话告诉程探长。

小薛显然有些懊恼,谁让他没赶上,这消息只能卖给别人啦。小薛再一次逐张翻看那些照片。有几张在报纸上刊登过,有几张小薛还没看到过。这是《时事新报》的记者拍摄的照片。人家冲出一套来送给李宝义。

小薛最喜欢拍的就是这类场面。自杀者的尸体几乎占据半张照片,从对角线开始的整个右上部分。倒在汽车尾部悬挂的备用轮胎旁。地上全是黑色的液体,还有那支手枪。《申报》把它叫作自来得手枪，另外有些小报写成盒子炮，似乎更加耸人听闻。另一张照片上，镜头越过巡捕的脸，越过帽檐，越过高举的铜哨（离镜头太近使它看起来像一枝凋谢的黑色花朵），抓拍到打开的车门，还有车座上的尸体。车门下露出黑色大衣的一角，这是那个女人。这女人是那冤死鬼的太太，有一张照片拍到她茫然若失的面孔，她的手撑在地上，头在用力向上抬起，嘴角还残余着刚刚呕吐出的食物。李宝义在《密勒氏报》上还看到过另外一张，那是翻拍的旧报纸，文章报道曹振武先生的婚礼。有家报馆从巡捕房获得内线消息，说曹振武的死跟他的太太有关，这个女人现在是巡捕房的通缉要犯。

"这个女人——我在船上看见过她，我拍过她。比这张好多啦，他们拍得不好，照相机不行，技术也差一点。"小薛评论说，现场实在太混乱，《时事新报》的摄影记者显然无法对准焦距。

"带来我看看。"

"别想好事……"小薛有些走神，他又接着说："你们先付钱，五十块一张。"

李宝义觉得兴趣不大，那是上个礼拜的事啦，整整一个礼拜，租界报纸上连篇累牍跟踪这起事件，如今大家早已厌烦啦。就只有小薛还在来劲，就只有他还在兴趣盎然。

"这个女人——竟然是共产党，"小薛还是抓着这事不放，"他们到底怎么找上你的？"

"在路上拦住我，把我请上车。"他又在吹牛。他在街上走，有个女人上来就打他耳光，咒骂他，还没等他弄清怎么回事，有人就上来劝架，有人把他拉上车。人家是把他绑架走的。可他不好意思告诉小薛，那有些丢脸。

"他们长什么样？"

"红眉毛绿眼睛么？笑话——你没看见过共产党么？几年前整条大街上都是他们。"

想起那个人，他就有些害怕。四十岁左右，在房间里也没脱下那顶礼帽，眼睛是从帽檐的阴影下盯着他看的，一根接着一根抽香烟。他一点都不敢嬉皮笑脸，这个人比巡捕房更可怕，他从来不问你，可他知道你在想什么。他越是客气，李宝义就越害怕，像是稍有一句不慎，他就会开枪打死你，他把枪放在桌上。

那个人警告他，不要动歪脑筋，不要想着偷偷去报告巡捕房。所有的要求都必须做到，早上九点他要在金利源码头，他要把所有的事情看在眼里，他要好好写那份报道。他们还要来找他的，会给他带来一些东西。可后来人家并没有再来找他，人家只是给他送来一只牛皮纸袋，袋子里有一纸声明，代表中国共产党处决反革命分子曹振武，声明下方签署他们的来头：中国共产党上海特别行动部暨群力社诸同志。此外，袋子里还有一颗子弹。这是人家在对自己的信用作出保证，看到这个你还能不信？为什么不用两颗呢？两颗会不会比一颗更有说服力？

他可不敢"来函照登"，他还是要动点歪脑筋，他把牛皮纸袋里的告上海市民书转手卖给好几家报纸。他认为这也是完成人家的要求，这甚至是做得更好，不仅满足，还大大超过人家的要求，这些报纸可比他那家《亚森罗宾》好多啦，名气也大得多。他当然会收点钱，他本来就是干这行的。他甚至把故事还转手卖给一家外国报纸，各位同志，难道不想再来点国际影响？租界里的高等华人只看外国报纸，按月签支票预定，早上佣人会去后门信箱拿出来，送到客厅里。要是人家来找他，他还可以告诉他们，租界的外国报纸一旦刊登，那就好像在新闻检查处的闸门上松开一个螺丝，第二天，所有的华文报纸都会转载。这样一来，岂不更好？

他没把这些事都告诉小薛。这事已过去好久啦，该忘记啦。别人也不会再来找他。今天早上在茶楼，过来向他打听的也就只有小薛。而小薛显然是对那个女人更感兴趣。临走时，他要李宝义把那几张有这女人的照片全都送给他，尽管他看不上《时事新报》的照相机。这没问题，这不再是新闻啦。都拿走吧，全都拿走，整个故事一共卖掉八十多块钱，够满意的啦。这女人的名字想不想知道？

"我知道，她叫冷小曼。"

小薛匆匆走下楼梯。

二　　　　　　　　　　民国二十年　五月二十五日
上午　十时五十分

小薛一路走，一路还想着那女人。他就是想不起来她像谁。他一部部回想看过的电影，可那些多半都是外国女人。他想一定是因为某个神态，某个场景，某一句对话——可他根本就没跟人家说过话。报道铺天盖地，他快分不清此刻脑中的形象还是不是最初船舷旁的那个……

在马霍路[1]，有人拍他肩膀，重重一记，照相机滑落，他疾弯手臂勾住肩带。是白克。

白克是美国人。粗壮的手指上一层层蜕皮，像广东腊肠，指甲灰暗。

"醋酸。"那天在酒吧，白克告诉他。

白克展开手掌，手背朝天，放在酒吧间小圆桌上，桌布茶渍斑斑，好像刚被这双手揉搓过。你可以化名，可以蓄起胡子，但你没法换掉你的手指头。他们现在有一种方法，拿你的手指蘸点油墨，印到白纸上，装成硬册放进档案柜。你这辈子就没办法混下去，你跑到哪里，警察都会找到你。你又不能切掉手指——醋酸是好办法，不痛，虽然要泡上半个月。白克在酒吧说这些话时，他们刚认识一个月。

小薛是在小赌场轮盘桌上认识他的。公共租界一禁赌，赌场呼啦啦全都转移到法租界小弄堂。在这种场子里，一般很少会看到洋人。白克像个螳螂，又高又瘦，在每张赌桌旁叉开手。这很显眼。租界里任何显眼的人，小薛都不会轻易放过。好比说，你自己的地盘上跑来个奇怪的家伙，难道你不好奇？

白克是横渡太平洋的美国逃犯。可他在赌场里的姿势像是刚来海外就职的外交官，他左手托着右手臂的肘部，右手食指

---

1. Mohawk Road，今黄陂北路。

竖在脸颊边，敲打太阳穴。附庸风雅——就像刚毕业的英国公学生。

在跑马场门口，白克把他往里拉。他有小道消息，听说上午最后一场跳浜赛[1]有暗盘，马主和骑师对赌。哥萨克骑师打算用两匹赛马左右夹住"中国勇士"，它那众人皆知的短程冲刺力量毫无机会发挥，而"黑酋长"[2]将会跑出大冷门。人群挤在从铁门到看台的空地上，兴奋得像群疯子。像是上帝等不及末日那一天，提前在跑马总会召集罪人，上天堂还是下地狱，凭马票决定。

尖啸声，安装在看台两侧的扩音喇叭里一阵嘈杂。有人在说话，先是英语，随后是本地话——"赛马总会董事决定，下午加赛一场跳浜"。

欢呼。人群拥过去，这是最让人兴奋的时刻，任何响动都会引发旋涡，把人群吞噬到旋涡的中心。

小薛突然改变主意，他这会又不想挤进这疯子堆里。他谢绝白克，掉头朝爱多亚路方向走，他想去庄园餐厅[3]吃点东西，休息一会。下午，特蕾莎会在礼查饭店等他。四楼的前舱套房，十二块钱一天。

薛是私生子。父亲是法国人，拎着一箱旧衣服从马赛上船。他坐在西贡和广州的酒吧间里，整天向人吹嘘他那些花样，最后终于在上海找到一份工作。那是他一生最得意的日子。薛的

---

1. 跑道中途挖沟垒障，赛马须跳越而过的比赛方式。
2. Black Cacique。
3. Manor Inn。

广东母亲面色暗淡，穿着她的花纹暗淡的中国大褂，鬓角直插入高耸的硬领里。认识薛的父亲之前，她从未穿过这种式样的衣服，因此日后她再也不肯在衣服上花样翻新。她一直在薛的苍白的肋骨上不停摇晃（就在那个卵形的景泰蓝小盒里），用一根粗壮的银项链挂在薛的脖子上，项链已被薛的汗水弄得斑驳乌黑。即使在他最忘乎所以时，即使一串串特蕾莎半懂不懂的中国脏话从他嘴里冒出来时，他母亲仍然在他们的身体之间摇晃。

　　大战期间，薛的父亲在一种他从未有过的激情驱使下，跑到凡尔登前线法国军团的战壕里，扔下他在上海挣下的全部家当，扔下他的中国情妇，还扔下小薛，他没有回来。那年小薛才十二岁。不能说那人不爱他们母子俩，他从战场写信到上海，跨越千山万水的邮袋里常常装着一小叠照片。有一张照片上，祖鲁人军团正在集体祭祀，他从没见过那么多黑人，浑身上下只系块兜裆布，举着木棍，缩肩弯腰神色陶醉。小薛最喜欢抽烟斗那张，胡子拉碴，衬衫袖子从肩膀上整个撕下来，是夏天的战壕。有张照片里站满脱得精光的男人，军装挂在墙上，他父亲站在淋浴隔间门口，冲着照相机傻笑，手摸在肚子下那堆毛发上。这张照片被他母亲偷偷藏起来，他是一直等到母亲去世之后才看到它的，照片背后写着一串法国字：Poux—Je n'ai pas des poux![1] 他怀疑他母亲一直没改嫁，这张照片帮过不少忙。

　　那年冬天，他父亲身穿大衣肩挎水壶站在成排尸体旁。尸

---

1. "虱子——我没有虱子！"

体是最多的，像在杀牛公司，排成一行行，有时候也像垃圾，堆在板车上。说实话伤员比尸体更让人害怕，有个家伙全身包裹纱布，单在脑袋上露出三个洞眼。

他父亲是个业余摄影家，他对小薛的影响绝不止这些。可以这样说，他从战场上寄回来的照片（作为一份精神遗产）直接影响到小薛的摄影趣味，如今他那样喜欢给死人拍照，拍抢劫杀人的现场，拍那些被刀子戳、被子弹打穿的伤残肢体，拍沉迷于赌博的疯子，拍酒鬼，拍摄那些人类最癫狂失常的状态，跟他父亲寄回来的照片有很大关系。

他母亲给他留下一小笔钱。小薛在一个月内就花掉大半部分。他让黄浦江边的一家美国洋行帮他从纽约订购照相机，那是架 4×5 的 Speed Graphic[1]，Compur[2] 镜间快门速度最高可达千分之一秒。这是最好的新闻照相机，可以抓住子弹射入头颅前那一瞬间的景象。

在认识特蕾莎之前，拍照是他的最大嗜好，赌钱顶多排在第二。特蕾莎差点取代那第一的位置，他试过把特蕾莎跟他最大的爱好结合到一起，那的确相得益彰。

在莉莉酒吧，她迅速吸引住他的目光。

她有点儿醉，"半杯格瓦斯[3]，再倒满伏特加。你知道我要什么，你，公爵。"她在叫嚷。"公爵"是酒吧的白俄侍者，也是

---

1. 快速格拉菲，美国纽约州罗切斯特市 Graflex 公司生产的大画幅相机。——编者注
2. 德国康帕快门。——编者注
3. Kvass，一种传统的俄国发酵软饮，黑麦或大麦酿制，类似于啤酒。

酒吧的老板。

她的嗓音圆润低沉，适合哼唱那些古老的歌曲。当时吧台上的唱盘正在温柔地旋转，她坐在沿街的窗边，黑色的雕花铸铁，蓝色的菱形玻璃，玻璃上有个铬黄色的裸体女人。外面下着雨，地面油湿，泛着红光。一曲既罢，她就会疯狂地晃肩拍掌。

他以为是他在勾引她，让他吃惊的是，他很快就变成人家的战利品，连同他的照相机。只用一个礼拜，特蕾莎就把关系整个颠倒过来，这只能怪他自己，他从来就缺乏抵抗别人的意志，一切都随波逐流，弄到头来，别人怎样说他就怎样做。

今天下午，特蕾莎会在礼查饭店四楼的房间里等他。在床上——如果她已在浴缸里泡得够久，把自己泡得像一杯添加过粉红色果汁的热奶油。她跨出浴缸，就像一头刚从池塘爬上岸的小牝马，蹦跳着跑到床上。她有一种租界里那些白俄男人少有的气度，那些声称自己曾是亲王公爵或是海军准将的男人啊，庞大的身躯畏缩在酒吧间阴暗的角落里，一个被彻底打败的北方部族。而特蕾莎，她把小薛推倒在床上，几下弄直他，英武地跨坐在他上面，身体前后摆动，一条手臂腾空挥舞，好像挥舞着哥萨克骑兵的马刀。

他确信他爱她，要不然他也不会冲她发脾气，他也不会追着她，质问她。他想象她在旅途中春心荡漾——东南亚潮湿温暖的季风会助长她的欲望，她觉得他还不够满足她。她就偷偷从旅馆房间里跑出来，走进别人的房间。他又想象那个躲在房间里的男人才是她的老朋友，而他自己，则不过是偶尔春风一度的过客。他想象她在别人的身体下高举双腿……这类想象折磨着他，让他羞愤交加。

可渐渐他又觉得自己并不爱她。他把自己往坏的地方想，把自己想成一个拆白党。他把事情想象成他在两下里都占着便宜，因为她很有钱，她也很慷慨。这么一想，他又好受许多。

可他还是想弄明白，她偷偷跑出去见面的到底是什么人。她不告诉他。他一问她，她要么就发脾气，要么就扑到他身上，她甚至忽略他的问题，根本不理会他。他开始幻想着自己偷偷做一番调查，可他又不知怎么弄，他根本就不是这种鬼头鬼脑的家伙，他认为李宝义也许是那样的人，可他自己不擅长。

三

民国二十年　五月二十七日
下午　一时二十分

起初，引起萨尔礼少校注意的是那个白俄女人。租界警务处——本地人称为"巡捕房"——追踪每个进入上海的外国人，为他们建立档案。"梅叶夫人"，这是个奇怪的叫法，既不代表她的名字，也不能揭示她的来历。大概只是那些中国人这样叫她，她总是和中国人打交道。

她是从大连坐船来上海的，那之前，大概是海参崴。作为一个南方人，萨尔礼少校从未踏足过那些北方地区。少校是科西嘉人。而今科西嘉人占据着整个警务处里所有的重要办公室。

警务处档案室里有一些文件，在一份签名为"西人探目119"的报告中，记录着这女人的真名：Irxmayer Therese。报告中说到，这个姓氏来自她已死去的丈夫，显然，从这个德国名字里看不出她是个俄国犹太人。

　　此外还有些字迹模糊的便条。有关这女人的最早记录就是这些东西。文件签署日期大多是在她刚到上海的两个月里。其后，她便从警务处那帮下级探员的视线中消失。

　　一个月前，在薛华立路[1]警务处大楼东侧的草坪上，距离那群妇女的藤编茶桌三十多米的地方，马丁向他提起一件事。马丁是英国人，在公共租界警务处那边，干着一份跟萨尔礼同样的工作。草地上正在举办一场里昂式滚球比赛[2]，警务处中下级警官们特别热衷于这项运动，奖品是一只奖杯和一箱三颗星的白兰地酒。马龙督察手掌向下握住铁球，摆动手臂抛出决定性的一球，有人跑进比赛场地，用一头固定长绳画出圆圈，计算赢家的球数，警官家属纷纷从藤椅上站起来，数到第五个球时，围观者欢快地叫嚷起来。

　　殖民地官员身处异国他乡，自成一个小圈子。有时候，他们相互之间利益攸关的程度，要大大超过他们与万里之外的母国的关联。萨尔礼自己就常常收到一些警告，在茶会上，在一些小型的联席会议上。一切都建立在那种私下的方式上，那是历史悠久的传统。可你不能把大英帝国殖民当局属

---

1. Route Stanislas Chevalier，今建国中路。
2. Pétanque à la lyonnaise。

下的香港警察部门太当真。甚至连他们自己都不太当真，你怎么可能完全相信他们，完全相信这些模棱两可的说法？You may have noticed……[1] 或 者，It would appear from subsequent investigation……[2]

马丁打扮得像个游猎骑士，但他从口袋里掏出的可不是什么未知国度的神秘地图，一张纸而已。那是一封长信的最后一页。内容是关于某个香港陈姓商人的可疑行迹。他在海湾周围一些渺无人烟的背风小渔村里出没，鸦片、酒，常规走私货物的可能性逐项排除之后，事情转到香港警务处政治部手里。在结尾处，信件顺便提到某个德国女人和她的贸易行（Irxmayer & Co.）。香港那边的英国人发现，这个女人住在上海法租界。

不久，在河内的殖民地保安局每周例行由邮轮送来的函件里，对一次不太成功的搜捕行动作出详尽描述。粗心大意的印度支那激进分子（有时候从事阴谋活动的恐怖分子实在是太疲倦）竟然把一张便条放到旅馆房间的枕头下面。真正的情报，河内保安局没有丝毫犹豫 assez généreux, nous voudrions dire[3]，把原件转交给香港的英国同行。没有意义含混不明的推测，没有装腔作势的客套话。只有一个香港的邮政信箱号，Post Office Box No.639。

轻而易举就能查出，邮箱的使用者是个三十出头的贸易商，陈子密（Zung Ts Mih），香港的同行立即意识到此人早已是监

---

1. 一种英国风格的委婉表达方式，意谓"你可能会注意到……"。
2. 同上。一种委婉语，意谓"进一步调查后似乎发现……"。
3. 作者似乎在此引用信中的原话——"极其慷慨，我们要说……"。

控对象。深入调查后发现，行事稳重的陈先生有着极其复杂的背景，很难真正弄清他的血统。港口的水手酒吧里有传闻说，尽管有个华人名字，陈先生顶多只能算半个华人。而他的父亲本身也是个 "British subject of mixed blood"[1]，文件用红色原子笔画出一个巨大的圆圈，圆圈右上角画着一个巨大的弯曲箭头（好像马戏团小丑歪向一边的帽顶），箭头指向一个方框，方框里写着 "Siamese"[2]。

至少有三个河内保安局所关注的对象，与陈先生保持密切的联系。英国人声称出于某种监控策略（萨尔礼少校认为这不过是英国式的傲慢、姑息和疏忽大意），只是对他们进行跟踪和拍照，并未实施逮捕。明星人物是 Alimin（阿利敏）先生（照片模糊不清，戴黑领结的西式上装，土著人那种宽大的过膝短裤、格子棉布的围裙，浓眉，巨大的鼻子），就像一匹在东亚大陆上不断奔跑的孤狼，他的行迹遍布 Bankok[3]、Johore[4]、Amoy[5]、Hankow[6]，有消息说，此人还去过 Chita[7] 和 Vladivostok[8]，在 Chita 受到过某种专业技术的培训。

有人在打印文件第一页的顶部醒目地写道——

---

1. "混血的英国公民"。一种当时通行的说法，甚至出现在正式文件档案中。
2. 暹罗人。
3. 曼谷。
4. 柔佛，在马来半岛南部。
5. 厦门。
6. 汉口。
7. 赤塔。
8. 海参崴。

—selon la décision de la IIIème Internationale, le quartier général du mouvement communiste vietnamien déménagera dans le sud de la Chine. Ses dirigeants arriveront bientôt dans notre ville (Shanghai), leurs noms sont Moesso et Alimin.[1]

　　陈子密先生是一家注册在香港的洋行的中国代理人（中国人把这种职业称作买办）。洋行的所有人是一位德国太太（巡捕房后来查明她其实是个白俄），住在上海法租界的公寓里。皮恩公寓，霞飞路[2]和吕班路[3]口那幢大厦的三楼。萨尔礼手下一名颇富诗人气质的马赛探员曾把它形容为"飘散着栀子花和桂花香味的装饰盒"。少校让人把有关皮恩公寓那套房子里的住户情况查明汇总。有人找来一份标题为"Personnalités de Shanghai"[4]的卷宗（保甲处负责管理档案的书记们把这份长达十六页的表格叫作"上等货单"），发现这个女人一直就藏身在巡捕房档案室里。只是她摇身一变，进入法租界的要人登记册中，此前没有任何人愿意花点力气，把她与码头关卡上巡捕记录案卷中的某个不起眼的妇人联系到一起。"上等货单"提供的信息并不多，住址，职业，电话号码。政治部的警官随即展开初步调查，写出报告。现在，这一小叠报告就在他手边。在桌上，在洒满阳光的文件篮里。

---

1. 根据第三国际决议，越南共产主义运动指挥机构将迁往中国南方，其领导人不日抵达本埠（上海），其人名：莫索、阿利敏。
2. Avenue Joffre，以法国元帅霞飞（Joseph Joffre）命名，今淮海中路。
3. Avenue Dubail，今重庆南路。
4. "上海的重要人士"。

薛华立路 22 号这幢红砖大楼是警务处办公总部。萨尔礼服务的政治部办公室分布在北侧二楼和三楼。大楼里老是有股呛人的松香和石蜡味。萨尔礼少校对付难闻气味的办法是成排地消灭桌上的烟斗。碰到如此潮湿的春天，房间里的气味更难闻。不过一到下午，阳光可以洒满整个办公室。桑树从围墙里一直伸到外面，两个衣着破烂的小孩站在树本路[1]上，抬头仰望。上海的下午一般是安静的，尤其在这块城南地区。只有隔壁马思南路[2]捕房监狱里，几只狗不时叫两声。

皮恩公寓的住户是个白俄女人。三十八岁。这位"梅叶夫人"——中国人这样尊敬地称呼她——看起来整天忙于她那家珠宝店的生意。店铺就在皮恩公寓的街对面，悬挂着"ECLAT"的店名招牌。就在吕班路的转角上，向着霞飞路的那一侧是橱窗，橱窗被窗帘遮住，门朝着吕班路。店铺是沿街的两层楼房，楼上住着中国人。阳台上晾着中国人的灰布裈，风吹过时，从还没拧干的衣服上，会有水滴落在那块招牌上（看起来这份报告仍旧是那位马赛业余诗人的作品）。少校鼓励他们在公文报告中尝试更为风格化的写作，细节，他常常说，要不断地描述细节。

珠宝店生意冷淡，自从俄国人大量拥入上海，市面上就出现很多真假难辨的宝石，全都声称是来自乌拉尔山的宝石矿。这些俄国珠宝店里都有一位蓄着大胡子的犹太人，纠结着食物

1. Route Albert Jupin，今建德路。
2. Rue Massenet，今思南路。

残渣和唾液的肮脏胡子里，似乎还带有亚洲中部腹地的气息，像是那种巨型动物迎风招展的毛发。本地人不太相信在跋涉千山万水抵达上海之后，沙皇支系复杂的表亲们还会把婚礼首饰藏在箱子里。因此，马龙特务班一位把业余时间消耗在福尔摩斯小说上的分析家说，珠宝店的营业额连房租都付不起，显然无法让我们尊贵的夫人维持她奢侈的日常用度。

再到后来，有人把那张名单放到他桌上，还在顶端用别针夹上便条，告诉他这是金利源事件中那艘法国邮轮上的乘客。他把名单扔在沙发上，直到马赛诗人的歌喉走音般地尖叫起来，少校才把眼光放到那张纸上。是她，这不是皮恩公寓的白俄公主么？主啊，赞美她的屁股（如果看到名单就能想起屁股，那一定是诗人）。

尽管这很可能纯属巧合。以少校的科西嘉想象力而言，如果这个女人突然密集出现，还不能引起你的警惕，他一定会说你对上帝缺乏敬意。你不相信冥冥之中有双摆布世界的大手。

少校知道，这座大楼里的所有其他人私下里都把他叫作"罗圈腿"。像个退役后不再想着保持体重的骑师，他把巡捕房总部大楼的黑漆地板踩得嘎吱作响。少校调来没多久，政治处的气象就为之一变。他的前任同本地一些帮会打得火热。有人绕过殖民地管理当局，直接把事情捅到巴黎的报纸上。此人被调往河内。

相比他的前任，萨尔礼少校有两样显著的爱好，一是喜欢烟斗，从桌子左面的文件篮开始，一直排到那两架电话机边上。石楠根，珊瑚，玛瑙，中国青玉。这纯属个人爱好，对政治处的业务没有多大影响。但另外一样却让政治部的下属很头疼。他喜欢让各种纸张在处里各办公室间传来递去。好像事情只有写到纸上（署上职务姓名），才能让他理解。

少校温和地坐在办公室里，抽烟斗看文件。政治处的新气象甚至延伸到围墙外。一到春天，伸到树本路上的那十几株桑树枝总是引来一帮小赤佬，如果就近摘不到桑葚，他们甚至都敢爬上警务大楼的围墙。要在从前，楼下捕房里坐班的下级巡捕肯定偷偷从后门钻出去，抓几个进来，一顿耳光，随后就让他们擦鞋洗车，扫地揩窗。那天下午，在围墙背后的夹道里，他们再次准备动手抓人，却被站在三楼窗口的少校伸头喝止。

原本政治处里分几个科，科下还有组。处里的中国人都归华人督察长管，他手底下还有两个华人探长。外国人（不管是安南人还是法国人）归外国人一块，中国人归中国人一块。法国人要找中国人办事，就先来找华人督察长，然后一级一级往下分派。但少校一来就把规矩打乱。少校用那双罗圈腿踢开楼里的每间办公室，从各个部门抽调人员——全凭他的个人喜好，通通塞在他新成立的马龙特务班里。他每天早上召集他们开会，躲在三楼走廊尽头的会议室里，处里其他人把这叫作少校的私生子晨祷会。最让处里法国人生气的是，一大半私生子都是中国人。少校的理论是，政治处不能高高在上，要善于和本地人相融合。这样才能最大限度地保护法兰西的殖民地利益。

少校忽然想起什么来，再次看看那份名单，他注意到白俄女人不是孤身旅行，她有个同伴。薛维世，Weiss·薛。他有些生气，他明天要在晨会上敲打他们几下，调查工作做得很不彻底。

种种证据表明，Irxmayer 公司暗中做着一种令人生畏的生意。家用金属工具及商用机械，官方注册文件提到它正在从事——或者原本想要从事的贸易业务。不像一种伪装，倒像是一种富有幽默感的借口：生意难做啊。我们只是比别人做得更专业一些。

实际上，Irxmayer 公司向亚洲各地装箱托运的都是枪支弹药。坚韧的防雨布和柔软的干草，底下是可以用来暗杀、用来玩俄罗斯轮盘赌、用来吓唬人，用来做随便什么你想做的事，甚至用来发动战争的杀人武器。

四　　　　　　　　　　　　　　| 民国二十年　六月二日
　　　　　　　　　　　　　　　| 上午　九时五十分

特蕾莎的福特汽车刚转过围栏门，玛戈就朝车子跑过去。

这里是上海猎纸赛马俱乐部[1]的营地，在小河北岸。这条小河，地图把它标作罗别根河[2]。游戏的规则是这样：比赛前由俱乐部指派专人，背着一只装满碎纸的大布袋，把这些花花绿绿的纸撒在路上，骑手必须沿着它们标识的路线跑到终点旗杆。

----

1. Shanghai Paper Hunt Club。
2. Rubicon Creek，该条小河可能已被填平，今哈密路附近。

三十年来，俱乐部始终让阿保去抛撒那些纸屑，从阿保那颗滑稽的中国脑袋里，时不时会冒出些稀奇古怪的念头，他把碎纸扔在石头缝里，草丛下，还会把它们藏到土沟或是桥洞里头，有一次，他用鱼线把纸头吊在河水当中，结果好几个人掉进河里。没人猜得到阿保的鬼主意，每次比赛的行程都是个谜。所以布里南让玛戈抽空多看看地图。

地图是由俱乐部早年那帮拓荒者们勘测绘制的，他们随心所欲地命名——"Three Virgins Jump"[1]啦，"Sparkes Water Wade"[2]啦。玛戈曾经好奇地问过布里南：

"中国人把它们叫成什么呢？又不是在租界里……"

在这点上，布里南的说法和她丈夫如出一辙，全都是殖民地的老派冒险家那一套："我们不去管他们的叫法，我们给它们命名，它们就变成我们的啦。"

她的丈夫，"卢森堡联合钢铁贸易公司"驻上海的总代表弗朗兹·毕杜尔男爵[3]热衷于土地投机。他正打算买下罗别根河附近的一块农田。因为他听说"连瘸腿的维克多爵士都把脚伸过去啦"[4]。工部局正打算把朝租界西部越界筑路的范围延伸到这地方。时机刚刚好，连年长江水灾使太湖流域泛滥，此刻这些农田里长的全都是荒草。

弗朗兹在这块租界里如鱼得水。潮湿的夜风和蚊子搅得别

---

1. "三处女跳跃之涧"。此处各地名均出自赛马俱乐部旧地图。
2. "闪烁水光的涉沟"。同上。
3. Baron Pidol。
4. 沙逊于一九三二年曾在此购地建造两幢别墅，其中一幢在今龙柏饭店内。

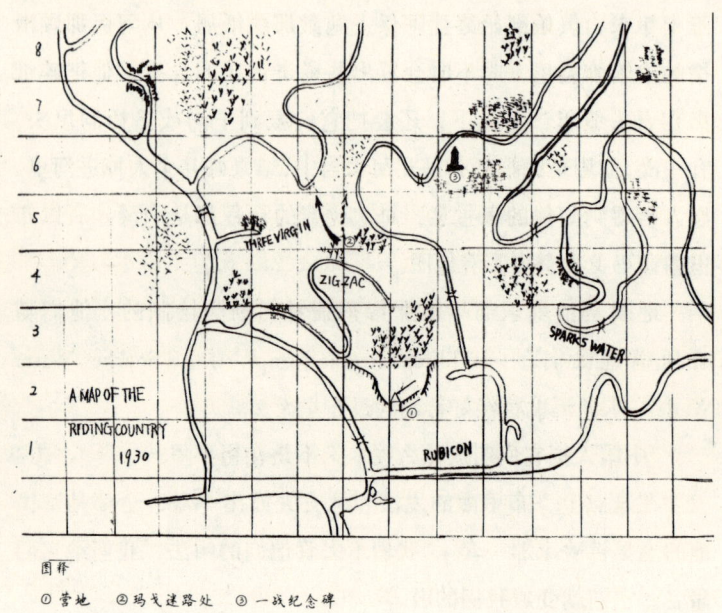

图释

①营地　②玛戈迷路处　③一战纪念碑

【猎纸俱乐部赛场地图局部】

人整晚不得安宁，对他的影响仅止于不进玛戈的卧室。可这不代表他不上床。多嘴多舌的利德尔太太告诉她，时间一长，他们都会有个中国情妇。他们会爱上这地方的。爱上那些聚会，爱上吕宋雪茄和扑克，爱上海格路那家提供上等货色的妓院——她们从不脱光衣服坐在客厅里，这让那些见多识广的商人们觉得更带劲。他们当然是指弗朗兹很快加入的那个小圈子。

玛戈只是孤单。他宣称自己爱上这地方时，玛戈一点思想准备也没有，她还打算弗朗兹三年合约期满就回国呢。爱上一个地方就那样容易么？相比起来，爱上一个人还容易些，像布莱尔先生那样……

布里南·布莱尔对她一见钟情。玛戈在上海只有两个朋友，特蕾莎之外，她能说说心里话的就只有布里南。在安诺洋行的茶室里，布里南建议她买那只印有金色暗纹的羊皮纸灯罩，当时她正打算让卧室里那盏床头灯换换样子。那是她第一次见到布里南。很久以后他才有机会欣赏那灯罩实际使用时的效果，那是在弗朗兹开始常常坐火车往中国内地跑之后。

利德尔太太曾告诉她，布莱尔先生虽然年轻，却是一匹外交界老马。听说他在澳大利亚和印度多次表现出让人惊讶的处理棘手事务的能力。他此刻的身份是南京政府的政治顾问，实际上，作为英国殖民外交当局和南京政府之间的关系协调人，他有权直接向伦敦外交部陈述其看法，无须通过驻上海的总领事英格拉姆先生，也无须通过驻北京的临时代办。

布里南后来建议玛戈加入上海女子赛马会。弗朗兹对此倒也很热心。他们俩陪着玛戈一起到马霍路赛马学校的马厩里，挑中一匹灰色带斑点的小牝马，弗朗兹弄不明白玛戈为什么要给马取那么个古怪名字，"Dusty Answer"[1]，其实这是布里南想出来的。直到去年夏天去莫干山避暑之前，弗朗兹对布里南一直很亲热。那时弗朗兹刚在莫干山买下一块地，建起一座度假旅馆。从那里回来后，他一听说有布莱尔先生出现的场合，就一定找

---

1. "浅灰色的答案"。

理由推辞。

玛戈把特蕾莎带进营地。草地已重新修剪过。俱乐部的中国仆欧[1]凌晨就在忙碌。把库房里的藤椅木桌搬出来，又擦拭干净。往银桶里装满用冰糖和杜松子酒调制的甜酒。草丛里有星星点点的野花，引着蝴蝶和蜜蜂在腿边转圈。罗别根河南岸有一头被太阳光照得乌黑发亮的水牛。从前，俱乐部通常要到十一月底才会举办正式比赛。那时候豆荚和棉花都已收摘，冬小麦刚播种，天气也最宜人。可水灾以后，这里全变成荒地，俱乐部的干事乐得多办几场，被贸易萧条弄得无精打采的商人们需要多活动活动。

她俩在夹竹桃树下找到一张藤桌。男人们在马厩那边大声嚷嚷，嗓门最大的马里奥是个意大利人，插画家，专门给租界里的外国报纸画些有关时事的漫画。玛戈听说他上礼拜在虹口的酒吧间里被一伙日本浪人殴打。

画家在跟人吵架。那个英国商人又在发表意见（玛戈知道他是弗朗兹那一伙的）：

"……是该教训教训南京政府啦，就让那帮日本猴子去干吧，他们要是乐意来打一仗倒也不错。只要一打起来，就可以重开合约，重新划定租界，沿长江两岸五十公里……"

马里奥冷冷地说："那你可就转运啦，你买的那些地可就值钱啦。你就不会破产啦——"

他越说越激动："你们这帮老顽固，睁开眼睛吧。那套在东

1.英语"boy"的音译，指侍者。——编者注

方殖民地冒险发财的故事早就结束啦。这不是战前，你们那套帝国主义策略早就完蛋啦。那群猴子会把大家一锅端的。"

布里南身材瘦削，在那堆人里显得特别高。他过来陪着她们去看马。

苦槠树巨大的树冠一直伸到围栏边，那匹灰色的小母马站在树下的空地上。穿蓝布褂的马夫摸两下马颈，抽紧肚带，掀开马背上的盖毯，鬃毛整整齐齐，打成一排辫结。微风传来一股月桂树叶的气味，母马焦虑不安地喷着响鼻，马蹄使劲儿刨着地上的泥土。要参加俱乐部，玛戈必须买一匹马。俱乐部规定所有参赛马匹必须真正地——bona fide[1]——属于俱乐部成员的私人财产。还必须是一匹中国马，严格说起来，应该把她们称作蒙古利亚种小型马，其实这是英国纯种马和蒙古利亚马杂交的后裔。布里南向她解释过。是的，她也属于混血种。你看她的臀部——当着马霍路那位哥萨克贩马商人的面，布里南拍拍小母马的屁股，把马的身型特点教给玛戈听，纯种蒙古马的臀部比她更向下斜，英国马的臀部翘得更高。沙皇认为哥萨克马队要是都能有英国良种马的大屁股，就可以打败拿破仑，于是他从英国买来一群公马，我们可以认为这匹马的血统和俄国皇室有关。

"索普维尔女修道院[2]的院长朱莉安娜·伯纳斯[3]早在十五世

---

1. 赛马俱乐部规章用语。源出拉丁语，意谓"真实的"。

2. Sopwell Nunnery。

3. Dame Juliana Berners。布里南先生这段有关马的矫揉造作的论述出自二十世纪三十年代在上海出版的一部赛马俱乐部介绍手册。书名为 Shanghai Paper Hunters, Past, Present and Future。

纪就说过，好马有五种美，驴子的脊背，狐狸的尾巴，兔子的眼睛，男性的骨骼，女性的胸脯和毛发。一匹优秀的赛马像美丽的女人那样骄傲，总是抬着头向前看。"

此刻布里南把那番话又说一遍，这次他是冲着特蕾莎说的。

一匹枣色的马从北面疾跑过来。

"AH PAU! AH PAU—"人群亢奋起来。

五十多岁的阿保骑在马上，从山坡上急速冲下来。他虽然是个中国仆人，却是赛马俱乐部的灵魂人物，俱乐部的干事来来去去，有的退休回国，有的在大战中丧生，只有他兢兢业业，为赛马俱乐部足足服务三十年。

焦躁不安的赛马簇拥在草地北边的围栏边，围栏门已打开。玛戈跨上鞍，朝草地上的特蕾莎招招手。一阵风吹来，掀开她的帽子，她双手松开缰绳去抓帽子——

灰斑马猛然向前迈步，布里南一夹马鞍，坐骑超出灰斑马半个头，布里南灵巧地俯身从地上捡起缰绳，交到她手里。

"Ladies and Gentlemen, time is up, you may go！"[1]

马群拥出门去，有一匹撞到围栏上，把木桩挤歪，连草带泥掀出一个坑来。马蹄声隆隆冲下坡去。微风掠过，青草瞬间翻转成银色，有人在大叫："Tally Ho！"

布里南向她详细介绍比赛规程时曾告诉过她，那是印度人用来叫唤猎狗的，他们只是借用一下。骑手重新找到隐藏在草丛和石块背后的路标纸屑，要高声喊叫"Tally Ho"，要让俱乐

1."女士们先生们，时间到，你们出发吧！"

部的记录员听见。

他们冲下山坡，迎头有一小块卷心菜地。玛戈提起缰绳，驱马跨进田里。突然有人从草棚奔跑出来，围着灰斑马跳脚，喊叫出一连串玛戈听不懂的本地话。灰斑马受惊，向后退缩，前蹄在泥里乱刨。布里南从后面赶上来，掏出一块银元扔在地下，土风舞蹈戛然而止。

他们没能跟上大队，也没找到指路的彩纸。他们站立在小河沟折曲包围的台地上。玛戈展开地图，布里南指指那块标着"Zigzac Jump"的Z字形小溪。

沿小溪策马向东，他们走过一座木桥，在垒成金字塔形的黄土台地前停下来休息，台地旁有个小树林。这是俱乐部出资建造的战争纪念碑，土坡顶上就是那座碎石块拼成的方尖碑。

已近中午，太阳照在墨绿的溪水里，昆虫在夹竹桃树有毒的枝叶间穿越而过。玛戈觉得不能让布里南碰她，他一碰她，她就腿发软。她觉得其实是她自己——她才是那个一见钟情的人呐，她才是那个被花蜜沾住翅膀，一动都不能动的可怜的小蜜蜂呐。

五

小薛在黑暗中想着特蕾莎，想着她那头矢车菊般张开的蓬乱短发。奇怪的是，四周越是黑暗，身上越是疼痛，他就越发能清晰地想起她。这也不奇怪，他给她拍过无数照片。

他不明白人家为什么找上他。他知道他们把他带进巡捕房。从他住的福履理路¹驶出，只要转两个弯，车子就开到大门口。他知道这地方，这是薛华立路法租界巡捕房大楼。警车进入铁门，转进一条夹道，他被人拉下车，夹道是在大楼的北面，在红砖楼房和顶上插着碎玻璃的围墙之间。这里照不到阳光，凉风习习。

他被推进大楼。走廊里墙壁暗绿，镶着黑色护墙板，地板也刷着黑色油漆。他被带进审讯室（据他猜想）。他被人按在一张四周带挡板的椅子上，他一坐下，人家就把挡板转过来，夹在他的胁下。

华人探长坐在桌后，边向他提问，边往那张印制好的表格里一项项填写。他填完一张，就把表格递给侧面桌上的书记，那书记是个懂法文的中国人，他也不停忙碌，边翻译边打字。

问题渐渐集中到那次旅行上。现在，探长不再填写表格，他把小薛的回答往一叠印有格子的笺纸上写。

在香港，你们到过哪些地方？河内呢？海防呢？你只记得

---

1. Route J. Frelupt，今建国西路。

44

起旅馆么？有没有去过码头？酒吧？餐馆？跟什么人会过面？

可他确实没什么好说的。不，他不是不老实。探长给他十分钟时间考虑，他怀疑探长是自己想上厕所。探长回来时，衣服上有股来苏水的气味。他还是说不出什么来。他忽然想起来（他当然是一直都记得的），她在河内去过旅馆另一个房间，那是个男人。看样子像个中国人，他不认识那个人，他说不出什么来，但那个人确实很神秘（他多少有些幸灾乐祸地说道）。

"好吧，那就只有让我们的人帮你想想啦。"探长快乐地叫嚷着。

于是，他被拖进一间空荡荡的房间。在这里，他被人推倒在地，他被捆绑起来，他只能蜷缩在冰冷的水门汀上。有人拿来一只洋铁皮桶，他惊恐地望着这只铁桶，望着人家举起桶，扳起他被人按在地上的脑袋，十几秒钟后，他的头被塞进这只铁桶里。那一瞬间，他的心脏像是被人用手指紧紧捏住。紧接着，伴随一阵嘈杂的说话声，脚步声，他的脑袋——隔着铁桶——被突如其来的冲力撞向一边，他都还不能弄清楚怎么回事，那股巨大的冲力又从另一个方向撞过来。

疼痛是从一个点渐渐扩展开来的，最早感觉到的是鼻子。他的鼻子正好卡在带凹棱的铁桶内壁上。那不算什么，那只是一阵酸楚，顶多像是冬天里一头撞到电杆上。随后是整个面孔都开始火辣辣疼起来，后脑勺像是在被重物不断敲打，很快也胀痛难忍。不久，疼痛转到脖子上，因为他的头别在铁桶里，正在被人踢着来回滚动——他这会弄清楚人家是在用脚踢他。最后是整个身体，所有的关节都开始疼痛。他认为自己呕吐过，他的喉咙口像是嵌着块干辣椒。

他不再疼痛，就像是身体关节因为扭曲到极限，突然崩溃，随之而来的几乎是让人舒适的麻木。最后他甚至不太感觉到疲倦，疲倦的劲头也早已过去。他只是觉得耳朵轰鸣，好像有无数人在说话，好像有无数人在铁桶的边沿向桶里吼叫。

又过很久，有人摇晃铁桶，鼻梁上一阵刺痛，他闻到一股金属生锈的味道，嘴里也有。哐当，铁桶扔在他背后的地上，阳光从西边橙色云团边缘反射到玻璃上，晃得小薛眼前一阵发黑，像是重回人间，那股像是从地狱里散发出的铁锈腥味完全消失，虽然已是傍晚，虽然被云彩和玻璃窗反射来反射去，温暖的阳光味道还是立即充满鼻腔。

他被带到另一个房间，发现人家曾细心地脱下他的外衣，把这件 Wei Lee 洋服店定做的薄麻外套挂到衣帽架上。他都忘记自己是什么时候被人脱剩衬衫短裤的，穿裤子的时候，他几乎怜惜地看着自己瘦骨嶙峋的膝盖，上面一团乌青，吃不准那是被人踢出来的，还是跪出来的。

有人把他提起来放在椅子上，像是一张浸泡在定影液里的照片被人拎出来挂到电线绳上，世界先是恢复成直线，又被转动九十度摆正，最后，被晾干。视线渐渐清晰，有人在朝他微笑，不是原来的那个华人探长，他被关进铁桶前，这张阴沉的长脸一直冲着他笑，冲着他尖叫。现在朝他笑的是个法国人。

他向小薛介绍自己。马龙督察相貌粗壮，显然他爱吃印度食物，身上有股咖喱味，外套靠近第二粒纽扣的地方还有块黄黑的斑点。马龙督察朝他大笑，笑声在薛华立路这间朝北的三楼房间里回响。有人拿来一叠文件让小薛签字。随后让他坐到椅子上。

香烟是硬塞到他嘴里的，没人问他要不要。但他的听觉尚未恢复正常，耳朵里还是嗡嗡作响。

马龙督察想要换一个方式和小薛说话，像朋友那样坐到一起，来讨论个小问题。有一些小小的疑惑，希望小薛能帮他解决掉。马龙督察在小薛开始回答问题前，强调要说清楚细节。

他是从旅途的开销说起的。一旦听到小薛告诉他，从上海坐船到香港，再到海防到河内，一路上所有的船票车票，所有的旅馆餐厅都由她来付账，马龙督察就再次开心地大笑起来。他拍拍小薛的肩膀说，真有一套。

那么，她又为什么要替你付账呢？不单单是因为她有钱吧？她怎么不替我，不替威风凛凛的马龙督察付账呢？你难道比马龙督察还威风？

因为你是她的情人？情人们不在床上时都在干什么？有没有陪她四处走走？穿着泳装去海边？那么说你们整天都在房间里，整天都在床上？那么——说点有趣的吧，在床上你会拿她怎样？来吧，让我高兴高兴，你想不想让马龙督察高兴高兴？

温暖的东南亚季风好像还吹在小薛的身上，潮湿的床单，吊扇轻轻转动的声音——你这个科西嘉肉桶，我被你逼得毫无办法，因为我想让你高兴高兴，因为你有那只洋铁皮桶。他想起那些照片——

"我们在床上抽烟，让饭店里的仆人把食物送到床上。她怎么也要不够，如果我觉得累，她就自己爬到我身上来。她最喜欢躺在床边，她举起两条腿——"

就像从战壕里高举伸出的手臂，就像小薛在南京政府新闻电影里看到过的那些投降的士兵。顺着乌青的膝盖、顺着绷紧的脚趾，她的脸上有阴影在晃动，那是天花板吊扇在转动。

"你继续说——"马龙点上香烟，弯起手指轻轻敲打桌面，像是在竭力想象那幅场景，像是他并不认为小薛这会儿全都在胡说八道。

"一到停下来，我们就点上香烟。只点一根，我抽一口，她再抽一口。Garrik，她喜欢这牌子。她喜欢那种一块大洋一罐装的，不带滤嘴，比三五牌粗，也比它短。她把香烟从罐头里拿出来，放在一只银烟盒里。烟是我点的，她总是让我点香烟，她说她的手要忙别的事。要是烟盒不在手边，就让我到处找，有时候我把卧室翻个遍都找不到。我猜想她是故意的，她说过，喜欢看我光着身子在房间里走来走去，她说她一看到'中国肋骨'就会兴奋，那是她给我起的绰号。后来我就会发现，烟盒卷在床单里，在她屁股底下。她哈哈大笑，说因为烟盒外面包着柔软的黑羊皮，还因为她现在浑身皮肤都发麻，所以没发现。"

小薛不断地往下说，说出所有细节，马龙督察强调过。那些景象在他脑中依次闪现，像是从沮丧中爆发的古怪灵感，像是有一种隐秘的快感在提问者和回答者之间悄悄滋生，像是他和这个粗壮的巡捕房警官瞬间形成一种心照不宣的共谋。他的词句变得越来越顺滑，好像风吹开窗帘，好像写作者整晚绞尽脑汁，突然看到曙光。

"你在她的卧室里到处翻找，难道从未看到过什么可疑物品？"

"你是说枪？"他脱口而出。

"她有枪？"

有一两分钟的光景，马龙督察一直在用一种奇怪的神情看着他，看着他薄麻外套上的第一粒扣子，那里挂着一朵枯萎褪色的栀子花，墨绿色的花托正好嵌在纽扣缝里，就好像是直接从那缝里生长出来，而他正在为此惊异万分。然后他开始说话，好像又从冥想中忽然清醒过来。他又开始说话：

"你究竟知道她多少？有人说她是德国人——"

"她是俄国人。"

马龙督察厌烦地挥挥手，他不喜欢有人在他说话时插嘴，"你看过她的证件么？南森护照 [1]，还是沙皇政府签发的身份文件？你对她一无所知，你竟然敢声称自己是她的情人——"

他再次停顿，像是要宣布一件重大事项，像是他要对小薛的无知加以宣判：

"这位中国人口中的梅叶夫人，你的特蕾莎，全名叫 Irxmayer Therese，能干的女大班，拥有一家开设在香港的公司。她可比你想象的要危险得多，实际上，租界警务处正在关心她本人——嗯，会不会成为某种不安全的因素。我们相信她交往

---

1. Nansen passport，第一次世界大战后发给欧洲难民和无国籍人士的类似护照的身份证件。国际联盟于一九二一年任命挪威人弗·南森博士为国联高级专员处理俄国难民问题。南森倡议召开国际会议，以便有关国家向难民颁发一种代替护照且具有国际旅行效力的身份证件。一九二二年有五十三个国家参加的日内瓦会议通过关于发给俄国难民身份证的协议。该协议后来得到国联行政院承认。

的都是一些坏朋友，我们相信她正在从事一种危险的生意，如果你因为我们的利益——我们希望你同样认为那也符合你自己的利益，参与到她的生意当中去，在适当的时候把情况告诉我们，把她那些坏朋友的事情告诉我们，警务处——以及我个人，都会记住这份人情。"

他们两个人，法国人开车，中国人与小薛一起坐在后排。车子开到礼查饭店，停在门口的大雨篷下。引擎再次发动时，法国人朝他笑笑，左手曲着两根手指，在帽檐边上俏皮地行个礼。那帽子是跟身上的雨衣配套的，向后掀在脑袋上。

"Mes couilles。"[1]

小薛轻轻咒骂，把早已熄灭的半根香烟扔进雨水里。

栅栏门关着，电梯井隆隆作响。他绕过电梯间，决定爬几层楼梯，需要活动活动腿脚。他又累又饿，九点多钟时他们去八仙桥的广东饭馆（"你要吃点东西。"）。但他没动几下筷子。饭馆里全是警察，夜宵时间，这里全是交班的街头巡捕。

他给特蕾莎打电话时，那两个家伙盯着他，一个站在电话亭里，倚在门框上，在他后背三尺距离。另一个站在电话亭外，在他眼前，隔着玻璃窗。然后把他送到这里，客客气气，几乎像是好朋友。

薛的沾着湿泥的皮鞋木底踩在花纹地板上，咯吱咯吱，像是要从鞋底的缝隙间挤出水来。

整整一天，他的耳边都是说话的声音，即使现在，那声音

---

1. 粗口。

仍然从礼查饭店走廊的护墙木板后面恼人地钻出来，忽而尖利，忽而讥讽，充满威胁，也不无诱惑。说服他的是这种声音本身，而不是那些短暂的恐惧。他的确有过恐惧，今天上午，当他被独自捆绑在一个空无一人的房间里，蜷缩着躺在水门汀地上，头被人塞在一个洋铁皮桶里。

六

民国二十年　六月五日
下午　一时十五分

　　特蕾莎并不在乎中国人把她称作梅叶夫人。可以省掉一半音节呢。再说，那本来就不是她的东西。那是在大连，一个金发的奥地利商人留给她的。她喜欢这名字，可以帮助她忘掉过去。一个人如果不把过去忘个一干二净，她怎么活得下去？特蕾莎常对她的秘书——Yindee·陈这样说。陈英弟，买办陈把她名字的中文写给特蕾莎看。告诉她，Yindee，在暹罗语里就是心情快乐的意思。陈是英弟的五哥。那是个分支遍布香港河内西贡的大家族，英弟多次向她解释，可她从来就没搞懂过这里头的关系。

　　在香港，陈可以为任何东西找到合适的买家，也可以为任何买家找到想要的东西。他衣冠楚楚走进阴暗的骑楼里，推开门，爬上狭窄的木梯，伸出细嫩可亲的双手，不管对方是走私商人，是帮会打手，还是激进分子。

从陶而斐司路[1]的维也纳香肠店一出门，特蕾莎就觉得不大对劲，她几次回头，装成捋捋头发，朝对面街角扫一眼，可又没看到什么。可她就是觉得背后有双眼睛。

上午，她在同孚路[2]的裁缝店。金牙潘是她的老相识，特蕾莎向玛戈推荐说，哪怕交给他一页印得灰扑扑的电影画报，他都能照式照样裁出来。玛戈带来一块浅蓝色的塔夫绸，这让特蕾莎隐约想起她的童年，十岁生日，宽大的裙摆，裙摆底下缝着银色的铃铛——可是，谁知道呢？也许是哪个电影里的镜头。她为自己的过往编造过太多故事，哪个真哪个假连她自己都记不清。

裙子还未完成最后的缝制，先试试样子——

"Look-see, Missie？"

嘶嘶的洋泾浜英文单词从金牙缝隙里挤出来，好像指甲刮过塔夫绸滑脆的表面。粗针大线连缀在一起的裙片被挂到玛戈身上，走出更衣室的玛戈像一朵蓝色的雏菊花。布里南看到这个会发疯的。长裙的后背是镂空的，布里南抱着她的时候，手可以顺着角尖处的开口滑下去，一直滑到放荡而快乐的梦乡。玛戈总是把布莱尔先生做的那些事情原原本本告诉特蕾莎，把那天下午在罗别根河畔迷路的事告诉她，把赛马俱乐部的欧战

---

1. Route Dollfus，今位于雁荡路和重庆南路之间的南昌路东段。
2. Yates Road，旧名亦称宴芝路，今石门一路。上世纪二十至三十年代开有多家高级时装定制店。

纪念碑下发生的一切都告诉她，把那些场景塞进她脑子里。布里南的手，玛戈的那套英国花呢骑师装，玛戈倚靠在一棵摇摇晃晃的幼小树干上。玛戈的脸上泛着红晕，好像那棵树干还在摩擦她的脸颊。

这让她想起小薛。她差不多有一个礼拜没见过小薛。这个杂种，这个年轻的中国男人，她猜想自己比他大十岁，也许没那么多，五六岁，顶多。但他是中国人，皮肤光滑。她承认自己喜欢他，包括喜欢他那股苏打粉似的清新气味。

特蕾莎和歌手上床，和插画家上床，和莉莉酒吧里半醉不醉的人上床，陌生而又亲切。有个捷克犹太人，灵感勃发时，就在礼查饭店的便笺簿上胡乱画，裸体女人，还有男人，那玩意儿直挺挺地竖在那里，坚硬的齿型线条，像是黄浦江里英国巡洋舰乌黑的棱角分明的烟囱。可在特蕾莎看来，就连漫画家的铅笔也比不上小薛的照相机。

小薛，这个业余摄影家，这个冒牌的花花公子。他乐于在礼查饭店黑暗空旷的房间里摸索，不开灯（因为他身体里有一半是中国人），甚至不开窗，不拉开窗帘，不喜欢夜里从黄浦江上吹来的凉风，像所有的中国人那样，他怕着凉。即便在黑暗里，薛的手指也如此灵巧，准确得像是在暗房里配比显影药水。薛为她拍照，在黑夜里，镁粉在她身体下面燃烧的瞬间，特蕾莎看到他那张苍白的面孔。

陶而斐司路很短，呈一段弧形。法租界里弄密布，地产投机商随意圈地，市政当局的筑路计划也极其混乱，很多马路都这样蜿蜒曲折，这给爱好隐秘活动的人带来很大方便。

在岔路口，特蕾莎改变主意，她转过弧形街角，走上环龙路[1]。她在俄国书店的铁栏杆上掐灭香烟，把烟头扔在书店橱窗脚下的半地下室窗口。现在别回头，特蕾莎知道隔壁有一家俄国人开的画室。ART DECORATION STUDIO, ORDERS TAKEN[2]，那块玻璃橱窗上有两行丑陋的花体字。

她突然停住脚步，白俄艺术家的橱窗内，货架上堆着无数五颜六色的盒子。货架顶上，有大堆镶上框的油画，一只巨大的黑鸟斜着单眼从画布上向橱窗外张望，鸟喙像是把弯刀，刀尖指向一具裸体女人的雕像，裸体女人全身雪白，只有钢盔般的头发是黑色的。

在鸟喙和那女人的乳房之间有一面边框花哨的镜子。这是她在等待的东西……阳光照在街对面凸出的围墙上，她盯着镜子看，车夫把黄包车靠在边上，自己坐在墙根抽烟，梧桐树下只有他一个人。

特蕾莎用钥匙打开 Eveready 牌铜门锁，英弟站在皮恩公寓起居室的中央，她的"五哥"窝在沙发里。阿桂把一盆栀子花放在靠窗的小圆桌上，室内萦绕着那股湿漉漉的香气。

陈从香港来。他把一本电影画报平端在下巴上，像是要从不同的折射光线里仔细看看那些照片。他有个尖圆的下巴，像那种中国小妾。

阿桂端着茶盘冲进来，又咯咯笑着跑出去。阿桂也是特蕾

---

1. Route Vallon，今南昌路西段。
2. 装饰艺术工作室，定制。

莎从香港带来上海的，陈有时候会给阿桂带些广东零食。房间里香气氤氲。特蕾莎喜欢中国茉莉茶。陈总是对她开玩笑，说俄国茶有股骆驼尿的味道。那是山西商人过戈壁时骆驼出的汗。俄国人喝惯这种茶，对火车运来的很不满意，于是狡猾的中国茶商就把茶叶袋放到骆驼尿里泡几天。

陈用他那台恩得伍德[1]牌打字机把清单打在一叠浅蓝色的纸上。他每个月都会从香港带来大笔现金，存进她的私人账户。她从不打听他自己能赚多少。一百年来在中国发财的外国商人都不打听，这种办法至今都行之有效。

她只负责货源。在柏林，卡罗维兹公司[2]的海因兹·马库斯[3]写信对她说，作为国家社会党的赞助人，公司业务有望蒸蒸日上，特蕾莎的公司尽可以放手开辟新业务，他们会给予必要的支持。德国人在大战期间失去很多亚洲的贸易份额，现在正是重新拓展的时刻。租界的消息灵通人士交头接耳，传说国家社会党不喜欢犹太人，特蕾莎不以为然。这是在亚洲，只要能赚到钱，没人能把你怎么样。

如今她不必再去跟那些船主睡觉。从前她靠这方法让他们降低运价。他们驾驶着破烂的小货轮，在印度洋和中国南海上历尽千辛万苦，一上岸总是欲火难耐。航线一旦开辟，财源就滚滚而来。现在她已建立起稳定的业务网络。在香港和上海陈都能找到可以信赖的朋友，甚至在河内。而陈和陈的家族，

---

1. Underwood。

2. Carlowitz。

3. Heinz Markus。

一百年来都是外国商人最忠诚的伙伴，只要欧洲人能给他们带来现金和生意。他们善于跟任何人打交道，政府，军阀，警察，帮会，包括大大小小各种强盗。

陈在漆咸道[1]开设一家五金行，他甚至兼做零售业务。那叠浅蓝色的清单里有一项古怪的交易记录——

"为什么要改装？如此昂贵？"她问。

陈向她解释："有个古怪的印度贸易商，只是想给情妇买一件生日礼物……"

珠宝匠人替它镶上各种宝石，还贴上金箔。根据印度商人的要求，把手枪的后托部分改镶上一整块中国古玉，玉石上雕刻着一位肚皮舞女。这个身上一股咖喱味的家伙强调说，舞女滚圆的肚皮下方，在那层波纹状的纱衣的掩映之中，要"特别"刻出一道细缝。陈告诉特蕾莎说，那个印度商人完全相信他情妇的母亲对他说的话：她女儿直到认识他之前还是处女。

陈告诉特蕾莎，他要在上海安排一次交货。是个韩国人。他从口袋里掏出另一张单子，白纸上打着三行字——

Mauser 7.63 Auto Pistol

Spanish type .32 Auto pistol

Chinese (Browning) .32 Auto Pistol[2]

"总价是五千七百三十二块，"陈说，"说到那位莫洛骑

---

1. Chatham Road，香港尖沙咀的一条道路。
2. 手枪型号。毛瑟 7.63 毫米自动手枪。西班牙型点 32 自动手枪。中国型勃朗宁点 32 自动手枪。

士[1]……"

莫洛骑士是特蕾莎私下为那个普鲁士商人起的外号，因为他的右手腕上有一道伤疤，当作他年轻时热衷于击剑的一项证据，常常故意暴露给人家看。特蕾莎记忆里有一本供儿童在天气好的下午阅读的插图书，有一幅画里，这位莫洛骑士被特里斯坦一剑砍断右手。她曾向陈提到过这幅画。

卡罗维兹公司建议特蕾莎找他谈谈。在漆咸道的酒吧她见到他。他说他代表一家德国金属公司，他在一张便笺上画草图，画给特蕾莎看，他怕她听不明白。她甚至从未听说过这东西，他把它的德文名字写在草图的角上，临走时特蕾莎随手把草图丢进手袋。他不断向她提到莱茵河，水面上灰色的雾气……

陈把一张纸交给她，这次不是在酒吧便笺上随手画的草图，这次是一张规规矩矩的设计蓝图，是从更大张的水洗晒图纸上小心裁剪下来的。像是一份儿童家庭几何作业，像是家具公司夹在目录样本中的设计图，图上分成三个部分。

"那很危险，谁会买这样的东西呢？"

"是的……危险……"陈有些心不在焉，他掏出银光闪闪的烟盒。

"这个圈子很小。这东西也太引人注目。会有麻烦的。"

从香港回来后，特蕾莎一直感觉不太好，她老是怀疑背后有人在跟踪她。

---

1. Knight Morolt，欧洲中古传奇中的骑士。

七

特蕾莎有一辆八气缸福特 A 型轿车。

墨绿色的汽车停在珠宝店后院里。备胎挂在车尾，外覆白色涂胶帆布。暮色笼罩着这条弄堂，有人在唱机上放上一张唱片，声音从二楼的窗户飘散在黄昏的街道上，尖利的小女孩嗓音，国语里带着些南方口音，湖南或是广东。声音甜腻，像是唱针上涂过太多蜡油。

她自己开车，没带上那两个哥萨克保镖。她要去礼查饭店。今天是礼拜五，她要在礼查饭店度过整个周末，如果觉得饿，她会开车，带着小薛沿北四川路一路找过去，在莉莉酒吧那一带找到吃饭的地方。

汽车沿白尔部路[1]向北行驶。沿街弄堂的铁门洞开，街上散发着菜籽油的气味，特蕾莎摇上窗。不久她就转上更宽阔的马路。灯光把电影海报折射到车窗玻璃上，比电影本身更加如梦如幻——雷电华公司出品，歌舞片《美人玉腿》。《哥萨克》海报上是约翰·吉尔伯特[2]，两撇八字胡。接着是西伯利亚皮货店橱窗上的灯管广告，一只刺眼的北极熊，嘴里叼着一串花体字母——SIBERIAN FUR。

---

1. Rue Paul Beau，今重庆中路。
2. John Gilbert。

道路两侧是阴暗的高楼，路越来越窄，房子越来越高，变成巨大的黑影。在夜色中，那些燧石和花岗石的外墙就像是直接在峭壁上开凿出的。她驶过外白渡桥，右侧是苏联驻上海领事馆，夜色里，高耸的塔亭像是一顶巨大的头盔，盔缨处有旗杆和旗帜，在黑暗的天空中随着江风疾舞。

几年前，跟随史塔克海军上将来到上海的哥萨克士兵向这幢房子发起攻击。那是一次虎头蛇尾的狂欢，戴着破烂皮帽的老醉鬼们簇拥在礼查饭店街对面，嘴里唱着希腊正教的圣歌，用砸碎几块领事馆玻璃窗的行动来报复他们的工人阶级敌人（而他们如今喝的伏特加比工人阶级搪瓷杯里的更加劣质）。妇女们负责围观，而特蕾莎甚至连围观都懒得加入。她躲在礼查饭店的窗口，手里端着半杯掺伏特加的格瓦斯，身后的床上是那位赤条条的捷克画家。

考斯洛夫斯基[1]领事亲自率领这场保卫苏联领土的战斗，他用排枪打死那个想要扯下铁门上那面镰刀斧头旗的哥萨克军官（从那以后旗帜被转移到塔亭顶上），特蕾莎真的很希望由她来装备那一百多名哥萨克士兵，可他们都是穷光蛋。就在那天，她第一次看到小薛。租界巡捕冲到领事馆大门口时，别人都四散奔逃，只有他还站在那具尸体边上不停拍照，她连忙穿上衣服下楼，想要从他手上弄一套冲洗出来的照片。两天以后，小薛在莉莉酒吧里把照片交到她手上。她是一直到后来，到礼查饭店房间床上才把这些照片仔细看过一遍，照片让她变得更加

---

1. Koslovsky。

兴奋。

那以后她一直断断续续跟小薛上床，幽会的次数越来越多，日期越来越密集。她喜欢看他拍的照片，她还从来不曾用这种方式看过自己，她的身体在照片里化成无数个局部，变幻莫测，就好像她突然能够变成无数个女人，有的比她丑，有的甚至比她自己长得还好看些，但每一个她都不认识。看到自己在照片里像牝马那样撅着屁股，她一点都不觉得羞耻，因为在黑暗的背景衬托下，这匹雪白的牝马显得如此矫健，如此气宇轩昂。

她总是约小薛到礼查饭店幽会，住在礼查饭店里，就像住在船上。她在镶着栗色护墙板的走廊里穿行，这些迷宫般的走廊通向一百多间客房。门上的蚀花玻璃像是被雨水打过，镶嵌在花瓣形状的铸铁窗格中。她常订的那间，茶房说是在"前舱"。湿润的风，黄浦江的潮声。夜里雾气升起时，真好像漂浮在海上，她喜欢这种漂浮的感觉。

客厅被弧形的拱梁分成前后两部分，放着巨大的柚木家具。藤制宽椅围茶几摆一圈，边上是红木架落地台灯，会客区域背后的双扇门通向卧室。

古老的亚洲气味弥漫在卧室里，那是黄浦江上湿雾的味道，灰色蚊帐的霉味，中间还夹杂着一些防蛀香木的古怪气味，那是镶嵌在柚木家具的抽屉板上的樟木、檀香木，还有肉桂木。她从沉重的五斗柜抽屉里拿浴袍和毛巾时，那股怪味顿时充溢在她的身体四周。她走过去打开窗，江面上传来鸥鸣和汽笛声。

浴缸摆在卫生间中央，房间四角放着软凳、陶瓷洗脸盆和抽水马桶。饭店仆人把暖气片的铜栏擦得雪亮。伸缩杆吊灯从回字形梯状屋顶上悬挂下来，几乎吊到她头上，她在浴缸里昏昏欲睡。

她被电话吵醒，她湿漉漉地奔进卧室。是小薛，他告诉她要晚点来。他的声音紧张而沙哑。她还来不及追问，他就挂断电话。

一直等到十点过后，小薛才敲门……

特蕾莎吃惊地看着他，她盘腿坐在床上，薛背着她熟睡，脸上、腿上、腰窝上，到处都是瘀青，唇角破裂。不过，让她吃惊的倒还不是这个。她在酒吧间里，花上几块钱，买上两杯酒，用那种办法勾搭来的男人，身上冒出几块瘀青是常有的事。

让她吃惊的是他在摆弄她，像是出于某种不知名的怨恨。他把她推到床的尽头，使劲抬起她的两条腿，把她挤成一团，把她的脸压进枕头里。他想把她翻过来，颠倒过来，把她最隐秘的感觉变成一种可视之物，让悬挂在天花板上的吊灯照亮它，好像她身体的感觉是一种蹈空起舞的昆虫，一旦被灯光照射，它就会停滞下来，就会凝固下来。她双腿高举，脚趾紧绷，她看到灯在摇晃，看到灯光照在她的膝盖上，膝盖上几道压痕。快感像风一般掠过她的小腹，她使劲抓他的手臂，抓他的屁股……

他转过身来，那段此刻变得绵软的东西从他左边的腹股沟掉落到右边，在灯光下就像一段深褐色的海肠。她伸手过去掐他，在他醒过来之前，那东西已再次坚硬起来。

他的声音从她身体下方传来，像是从黄浦江水底传过来，他的声音断断续续，像是江水底下那些淤泥时不时让他透不过气来——

"告诉我……告诉我……你那些坏朋友……也对你这样么？"

她用双膝去夹他那让她分心、让她抓不住感觉的脑袋，用双腿从两边紧紧夹住他那撑开她的脸颊，她用她此刻像块湿透的抹布一样的身体去摩擦他的面孔，他的鼻梁。她顾不上去听他说的话，她猜想他的脑子里有一团妒火在燃烧，她可不想去浇灭他。

半小时后，她才想起他说的"坏朋友"。他说的是陈？那是个误会。从开始到现在，她一直在抵御他，他想搅动她的整个身体，他想搅动她的整个思想，可她越是抵御，就越是觉得他那唇舌一直搅动到她心里最深处。她无法给自己对他的喜爱打点折扣，她有些担心那误解会让他失望，她越来越觉得不想让他过分失望，她最近常常觉得自己心肠变软，她猜想那是年华老去的缘故。她变得越来越不舍得轻易丢弃掉那些能让她开心起来的事物，她变得害怕失去，身心愉悦似乎不再是唾手可得的东西。她越来越体会到，快乐其实是心里那股劲头。

她想要对他解释——

"他并不坏，他只是个生意伙伴——"

"是什么生意？"他跳下床，脊柱下有一块凹窝在灯光下忽隐忽现，凹窝的四周是一圈瘀青。

"你别多问，"她生起气来——

"那些事无关紧要。那些事与你无关。你不懂——知道那些对你没好处。"

"可我想知道，你的事我都想知道。三年来，我们都在这些地方见面。你让我觉得自己像个男妓。我陪你喝酒，陪你上床，陪你乘船旅行。可我不知道你在干什么，不知道旅行途中你一个人出门去哪里，你总是趁我睡觉悄悄跑出去……"

这时他好像真的生起气来，越来越大声："我甚至都没去过你住的地方，我甚至不知道你做的究竟是什么生意。买一块祖母绿需要带上枪么？"

"那不是祖母绿，我告诉过你，那是乌拉尔翠石榴石——"

他到她的手提袋里去掏烟盒，激动地倒出所有的东西，手枪和烟盒一起落到汗湿的床单上。一张灰蓝色的纸片同时飘落，纸上画的……像是一种新式的晾衣架，你很难相信它是枪，可它的确像是一种机关枪。那是普鲁士商人的宝贝，莫洛骑士小心翼翼把它裁剪下来，在某个香港的酒吧里献宝一样把它献给陈……

她一把抓过那张纸，她把它连手枪一起抢过去，塞进包里，她怒气冲冲盯着他看，可后来她又想起在船上踢他的那一脚。她想起自己是如此喜爱他对她做的一切。

"就算是翠石榴石也不用带上枪。"他点上烟，递给她。

"也许有一天，我会让你去见见他。可不是现在——也许过段时间我会让你看看我到底在干什么。让你看看我的生意。可你最好是乖乖的，别多嘴，也别多问。"

她把手插到他的两腿中间，用拇指关节从下面弹那团东西。她用带烟味的嘴唇吻他的鼻子和耳朵。他的鼻子上带着她的气息，她自己身体的味道。他气馁地倒在枕头上，肩膀上的伤痛让他嘴角突然咧开，斜歪着抽动一下。她抚摸他身上那些瘀青，抚摸他脖子上的瘢痕。时间还早，现在已是子夜，今天是礼拜六，他俩要在这里过上整整一天。

"现在，你来告诉我这些伤痕，是谁把你弄成这样的？"

八

民国二十年 六月七日
晚 七时十五分

餐馆名叫"本迪戈"[1]。位于迈尔西爱路[2]和蒲石路[3]交叉的路口上，华懋公寓的底楼。坐在餐厅西北角靠窗的位子，你面前（隔着马路）就是法国总会和兰心大戏院。这是上海最好的西人餐厅，业主是一对犹太夫妇。

玻璃门内有向下的台阶，餐厅在半地下室——这可不是想要仿效哪种建筑风格，什么低地国家用来隔绝潮气的空间，什么佣人在这种地方干活可以避免因为窗外的风景分心。据说那只是因为承包商打桩时，故意挑选一种更加便宜的钢筋，大楼刚造好不久就开始沉降。

餐馆的老板是德裔犹太人。在通向餐厅的台阶旁，墙上挂

---

1. Bendigo，这个餐馆的名字让人想起澳洲早年的那个在淘金热中兴起的小城。

2. Route Cardinal Mercier，今茂名南路。

3. Rue Bourgeat，今长乐路。

着他的大照片。一圈神气的大胡子，好像几年前街头常见的卡尔·马克思巨幅画像。实际上你看不到他的胡子，因为要开餐馆，他就把胡子全都剃光。关于他，说法可不少，全都是不折不扣的租界传奇。比如说，有人断言他租下这间昂贵店铺开餐馆，本钱来自早年的澳洲淘金（你自己看么，餐厅名字不就暗示你啦）。

不过租界里的识途老马会告诉你另一个版本。老罗曼兹二十多年前还是个犹太瘪三，连个破烂皮箱都没有（有人说从锅炉声隆隆的底层大舱上岸的外国穷鬼都提着两只烂皮箱，哪有这事儿）。他在黄浦江边走来走去，几近绝望。命运女神突然想起他来，黄包车上落下一只钱包。机会对于每个遭遇它的人会有不同样的结果。比方说，如果他把钱包藏进怀里，这个机会可能会让他醉上半个月，可他捡起钱包，奋力追赶那辆黄包车，机会可就大大不一样啦。

丢钱包的是礼查饭店的老船长。罗曼兹是如此诚实，上校因此派给他一个差使，让他当礼查饭店的管家，专门照看那些银餐具和法国瓷器。罗曼兹在礼查饭店一干就是十二年。在第十个年头上，命运女神第二次眷顾他，送给他一个老婆。罗曼兹太太是个俄国犹太人。在礼查饭店包房间，专门向单身外国商人提供一夜之欢。她发现，罗曼兹能用对待上校的利摩日瓷器那样的温柔方式照顾她，便答应嫁给他。他俩决定先秘密结婚（不去犹太会堂），因为只要不当面告诉上帝，罗曼兹太太尽可以继续她那很来钱的工作。等到攒够钱，再告诉上帝不迟。他们果然攒够开餐馆的钱，开业当天同时在犹太教堂举行标准的犹太婚礼。

这是租界的传奇。租界就像个大染缸，把进入它的人，跟它有关的事通通染上一丝传奇色彩。那多半是因为，它就像是个飘浮在天上的空虚之城，没有根，没有过去（大概也同样没有未来），它把所有生活其中的人，或者哪怕仅仅是短暂过客，全都漂洗过一遍，全都变成和它一样，既没有过去，也没有未来，只有传奇。

陈并不是来听这些故事的（他既不是记者也不是游客），况且他早就听说过这些故事。他只是约人在这里见面。今天是礼拜天，餐馆里的人并不多。

他住在东方饭店，房间窗外的五马路对面就是张灯结彩的群玉坊。这家斜横在虞洽卿路[1]上的饭店，正门朝向西北。就像是建筑师硬要把它的脑袋挤到路口，好让它呼吸几口赛马总会的金钱气息。他在饭店的住客簿上登记的名字是陈古月，柜台上提供两种笔，陈选择用毛笔。草体字写得一团糟，这是诚实的另一种心照不宣的方式。他没有出示身份证件，无论是香港殖民当局颁发给陈吉士先生的居住证明，还是河内保安局签发给陈保罗先生的旅行文件，他都没有从皮箱里拿出来。尽管公共租界巡捕房要求辖下所有旅馆饭店按照证件如实登记顾客身份，但没有一家会不折不扣执行。

今天下午，在楼梯转角处柜台上，河北茶房老钱向他打招呼，让他从走廊穿到后楼出门。因为饭店的正门前人头拥挤，上月

---

1. 今西藏中路。

萝春阁响档李伯康跳槽,被东方书场重金挖角,每日一段杨乃武,一时间好像全上海的黄包车全都被拉到这里。

瓜皮小帽放在柜台上,灰布半大褂子刚过膝盖,露出黑色的扎腿裤,腰上也拦着一条缎带,活像只两头扎口的褡裢挂在椅背上。老钱悄悄告诉他,巡捕房中午来查过旅馆登记簿,特别挑出这个陈古月先生来问过他。

"真的假的啊?"

"老天在上,我钱文忠从不说谎。"

他觉得特蕾莎说得不错,他得小心点,他最好赶紧换个饭店。在西侨青年会¹游泳池边,他把这事告诉特蕾莎。特蕾莎并不太在意,她似乎很疲惫。只要一到周末,特雷莎就会失踪,连影子都看不见。英弟告诉他,特蕾莎肯定跟那个黑头发的混血摄影师在一起,那是特蕾莎"把所有生意都丢在一边"的"玛苏连尼察²周末",可别想找到她。可他有急事,他刚卖掉一单货。

今天晚上,他要跟人家敲定提货的地点和时间。

坐在陈右侧的年轻人穿一件黑色皮衣,戴着圆框眼镜。据陈所知,他有很多名字,朴季醒只是其中的一个。在香港,他代表一家开设在釜山的贸易公司,以前,他在陈那里订购过一批货。他甚至会讲广东话,跟他的中国北方话讲得一样好。

另一个更加年轻些,坐在陈对面,板直着腰。双手平放在桌沿上,像是正在进行某项童子军训练课程,又像是教会学堂

---

1. 在今南京西路。
2. Ма́сленица, 俄罗斯传统节日, 谢肉节。

的舍监正在检查手指甲。陈选择这家昂贵的西人餐馆，原本就是希望让客人稍感拘束。他故意挑一张摆在当中的餐桌，以便鉴赏客人们机警扫视的眼神。

林培文先生，朴季醒介绍说。还是叫我小林吧。他们很少交谈，四周很安静，没有吧台，没有留声机，也不在墙上装镜子，以免影响客人食欲。到处都是鲜花，墙上的画框里也是鲜花和水果。上第一道主菜前，罗曼兹都要亲自来照看，微笑，鞠躬，摆放刀叉碟子。

朴季醒对待食物并不拘谨，他用手抽掉整条烟熏鲑鱼的脊骨，银光闪烁的刀叉在他手里，就像可以用来杀人的武器。

五张小桌。内侧高起一尺的平台上还有一张长方形的大餐台，被铸铁围栏围起，围栏下摆放着玫瑰花盆。平台的左面有条曲廊，似乎通向另一个餐室。

亨牌[1]雪茄的香甜烟雾弥漫在餐桌上，在冷热两道甜点的间歇，陈切开吕宋雪茄，La Flor de la Isabela[2]，他在嘴里咕哝，把雪茄递给客人，就好像真的在把西班牙王宫花园里的花朵献给尊敬的客人。但年轻的韩国人不要雪茄，布丁把他的嘴塞得满满的。雪茄烟雾很呛人，林培文也不喜欢这味道，他把脊背向后靠，椅背中间镶嵌着皮质软垫。

没有人急于谈生意。这是个很小的餐室，邻桌有人打开胡椒瓶（有人说这瓶子的价钱比一顿饭还贵），你甚至会闻到那股

---

1. Alhambra。
2. "伊莎贝拉之花"，一家雪茄烟草公司。

呛鼻的味道。而你坐在房间正当中。谁会在这种地方谈生意呢？那会让人觉得你像个高谈阔论的骗子。如果别人乐意仔细倾听，那就更加麻烦。

咖啡杯只有半个鸡蛋壳大小，六角形——这房间里所有的物品都是六角形，盐瓶，小餐桌，连房间本身也是六角形。接着是水果篮，这回是罗曼兹太太出场，鞠躬，微笑，奉上紫竹篾片编制的扁篮，两只芒果，两只花旗橘，再鞠躬，微笑，好像在庆幸表演圆满成功。

已是夜里九点，音乐声从半空的风中传来，乐队在法国总会的屋顶平台上。陈在等待。他不知道该由谁拿主意。他以为顾先生会来，可他没来。顾先生觉得哪里比较方便？蒲石路离顾先生住的地方很近。所以陈把饭局订在这里。雪茄烟雾在灯光下变幻莫测，空气好像随着查尔斯顿舞曲怪诞地摇摆。陈问客人要不要去舞厅，这就像是一句不合时宜的玩笑话，无人响应。

是朴季醒先离开餐厅。独自一人。十分钟后，陈和林一起离开。

走出餐厅，兰心大戏院还未散场，隔壁马迪汽车行的车库里，福特车排成两列整齐的队伍，好像两队瞪着巨大复眼的甲壳虫，在强烈的白光照耀下，一丝都不敢动弹。他俩站在车库洞穴般的开口旁等待。街对面，华懋公寓三楼只有一扇窗户亮着灯，乳白色的窗框在黑夜里泛着幽蓝的光辉。窗下挂着一副巨大的眼镜，两条眼镜腿是可伸缩的曲折臂架，现在它完全伸展开来，挂在人行道上的夜空中，好像被人兜头猛揍一拳。左边的眼镜片写着"梁文道"，另一片上有四个字："医学博士"。

陈不知他们要把他带去哪里，也许是他的诚恳终于获得承认，因此得到觐见顾先生的机会，也许只是换个地方继续等待。他觉得自己差不多应该可以发一通脾气，但并没有。汽车沿着迈尔西爱路向南，驶过环龙路口，林让司机停车。

九

朴季醒藏身在迈尔西爱路高级定制洋装店的门洞里，低垂的雨篷把路灯的光晕遮挡在外面。他看着车子驶过，他看到陈先生和林坐在汽车的后排座位上。等汽车开出两三百米，他才疾步赶上去。九点过后的这半个小时，恰似一段幕间休息时刻，街道空空荡荡，稀疏的梧桐树影间只有夜风穿过，温暖潮湿，还带着点腐腥味，像是有头巨兽藏在夜空的哪个角落，因为吃得太饱，正在不住喘息。整整两分钟内，迈尔西爱路上就只有这辆汽车驶过。法国总会围墙后的树林里传来一两声猫叫。

他看到汽车缓缓停到路边，他又等待一两分钟，确定在那辆出租汽车后没有异常，没有鬼头鬼脑的尾巴，这才走过去，钻进车，坐在前排司机座边上。汽车再次发动，他解开衣扣，点上香烟，很快吸掉这根烟的三分之一，好像他从未离开过他们，好像他一直就坐在车上。

朴是韩国人，年轻的剧团演员，分配给他的都是些小角色。在上海，他加入一个韩国激进小组。在团体中他却扮演一个个重要角色。他在中国东南沿海的岛屿间奔波，舟山，香港，有时还会跑到海防和槟榔屿。起初，他那伙人确实得到莫斯科的财政支持。他自己还曾在伯力接受过三个月的课程训练。可是不久以后，朴所属的团体受到另一些韩国人（那帮人在海参崴和伊尔库茨克活动）的排挤。在莫斯科，突然之间旧的原则受到质疑，当务之急，是要保卫苏维埃，还是继续世界革命？结论作出之后，老的机构部门必须重组。朴的小组突然失去来自莫斯科的支持，也不再接到任何指令。他们冒险派人出满洲里，在莫斯科的会议桌上朝人家抗辩，讨论极其激烈，甚至有人在会议现场动拳脚（据说动手打人的正是朴的哥哥）。

后来就有传言说，公共租界巡捕房正是在接到某个来历不明的举报电话之后，才会在那天深夜派出大队人马，冲击吕班路韩国激进分子的开会现场（朴的哥哥当时掏枪反抗拘捕，被当场击毙）。而这个举报电话，有人怀疑与海参崴的韩国人有关。老顾却对朴说，不要太轻信传言，公共租界的英国巡捕向来很狡猾，也许是故意释放的烟幕。朴的组织损失惨重，要不是老顾收容，他几乎走投无路。

车子调头向东，两侧是法租界高低连绵的砖房，装着木栅门的弄堂。朴季醒指挥司机不断在岔路口转弯，时不时朝后视镜张望。刚刚在餐厅座位上，他偶然抬起头，看见台阶上门厅外的黑暗中闪过一个人影，他有些疑心。他不敢大意，他受过严格的训练，懂得所有的盯梢技术。

汽车转到贝勒路[1]上，停在弄口。街对面有家日用杂货五金铺，还没合上门板。柜台内外各站着一个人。里头是老板，正在拨打算盘，头顶上悬挂着成串的木夹，一排铁勺，几只不知用途的铁丝网框。小伙计站在柜台外，才六月份天气，上半身就赤膊，腰上扎着段黑色布条。

一下车，朴就让自己消失在沿街房屋的阴影里。林带着客人进弄堂，弄内没有灯光，他们向左转入横弄，进门。他听见两双皮鞋踩到楼梯上。他知道那条楼梯很窄，也很陡，楼梯间很黑暗。他躲在过街楼下，墙角。听到头顶上房间一侧的敲门声，走路声，拖拉桌椅的声音。

又过大约十分钟，他从角落里走出来，转身进那幢房子。房间就在过街楼里。他推开楼梯口的双扇合页门，冷小曼守着房间外的过道，坐在一只小凳上，眼睛盯着小煤炉上那壶快烧开的水。她抬头看看他，又低下头想她的心思。

他走进房间，客人坐在桌旁，靠窗。顾福广在桌子另一侧。一袭灰色直贡呢长袍，橡木铜盆帽放在桌上。林培文站在客人身后，站在窗口，掀开一角窗帘向外张望。他坐到桌子正对窗口的那一边。

老顾的队伍在扩大。人手越来越多，他从旁观察，虽觉老顾召集人马的方法并不十分光明正大，可他也不在乎。他信任老顾，人家在伯力受训，他也去过伯力，可人家懂的就是比他

---

1. Rue Amiral Bayle，今黄陂南路。

多得多。

老顾是天生的领袖，他严密设计，把人员分成几个小组。小组间相互隔绝，独立行动，有时交叉接应，但计划总是藏在老顾自己的脑子里。

至关重要的是枪。在老顾所设想的革命方案里，枪才是所有一切的本钱。枪是能用钱买到的，而他们此刻并不缺钱。金利源那次行动之后，他们又干过几票，组织的财务问题，差不多全盘解决。

在伯力城东南郊外的营地，朴也曾学习过说服人的技巧，如何让对方产生错觉，如何让人家相信被说服的是别人而不是他自己。你可以让别人害怕你，你也可以利诱他，但有时你仅靠说话就能让他死心塌地跟随你，或者帮助你，或者把他的命交给你。

客人递给老顾一张纸，充满期待地望着老顾，好像照他的想法，老顾就应当跳起来，一把抓过去。但老顾只是平静地从他手里接过那张纸。

"现在货都在香港。按照你要的交货日期，我们会用蓝烟囱公司的怡康号客货轮装运来上海。照惯例，我们要求在水面交货。"

"可以。"老顾说。

"交货同时付款。我们在香港商定过。"

"可以。"

"五千七百八十块大洋。"

"没问题。"

现在，茶水已送进来。房间突然变得沉静，只有玻璃杯中的茶叶随着蒸气盘旋。客人是懂行的，恪守规矩，避免说多余的话。陈先生不讲究排场，没有带保镖，这让朴更加放心。实际上，也不需要保镖。最危险的是交货时刻，可交货是采用一种不见面的方式——几乎不用见面。当然，付钱总是需要面对面的，可军火交易双方的信任关系是建立在复杂的地下网络上的，一旦双方见面，就证明已得到许多重要人物的担保。

朴自己最喜欢用盒子炮，7.63毫米毛瑟枪。而这次更好，这次老顾向客人订购的是新型产品，新近开始生产的速射型号。在城市街道上短促冲击，把弹匣中的二十发子弹连续射击出去，威力会更大。这也是帮会分子最喜欢的手枪，听说前些年有个吃败仗的北方军阀，短暂避逃在上海做寓公，委托青帮大人物为其保驾，结果带来的几名保镖身上携带的这种手枪全被人家骗走。帮会以租界内不准携带无照枪支为理由，要求保镖们交出手枪，由帮会暂时保管，到最后还给他们的是几支破烂货。

林培文合上窗帘，走出房间，掩上门，站在过道里与冷小曼说话。不久，说话声音停下来，林培文打开门走下楼梯。

客人准备离开。他最后提醒老顾，收货付款之后，双方就会形同路人。他说，公司的政策是不去过问顾客如何使用这些货物，你可以拿去屠杀野鸭，消灭奸夫淫妇，哪怕你纯粹想排在墙上当摆设。但是——公司不希望顾客将来在哪个多愁善感的日子里想起他们来。

"陈先生请放心。我们还会再做生意的。贵公司把整批货卖给我们，岂不就像在你们手里捏着我们的一份账本。谁也不会把账本交出去的。我们懂得哪个手指烂掉就切掉哪个手指的道理。"

实话实说有时是最恰当的回答。客人看来很满意。林培文已帮客人要来汽车，他是在对面的杂货五金铺里打的电话。这一次，由林培文单独送客人回驻地。

朴季醒等汽车开出去很久后才掉头离开。他没有上楼，他在黑暗的街道上巡视。刚刚送客人上车时，他看到几十米开外的一条弄堂口，有人影晃动。这是他今天第二次看到那件细条格子的衬衫，这次他看得清楚，这次弄堂的拱梁上挂着一盏昏黄的路灯，他看见风掀开那件单薄的洋服，那件衬衫从衣摆下露出来。等他追过去时，百米长的弄堂里空无一人。他知道这条弄堂通往另一条马路。他怀疑这是自己的错觉，但他不敢大意。贝勒路是重要的联络点，是林培文小组使用的安全房。他准备回头把这情况汇报给老顾。他不打算上楼，在过街楼下的墙角等着。还要等一会，老顾肯定跟他自己一样，观察到冷小曼的心不在焉。走神，总是走神——他猜想老顾会找她谈话。一个身负重要责任的秘密组织领导人，应该随时注意成员的思想情况，一个组织，最让人担心的是思想涣散。他有点替老顾担心，冷小曼显然处于一种连她自己也难以察觉的困惑之中。

十

犬吠声凄厉。冷小曼看看五斗橱上的台钟，才三点半。她再次陷入连日来不断折磨她的自我拷问之中，无可解脱，无从排遣。

码头上被击毙的曹振武，确实是冷小曼的丈夫，可他也是她的仇人，她的前一个丈夫正是死在他手上。她不知道该怎样算清这笔账。

那一次，她从桂林来上海。当时曹振武作为南京政府里一位大人物的私人代表，在桂系军队中活动，计划是建立某种秘密的联盟。要不是那次巧遇戈亚民，也许这会她人已在巴黎。她没有看见他，可他却看见她。她沿着霞飞路一直走到福开森路 [1]，他也跟到福开森路。她住在桂系军队充当上海联络处的公馆里，门外有佩枪的巡捕站岗，门内有不带枪的卫队（租界当局不允许公开佩带），所以他不敢进门。

直到她再次出门，在白赛仲路 [2] 一家沿街的小书店里，他站到她背后。从前，他们都是俄文补习班的同学。从前，在补习班的教室里，他们都听那老布尔什维克讲过课。因此她根本不用转身，就知道背后站着一个人，充满敌意。

---

1. Route Fergusson，今武康路。
2. Route Gustare de Boissenzon，今复兴西路。

76

老布尔什维克并不老，说他老，是因为资历。一肚子都是他自己的故事，都是亲身的阅历。在莫斯科，在彼得堡，在巴黎，他把警察和特务耍得团团转。他上课用的是俄文，最简单的那种（参加补习班时间最长的也只有半年），可场景却栩栩如生。人的表情，树叶飘落地面的声音，药水瓶的颜色。奇怪的是，最日常的事物从他嘴里讲出来，也无不带上传奇色彩。

汪洋（她的前夫）也在俄文补习班当教员。他年轻，只比她大几岁。他去过苏联，段祺瑞的军法处警察闯进北京大学宿舍，幸亏他不在。他只得去苏联。他回到上海，在补习班里给她和戈亚民上课，口若悬河，不时嵌入一两个俄文或者德文单词。他用一本油印教材，叫作《马克思主义入门》，后来她才知道，那讲义是直接从俄文翻译过来的，是布哈林的《马克思主义ABC》。

戈亚民一直都是他的信徒。那不奇怪，在跟他结婚前，她不也一直是他的信徒么？他要戈亚民做什么，戈亚民就做什么。尽管戈亚民暗地里疯狂地爱上她，但一当他明白汪洋也在追求她，就把热烈的眼神移开。

可是现在，戈亚民也跟别人一样离她而去。牺牲——也许自杀比被杀更适合牺牲这两个字。说到底，只有义无反顾地抱有自我毁灭的勇气，才当得起这两个字。

应该让她去执行的。她争取过。但别人怀疑她究竟有没有这种勇气。老顾说，我们相信你有大义灭亲的勇气。天晓得，大义灭亲这个词放在这种情形下，有多不合时宜。可你让别人说什么好呢？无论如何曹振武是你现在的丈夫。

其实，她放在心底里没说的话是，不如就让我跟他一起死吧。此刻她坐在过街楼面对贝勒路的窗口，望着黑暗的城市，对自己尚且活着不可置信。

之六：既须残酷面对别人，也必残酷面对自己。一应软化意志之情感，亲情、友情、爱情、感激之情，甚至荣誉之心，概必压制，且必以冷酷专一之革命激情替代。

她觉得老顾草拟的群力社纲领在这一条上还不够完整。对她来说，迫在眉睫的是要压制那股自卑情绪，它们时不时从内心深处冒出头来，但愿真如老顾说的，残酷的暴力是一种净化力量，它会帮助我们摆脱自怜，摆脱自我厌弃。

戈亚民从头到尾追问这一句："他是在什么时间向你求婚的？"

我不知道，我什么都不知道。我被关押在龙华警备司令部的军法处大牢里。没有手表，没有画着嫩绿色旗袍女人的月份牌，甚至看不到太阳。有时候，一阵风吹过，牢房外的走廊里会闻到太阳的味道，青草的味道，油炸臭豆腐的味道……

别人都在沉默，那个头发始终不听话的穿着白色帆布西装的小男孩是沉默的（后来她才知道他叫林培文），他不断用手捋他额头上那一抹头发。老顾也在沉默，甚至有些殷勤，给她倒水，要不要茶叶？如果你头晕，我这里有万金油。

我不知道。每天上午，木门打开，走廊里的微风把牢房整宿的臭味吹散的时候（她从不知道女人的身体也可以散发出那样浓烈的臭味），就会有拉铁门的声音，哐啷哐啷哐啷，即便有阳光和青草的气息，这声音还是让人心惊胆战。活着，或者死去，如果是提审，那么你还活着，如果不是提审，那就是提到监牢围墙后的空地上枪毙。那些日子，几乎天天有人被枪毙。而我根本什么都不知道。看守对你很客气，"你们不是坏人，你们——都是为国家——"她们对那些刑事犯就不这样客气，如果不听话就拖出去打一顿，女人打女人，下手居然会那样狠毒。但她们什么都不会跟你说。男监在另外一排牢仓里，我怎么会知道？

戈亚民突然愤怒起来，她感觉得到怒火在他的身体里涌动，他站在她的面前，用牙齿啃着自己的拳头，好像这是表达爱情的另外一种形式，好像如果不能爱她，就要伤害他自己，如果不能伤害他自己，就要伤害她——

他挥出拳头，短促（像是在尝试），快速缩回，好像手臂上装着一个弹簧，又重重打出一拳。第一拳打在她的额头，第二拳打在她的颧骨上。林培文冲上来，从背后架住他的手臂，而他暴起眼睛，头和上身努力向前挣脱，向她扑过来，好像是在表演一具扑向火堆的雕塑。

她只感到屈辱。不是因为他打她，而是因为老顾的沉默。其实那时她并不知道他的名字，我代表组织来向你打听一些事。他代表组织。而组织在她被打、被伤害、被逮捕的时候都在保持沉默。这让她感到屈辱，让她感到自己并不重要，组织不会来营救你的。你要自己救自己。济难会那个学法律的大学生模棱两可地说，不，我不是组织派来的，我是代表一个慈善机构，我是济难会的。我可以向你提供法律援助。但你也可以把我的话当成组织（你的组织）告诉你的。如果他向你提出要求，你可以答应他，可以虚与委蛇（他把虚与委 yí 说成虚与委 shé）。

于是，她答应他，虚与委蛇，觉得自己的确像一条蛇，一条苟且偷生的自卑的美女蛇。曹振武让看守把她带出去，他给她带来点吃的。他并不是一开始就提出那个要求的，他装得像个君子。而且他跟她是老相识，老家在同一个省城，他们在同一个师范学校的同一个班里念书，是同学。他们几乎同时离开那个令人窒息的内地城市，年轻人像扑火一样扑向革命，只是一个去南方，一个来上海。去南方的加入国民革命军，他，曹振武，现在是进占上海的一支军队的军法处主任。而她是他的阶下囚。

只是到后来，他才向她暗示。这里隶属龙华警备司令部的军法处，不属于我的管辖范围。虽然我跟他们很熟，但杨虎和陈群是两个疯子，全中国都知道这是两个疯子。我去跟他们商量，一个误入歧途的女人，政府难道不应该给一个机会？他们却反问我，她是你的什么人？

你明白不明白？她是你的什么人？

他给她泡的咖啡还冒着热气，他是很细心的人。只放一块糖，又在碟子里另外放上两块。天知道这警备司令部的监牢里哪里找出的这堆家什。这是军法处看守所的所长办公室。是这幢房子里最好的一间，窗外阳光明媚，虽然是夏天，但上午这里很凉快。他穿着夏布军装，短裤刚到膝盖，马鞭放在桌上，几乎有些俊俏。他比她大两三岁（她想，我去年才刚过三十岁么，他还说，出钱让我去巴黎念两年书，就当是送我的生日礼物）。

我当然能明白他的意思。我没有接口。直到济难会再一次来人接济。我咨询他们的意见。我想——他们一定是组织上派来的。

老顾忽然从沉思中醒来，对她说："济难会不能代表组织，他们只是慈善机构，是在组织的引导下为狱中难友提供必要的帮助。他们只是组织的外围机构。"

原来是这样。可后来，我就答应他。答应他的求婚。他再一次向我提出——这次不再是暗示。他告诉我，南京又有新的政策，要加大对反动分子的打击力度，可能最近又要枪毙一批狱中的犯人。你不能再犹豫，答应我，嫁给我。如果我能跟他们说，你是我的家属——难道进行国民革命，连亲情都不要么？

我只提出一项要求。在放我出来的同时，汪洋也要出狱。但他说，这办不到，如果你是我的妻子，他又是谁呢？那我不能答应。他迟疑很久，才告诉我，汪洋早一个月就已被枪毙。就在监狱的大院内。我一直在哭，很久很久。

她想，她到底哭过没有？她以为她后来一定是哭过的。因为软弱，因为从内心里涌出的对自己的鄙视。她并不爱汪洋，如果说从前爱过他，那也是因为那时候，她太年轻。

有一次，汪洋对她说，一个职业的革命家，是不需要爱情的。他不可以有爱情，生理上的性是必需的，那是卫生的需要。如果一个职业的革命家感到需要，他应该用最简单的办法去解决它，而不应该像小布尔乔亚那样，扭扭捏捏地调情，从而把大量的时间虚耗在毫无意义的琐细事情上。

她怀疑过么？如果不是戈亚民这样追问，她想过这个有关时间的问题么？究竟是汪洋被杀害在先，还是曹振武向她求婚在先？这其实不重要，老顾说，曹振武是屠杀革命者的反动军官。但她不久就完全明白，这是至关重要的。至少对于她个人（也许对戈亚民也是至关重要的）。

似乎戈亚民认为，这件事不仅关系到曹振武的品格。也许更与她冷小曼个人的忠诚有关。

现在是老顾在说话："你再回忆一次，他第一次向你提出这个暗示的时候，你有没有给他过一个很明确的回答。你上午说你没有接口，这意思是你没有说话？时间很紧张，我们要送你回福开森路。好吧，那就是说你没有说话。这是个很明确的信号么？表示你不答应他？"他说话的口气，好像这不过是例行公事，只是要一个回答，以便使审问笔录完美无缺。

窗外的贝勒路上传来木板哐当摇晃的声音，寂寞的马蹄声音……

十一

民国二十年　六月八日
凌晨　五时十八分

她听到窗外有人长叹一声。她透过窗帘缝隙望出去，凌晨时天空比夜里更黑。街道好像被露水洗过一遍，车轮像是在湿透的吸墨纸上滚。骡马拉着沉重的粪车，是车夫在打哈欠……

第二天，上午，继续提问。还是在这里，在隔壁。在这间厢房后半部分。与此刻她置身其中的这个过街楼只隔开一道板壁。只是那个房间更隐蔽一些，有隔音的护壁板。窗口朝着天井。不像过街楼上的这一间，一面窗口对着弄堂，另一面窗口一打开就是贝勒路。

戈亚民把她接来（她没让副官跟着她一起出来买东西）。她坐在前一辆黄包车上，戈亚民坐后一辆。进门之后，老顾对她说，如果有人闯进来，那么我就是张东生。从前，我是你父亲绸缎庄的掌柜。我们在路上巧遇。我把你领到这里来，只是找个安静的地方叙叙旧。是很奇怪，但也不奇怪，因为我几乎是看着你长大的，小时候，我还是你家柜台上的伙计时，就带着你出门买炒花生。我把你扛在肩上。这里不是我住的地方，你不知道我住在哪里。我把你领到这里，是因为这里住着的是我的朋友，那人好像也不在家，只有一个年轻人（他指指戈亚民），听他们说起来，好像他是那个生意人新找的小跟班。

在俄文补习班的最后一个月，冷小曼听过那个波兰人的课程。一个老布尔什维克，他说他去过孟买。他给大家讲"秘密工作的技术要点"。课程几乎是扣人心弦的，因为全都是他自己的故事。她听得很仔细，她懂老顾的意思，他是在为万一出现的危险状况预先串好口供。老顾是老练的，他一定在组织里身负要职。

他们在前一天对她提出的问题，她仍然无法回答。很难说她的沉默算不算一个明确的谢绝。她猜不出别人会怎样想。那你有没有说过，让我回去想想之类的话？

但是，说过又怎样？难道说，因为曹振武想让我答应嫁给他，就指使宪兵杀害汪洋？他并没有指使龙华警备司令部的权力。可你并不知道他有没有这个权力。而你们，在怀疑我对组织的忠诚，怀疑我对汪洋的忠诚。但你对汪洋是忠诚的么？在答应他的求婚之后，甚至之前，你究竟有没有想到过汪洋？那时你万分恐惧，每一分钟死亡的阴影都笼罩在你心里，紧紧攫住你的心脏。所有的事情都在折磨你，让你分心，让你根本想不起汪洋来。天气炎热，吃得很坏，每天发一次洗澡水，只够用凉水擦身的，你甚至连一件干净的内衣都没有。没有太阳，用剩下的水稍微漂洗一下，就挂在铁栏杆上阴干。你只想走出去，走出监狱的大门，大门外充满阳光，盛夏的烈日比任何时候都更可亲。

即使是和曹振武结婚以后，你也从来没有想起过这些事情。或者是，你不敢回想。你不愿回想起来。走出监狱，你就像换了一个人似的。要不是有人问你，你究竟记得不记得在那里发生的事？你犹豫过么？你拒绝过么？难道事情不就是这样自然而然地发生？曹振武要救你，就要找一个理由，而最好的理由不就是你是他的老婆？你到底在什么时候向他打听汪洋的？有没有那杯咖啡？那杯在你的记忆里冒着腾腾热气的咖啡？

到最后，组织上突然说（没有任何征兆）——其实是老顾打破沉寂，他说，组织上相信你。这让你如释重负。不，不光是如释重负，你简直是感激涕零。你终于得到结论，你最终被证明是忠诚的。

可是从这一刻起，出狱以后所有的那些安逸生活再一次离你而去。桂林南郊那幢带花园的公馆，花园里那几棵红豆树，佣人老黄和他的一家人，无疾而终的怀孕计划，还有巴黎——

突然之间，她好像一下子回到从前的日子，紧张，疯狂得近乎快乐。不是她再次找到革命，是革命再次找上她。

之十三：假如他对这世界抱有同情，他必不是革命者。他应毫不犹豫地毁灭这个世界。他应仇视所有，且一视同仁。

按照老顾的指示，她像群力社其他同志一样，把这份纲领牢牢记在脑子里。他们不断背诵，逐条讨论。刚开始，她觉得这事多少有些可笑。可渐渐她就觉得不但不滑稽，而且确实有效果。语言是有力量的，它的确可以净化你，提升你，让你越来越坚强。当她软弱的时候——她不是一回到曹振武的身边就开始犹豫么？在南京，在桂林，她不断与自己辩论。在香港的码头上，她甚至起过阻止他上船的念头（可她不知如何开口，更不知如何解释这复杂的局面）。甚至在吴淞口邮轮停泊，等待快艇前来接他们的那一两个小时里，她还在怀疑这一切到底对不对，怀疑这一切是不是幻觉。她在船舷边还哭过，因为她憎恨自己的犹豫不决。阳光照耀她时，她口中喃喃有词，背诵纲领上的这句话（她记得那个洋场小开好奇地盯着她看）。

天已大亮。

她很少出门，她觉得自己像是个被遗弃的人。别人要求她藏身在贝勒路这间房子里，尽量少出门，尤其是白天。她想做点什么，但没人派事情给她，也很少有人来找她。邻居们觉得她大概是个弃妇，单身女人，白天窝在家里不少见，但夜里也不出门，整天都不出门，别人就会好奇。

他们告诉她，她在曹振武遇刺的同时失踪，报纸上连篇累牍报道她，到处是她的照片。毫无疑问，她会被当成重要的嫌疑对象。也许此刻她就在警备司令部的通缉名单上，也许连租界巡捕房的黑板上也钉着她的照片。只要稍微调阅一下档案，人家就会吃定她——龙华监狱一定有她的完整档案。

承租贝勒路房子的是林培文。冷小曼刚住进来时，他们告诉她这里是联络点，老顾也常来，就在过街楼的窗户前拉开桌子，骨牌倒在桌上，噼里啪啦，邻居一听到打麻将的声音，对楼梯上的陌生面孔就不太当回事。

林培文一副公子哥儿的派头，动辄夹着几本书，好像大学生。他这样的人，在外面租个房子，房子里放个漂亮女人，别人也不会奇怪。好吧，就算这女人看起来比他大几岁，也是个合乎情理的故事。顶多朝他诡秘地笑笑——年轻人，要当心这种女人。

后来就很少有人来找她。日子安静得几乎有些古怪，夜里她不大容易入睡，白天醒得晚。起来以后也不出门，多半时间坐在窗口发愣，恍恍惚惚就是一天。昨天夜里，他们又开始使用这个联络点。不管怎样，组织上并没有忘记她，组织上记得她在这幢房子里。老顾告诉她，前段时间暂停使用这个联络点，组织上考虑的是她的安全。

今天早上，她觉得自己又在渐渐活过来。她想还是不能这样消沉下去。她要再去跟老顾说说，她想要参加工作。她决定出去走走，她猜想要是再不出门，躲在这里，害怕被人认出来，她就真的会变成胆小鬼。她就会忘记该如何在大街上坦然行走，她就会害怕路上的陌生人，别人看她一眼她就手足无措。那样她就再也不适应城市地下工作。

她起来梳妆打扮，哪怕去八仙桥菜场买点什么也好啊。九点时她走出弄口，贝勒路就像往常那样行人稀少。烟杂店已开门做生意，日用五金杂货铺的门板还没卸下，伙计蹲在马路沿上漱洗。她站在弄堂口左右看，等着拦下第一辆路过的黄包车。

街上安静得出奇。阳光冷冷地照在她脚边，脸盆里的水泼在柏油路面上，嗤啦作响，好像那水正在急速地渗入地底下。像是所有的眼睛都在看着她，让她不自在。她安慰自己说，这是多日不出门的缘故。尽管这样，从旗袍底下，从她的膝盖往上，还是有一丝丝凉意让她直冒鸡皮疙瘩。

她觉得站在几十米开外的几个家伙，怎么看都不像好人。不像是寻常人。站在那里东张西望，一个煞有介事看着弄堂口墙上贴的行医广告，一个抄着手吸烟，还往马路这边看。

她扭头向南，决定到贝勒路那头的路口找车。

可在街角，她看到一个熟人。这人在对面街角，正向东转去。他忍不住又回头朝这方向望一眼，身前挂着一只照相机。她认出他来，可她不能确定对方认出她没有。她赶紧转身离开。

十二

小薛又在心里告诫自己，不要盯着她看。他是无师自通的盯梢专家，他一个接一个更换跟踪目标，现在是船舷旁的那个女主角，可他想不出那到底是哪部电影。

要走在另一边，绝不能走在与目标同侧的马路上。不要跟在目标背后，那样，他们反而更容易脱离视线。走到街道对面去，与目标保持平行，可就算这样也很容易被发现。街上每个人的眼神都在鄙视你。你不由自主就偷偷摸摸起来，你连大大方方点根香烟都不敢，好像随便什么动作都引起跟踪目标的警惕。

他完全可以离开，坐火车去南京，坐小火轮去苏州。南京更好些。他甚至可以在南京找件事做。可他很快打消这个主意。他又能去哪里？他身上有半个法国人，半个广东人，还是个私生子。混血的亚洲城市才是他的故乡，这些城市才是私生子的故乡，香港、西贡、上海。可去香港和西贡也不解决他的问题，那还是他们的势力范围。根本原因在于，他不想动弹，他早已习惯这个城市，好像是它的寄生物。

浑身散发咖喱味的马龙督察说喜欢他。马龙督察告诉小薛，说他是新成立的法租界警务处政治部特务班长。他对小薛推心置腹，说他在法租界警务处一干就是七年，始终不能得到上司和同侪的赏识，这反倒让他变成警务处最廉洁奉公的西探。他看不起别的警务人员老是往赌场妓院跑，和帮会分子打得火热，

88

所以别人也不拿他当回事。直到萨尔礼少校升任政治处长。他说少校是个好人，只要小薛做好这件事，少校会照顾他的。

他怎么可能不害怕？他们说这是一帮军火贩子。他一直想不明白，为什么就不能狠狠心逃出去。此刻，就在他险些被人家发现的一瞬间（昨天下午到现在这种情况已发生过好几回），在他赶紧扭头，转弯，走进一条弄堂，又转入弄堂底部的横弄时，忽然有一句话从他脑子里蹦出来：生是租界的人，死是租界的鬼。绝妙的格言，可以写在他自己的墓碑上，最好用一张纸条把这句话写下来，放在钱包里，如果他横死街头，希望有人会把这句话跟他一起埋到地底下。

昨天下午离开礼查饭店，特蕾莎把车开到西侨青年会门口，他俩一起下车。在那里分手，她进门，他朝马路对面走去。

三十秒钟后，他想起人家要他办的事。他转回头来，悄悄跟在她身后。跟着她走进大楼（亏得西侨青年会从去年起向就华人开放）。

她走进更衣室，他从另一条通道走到游泳池角门边。刚进六月，气温并不十分适合下水。池里没几个人。他看见特蕾莎在水里忽隐忽现，就像是一条浑身绿白斑纹的鱼，泳衣的裙边在水里漂浮，就像是一种水生植物。她的腿在水里蹬踏挤压，就像是还在礼查饭店的床上。这一瞬间，他实在想象不出她的危险之处。她快活地在水里戏耍，快活地把自己灌醉。

可那个家伙突然出现。一看到这个人，他就开始生气。

毫无疑问，这是个坏朋友。他猜想所有这一切都是这家伙的主意，他认识这类人，他只消一眼就能识别这种人。一定是他引诱特蕾莎的，要不然，她一定还好好地做着她的珠宝生意呢。他先是引诱她做这种危险的生意，接着又引诱她——他猜想他们一定是上过床的。特蕾莎水淋淋爬上岸，他抓起毛巾帮她擦干，特蕾莎毫不在乎，提起左腿搁到椅子上，而他居然就拿毛巾去擦她的大腿，就好像他是她的情人，就好像他是在假装献殷勤。

这个人站在水池边，跟特蕾莎说起话来，熟悉得像是认得几百年的老朋友。从前天晚上到现在，他头一次觉得马龙督察让他干的事情并不坏，坏的是这个家伙。他当即作出决定，他要扔开特蕾莎，去跟踪这个人。

这个人从潘彼得洋服店出来，走进 DE LUXE 皮鞋店，从皮鞋店出来，又拐进一个专门卖吕宋雪茄的白俄烟酒铺。他渐渐看出这家伙的口味，这让他更气愤，因为跟他自己的喜好差不多。

人家终于走进餐厅。而他只得在口袋里插卷报纸，躲进蒲石路上一家卖魔术玩具的店铺，装作对那排空盒子感兴趣，据说只要你高兴，你可以让一束假花，一辆玩具汽车，一只陶瓷小鸟，或者你想要的随便什么东西从这些盒子里冒出来。

他觉得那天晚上不该要那张牌。他早该发觉那日本人（白克说他是夏威夷人）在搞花样。Zenko——他想起那个日本名字——他不该再要牌，葡萄牙人也不该跟着要。那样白克就拿不到那张 A。这简直是在故意跟他作对，他猜想这三个家伙很有可能是合伙欺骗他。他有时会觉得那局牌才是他眼下这些霉运的根子，要不是那次人家只用一手牌就赢掉他几百块钱，他就不会发誓三个月不打牌，要不是他发誓三个月不打牌，他就不会答应陪特蕾莎去河内——他无法按照这逻辑推出他想要的结论，因为他立刻又觉得无论如何他都会跟她去的。

都是些巡捕房密切关注的危险人物，马龙班长告诉他。他们卖枪，他看过很多死在枪下的人。小腿不断抽动，像是濒死的爬行动物。他不太能搞懂自己，他怕死，可有时候胆子却大得要命。他仔细想想，其实满世界都是他这样的人，租界里全都是他这样的人，他在哪本杂志上看到过一句话，说有一种人，天生具有自我毁灭的倾向。这种人总是放着好好的日子不过，明明一个又老实又年轻的学生，却要去参加革命；明明一个勤恳的小生意人，听到轮盘上小球一滚就激动；明明一个整天阅读妇女杂志（里头还登些吹嘘无痛分娩法的医师写的文章呢）的规矩太太，却要去跟人私通。

马龙班长手下有个文质彬彬的马赛人对他说，我们会保护你的。我们看重你，大大超过看重一个普通的包打听，你身上有一半是法国人。

他在本迪戈餐厅门口差点被人发现。回想起来，他觉得那个人肯定是看到他的，那穿黑色皮衣的家伙，从上唇到下巴，那圈胡楂儿几乎把嘴整个包围起来，可那张脸看起来还是很年轻。

人家在高级餐厅吃饭，他却像傻瓜那样站在夜风中。他突然觉得愤怒。他简直是在向人家示威，他在门厅那盯着人家看，他想看清楚这家伙到底在跟谁一起吃饭。他猜想别人一定是在留心他，搜寻他，他注意到穿黑色皮衣的家伙背靠墙站在阴影里，朝路的两头观察好久。

一定是看见他啦，别人现在变得极其小心。他不敢跟踪那辆车。靠走路是不可能跟上汽车的。至于汽车跟着汽车，那才是电影里的鬼扯呢。他想出个办法来——

他跑到兰心剧院的台阶上，从门厅后望着路口。他看到那辆汽车驶过，他把车牌号记在心里。汽车一定会开回车行。他一直等到那辆车回来，才跑到柜台上开单领牌子。他坐在司机座边上，他只多付一倍车价，只多付两块钱，就让司机把车开到贝勒路上，上次的乘客下车后走进哪条弄堂，司机记得清清楚楚。

昨天夜里，小薛躲在弄堂底，一直等到他们全部离开。早上他又来。

九点刚过，他站在五金铺柜台外面，店铺在贝勒路这一侧，正对着对面的弄堂口。他装作打电话，抬头张望——

不可思议！就像奇迹突然发生——很久以后他回想起来，仍然觉得那就像是奇迹。在弄口拱梁上方，在斑驳的红漆木板墙上方，过街楼窗口的花布窗帘瞬间拉开，一张面孔从暗淡的背景里浮现，是个女人，她探头看看窗外，她缩回去，关上木窗，又拉上窗帘。小薛认得她！

那是船舷旁的神奇女主角，他曾冲洗出那张照片，可就算对着照片他也想不出是哪部电影。他很快就明白过来，这就是他想找的地方，就是这窗口，就是这间过街楼。按照他那业余盯梢专家的想法，毫无疑问，一个军火贩子和一起暗杀事件的女主角，绝不可能仅仅出于某种偶然的原因而走进同一条弄堂。

现在，他又要跟踪这个女人。他看着她走出弄堂，他自己走在贝勒路的这一侧，稍后一些，但几乎与她平行。他看到她在康悌路[1]口朝西边走，他看到她在街角停下脚步，他只好向东边拐去。

他产生一种奇特的想法，觉得那个"坏朋友"正在试图侵蚀他生活中所有的美好感觉，而他却猜不出那家伙下一次又会出现在哪个地方，哪个他根本意想不到的地方。

十 三

民国二十年　六月十一日
上午　十时十五分

多年以后，当萨尔礼故地重游（此时他早已与小薛情如父子），眼望着昔日的租界饱受战争摧残。而薛因为在战时与各方都保持着密切联系（这多半也与他的天性有关），南京的一些机构竟然对他产生疑虑，对他展开一系列的审查，甚至一度把他秘密关押起来。薛的许多朋友——包括萨尔礼本人，勇敢地站出来，提供各种证据，萨尔礼少校甚至引用法国外交部的一些旧档案，终于使薛维世先生安然释放。

萨尔礼为小薛设宴压惊，他盛情邀请薛去法国——不仅作为他私人的来客，也同样作为法国政府的客人（因为他多年来

---

1. Rue Conty，今建国东路。

对法国海外殖民地事务作出的贡献）在巴黎定居，当然，你也可以来南方，萨尔礼本人在上海服役期间，累积下来宦囊甚丰，在法国南方买下一幅地。

同时，在酒酣耳热之后，他们也开始回忆起往昔岁月。据萨尔礼说，刚开始他并未注意到这个年轻人，起初，只是一个白俄女人进入他的视线——他出于偶然的兴趣——如今他甚至可以不无自嘲地说，出于某种多多少少算是对美貌妇人的私下兴趣，他让人对这个女人展开调查。

随后，神奇地——他猜想那与冥冥中某种推动事物的力量有关——从这个白俄女人出发，调查线索突然令人兴奋地与金利源码头的暗杀事件汇合到一起。

今天早上在晨祷室门口，少校左手半只羊角面包，右手一杯咖啡，正用膝盖去顶那扇门。马龙班长伸手帮他推开，兴冲冲地告诉他，我们的小猎犬总算找到洞口啦。

特务班全体在等着他们。而马龙班长没在会上宣布那消息。他把一张纸条递给少校，少校扫视一眼，把它压在文件夹底下。离开会议室时，他要马龙把有关这个小薛的所有文件——包括提审他的笔录、他自己两天一次交来的那些情况汇报，以及从捕房保甲处找来的有关其个人历史的所有记录——通通拿到他办公室去。

纸条上写的是一份情报，使用法语，拼写和语法几乎找不到瑕疵，据说是那个姓薛的业余摄影师的作品。情报揭露一条惊人的消息：摄影师跟踪白俄女军火商的一个朋友（马龙用铅笔在边上注明此人就是那个陈姓买办商人），发现他进入贝勒路的一幢房子。第二天，当他再次前往那幢房子附近仔细观察时，发现这幢房子里有个意想不到的客人，摄影师在报纸上看到过她，正是金利源码头被暗杀的曹振武的太太，这位太太在刺杀案发生后旋即失踪。

在这次暗杀事件中，最让少校觉得有意思的地方是刺客对新闻报道的重视，他们——深入调查后发现那是个组织严密的暗杀团伙——事先就把消息透露给记者，随后又向记者提供一些文件，一份虚张声势的声明，加上一份故事大纲（以使报纸的说法和他们自己的版本保持一致）。这个暗杀组织不仅精心策划一起暗杀行动，更试图操纵新闻机构对消息的传播。这一点，我们甚至可以说少校本人也大受启发。

后来在一次晨会上，他就对特务班里几个亲信下属说，也许从来就没有什么真相。也许真相就是这一大堆文件，就是这堆剪报、审讯笔录，真相就是大街小巷的窃窃私语，就是由便衣包打听们每天上交的调查报告。简而言之,真相就是这些档案。

多年后少校仍记得，那些日子里，上海风雨飘摇。这可不止是比喻的说法。那年早春雨水特别多，周围省份频发水灾。直到四月初才放晴。当时，法租界警务处政治部——萨尔礼少校负责的部门——好像一夜之间，突然变成众人瞩目的要害部门。在萨尔礼少校的记忆里，他从来就没这么热门过。甚至连英国人也向他推心置腹。他的同行，公共租界的马丁少校邀请他到乡村俱乐部共进午餐，烤得半熟的牛排和羊腰堆在一个盆子里，他记得当时还有一名年轻的英国外交官员在座。很少说话，大部分时间都在沉默。当马丁说到一些重要问题时——比方说双方共同建立某种情报交换的日常机制，他就变得愈发沉默，凝视他的酒杯和雪茄。很久以后，少校还记得一些租界传闻——在上海还有谁比他消息更灵通？——这位年轻人后来卷入到一起桃色事件中，在舆论压力下不得不黯然离开上海。

马丁那天说，他希望萨尔礼少校把这理解为"达成某种私下方式的共识"。因为——如萨尔礼所知——如今的伦敦被一帮鼠目寸光之辈占据，以麦克唐纳[1]为首。首相从前是外交界的圈内人，马丁转头看看那个年轻人，像是略带歉意。伦敦传说工党内阁里有苏联间谍，真是让人大开眼界。英国政府恢复对苏联的外交关系，并且正在从海外殖民地撤军。这从上海租界也能看出点迹象来，英国人似乎有意让日本陆战队代替自己执勤。所以，马丁说，莫洛托夫说得一点都不错，如今法国才是社会主义苏联的头号敌人。

他记得那块牛排足足有二英寸厚，用铜丝网夹在煤气炉上烤到三分熟，浇上鲜奶油汁，再浇上一些英国 Lea & Perrings 公司出产的 Worcestershire Sauce（中国人把它叫作辣酱油）。如今回想起来，那段日子他胃口真好，那样美好的岁月，他再也找不回来。奇怪的是，一旦离开那块殖民地，他的消化能力就大大退化。当年在上海，似乎人人都那么好胃口。

"因此，少校，一些老练的伦敦人士希望我们同法租界警务处建立一种更为紧密的联系。"

是的，这是所有事情的起点。可这一切薛又怎么能知道呢？

---

1. Ramsay Macdonald。

当时，他还是黄浦江边这块租界里的小混混。懵懵懂懂卷入一项对军火交易集团的调查中，像是误撞上蛛网的蝇虫，拼命扑扇翅膀想要脱身。

今年初，外交部通过私下渠道向少校发出一个信息，巴黎的说法是：至少要"策划一两次能够引人注目的行动"，以配合巴黎近来针对莫斯科的贸易禁运政策。和马丁他们的做法不同，法租界政治警察部门向来的政策是多一事不如少一事，殖民地警察的任务是保证商人们的贸易安全，商人得益，警察也得到自己那份利润，大家得利。能够同那些激进组织相安无事是最好的，少校有时候甚至认为，正是那些组织的存在，才让法兰西的海外殖民地变得不那么沉闷，不那么无趣。法租界从不理会英国人的那一套，公共租界想要抑制帮会势力的蔓延，清除赌场和妓院，法国人张开怀抱欢迎它们。公共租界和南京政府合作，逮捕共产党人，法租界则睁一眼闭一眼，故意动作迟缓，走漏风声，让他们撤退机关，转移账户。只要这些人不过分捣乱，不添麻烦，法租界警察部门就容忍他们。在殖民地事务上和英国人唱唱对台戏，刻意表现法国式的开明，这是由来已久的传统。

一夜之间风向转变。对外宣称的理由是法国情报部门获得可靠证据，证明印度支那激进运动组织的叛乱活动得到共产国际和莫斯科的支持。而对这些叛乱活动提供财务和其他必要支持的领导机构，其隐藏地点正是在上海。海防的邮轮带来各种文件，从装订成厚本的研究报告到搜查现场取得的小纸片。也许他只是想交差，也许他是想要真正做出点成绩，在自己的殖民地警察部门工作履历上好好加上一笔，无论如何少校都必须采取行动，他开始调阅在办案卷。少校向来都喜欢对手下说，你放一放手，大事化小小事化无，你睁大眼睛盯着，蛛丝马迹足以挖出大案子。这种事情需要想象力，是的，想象力，而萨尔礼少校并不缺乏想象力。

必要的想象力，再加上对于这座城市的充分理解。少校认为自己是理解这座城市的。法租界大大小小的住宅区，在那些像迷宫一样的弄堂里，有多少花样能逃得过少校的眼睛？我们也有我们的一套，虽然人家说我们法国人天性自由散漫，但我们也同英国人一样擅长管理城市，甚至比他们更擅长，而我们还会让殖民地变得更有趣。

政治部的所有在编警员都有自己的"包打听"小队，每个"包打听"手底下又另有几十条眼线，他们就像毛细血管一样渗透到这个城市的肌体深处。他们每天都要提交报告，不管写在什么纸上，哪怕写在香烟盒锡箔的背后。如果不会写字，也可以口述，由他的上级记录在案。那些字迹歪歪扭扭的纸条最后全都落到文书科手里，由他们整理翻译，其中最新奇有趣的记录文件，则必须直接放到少校本人的桌面上。

小薛手写的所有那些乱七八糟的大小纸条（有一两张是礼查饭店为住店客人专门印制的信笺），就是通过这样的渠道最终堆在少校的办公桌上的。一小时后，马龙班长把与小薛有关的整个案卷全部交到少校桌上。少校不仅注意到这个小薛——这个业余摄影师能够用法文写出一份完整的报告，后来，在仔细阅读从设在霞飞捕房的保甲处取来的户口档案记录时，他竟然还发现一个熟悉的姓氏，Weiss——Pierre Weiss，多年前居住在上海法租界的一位商人。大战期间回法国参战，从此再也没有回上海。他与他的中国情妇生下一个儿子，而这个儿子，正是薛维世——Weiss Hsueh，警务处政治部特务班手下的一名证人，他此刻正在从事一项重要的调查活动。

马龙班长告诉少校，根据他的指令，捕房保甲处正准备派出巡捕仔细搜查小薛在福履理路的居所。少校连忙抬起头，要求马龙立即阻止这次搜查行动，但马龙班长说，大概打浦桥华捕队早已出动。

十四

小薛火冒三丈，他真想对马龙班长来一次报复。他觉得早上在薛华立路大楼对马龙没有说出全部情况是完全正确的。下午他一进家门，就被眼前的景象吓得愣住。衣柜门全部开着，抽屉掉落在地上，他的衣服东一件西一件满地都是，报纸和信件却都在床上，还有照片。法国军团在战壕拐角上枪毙间谍的照片插在吐司炉架上，排枪正冲着那瓶果酱射去，这张照片是他父亲跳到战壕外拍的，站在那个将要被处决的犯人头顶上。

他清点物品，发现所有重要的信件和照片都被人拿走。包括他父亲的照片，母亲的照片，还有特蕾莎的照片。他羞愧难当，那是他最隐秘的照片。他一想到马龙看到这些照片后的面孔就无比愤怒，他想象得出那一脸坏笑。

在别人眼里，那些照片上的特蕾莎多半不怎么好看。有时咧着嘴角，拉得老长，连鼻孔都张得很大。由于透视的关系，腿会变得很粗，屁股也绷得又扁又宽。可他自己觉得好看，他觉得那很美丽，他认为拍这样的照片才算是揭露事物的真相。他记得有一张曝光过度的照片，特蕾莎蜷曲着双腿，像是只乳白色肉果，被从当中剖开条缝，露出瓤来，照片上的特蕾莎情欲高涨，连毛发都是濡湿的（客观地说，小薛知道那一半都是自己的唾液）。

他不知道别人看到这些照片会怎样想他，那都是他最忘乎所以时刻的见证。他挑出一些稍能准确反映她外貌特征的、比较不那么会把她误以为是另一种奇异物体的照片来送给特蕾莎，剩下的他都自己保存着。可现在它们被巡捕房一锅端。他知道这一定是巡捕们干的，他认为这事一定跟马龙脱不掉干系。

从下午到现在，他被羞愧和怒火搅得一刻不得安宁。几天来他搜肠刮肚给马龙编故事，满足特务班长那永不餍足的好胃口，让这家伙像吞食奶酪焗面那样吞食他的故事，嘴巴外头往里塞，嘴里还使劲儿吮，故事拖着故事，好像面条拖着面条滚到他的胃里。他把特蕾莎在床上的喜好告诉人家，他替特蕾莎编造一天的日程表，在哪里吃饭，在哪里裁剪裙子，在哪里见到什么人。有时他为满足马龙的胃口，还不得不编些弥天大谎来过关，他把自己说成是特蕾莎最信得过的人，是她那生意中的重要角色。她去所有的场合都带着他，她不方便去的场合就让他代表她。因为想要跟马龙班长套近乎，他还用法文来写那些报告，免得人家翻译起来漏掉点什么关键地方。他不得不去书店找素材，去租界里那些专门卖些探案犯罪书刊的铺子，从中搜寻一点有关武器的知识。

他当然是有所选择的，很多事情他都怪在特蕾莎的坏朋友头上。特蕾莎可能并不知情，特蕾莎对珠宝生意更在行，很多事情她都交给陈去处理（马龙班长告诉他这个家伙姓陈）。但他毕竟还是说出很多实话来，今天上午他说的就是实话。他把跟踪到贝勒路的情况报告给马龙。因为马龙班长嫌他总是虚晃一枪，他甚至还提到那个女人，那个金利源码头刺杀案中失踪的女人。当然他有所保留，不知为什么，话到嘴边他又觉得不该全部吐露出去，他没有告诉马龙那个女人住在那幢过街楼里。他甚至把那幢房子的位置也隐瞒下来，那是黝黑的夜里，他记不清到底是哪条弄堂，而她也是在弄口一闪而过，他看到过刊登她照片的报纸，而他是个对人的面孔有着特殊记忆能力的摄影师。

从警务处大楼出来，一路上他都在犹豫不决。他害怕，他不敢做他该做的事。虽然他从薛华立路一拐弯就开始后悔，他想他的密告可能会危及特蕾莎，他寻思该不该把这情况通知特蕾莎，可他害怕马龙班长，他害怕被人塞在洋铁皮桶里，他害怕那种黑暗和气味。

此刻他不再害怕。他走到楼下，到房东太太的客厅里借用电话。人家忧心忡忡地望着他，关切地询问这位老邻居，下午那帮巡捕究竟是怎么回事。可他现在并不害怕。

电话一通，他就不知该说什么好，他只能告诉特蕾莎，他想她啦（房东太太在客厅门外站住脚步）。特蕾莎在电话里哈哈大笑。他听到一些零碎杂物掉落的声音，他猜想电话那头特蕾莎正用手拉扯着长长的电话线。

他站在交叉路口的街沿，等着马路中央那个头顶着红缨斗笠，像个木偶人似的安南巡捕再次拉扯绳子，绳子的另一头牵着块装在转轴上的木牌，红漆牌子朝着哪边，哪边的人车就得停下，再转过去才放行。还没等牌子转动，汽车就停在小薛的面前。驾驶座旁的车窗摇开，特蕾莎在座位上向他招手。

"你还活着么？"特蕾莎哑着嗓子，红木的四柱大床上挂着灰纱蚊帐，风吹过时会闻到霉味。还是在礼查饭店。床前的地板仍然有些发烫，夕阳却只剩下点余温。

特蕾莎侧身躺在靠窗的那边床上，腋下是两只叠在一起的枕头。她舒适地蜷缩起来，撅起屁股，在他的腹部底下来回摩擦，窗外的江面上有一艘英国军舰驶过，悠长的汽笛声飘过，她下意识侧侧耳朵，傍晚最后一抹阳光忽然从云边闪耀起来，在玻璃上形成一大片金光，特蕾莎正躺在那金光的焦点上，她的腰侧髋骨部位上茸毛闪烁。

他一开始就想告诉她，可他没有机会。她三下两下就脱光他的衣服，用手指拨弄他，弄得它像饱受左右勾拳重击的沙袋杆那样，又跳又蹦。

直到这会，他的肋骨两侧仍有点痛，特蕾莎夹得他都快透不过气来。膝盖钳在他的腰窝上，就像受惊的肉蚌。那种时候，她的腿突然会变得那么坚硬结实，那么紧紧绷起，在内侧形成一条狭长的筋窝——刚刚小薛眼睁睁看着它们挤压在自己的颧骨上，瞬间发出惊恐的喊叫（其实只是在沉闷地哼哼唔唔）。

她拉过他的手指，让它们在她的腹股沟那一长条柔软的凹陷里摩挲。他又一次觉得自己需要编造故事。需要一个让人信服的理由……一个说得过去的理由……他想不出办法，突然间，他像一头紧追着野兔不放的猎兔犬，再一次迫切地追逐她，驱赶她，让她抵达那个快乐而盲目信任的彼岸……他的确采用的是猎兔犬的姿势（这样至少可以避免面对面看着她）。

他倒在她的背上。同时，一个富有想象力的说法进入他的头脑。

"陈先生必须立刻离开上海——"

喘息声陡然停住。他不得不往下说：

"他有危险，还会连带到你。他正在同一个帮会小组织做生意，做军火生意，"他勇敢地望着她的肩膀，"事实上，那是帮会中一个野心勃勃的小派别，他们在法租界大搞暗杀活动。"

"这些事你怎么会知道？"

"我也是他们中的一个，"他觉得别人会相信这种说法，在上海，又有谁不跟帮会有关呢？他大胆地说下去，他为自己的说法感到自豪，他为自己的说法添加上一点骄傲的语气，"事实上，我认识这个帮派的首领，事实上——嗯，我是他的老朋友。"

他又觉得这种说法是如此不切实际，因此感到气馁。但他还是坚持着往下说："我是个摄影师，你知道，他们有时需要摄影师帮他们干点活儿——我是这样认识他的，他有时会来要求我帮他做点调查。于是——我对陈先生做过一点调查，我跟踪他……"

她把手伸向床头柜，在手袋里掏摸，像是要拿打火机，但她掏出的却是一把精巧的手枪。他甚至连惊慌都来不及，枪管抵在他的下巴后，深深地戳进颌骨和喉结之间那块柔软的地方，让他觉得想要呕吐。

他惊恐地睁大眼睛，双臂投降一般举起，手指在发抖。

"告诉我实话。"

长时间静默——只有挂钟的声音，以及窗外江面上寻找腐烂食物的海鸥的鸣叫，时间长得让他难以忍受，像是憋尿——他也的确害怕得快要失禁。他亲眼看到过子弹是怎样穿透下巴的，整个下颌骨都掀开——像是打开一个盒盖。他不敢回答，生怕下颌一动，就会触发那把手枪上的什么东西，简直有些古怪，他不合时宜地在头脑里翻检起那些名词来，扳机？还是击锤？就好像这样一开动脑筋，他自己就能置身事外，就好像想想这些名词能让这事变得像哪本小说里发生的事一样。

特蕾莎再次大笑起来。她望着他的面孔，伸手从他鼻子上取下一根鬈曲的毛发，是她的阴毛，他仍然能闻到那股酸味，那股好像是掺有少量苹果醋的奶酪般的味道。要解脱困境，有时需要一支手枪，有时只需要一根潮湿的毛发。

"为什么要跟踪他，你跟踪他到哪里？告诉我时间、地点。为什么他有危险？"

"礼拜天晚上。我从西侨青年会一直跟踪他到餐厅。他走进贝勒路一幢房子。那是帮会的房子，是那个怀有野心的小组织的聚会地点。帮会首领已有所察觉，他知道这帮人对他不满，他知道他们偷偷搞些暗杀活动，他打算让巡捕房来处理这事，帮会一向与巡捕房合作。那幢房子已被巡捕房监视，陈先生因为出现在那幢房子里，他一定也已受到监视，搜捕即将开始。我急着想要告诉你……"

他觉得这些说法漏洞百出，他觉得这些说法实在是荒谬。他觉得自己像个白痴。他看着特蕾莎掀起纱帐，打开床头柜上的烟盒。他预感到自己大难临头，只消一个电话，他的谎言就会被戳穿。

"是那个帮会首领要你监视我么？是他要你去跟踪陈的么？"

"是的。"

"告诉我他的名字。"

他的脑子在不停转动，他试图找出那张报纸上出现过的姓氏，他看过那张报纸，金利源刺杀案发生后，有家与帮会有关的小报提出一种看法，认为这个暗杀组织的头目姓顾——他想起来，那个姓氏是顾。

"他姓顾。我们都叫他顾先生。"

"是顾先生让你跟踪陈的？"特蕾莎的嗓音变得冷酷起来。小薛还是头一次把这个姓氏与那天晚上他看到的人作比较，他想起这些人的相貌，虽然是在黑夜里——他觉得那个神秘的中年人更符合顾先生的身份。他突然意识到自己犯下一个无可挽回的错误，如果是顾先生在与特蕾莎的陈做生意，他又为什么要让小薛跟踪陈呢？他想（不无幸灾乐祸）——好吧，那样的话就是陈在欺骗你。

"你竟敢帮着别人偷偷监视我！竟敢偷偷跟在陈背后！"

枪管再次向上戳进来，他觉得自己的处境既悲伤又滑稽，让他的鼻根一阵阵发酸，简直有些莫名地为自己可怜的命运感动起来。枪管顶着他，反倒让他的感官更加敏锐细致起来，他甚至像是能感觉到泪腺在发痒，紧接着，是瞳仁变得模糊起来，而他的声音带着哭腔——他竟然用的是法语，好像这种声调柔软的语言可以少一些震动，可以让他避免触发枪管那头的击锤。连他自己都听不清说的到底是什么，但特蕾莎却像是听得清清楚楚。

"我跟踪他，是因为他是你的坏朋友。是因为我喜欢你……我……爱你……"

十 五

民国二十年 六月十一日
下午 六时三十五分

这些日子里，少校一直在思念法兰西。他并不把自己看成上海人。这儿有些欧洲人早已忘记自己的故乡，他们早已归化上海。无论这些人不久前在哪里登上船，他们一下船，就加入一个新的族群——白种上海人。这也难怪，他们从前一无所有，在上海发大财，在上海置下产业，结婚生子，难道不该把这里当成自己的老家？

　　萨尔礼一度也想在殖民地安个家，可他的科西嘉妻子无法忍受亚洲的潮湿空气，带着孩子坐上从西贡回马赛的邮轮。他没有去找个中国情妇，他宁可一年一度坐船回国度假。与他不同，巴台士领事却把整个家都安在上海，虽然领事的职务调动比警察部门更频繁。

　　傍晚，少校坐在领事官邸的书房里。落地窗外是整排的大阳台，从阳台雕花的栏杆间可以望见房子背后的大片草地。惊叫声在梧桐树梢回荡。巴台士领事站起身来伸头张望。在草坪和沿围墙种植的树丛之间，小男孩摔倒在脚踏车旁，趴着一动不动。尖叫声是从站在草坪边椅子上的女孩嘴里发出的，她在那把黑漆斑驳的铸铁椅上摇摇晃晃，一条腿跨过弧形的椅背。地上的小男孩扭动起来，双腿艰难地想要从那堆橡胶和铁管的迷宫中逃出来。

　　“他们带来所有的口供。”少校继续说着。按照惯例，他正在把警务处政治部最近收集到的情报向巴台士领事简略陈述。

　　是那个穿中山装的南京学者（他自称是教授）带来的报告。报告分两个部分，第一部分是口供，然后是其他来源的相关情报汇总分析。在最后一页文件的底部，署名看起来像是一个研究机构。看起来他们像是一群读书人，像是那种从中国腹地成百上千拥向沿江沿海口岸城市的年轻人。野心勃勃，接受一位中年教授的领导。南京大量招募这种年轻人。各种研习班，社团，学社。是的，在他们递给他的名片上，有个古怪的名称。少校居然想不起那个名字，研究所？调研会？他再次看看桌上那份报告。

"到最后，他总算开口说话。"

穿着中山装的教授告诉少校。他的眼睛在镜片背后闪烁不定，像是个羞怯的大学教授。

"中国的事情还是要靠中国人来解决，你们毕竟是客人，客人们总是心慈手软。说到底，你们总是要回去的么。总还是有租约的么。"羞怯的大学教授忽然豪放起来，哈哈大笑，以证明他自己的确是三民主义的信徒。

南京的研究小组最终得出结论，这位彼得洛夫·阿历克赛·阿列克谢耶维奇[1]先生（法租界警务处档案登记为勃兰特先生，政治部指纹档案编号 2578），并不是——像他自称的那样——一个三十九岁的德国贸易商。他在薛华立路的审讯室里拒不回答任何问题。南京坚持要把他引渡到龙华警备监狱，随后又转送往南京军人监狱。萨尔礼认为领事不想知道勃兰特先生在那里的遭遇，他自己也不想知道。听说那里有一种巨大的铁制台钳，他们让你跪在那里，把脑袋塞到铁钳中间，每转动三次齿轮，铁钳就会向内挤压一公分。

口供一共做过四次。勃兰特先生相当得体地应付这个局面。他的每一次口供都很完整，而且自成体系。每一次都是全部、完整地推翻上一次的供词。审讯者很容易产生错觉，每一份口供笔录都会被当成真正的突破。萨尔礼相信最后一次口供仍未触及勃兰特知识结构的中心地带。他甚至不敢保证阿历克赛·阿

---

1. Petroff Alexis Alexeievitch。

列克谢耶维奇就是他的真名。但这无关紧要，哪个才是自己的真名，恐怕连他们也搞不清楚。

不管怎样说，情报本身的价值还是无与伦比。它决定性地证实，上海很快就会变成一个火药桶。从勃兰特的公寓里搜出大量银行文件和存折，巡捕房的会计师后来向萨尔礼报告说："总数相当于七十三万八千二百块银元。"

银行文件证明勃兰特账户的银钱往来极其频繁，但奇怪的是，缺乏相应的贸易文件。对顽固的勃兰特先生，这是个致命弱点。他既说不清这些钱是从哪里来的，也说不清它们从勃兰特账户出去之后，又进到谁的腰包。老天知道，这些钱够买下一整幢大厦。勃兰特先是声称他代表一家注册在汉堡的德国洋行，打算在香港或上海购买地产，作为该洋行开辟亚洲事业的第一个重大举措。

在南京，勃兰特先生不断改变供词，起初是鸦片，然后又是军火。第三次口供时——萨尔礼假定这是审讯者第十次转动台钳的齿轮——勃兰特供认，他的那家德国洋行本身也是一家莫斯科贸易公司不为人知的子公司。自从列宁同志发现在资本主义的世界经济体系中，新生的共产主义国家仍需通过国际贸易（这一帝国主义的掠夺方式）来采购到足够的粮食，莫斯科一夜之间开办了大量这样的公司。

南京的研究小组并不接受这个解释。勃兰特先生不知道，实际上法租界巡捕房从不贸然逮捕外国商人。从两个渠道证实了这位德国商人的复杂背景（后来勃兰特承认他的父亲出生于莫斯科，母亲才是地地道道的柏林人）。设置在河内的法国殖民地保安局对当地的激进分子突然袭击，意外获得勃兰特在上海的通信地址。租界巡捕房的政治部一开始还以为勃兰特是泛太平洋工会联盟的召集人。其后不久，国民党在江西省某个县城发动一次不太成功的军事行动，刚建立的苏维埃政府还来不及销毁文件就匆匆转移。文件中提供的线索使国民党军事当局在江西省城展开一连串搜捕，有人在临刑前终于崩溃，供出一两个上海的银行账户。

根据南京送来的口供笔录，在最后一次供述中，勃兰特承认自己是共产国际在上海新成立的一个机构的负责人。这个机构将会领导整个亚洲地区的共产运动。人员、策略，以及——更重要的，金钱，都会从这个机构散发。萨尔礼少校并不十分信任这份供述。它在行文上过分讲究，逻辑相当完美，它更像是一部精心构思之作，或者说，是一份伪装成素材的精致作品，它不断展现出一种貌似草稿的风格，有时语气迟疑，有时突然推翻之前的叙述，大段的涂抹，另起一行，再涂抹，然而关键之处却言简意赅。

尽管勃兰特案卷尚存诸多不确定因素，但在有一点上，参与其事的各方都认为是确凿无疑的。事实摆在眼前，那是一个共同的敌人，有计划，有资金，而且组织严密。显然，欧洲（尤其是德国）的运动陷入低潮以后，他们就已调整策略，如今共产国际认为资本主义链条最薄弱的一环在东方，而埋下炸药，引爆，彻底摧毁这一链环的最佳位置正是在上海。因为它是全亚洲最复杂、最难以管理的城市。

萨尔礼少校与巴台士领事私下讨论时，一致认为也许最好的引爆地点就在法租界。对于租界里一小部分白人——主要是地产投机商人——的想法，领事先生暂时保持中立。但他认为无论如何这是一个良好的契机。前不久有一封从巴黎外交部的私人信件通过外交邮袋传递到他手里，在信中，有人用清晰的方式告诉他，外交部希望上海租界当局能够挖掘出一两件引人注目的重大事实，以配合正在愈演愈烈的法苏争端，两国之间的冲突正在从贸易领域扩展到各个方面。

少校脑子里有一根想象之线，正在把最近发生的几起刺杀案件，与一个在亚洲各地贩卖军火的私人公司，以及一位租界里的业余摄影师串到一起。有情报表明，暗杀集团的首领显然具有苏联背景。他觉得机遇之神在朝他耸肩挤眼睛。

这机会的绝妙之处在于，这个薛维世——这个摄影师竟然是他的故人之子。大战期间，薛的父亲和萨尔礼少校在海外军团的同一个连队里服役。那年夏天，他们在潮湿泥泞的战壕里不断抽着少校喜欢的烟斗，薛的父亲喜欢拍照，少校至今还保存有一两张他拍的照片。冬天时他朋友的散兵坑被一颗炮弹击中。他几乎完全忘记这个朋友，直到巡捕房保甲处送来一堆照片，马龙班长事先对这些照片作过挑拣，马龙告诉他这个小薛有一些下流的嗜好。

马龙班长不可能认得出照片上的人，拍照时少校还很年轻，而且衣衫褴褛。夏季军服的袖子被他整个撕下来，那时候战壕里所有人都这么干，因为长期浸泡在汗水里，腋下的皮肤会腐烂发臭。

他没有把这些事告诉领事，部分是由于这中间包含一些纯粹的私人事务，主要原因在于，此刻他的想法还处在尚未成型的模糊状态中。

十六

民国二十年　六月十四日
上午　八时三十五分

冷小曼感觉孤单。没人给她安排工作，又是接连好几天没人来看她，她有种独守空闺的错觉。昨天晚上她跑到街对面的五金铺打电话给老顾。显然这违反规定，可她实在忍不住。她几乎是带着哭腔。老顾在电话里说，你安心住在那里，明天林培文会来。她简直有拨云见日的感觉。

夜里也比前几天睡得好。不能怪她像个怨妇，谁都不能整天独自守着个空房子发愣。她起床梳妆打扮，挑选那件薄棉布的格子旗袍，找出一双白色的皮鞋。她打算出门去菜场买条鱼。林培文喜欢吃鱼，培文是她不可多得的朋友，是她在组织里唯一能说点知心话的人。

她拉起窗帘，阳光洒在半个桌面上。她推开窗，早晨的凉风让人清醒。她伸头朝窗外望，陡然一惊，那个家伙站在贝勒路对面。他站在五金铺边上的弄堂口，朝她的窗口张望。那个她几天前看到的人，那个其实更早——在法国邮轮船舷旁她遭遇到的怪人。

112

她镇定地缩回头，穿上皮鞋。不要去关窗，不要拉窗帘，她对自己说。她想一想，又把昨晚盖的那条薄被晾到窗外，警告自己不要转头，不要朝那边看。

她慌慌张张下楼。她不得不从贝勒路的弄堂口出来，只有这一个出路。她无法判断这家伙的用意，人家告诉她，她的照片刊登在无数报纸上，所有人都可能认出她来。

但在贝勒路和康悌路的交叉路口，她碰到真正的麻烦。

她一眼就看到林培文。白色的帆布西服，手里卷着一本杂志。稍后她才知道同来的有两个人。这会她还没注意到有另外一位同志。让她惊恐的是，林培文跟前站着一个租界巡捕。她立刻就明白，这是抄靶子。动手抄身的是戴笠帽的安南人。他抄得很仔细，像是特别不满意林的那副小开打扮。他把那本杂志拿过去，递给身旁的法国人，但那法国人摇摇头。快结束时他还伸手拍拍林培文的后腰，他停一停，突然伸手过去拍一下，好像他是故意把这个最重要的部位放在抄身的最后一步，好让对方猝不及防。

在路障另一头，华捕翻开黄包车椅垫，起劲地查看那下面的箱子，有人在抱怨，有人在咒骂。他们很快对林培文失去兴趣。挥挥手让他走。

让冷小曼感到奇怪的是，培文没有赶紧离开。他犹犹豫豫，低着头，再次把手里的杂志卷成圆筒状，朝天看看——好像怀疑怎么这样早巡捕就来抄靶子。他朝后望一眼，又用那卷杂志敲敲脑袋，好像想起什么，扭头想要往回走——

——她已举起左手臂，她想朝他挥挥手，但培文根本没有朝这个方向看——

几乎在林培文回头的同时，一声枪响，震耳欲聋，所有人都朝着枪声的方向看去，朝林培文身后看去。

只有冷小曼还在注视着他。他回头——枪声，慌乱中他脚步一个趔趄（那一瞬间冷小曼以为是他中弹）。

顺着贝勒路，有人朝南跑，路人慌张躲避，侧过身子朝狂奔者张望。巡捕们已回过神来，警哨和朝天鸣放的枪声次第响起，几名便衣华捕奔跑着追过去。

逃跑者在开枪，他边跑边扭头，在跑动中改变姿势——侧过身来，换用蹦跳的步法。好像他正在嘲笑身后追赶者，好像他是个捉弄人的顽童。他把身体奇怪地半扭过来，向身后的半空中开枪，显然他是想要制造混乱。

冷小曼看见林培文朝康悌路跑，她跟在后面，想追上他。她猜想开枪逃跑的人一定是自己同志。是和林培文一起过来的。街上的人突然多起来，在各处弄堂口簇拥着看热闹，沿街二楼也有人伸出头来，似乎枪声一点都不值得害怕，似乎这是哪部电影的拍摄现场。

现在，路上没人奔跑。康悌路还是那条在早晨显得特别安静的康悌路。

不知从什么时候起，林培文已从人群中消失。她只好放慢脚步，脑子里转着一千个念头。她不知道现在她该不该回到那幢房子里，也不知道她能不能回去。幸亏她看到那个家伙，幸亏她立即出门，亲眼看到这一幕。要不然她还蒙在鼓里。那幢房子此刻很危险。

她愤怒地想，林培文为什么不赶紧去那里，为什么不赶紧找到她，通知她，告诉她该怎么办？

她仍在仔细分辨前方的背影。也许她该找个电话打给老顾。可她不敢借用路边小店铺的电话，不能让人听见。街道转角上有一家小客栈，她犹豫半天，觉得旅馆前台上的电话机也不够安全，多给两角洋钱也不能保证让茶房闭嘴。租界里到处是巡捕房的眼线。

她猜想吕班路上应该有公共电话亭。她穿过一条弄堂。大白天，铁门都开着，阳光还只照到房子的三楼窗上。夹弄里凉风习习，气息潮湿，散发着隔夜的油烟味，还有一股掀开盖晾晒的马桶臭味。这些气味让盘根错节的弄堂十足像是这个城市的某一段肠子。

她觉得背后有脚步声，皮鞋踩在青砖地上。在安宁的弄堂里，这声音如此清澈，带着回声。转弯时她朝身后望去，她看到他，又是这家伙，她注意到今天他没有肩背那架硕大的照相机。她加快脚步，这家伙到底是什么人？为什么要跟着她？可她确信他认得她。

她怀疑刚刚发生的事与他有关，进而猜想康悌路口的抄靶子绝不是偶然事件，她怨恨林培文为什么跑得那样快，如果他在，他们可以伏击这个家伙，用砖块，用棍子，或者用随便什么东西把他砸晕。

显而易见，他是她的敌人。她猜想一定是他把巡捕房的人引来的。他多半是巡捕房的暗探。她搞不懂他怎么能找到贝勒路联络点，她怀疑是她出门时让他看到的。她想人家说得的确没错，她很容易让人家认出来。她必须尽快与老顾联系，眼下的紧急情况，她必须立刻向组织汇报。

横向的夹弄通向辣斐德路[1]。她走出弄口，焦虑地等在街沿。要等到安南巡捕转动指示牌，她才能越过吕班路。梧桐树下是一段刷着黑漆的篱笆围墙，围墙里头是法国公园[2]的树林。透过米字型格栅的公园大木门，她看到阳光照在草坪上。在大门西侧，她找到电话亭。

两帮洋童正在厮杀，争抢公共电话亭这块地盘。弹簧门撞在一颗枯草色头发的脑袋上，男孩倒在电话亭门边。两个帮派顿时逃散。负责收钱兑换电话铜币的老头儿坐在亭子里，冷漠地望着小孩们。

一直等到冷小曼走到跟前，倒地不起的"战士"才突然大叫一声，跳起身来，朝公园大门方向冲去。

街道上安静下来，只有六月份暖和的微风摇晃着梧桐树叶。可她没带钱，她没有拿手提袋，她身上连一角铜钱都没有。

后来小薛告诉她，当时她站在电话亭里，神情焦虑，好像一只困在笼中的小鸟。

而那个家伙，正隔着电话亭的玻璃窗朝这只慌张的小鸟微笑。如同前不久他在甲板上，迎着吴淞口的江风，迎着早晨的阳光望着她的表情一般无二。

"我在船上见过你。"

---

1. Route Lafayette，今复兴中路。
2. 又名顾家宅公园，即今复兴公园。

他笑嘻嘻拉开弹簧门，伸进脑袋来对她说话。

冷小曼想她自己不该承认，"什么船上？我不认识你。"

"随便你。但我可以给你这个。"

他又把头缩回去，玻璃窗上有一枚电话铜币，他伸出一根手指把铜币顶在玻璃上，让它在玻璃上滑来滑去。

她猛地拉开门，走出电话亭。粗枕木格栅上还沾着昨夜的露水，他在公园大门口拦住她。

"你到底是谁？为什么要跟着我？"冷小曼大声说，一对年轻的情侣隔着两米距离，一前一后走进公园。男的回头看看她，无动于衷，他有自己的问题要解决（要不然大清早来公园干什么呢？），没空理会别人的闲事。冷小曼的眼角里有一抹红缨，安南巡捕站在门亭边打哈欠。茅草亭盖湿漉漉泛着金光，门亭采用上诺曼底的古法建造，用粗壮的枕木搭成框架，再用砖块泥灰填平空隙。巡捕似乎对目前的情况很感兴趣，脚步犹犹豫豫，正向这边移动。

她一阵心慌。不知道该不该喊起来。她想到自己的照片刊登在报纸上，夹在巡捕房的档案中，插在捕房墙上挂的嫌疑犯照片栏里。她扭头朝公园里走去。她责怪别人没发给她武器，她要是有枪，肯定一枪打死他，她忿忿地想道。

今天是礼拜天。公园里一大早就有很多人。游客没关系，让她担心的是那些巡捕。安南巡捕和华捕不时从横贯南北的公园大道岔路口冒出头来，小个子的科西嘉骑警全副武装坐在马上，视线可以沿着大道从南门一直望到北门口。

而这个家伙还在跟着她，在她身后，始终与她保持着两步路的距离。

十七

　　小薛从不缺乏想象力。优秀的情报员要依靠想象力，萨尔礼少校对他说。少校没花多少时间去教他怎么做。他怀念战时岁月，怀念泥泞的战壕，怀念一边是炮弹把青草烧焦的味道，一边是平原的下雨天里才会从地底深处泛起的那种发霉的土壤气味。他把昨天下午的大部分时间都花在怀旧上，回忆小薛的父亲与他的战场友谊。桌上放着皮埃尔拍的照片，他管小薛的父亲叫皮埃尔。他对小薛说，我会给你机会。现在你有一个在租界里做大人物的机会。无论他为薛做什么，都是为皮埃尔（上帝保佑他）。租界巡捕房总是需要人才的，何况——少校一向重视父系在遗传方面的作用——你是法国人。

　　"要做一个优秀情报员，"少校告诉他，"必须——首先要具有想象力。事情不会清清楚楚摆在你眼前，它只会露出一点点迹象，剩下的就全靠你的想象力。巡捕房里每个探长手下都有几十个情报员，到督察这一级就更多。但你和他们不一样，你直接向我汇报。"

　　那天特蕾莎用枪指着他，吓得他魂都快掉了，走投无路，

118

只能靠编瞎话蒙混过关。他静下心来仔细想想，觉得一个敢把枪支弹药卖给共产党和青帮的女人，怎么可能被他用这种拙劣的谎话就蒙混过去呢？夜深人静，他就开始怀疑自己很快会露馅儿。特蕾莎会像质问他那样当面质问老顾，到最后他们就会把事情弄清楚。真相大白，是他小薛在捣鬼，然后有人就会来找他。找到他的办法很多，趁他熟睡时闯进门来，在弄堂黑暗的那头堵他，甚至在澡堂热雾弥漫的汤池里，伸出几双手连按带拖，把他踩在浑浊滚烫的池水底下。

半夜里他吓出一身冷汗。他开始盘算还剩下多少时间，他有没有时间逃出这可怕的旋涡？特蕾莎会把对他的怀疑告诉陈，然后——就像是一只曲折撞击的台球——这个有关鬼头鬼脑的小赤佬的故事会传递到那两个年轻人耳朵里，然后是老顾。

突然之间形势逆转，突然之间，少校让他变成手握租界隐秘特权的巡捕房密探，这不能不让他内心深处产生一些感激之情。他急于有所表现。少校让他寻找贝勒路那条黑黢黢的弄堂，他曾跟踪某位香港商人至此，几个人走进弄堂，之后全都消失不见。

他一直在对马龙班长编故事，他向来是能混就混过去。但少校如此看重那段往昔友情，让他感动万分，少校让他带人去看看那幢房子，他只能答应。可是一看到马龙班长调动大量人手，他又犹豫起来。他还在生马龙的气呢，他可不想让他占便宜。他当然记不清那幢房子的具体位置，贝勒路的里弄看起来都差不多，这简直让他觉得庆幸。

一大早，他从贝勒路这头走到那头，来回好几次。连一向沉稳的马龙班长都有些不耐烦，带几个人到康悌路口抄靶子。这是巡捕房的老一套，制造紧张空气，看看有什么人会惊慌失措。

他看到这个女人突然停住脚步，他发现巡捕房设置的临时路障边，有个穿白色帆布洋装的年轻人正在等候过关。他一眼就认出这个年轻人，是本迪戈餐馆里的老朋友。

现场一片混乱，她却没像寻常路人那样驻足观望。她扭头就走，疾步离开，趁乱穿越巡捕房设置的封锁线。他全看在眼里，她跟在年轻人背后，她把目标丢失。

他想起少校有关情报员想象力的论断。他觉得自己单靠想象力就把过街楼窗口的女人与军火交易联系起来，进而猜出过街楼就是那天夜里他们碰头的地方，的确够得上当个合格的情报员。他原本被迫暗中窥度特蕾莎行踪（目标仅仅是她一个人），其余的人都伴随她而来，进入他的视线，是附带的，是次要人物，是他绞尽脑汁时的应急招数，是故事难以为继时的替代角色。等到他看见这女人，顷刻之间，所有人物在他的头脑中全都各自找到恰如其分的位置。

不过这会他把他的想象力用在猜度她惊慌失措的心情上——

趁着巡捕们乱作一团，他独自一人跟在女人身后。她在红砖砌墙的阴凉深巷里疾走。砖墙下半截用水泥涂抹，沾满褐色的水锈和墨绿的青苔。阳光下，几缕飘舞的棉絮掉落在头发上——此刻是烫卷短发。船上那会，她梳着爱司头。旗袍比薄呢大衣略长出一截来，鹅黄和绿色的格子。转过夹弄时她的身体向左一侧，头部向前略倾，好像转弯那头有一张她熟悉的面孔，值得用这方法来让人家大吃一惊。等到她手臂一摆，从墙角消失的那一瞬间，米色的大衣下像是有条鲤鱼在扭动。

那天早上第二次再来贝勒路，一看到那女人站在窗口，他就猜出故事的一大半。出于某种他自己这会还弄不清楚的原因，他没有对马龙说实话。

连脾气最古怪、从来都是板着脸的安南巡捕也不再让他害怕，这得感谢少校。他伸手抓住她的手腕，快活地朝安南巡捕叫嚷，用的是法文，没人听得清他到底在说什么，也没人想搞明白。

她朝他瞪眼，但还是顺服地跟着他走。他带她转上一条鹅卵石小道，两旁是齐膝高的围栏，圈着草坪，小路穿越草坪，通往荷花池。

他不知道自己为什么要这样做，也许因为他在船上看到她掉眼泪，也许因为他并不认为一位美貌妇人也有可能是致命的，也许因为他总是隔着镜头去看待那些让人恐惧的危险事物。可少校告诉他，这些人是共产党，金利源刺杀案是共产党干的。

"你倒没带着照相机？"她突然回过头来说，没意识到这个毫无意义的问题近乎坦白承认。

她茫然注视着池塘边的水草，注视着灰喜鹊。

"那么你想起我来啦？"他自己也想起那些海上景色，在阳光下泛着银光的鱼群，用灰绿色帆布遮盖的救生艇，甲板上的胡桃木小桌。她怏怏不乐，惊讶地看着他的照相机，恼怒地扭头离去。

此刻她也同样恼怒。她一言不发，试图用最冷淡的方式扫视他一眼，转身便走。

小薛在她身后说："那是我的职业，我是摄影师，嗯，摄影记者。"

这当然不是说谎。他一直都在把照片卖给报馆和通讯社，何况是现在。少校说，你不妨有另外一个职业。我也可以给你一个巡捕房的番号，那你就要从下级探员干起，按年资提拔。但这里是政治处，我可以破格录用情报人员。适当的时候，如果我能够在你的述职报告下面加上几条评语，租界警务处可以直接让你当探长，甚至督察长。所以最好的办法是你有个公开职业，暗中来帮我做事。

少校打两个电话，约人家到法国总会喝上几杯。第二天 *Le Journal Shanghai*[1] 的主编就让人送信给小薛，他一到报社的写字间，就有人把聘书交给他，还递给他一盒烫金的名片。卡片上一面是法文，一面是中文。

她脚步一顿，犹豫片刻，猛然转头，眼睛里闪耀着奇异的光芒。小薛突然意识到，他的轻佻言辞让自己陷入危险境地。

租界各种小报花掉整整一个星期的版面，把真相告诉给饭桌上亟待猎奇的小市民，她是刺杀案的同谋，她是金利源码头枪击事件的主谋，编辑们还找来她的照片，以证明她的美艳和蛇蝎心肠。

几家外国报纸和一两家严肃的中文报纸谨慎地（附有确凿的书面证据）指出，暗杀事件可能跟赤色暗杀组织有关。报纸

1.《上海日报》，一份当时在上海发行的法文报纸。

同时刊发刺客团的正式声明（提供者身份不详）。

少校明确对他说，这是一帮共产党。

这会他俩站在湖边。实际上，那只是个小水塘。往前走几步。有个木板搭建的水榭，用木桩支撑，插在水底的淤泥中。夏天在那里举办夜间音乐会，拉赫玛尼诺夫、德彪西，还有"美男子"萨蒂——le beau。此刻在阳光下，这儿只有蝴蝶，还有几种不知其名的小虫。

他不太害怕共产党，在他眼里，他们都是另一个世界里的人。也许现在正躲在租界外的某个偏僻省份。他们都是些胆大妄为的学生，几年前他们在上海闹出很大动静，租界里的外国人惊慌失措，他自己还有些幸灾乐祸呢，可事情很快就平息下去。尽管如此，他们干的事情与他一点关系都没有。在租界里，他才好算是主人，说不定他能把他们像客人一样招待呢——

"你放心，我可以做你们的同路人——"漂亮话甫一出口，小薛的心里便有些发虚，微风荡漾，身影在湖面上阴险地扭动，像是个告密者。

"我同情你们。"他换一种说法。

"我不懂你在说什么。"不承认是对的，从头到底都不要承认。他用一种几乎是淘气的眼神望着她。沉默越是延长，情形就越发变得像一场调情。他越觉得自己像是个不可救药的登徒子，就越感到自信。

她捋捋吹乱的头发，四指并拢，曲起拇指，手势像童子军敬礼。显然，她有些气馁。

"你想要怎样？"疑问句并不能给人咄咄逼人之感，反而显得有些无奈。

"我一路跟着你。"

"你一路跟着我，想要怎样？"

他像是在说服她，说得恳切："我想要帮你。我不知道你们在干什么，你不想让我知道，我也不想知道。可我有一些你不知道的事，我倒想告诉你。何况你现在又不能回家。"

"为什么我要相信你？"

"为什么我不向巡捕报告？为什么巡捕房会搜查贝勒路？为什么巡捕房不知道你住在哪幢房子里？为什么我猜得到你是共产党？为什么你不能相信我？"

他觉得这一连串的反问像是段台词，他觉得观众应该鼓掌，他觉得表演获得极大成功。

"我知道的事对你们十分重要，你必须让我告诉你，你必须在这里等着我。今天是礼拜天，你可以装成是到公园来读小说的，我再去贝勒路看看情况。"

他转身离开，走出几步又回头，指指那水榭朝她喊："别走开，等着我——"

他觉得他就像是个关切的情人在嘱咐她，而她仍然神色焦虑。

十八

大生有蜡烛店在八里桥路[1]。过宁兴街[2]第二爿,占据整个转
角的第一家是安乐浴室。浴室和蜡烛店中间有条叫友益里的弄
堂,巷口堆满浴室烧大炉的煤块,最怕下雨天。就算今天这样
好的太阳,林培文一个不注意,还是给店里的青砖地踩回来半
只黑脚印。

"你肯定他们不知道这地方?"

"我从没对他们说过这里。"

顾福广好一会不说话。阁楼上堆满纸箱,散发着干燥灰尘
和火药味儿。永和祥白铁铺的榔头敲得有一搭没一搭。后弄堂
深处偶尔飘来一两声胡琴,有人咿咿呀呀吊嗓子,想必是碧艳
芳戏班的女学生。

"为什么要带着枪?他们没脑子,你也没有?"老顾的声音
压得很低,在这午后的安宁里,在偶尔传来的小花旦尖利的嗓
音里,老顾发作的怒气就像是一场幻觉。像是假装的。

顾福广在等朴季醒打来电话。意外迟早会发生,这些人几
乎都算是小孩。平常人家这样的年龄还在学堂念书,给师娘提
水壶,或者从大街小巷呼啸而过,打架斗狠。他仔细想想,有

---

1. Rue Palikao,今云南南路。
2. Rue de Weikwe,今宁海东路。

利有弊，坏处不用说，摆在眼前，就是这种意想不到的事情。好处是单纯，有热情，做事有冲劲，不犹豫。干起危险的活儿来，都好像是在玩什么游戏，轻轻松松就办成。有时候——他再次这样想道——受过严格训练的专业人员都不如他们。

他把电话从库房拉到阁楼上，让秦俟全管着铺子。蜡烛店不光卖香烛锡箔，也卖洋火鞭炮烟花。坐在箱子中间，就像坐在炸药堆上。可他一点都没感到不自在，照样用火柴点燃香烟。没有比他更熟悉炸药的，他在伯力学习制造过各种爆炸物。

从六格高的木窗望出去，是友益里 10 号——这幢紧贴蜡烛店后墙的弄堂住宅。南厢房顶上凸出的晒台围墙上有一只破烂的铝质洗脸盆，盆里种着一大丛小葱。

顾福广设计过各种逃脱方案，无论置身何处，他总会把周围环境所能提供的所有出口都观察清楚，这习惯一半是天生，一半来自严格的训练。别尔津教官说，优秀的地下工作者要像幽闭恐惧症患者那样谨慎小心，只是态度要更积极，更主动。

楼下库房的南面墙上有个窗户。租下铺子以后，顾福广把钉死的木条拿掉（那原本是防贼的），推开窗子就是友益里的弄堂。在安乐浴室那堆煤块覆盖的墙角下，有一块活砖，抽掉砖块，里面藏着一只油纸包，纸包里有一支德国造的鲁格手枪。弹仓已装满。库房另有道后门，门外是石库门房子的天井，穿过天井可以从友益里 10 号的门出去。朝左拐，是通往宁兴街的弄堂，再转到敏体尼荫路[1]，只要走到大世界游乐场，就可以消失在人

---

1. Boulevard de Montigny，今西藏南路。

126

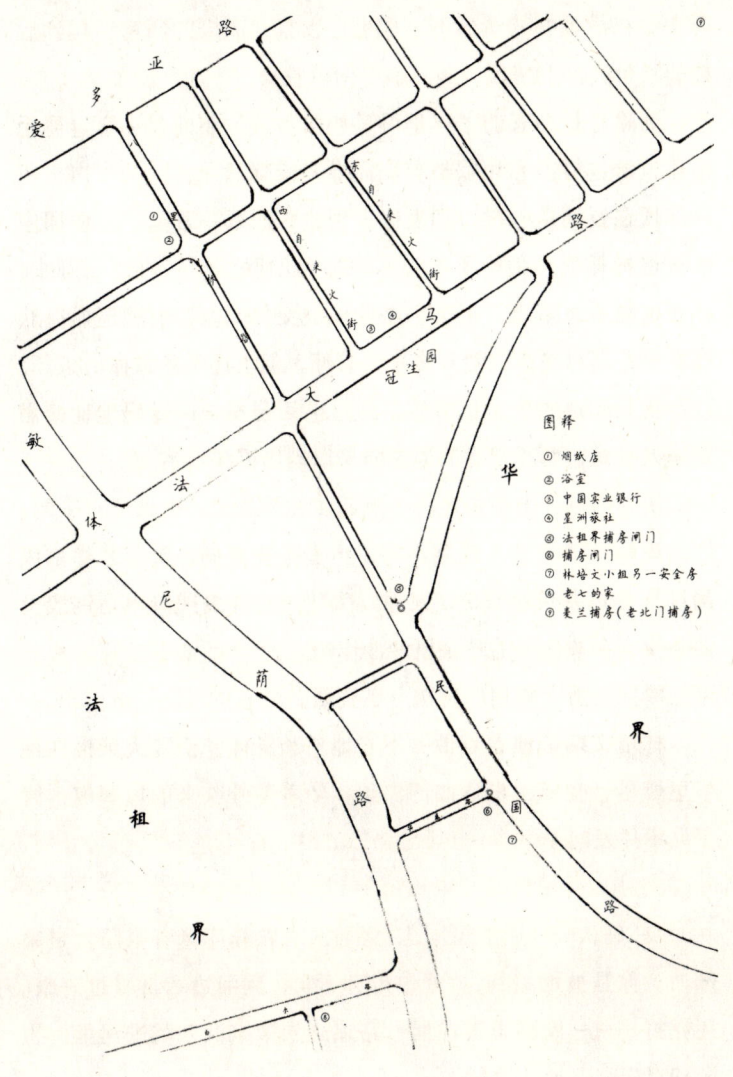

图释

① 烟纸店
② 浴室
③ 中国实业银行
④ 星洲旅社
⑤ 法租界捕房闸门
⑥ 捕房闸门
⑦ 林培文小组另一安全房
⑧ 老七的家
⑨ 麦兰捕房（老北门捕房）

【八里桥路、法大马路周边环境图】

127

群中。在最难办的情形下，你也可以打开阁楼的西窗，爬到后楼的晒台，再上房顶，居高临下伺机脱身。

危险总是会有的。你学习过如何与危险相处，你学过徒手格斗，学过射击和化妆易容。你半辈子都在干冒险的事情，所以你现在要调整呼吸，别发怒，别紧张。退一万步，即便那家伙被巡捕抓住，他也不知道八里桥路的联络点。再退一万步，即便他熬不过审讯，把贝勒路的地址交代出来，引领巡捕抓获冷小曼，那对组织当然算是重大破坏，但也还不算致命的破坏。冷小曼只知道一个电话号码，通过电话公司查询号码地址又需要一天时间，而法租界的巡捕向来以动作迟缓出名。

快到两点，电话铃声终于响起。朴是从公共电话亭打来的。电话里朴压着嗓子，线路不好，声音有些模糊，听起来像是风刮过来一阵尖叫的回声，又像是尖叫声震碎裹挟着电话铜线上的杂质，在顾福广的耳朵里沙沙作响。

放下听筒，顾福广再次点燃香烟。

林培文期待地看着他，不安地扭动身体，望着火柴棍在他手里燃尽，变成一根弯曲的白须，随着窗外吹来的风飘散，终于忍不住发问：

"怎样？"

"朴确认——周立民同志已牺牲，"顾福广眯着眼睛，眼睑颤动，像是被烟熏到，"他怕传言不实，到河边亲自看过一眼。还在打捞——周同志被巡捕一路追赶到肇家浜，跳进河里，想游到对岸，巡捕乱枪射击……"

沉默——

培文没有说话，顾福广观察着他，他是在惊恐么？一场欢快的游戏，忽然出现意外的死亡事故——或是在愤怒？愤怒是有益的，但要加以控制。行动在即，最需要的是斗志。

　　"周同志很英勇，他用牺牲自己来保护其他同志。可以悲伤，但更要努力，要为他报仇。"他怀疑自己的说法够不够有力，他把烟含在嗓子里，让它随着声音一点点在嘴边散开，声音有些沙哑，像是被烟熏得更加干燥。

　　"现在的问题是，冷小曼突然失踪。她不在贝勒路的家中。按照约定，她应该在家里等候你。我担心她被枪声吓坏，逃离那房子。她光天化日独自在外面，很危险。"

　　林培文像是突然从梦中醒过来，陡然站起身说："那我去找她。"话音未落就蹲身去抓那架挂梯。

　　"你想想，她会去哪里？"顾福广在沉吟，随即又开始说话："她会打电话来的。五点以前，如果她不来电话，我们要先从这里撤离。"

　　林培文不愿意坐下来，他想做点儿什么，不想让悲伤控制自己。他没有问自己，听到有人牺牲心里可曾感到害怕。他还年轻。刚赶上大革命时代的尾巴，那时候，他还是个学生。全凭一股热情。他还没弄清楚自己到底是在做什么，先就做起来，他晕晕乎乎，没空去思考。斗争的残酷性突然摆到他面前，就像烈日晴空里突然乌云密布，下来一场暴雨。他的同伴中，有人在游行示威的队伍里被反动军队当场开枪打死。忽然之间，他就与组织失去联系。他有时暗自想，如果不是失去联系，也许他早已牺牲。革命大潮席卷而来，革命的组织根本来不及好好组织，反动派突然反扑，一夜之间，他这样与组织失去联系的人成千上万。在绝望中发起反击的同志大批牺牲，当时他并不害怕。他愤懑，他也想参加反击，他甚至想发动一场个人的自杀性袭击，幸亏他遇见老顾。老顾是深思熟虑的革命者，有计划，有进攻和撤退的方案，他有能力领导大家行动，有能力取得胜利，同志们早已完全信任他。

他无限信赖地望着顾福广，浑身肌肉绷紧，像是等候命令的猎犬，像是个被悲伤压扁到极限的弹簧，只等老顾松开按着他的手指，就会猛烈地跳起来。

顾福广眯着眼抽烟，他感受到眼前这个年轻人的亢奋。他为这样的无穷精力感到诧异。连死亡也不能熄灭这种跃跃欲试的冲动，让人困惑不解。

他想，是时候宣布下一次行动啦。这样的精力要是不把它消耗在行动中，就会闹出乱子。让这些年轻人闲着，早晚还会出这样的事情，与其想办法约束他们，不如让他们行动起来。

他在构想一次更加醒目的行动，一次让人震惊的行动。一次标志性的、让他的组织赢得尊重的行动。它不能像前几次那样，转瞬就被其他更新奇的事件淹没，它要长久回旋——在人们心中，它不是只值两角钱一份报纸价格的头版新闻，它将会是一个传奇。

他通过各种渠道散发消息，让各种版本互相交织，若隐若现。不光是给记者（他尝试过记者）。租界里有各色各样的势力，也有为各种势力服务的业余情报员，通过这些家伙，他向大家发出一个信号：他在这里。

他的信号说简单也很简单，让人家知道上海有他这样一号人物。不管是干革命也好，干别的事也罢，首先要让别人知道你的存在。他不觉得自己是在欺骗这些年轻人，目标是一回事，具体的做法又是另外一回事。

很久以来，他就想动动帮会的脑筋。再没有比这更恰当的理由：他们帮助屠杀过革命者。如今他在这里，而他们却藐视他的存在。他曾通过老七向他们发出过信号，他是不得已才通过一个女人发出这样的信号，他本不信她会认识什么帮会大人物，可他们确实小看他。小看他的群力社。

让他举棋不定的是到底要选哪一个目标。是福煦路[1] 181号？还是戈登路[2] 65号。两幢外形几乎差不多的洋房，草坪、围墙、车库、前后门、警卫，结构复杂难以控制的通道走廊。在不到百米的距离内，各有一家捕房。不同点在于，福煦路附近是法租界巡捕房，戈登路是公共租界捕房。

"福煦路。"林培文说。

这纯粹出于仇恨，顾福广心里这样想道。就好像仇恨是一种液态的东西，可以放在不同的量杯里比较。但这也不错，至少它显得更加名正言顺，福煦路181号的老板是革命的更加明确的目标（他直接参与过大屠杀）。但他还要再好好想想，摆在眼前的问题是，福煦路有装备更加精良的警卫。

那将是一场小型战役，对他的队伍是一场严峻的考验。他

---

1. Avenue Foch，今延安中路。
2. Gordon Road，今江宁路。

们知道怎样开枪，在浦东的海边荒滩，一边吐着芦秦渣，一边朝稻草人射击。或者租船出海，瞄准吴淞口灰暗天际里几只倒霉的海鸥。但真正的战斗是恐惧与恐惧的角逐，他的人能不能占上风？与它相比，暗杀行动不过像是一场淘气的表演，像是在作弄某个受害者：加快脚步走上前去，拔出手枪扣紧扳机，看着他缓缓倒地。就像他当年刚参加工人运动，从厕所斜刺里穿过院子，把一蒲包粪便砸在那家伙头上，前一秒钟那个帮会工头还得意扬扬，转转手里的核桃就把游行罢工的队伍拦在厂门口，后一秒钟就屎尿灌顶，颜面尽失，再也抬不起头来，再也没人对他害怕，整个有关他心狠手辣的传奇，一包粪便就轻轻打消。

从本质上来看，暗杀也好，他正在策划的更大规模的行动也罢，作用大抵相当于那包屎尿。它让陈旧的权威和陈旧的恐惧感烟消云散，同时建立一个新的传奇，新的权势。在阿塞拜疆的劳改营里，他整天想着过去的事。想来想去，他觉得这件小事的意义不同寻常。它不折不扣地向他证明：摧毁一种权势和建立一种权势都是简单的事，只要你给出足以让人害怕的证据。等他穿越逃出那个地方，穿越阿拉山口再次回到中国，他就知道自己应该怎么做。

十九

　　她差点儿撞到黄包车上。她回过神来。冷小曼不知道为什么会把打电话的事忘得一干二净。今天上午，她本来都已站在电话亭里。要不是那家伙……

　　直到太阳快落山她才想起打电话。

　　按照顾福广在电话里给她的地址，她找到八里桥路的蜡烛店。刚上楼梯，老顾劈头就问："为什么不打电话？"

　　她能说什么呢？说自己太紧张，说她想不到在这样一个数百万人口的大城市里，竟然会无巧不巧遇见这个人。这个——摄影记者。她有很多事都无法解释，虽然她不得不抓紧时间，把最新获悉的重要情报汇报给组织。

　　她怎么解释得清楚呢？她本来应该立即打电话，告诉老顾上午在贝勒路发生的危险情况。她又怎能解释清她竟然会在法国公园的水榭里等候他几个小时（像是个焦虑的情人），随后又跟他一起去白俄餐馆。这个摄影记者，他在船上想给她拍照片，他对人的面孔有很好的记忆，他好奇心重，他故作潇洒的可笑作派，她对他的莫名其妙的信任感，这些事情怎么能一句两句说清楚。

　　对她内心里那种奇怪的麻木，她又能说什么？连续多日独自一人守在那间过街楼上，她渐渐产生某种类似置身于午后阳光下的感觉，松弛，懒洋洋。以为没人知道她的存在，没人晓得她参与那件刺杀案，好像通过某种天晓得的合谋，她已被大家抛弃，既被同志，也被敌人。

她对自己说得过去的解释是，她应该勇敢地敷衍他，跟他去，去吃饭，去调情，去看看他到底是谁，到底想干什么。出于某种奇怪的心理，她没有把船上的事告诉老顾，只是把他说成一个故人，一个以前就认识的摄影记者。一个——有同情心、正直、愿意帮助她的人。

问题在于，这些都不重要，最重要的是情报。这个人，这个自称名叫薛维世的人，他声称自己在法租界巡捕房有关系密切的朋友。他特地来警告她，贝勒路的房子不能再回去。他得到可靠的内线消息，巡捕房怀疑那里的某幢房屋藏有激进地下活动分子。一旦查清具体地址，搜捕就会展开。几天前，这消息是作为一件礼物送给他那家报纸的，让他好捷足先登，率先报道。今天早上，他跟随巡捕房的大队人马跑到贝勒路，一眼就认出她来，他想通知她，可找不到机会。在康悌路口抄靶子，显然是巡捕房的某项狡狯策略，"敲山震虎"，他使用这个成语。

"为什么他要把情报透露给你？"

"巡捕房的搜捕对象中有一个女人。他一看到我就猜出一大半。他认识我，从报纸上，他猜到我跟金利源码头的行动有关。"

"你承认啦？"

"他不相信我会杀人——不相信我会真的牵扯到暗杀反动军官这类事情里去。"奇怪的是，她觉得这话多多少少符合真相。她稍加编造，是想让事情变得简单一些，但却发现这可能更困难。她对自己多少有些诧异，为什么不告诉老顾她在船上与他遭遇

134

的事实呢？海上邂逅这种说法是不是太离奇？太像那种——编造男欢女爱故事的小说家的想法？

"但他还是怀疑你跟这事毕竟是有关系的，所以他把巡捕房的计划告诉你？"

"是的。他半信半疑。我对他说，事情并不像他想得那么简单，但我不想再提。他说，如果那会勾起我痛苦的记忆，他不想打听。"

"对你目前的困境，他作为老朋友，有什么建议？"

"按他的想法，越早离开上海越好。可他不知道我是不是身不由己，所以不想贸然出主意。但他会帮我在巡捕房打听详情。"

"身不由己？"

"他的意思是说，万一我有什么原因无法脱身。"

"你不能打电话是因为有他在？"

"是的。"

"这就是说——整个下午你都和他在一起。"

"是的。"

"在哪里？"

"一家俄国餐馆，我不认得招牌。在辣斐德路上。"

靠近亚尔培路¹路口那家餐馆，招牌上写着 ODESSA²。人行道里侧有两级台阶，他推开那扇弹簧玻璃门。俄国侍者是老朋友，他欢快地讨论着菜单，如同在进行某种重要的仪式。

---

1. Avenue Albert，今陕西南路。
2. 餐馆名可能借用自黑海边的那座港口城市。

"在法租界巡捕房，他到底认识谁？什么职务？"

"他没告诉我。"

"你必须弄清楚他在法租界巡捕房的关系。这情况对我们很重要。"

她觉得疲倦，但她还是意识到这是组织上在向她分派任务。

"你很沉着。处理得很好。要继续跟他保持联系。他在巡捕房有关系人，这很有利……"

"他不是我们这种人。"

他身上有一种难以名状的快活劲儿。炫耀他的照相机知识，炫耀他点的那些俄国菜，Barjark 是一种煎牛肉片，Shashlyk 是切成圆形的羊肉片，串在铁钎上用火烤。她历来都结识有志青年，充满纯洁的理想，哪怕是那个死去的曹振武。他很漂亮，简直算得上英俊。他的声音有些轻佻，总的来说很温和。

"你觉得——他对你怎么看？"老顾吹熄手里的火柴棒。

从头到尾他都在望着她。心无旁骛，要来酒却又不喝，想要好奇地问点什么，可又不敢问。假装在口袋里掏摸，却掏出一张过期的马票。你要给我一个联系方式，电话，比如说。如果有情况，我可以及时告诉你。他又掏出一支钢笔，好像那是个魔术师的口袋，他手忙脚乱，这倒不像个魔术师。可那支钢笔没墨水，旧马票上划出一道道白印。遭到拒绝后，他竭力抗辩。

"他相信巡捕房一定掌握确凿证据，所以才会来抓捕我。可在他眼里，我只是个柔弱妇女，他从头到尾都没有问过我和金利源码头的案件到底有没有关系。"她竭力让自己回答得更客观一些。

"有没有约定联系方式？"

"他有个报社的电话。但他常常不在写字间。他是摄影记者。整天东奔西跑。他说明天他会给我一些消息，明天中午他会到法国公园门口等我。"

她和他分手时小心翼翼，采用标准的反跟踪技术，突然停下，或是转身穿越车来人往的街道。她在一家店面很小的女装鞋帽店里盘桓，透过玻璃橱窗扫视街上的人群。最重要的是警惕三角盯梢，街对面平行的家伙最容易发现，他往往是三个盯梢者中最大意的，他一直盯视着你，于是他的步伐渐渐与你合拍——

直到确信身后没有尾巴，她才打这个电话。

楼下有人在打闹，她分辨得出培文高亢的笑声。夜里的八里桥路比白天更热闹。她听见蔬菜倒进油锅那种爆裂的声音，鼓风机的声音，还有奇怪的不知哪里传来的汩汩水声。

老顾微笑起来，是那种缺乏幽默感的人硬要说笑话时的笑容，"他不会是对你一见钟情吧？"

"我们一早就认识。"

"他冒着危险把巡捕房的情报告诉你，一定是对你有特别的好感。"

夜里六七点钟的时候，人的反应总是比较迟钝，她茫然地望着老顾。

他的皮鞋是用白色和棕色两种颜色的皮拼成的，他一定在穿着上花掉大把时间。他蹲下身，提起裤腿，重新系好袜口上的松紧带。打一个结，翻下袜边，让它遮住那根紫色绒线，单单让它垂下一绺来。他的确相貌英俊，比船上那会更有吸引力，他也知道自己对别人有这种吸引力。他会让别人觉得自己很迟钝，很沉重。他一步跳下台阶，转身，用胳膊肘抵开弹簧门，倒退着隐身进门，伸出头来朝她招手。

他对她说："如果同志都像你这样美丽，我也巴不得参加革命。"他说话这样大声，好像忘记这是个很小的餐馆，让她忍不住伸手按住他挥舞的手，阻止他说下去。

老顾严肃起来。"你想想看，有没有可能让他为我们所用。当然，一切要看他在法租界巡捕房到底有没有真正过硬的关系，如果是那样，对我们工作的开展将会有极大好处。"

离开餐馆前，他再次警告她，你绝不能再回贝勒路。如果暂时你找不到住的地方，我来想办法。"当然啦，"他说，"你们的组织会有更安全的地方。"

楼下店铺里一阵响动，拖动椅子的声音，纸箱翻倒的声音，林培文咯吱咯吱踩着竹梯，脑袋在楼板上冒出来。

老顾厉声喝问："什么事？"

他嘿嘿笑："有只老鼠。"

冷小曼像是对周围的动静毫无感应，她愣愣地坐在桌旁，手里还握着那杯早已冰凉的茶水，那股伤感像是从手心一直蔓延到心里。

二十

事实上，特蕾莎并不认为小薛在说谎，她相信他的说法。在上海生活那么多年，唯一让她捉摸不透的就是那些帮会。他们无所不在，无孔不入。她想到那天夜里，在礼查饭店的床上，她看到他满身瘀伤。她怀疑小薛在说大话，帮会首领怎么会拿他当朋友。她猜想人家对他拳打脚踢，逼迫他监视她。她再次心软。

她一直都喜爱他，喜爱这个身上带着栀子花香的混血私生子。她也喜欢他拍的照片，那些怪异的照片里充斥着尸体上的伤口、散发着酒臭的呕吐物、女人的胴体。她觉得那些照片其实包含着一种洁癖，一种无害的快活情绪，一种古怪的安全感。

如今，由于小薛以这种奇怪的方式切入她的生活——她真实的另一面，这段韵事也好像变得更加真实。这个家伙——这个混血的私生子的形象从那些黑夜里苍白赤裸的男性胴体中浮现出来，几乎是脱颖而出。不再仅仅意味着某个古怪的姿势、某种让她兴奋也罢讨厌也罢的体味，或者某件带有个人印记的器官——她阅人无数，抚摸过各种长相独特的玩意儿。有的形状像鹰喙一样弯曲，有的可以把包皮无穷无尽地拉长，像是一只长筒袜。

她对自己说，只要一次心软，就会一直心软下去。她本可以直接杀掉他。她甚至不用自己开枪，她有忠心耿耿的保镖，在白俄社区的帮会里，她有几个信得过的朋友。

那天她拿枪顶着他，枪管快意地戳进他的下巴。眼看着他都快掉泪，可她还是狠心把枪管朝他颌骨缝里戳进去。这是必要的惩罚，她手里使着劲儿，耳中听见他又是干咽又是咕哝，心头涌起强烈的怜惜之情。她赤条条跪在床上，腰窝里还是汗津津的，嘴角却带着刑讯逼供者那种残忍的微笑。她还称职地用另一只手玩弄他，清晰地感觉到他的惊恐，他的委屈和无奈，他的不肯轻易就范。他忍不住还是硬起来，在特蕾莎看来，这足以证明他的屈服，这就好比他在象征性地缴枪投降。

那一刻，有股让她无比陶醉的柔情涌上心头。她猜想自己是那一瞬间爱上他的。后来她又想，这多半是因为她还从未想过这个问题，直到她把要不要杀掉他这个选择题放在自己面前。三年多来，他们每个周末都到礼查饭店床上幽会，如果她想多来一次，还可以给他打电话。她很容易就能得到他，再也见不到他的念头从来没有在她脑子里出现过。这对她是一种崭新的体验。他从一具能给她带来简单欢愉的男性身体转变成一个复杂的真人，他嫉妒她有别的男人，他卑劣地监视她。他甚至还前所未有地变成一段故事情节：别人把他抓过去，拷打他，让他来监视她。

不久，她就开始时不时把这个新的情人形象拿出来，在头脑中审视一番。这样一来，他就变得越来越可爱。她拿枪捅着他下巴的时候，他不是吓得都连尿都快憋不住啦？事后她抚摸他的时候他可不就是这样老实交代的？可就算是这样，他不还是说他爱上她啦？

她自嘲，觉得自己终究不过是个女人。就像她的朋友玛戈那样，爱这个字是她们命中注定的魔星。尽管她曾千辛万苦，从战争、饥荒和革命中幸存下来。她并不那么容易上当受骗，她见识过虚情假意。她懂得在这块租界里，什么东西都有个价码——只要你出得起价钱，你可以连真带假全买下来。正因为这样，她才接受小薛的说法，就算明知他多多少少在耍滑头，她也有把握把他买下来。她甚至觉得自己找的情人比玛戈好得多。她不相信在这个充满男性冒险家的亚洲城市，这块满地都是金矿和陷阱的租界里，会出现什么两相平等的风流韵事。总有一个人要甘拜下风予取予求，不是他就是你。

她要陈立即离开上海。宣称自己得到可靠情报，陈的这笔军火交易牵涉到帮会的内讧，事情甚至传到巡捕房耳朵里。可她没把小薛的事告诉陈，那是她的生意伙伴，那是她的高级雇员，她该怎样向人家解释她的私生活呢？她难道还能告诉陈，跟她上床的男人恰好就是别人派来监视他们的？

此刻，在上海西区这幢爱德华风格的别墅里，这群冒充上等人士的亚洲白种商人们正在狂欢。他们当年虽然是穷瘪三，倒也野心勃勃（不无可取之处）。如今赚到大钱，变成这块土地的主人，从欧洲母国买来一钱不值的爵士头衔，吃三道主菜的宴会，用土地投机赚来的钱为他们的儿女雇佣教师和乡下阿妈，花大价钱买来俄国珠宝送给妻子，再花点小钱让亚洲情妇用湿润的嘴唇来提振自己萎靡的阳气，让自己的混血儿子在朋友的公司上班，在投机失败时遗弃他们，让他们自生自灭。

七点刚过，夜晚的露水还未让草地上的泥土变软，游泳池水尚在薄暮下闪耀微光，参加化装舞会的人群就已站满屋里屋外。草坪上，大厅里，挤满奇形怪状的人物，二楼走廊栏杆上倚着一排阿拉伯贵族，男的佩弯刀，女的戴头巾。今天的主题是泰坦尼克号沉船事件。

"船长"——美商瑞文集团[1]的大班和这幢房子的主人——宣布舞会开始，阿拉伯男人们在二楼尖啸，以为自己是站在傍晚的沙丘上。玛戈精心打扮，穿着世纪初欧洲贵妇的拖地蓬裙，累累缀缀。她向身边的特蕾莎耳语，说连内衣都是画成图样，让中国裁缝专门缝制，是那种老古董式样的丝绸长内裤（如今只有小孩才会穿那种开裆裤）。

"找个没人的地方，让布里南先生钻到裙子底下去。"特蕾莎挖苦她。她的丈夫打扮成一个将军，天知道他从哪儿搞来的那些勋章。还有缀着金线的绶带——那绛色的绶带上有一大块深色斑痕，像是洗不干净的俄国汤渍。毕杜尔男爵显然已完全融入上海的社交圈子，学会亚洲白人的悠闲生活方式，甚至有耐心去寻找一条真正的古董绶带。

新近在伦敦赢得声名的年轻诗人把一块深紫色棉布盘在头顶上，棉布的剩余部分绕过下巴，围在脖子上，大概想装扮成柏柏尔族[2]酋长。他来中国探险，上海是第一站。他还没来得及去内地。上海那些赚到大钱、开始学会附庸风雅的商人们（尤其是他们的妻子）从伦敦寄来的文学杂志上得知他的成就，早

---

1. Raven Group。
2. Berber。

就巴望着一睹剑桥才子的容颜，一家一家排着队请他赴宴。他的同伴，比他小几岁，身材也比他更小巧，用油膏把脸涂黑——为方便清洗起见，脖子没有涂抹。把染成花花绿绿大格子的羊毛毡披肩拉高，好遮盖他本人的肤色。在草坪那头，站在围绕游泳池的鹅卵石小道上的那群人中，有个名叫小马蒂尔的家伙用深知内幕的口吻评论说："他把自己打扮成摩洛哥男妓的样子，倒也是恰如其分。我的意思是，早些年那些诗人们——好比说纪德，不都喜欢去摩洛哥寻找适合他们口味的那种艳遇么？"

诗人和他的同伴当然听不见这种背后的诋毁之词。他只顾抱怨着音乐。乐队正在演奏的是去年最最热门的曲子，*Body and Soul*[1]，适合你搂着舞伴轻轻摇摆。在上海这班商人说来，乐队当然应该挑选这种曲子，以示即便在这里他们也能赶上美国和欧洲的时髦。让诗人诟病的就是这个，它不符合化装舞会规定的情节，难道在本世纪初就撞上冰山的枉死鬼乐师，居然还能演奏这种时髦的摇摆乐？不过他也不想想，要是事事都按那个年代的来，别人可就不光是在背后议论两句，说不定就有好事之徒把他和他的伙伴一起送上法庭喽。

这地方的人就这样，他们一边自己放荡胡来，一边又瞧不上别人做那些事情，说长道短。如果有人把事情捅到报纸上，那更可以在家里的晚餐桌上幸灾乐祸好几天。上海的租界就是这样，你说它时髦吧，它却也有特别守旧讲礼数的一面。就拿站在乐队旁边唱歌的女人来说吧，有人就提议将她驱逐出上海

1.《肉体和灵魂》，一首当时盛行的爵士歌曲。

租界，说她实在太丢大英帝国的脸面。在放荡商人的私人俱乐部里，她脱得赤条条跳到桌上，模仿伦敦 Tiller[1] 舞团的艳舞女郎，把她的腿几乎踢到枝形吊灯上，让那些醉醺醺的单身汉们大饱眼福，听说她喝醉以后做的那些动作比妓女更不要脸，她背靠桌面躺在那里，举起双腿又踩又蹬，还当众往酒杯里撒尿，她那个地产投机失败跳楼自杀的英国丈夫如今是管不着她，可租界巡捕房也管不着她么？

有人在高谈阔论，说他的表亲写信告诉他，伦敦目前并不打算撤军呢。从一九二七年起，南京政府每次叫嚷反对帝国主义，伦敦就会从印度往上海增派一两个连队。租界将会繁荣一百年！如今应该不断买地，从上海往西不断买进地皮。五年以后这些地皮会上涨一百倍。这说法引起一阵欢呼。

毕杜尔男爵有些醉意，玛戈在跳舞的人群里忽隐忽现，在狐步舞里加上几个踢腿动作，那是如今最时髦的查尔斯顿舞步，那是她到上海以后才学的，尽管她那条长裙子并不适合这舞步。

我可不喜欢这舞步，毕杜尔男爵对特蕾莎说，上等人家的太太可不跳这种舞，"双手交叉放在膝盖上"，就像个四川来的猴子。

他的舞步有些踉跄，特蕾莎把他拉到舞池外头。本地仆欧穿着柠檬色的丝绸短褂，手里端着托盘在人群中穿梭。男爵又拿来一杯掺过苏打水的杜松子酒。

"这酒我还可以再喝二十杯，再喝上二十杯我就会清醒过来，

---

1. 一种大腿舞。

比清醒的时候还要清醒二十倍。比那个布里南先生更清醒。"

"这会你看起来可没有布里南先生那么清醒。"

"是啊，布里南先生很清醒，布里南先生是个清醒的骑士，布里南先生就算双手交叉放在膝盖上，还是清醒得像个绅士。她可像个疯疯癫癫的荡妇。"

"她是你的妻子。"

"没错。她是我的妻子，有戒指为证，玛戈小姐，你愿意嫁给毕杜尔男爵为妻么？而我的妻子正在跟别人上床。"

"你可别胡说。"

"我可没胡说。在莫干山上，她还以为我没来得及赶上好戏。我就算没看见他们在干什么，事情不也明明白白写在她脸上么？她不是还没来得及洗澡么？她身上还有那家伙的味道呢。她以为我闻不出来么？难道我闻不出精液的味道么？女人有一千种味道，男人可不就一种么？可不就那一种像放过夜的杏仁奶茶的味道么？"

"你什么都没看见，这都是你瞎猜疑。"

"我什么都看见啦。他们竟然连门都不关。他们竟然听不见我上楼，我可是跑上楼梯的，腾腾腾，腾腾腾。我带着猎枪出门，可我忘记戴帽子，绅士就算出门打猎，也不能忘记他的帽子，人家不都这样说么？事情就那么简单。我悄悄走下楼梯，我还给他们五分钟时间呢。我在院子里大叫大嚷，装得好像我什么都没看见似的。可我把什么都看在眼里啦。然后我就看见她慌慌张张奔下楼梯，我看着她那张脸，那潮湿的眼睛——好像在发高烧。"

狂欢进入高潮。喝醉酒的单身汉们手臂搭着肩膀，排成一列长队，像青蛙那样弯着腿，蹦跳着穿过大厅，在草坪上围绕游泳池转一圈，又转回到大厅里，蹦蹦跳跳上楼，绕过二楼走廊，又顺着左边的楼梯跳下来。不断有人加入他们的行列。特蕾莎把挫败的男爵拉到门外，拉到草坪上。夜风清凉，月色在仆人身上的绸褂上泛着银光，毕杜尔男爵仍然在诉说着，声音带着哭腔。

"我要买张船票去，我要回国。我恨透这个地方。"

"绅士从来不逃避。"

"我会卷土重来的。我要回国去告诉他们，告诉董事会，上海遍地是黄金，我要带着现金回来，等我再回来，就要不停地买进买进买进。"

有人拉响从工部局消防队借来的警铃，大厅里有人高声说话，声音断断续续，特蕾莎转头倾听，那人正在宣布：轮船撞上冰山，很快将要沉没。人群尖叫起来……

二十一

民国二十年 六月十四日
晚 九时十五分

马龙班长一定是在萨尔礼少校面前告过状，说这个薛在紧要关头突然失踪，自己跑到不知什么地方去。现场确实搅得一团糟，预定的搜捕行动全被打乱。但小薛最后还是出现，并且明确指出那幢房子的位置。没有抓到人（这是可想而知的），可也搜到一两样有价值的证物。几个华捕在一堆女式衬裤底下发现一份伪造的租界居民证件，马赛诗人一看到照片就喊叫起来："这不就是从宝来加号失踪的那个女人么？"

另外，还有一支勃朗宁手枪，五发子弹。马龙班长当着小薛的面对少校说："如果不是他擅自离开搜捕队伍，迅速展开行动，一定能够抓到这个女人。"

少校追问他在行动关键时刻私自跑去哪里，他说他走过贝勒路所有的弄堂，目的是要找到那幢房子。少校对小薛发脾气，他揉着鼻子保证说，他会把这个女人再找出来。

少校没问他打算用什么办法，倒不是说，他对小薛本人有多大把握。主要原因是，他知道在这块租界里，的确有一种超越警务处视野之外的生存法则。那是中国人自己的生存法则。比方说，无论在法租界还是公共租界，有那么一两处地方——一条短巷，一个黑漆篱笆围着的小院，或者是一小片由破烂木棚构成的迷宫。这些地方犹如国中之国，租界中的租界，由帮会势力或者共产党控制，甚至有自己的警卫武装。中国人全都知道这些地方，唯一蒙在鼓里的是警务处的外国巡捕，不到万不得已，华捕队绝不会把这类情报报告上级。很多事情，只有中国人自己才能弄明白，他把这些叫作本地知识。一个白种人，就算在此地生活过三十年，也未必能完全掌握。他愿意培养小薛，道理就在这里。他相信薛的中国面孔能够让他理解这些本地知识，而他内在的那颗法国心会让他把这些知识汇报给少校。

小薛日后回想起来，觉得自己当时隐隐感到手里有一副好牌——像一个热衷于赌博的人那样，他总是夸大自己的预感能力。他不愿意承认这里头有什么别的因素，男女之间毫无来由的亲密感啦，好像几百年前就认识这个人啦什么的，诸如此类。他觉得当时他的想法很简单，你得到一个内线消息，有人决定让某匹不起眼的牲畜头一个冲出底线，你当然要等到赔率最高的时候才出手啦。你总不能……对吧？

他明知道特蕾莎常去那家白俄餐馆吃午饭，侍者跟她熟得像是自家人，他还带着那女人去那里，这是出于某种炫耀……或者示威……他自己也说不清，万一正好碰上，那就有好戏看啦。

夜里，他在烟盒里装上半罐茄力克，去找李宝义。拉着他跑到一块五跳 [1] 的月宫舞厅，再一次仔细打听金利源码头事件的前因后果。

不听不知道，一听吓一跳。李宝义告诉他，事件绝不是孤立的。租界的地下情报管道盛传，这是个新兴的暗杀组织，背景尚不明朗，但至少有三件刺杀案与他们有关。

"你那报纸不是说他们共产党么？还有那声明……"

"行事手法，重要的是行事手法。"李宝义说。就这会儿工夫，他已抽掉小薛的半盒烟。

月宫舞厅的陶莉莉最喜欢坐记者的台子，据说她那个"水蜜桃"的绰号就是李宝义想出来的。"啥叫水蜜桃？"她问过李宝义，他怪模怪样嗅嗅抽回的手，"你说呢？"她扭身扑向他说，

---

1. 廉价舞厅，一块钱可以跟舞女跳五次。

"那你吃呀你吃呀。"并不是所有的舞女都会跟舞客上床，但陶莉莉就是凭这个出名的。她不光敢做，而且敢说，她的恩客之间谁行谁不行，全上海都知道。坊间盛传，某小开的床上丑态就是一个小报记者躲在女厕所隔间里偷听来的。她看看小薛，在李宝义耳朵边上小声说一句。

"花痴！"李宝义扭头骂她一句。

"共产党很少搞暗杀，他们铲除叛徒，只有对组织造成重大破坏的人，才会惹他们下杀手。再说，共产党有自己的机关报，何必找上我这种混世界的野鸡小报记者？难道最近他们改变策略啦？"

"你怎么对这种事情感兴趣？"李宝义晃晃手里的酒杯。据说这种大肚子酒杯从前是苏格兰海盗船长用的，海上风浪再大，也不会有一滴酒晃出来。这些船长摇身一变，如今都是亚洲的大人物。

他拿出一张报社的名片，递给李宝义。

"法国人忽然来兴趣啦。觉得这里头大有文章可做。"

"的确大有文章。确实——"李宝义突然停住嘴，忽有所悟似的看看小薛，不再往下说。

小圆桌很低，他越过桌面就能看见李宝义不三不四的手上动作。陶莉莉快速扫视小薛一眼，挪挪屁股，抚平旗袍开衩，丝袜上一段白肉转瞬即逝。

"这情报是一座金矿，值得挖一挖。"李宝义故作神秘地说。

"你个老鼠修炼成精，别给我装腔作势。"即使当着陶莉莉，他也不给李宝义面子，这让他心里有一丝快意。

受到某种刺激，李宝义直起身，耸肩挠鼻子，点根烟，扔出价值可达百元面额支票的重要情报：

"找我打听这事儿的可不止你一个。也不光是巡捕房。你想都想不到。那天在跑马场边上的茶楼，连马立斯新村的小宝都来找过我。不是他要找我，你猜是谁，是大先生要找我问话。"

"这事连青帮都起劲儿？"

"传说有人花天大价钱，请大先生出面找出杀手来。三桩案子，一桩无关紧要，另一桩与闽省政变案有关，刺案第三天，福州要塞司令萨福畴就押解到南京。最重要的是第三桩，就是金利源码头那桩案子。被杀的曹振武来头极大，据说与南京某要人有关。曹振武是来安排迎接某人的。刺杀他是为阻止某人南下广州。其中情形十分复杂，涉及公债行情，详情连我都不知道。"

他说"连我都不知道"，就好像这事本该向他汇报，说罢得意地绕着手臂，在陶莉莉的腰上摸一把。

这就得怪他不学无术，小薛心里想，如果跟公债市场有关，那就很容易查清。只需研究那几天的报纸。小薛当即决定，晚上去报社阅览室，查看上个月以来所有的西文报纸。

今晚舞厅生意不好，连头牌水蜜桃都没人来邀请转台。有人在舞池前捏着嗓子唱《新毛毛雨》，有人在乐曲的间歇表演吉普赛人吞吐火焰，三只正在燃烧的啤酒瓶在表演者手里不停翻转，在空中此起彼伏。李宝义的手在陶莉莉的身上又摸又捏，陶莉莉春心荡漾的眼睛却望着小薛，而小薛脑子里此刻想的是冷小曼。

"这不是——你们所说的化名吧？"他问过她，她对这问题不屑一顾。

他并不十分相信李宝义的说法，你对租界里传播的小道消息要打上足够的折扣。他确信她的组织是在干革命，她身上有股特别严肃的劲头。只有专注在某个超越她个人之上的目标时，一个人才会这般目不旁视。寻常洋场少年式的调情根本不会打扰她。

可到第二天，他心里又产生一些疑惑。他在报社查阅旧日报纸，一弄弄到凌晨。和衣睡在写字间的沙发上，连那个法国佬主编都赞赏他卖力干活儿。

"我不知道你在查什么大新闻，警务处第一，我第二，等到可以曝光时，你得在我这里发稿。"

他到日新池浴室洗澡，加全套按摩，再睡一觉。顺便打听帮会最近开出的盘口，有哪条消息最值钱。

"当然是新冒头的那个暗杀团。群什么社的？"有关青帮的消息，再没有比这里更灵通。这地方连轩脚的小苏北都拜过师入过门。他们从不随随便便放消息，什么消息要放出来，什么消息要淹掉它，上头都有妙用。

所以后来，等到第二天中午跟冷小曼见面，他一有机会就旁敲侧击。

"想不到共产党里也有金融行家。"

"什么意思？"冷小曼不解。

"没什么，说着玩的。"冷小曼对他老是这种没头没脑的说话方式也开始习惯。要是多日以后，她真能想得起这段对话，一定会觉得，如果把她和小薛说的每一句话都向顾福广汇报，事情就会大不一样啦。

小薛最大的本事是碰到难处就现说现编，现编现演。昨天夜里他事不宜迟，在北四川路的月宫舞厅找到巡捕房的朋友（这都不算一句谎话啦，他想道）。没错，他当然不会表现得太热心啦，只是随口问问，装得像是要在舞女面前扮大人物充大好佬一样（这说法也不算太离谱）。

"你这位朋友——是法国人？"冷小曼问。

"是的，但他是老上海，说一口上海话。"小薛脸上一阵发热，连忙弥补漏洞。

"真奇怪，你结交法国人，还能说法国话。"

"我有个法国爸爸。"他实话实说，并不觉得这有啥光彩的。虽然在租界，这身份也不是一点便宜都占不到。

"原来是这样。"

让小薛奇怪的是，冷小曼忽然表现出相当的热忱。她不像昨天那样寡言少语，也不像昨天那样紧张，昨天她可是像一碰就炸成毛团的刺猬。女刺猬，他心想。

下午巡捕房果真搜捕过贝勒路那幢房子。有一份证件，证件上有你的照片。名字是假的，或者——那个才是你的真名。听到这个，冷小曼忽然有些恼怒（这群狗，她骂道）。

他们没有进一步的情报。所以——稍息，全体解散。小薛从额角上甩出手来，自以为那是个潇洒透顶的万国军团式样的敬礼。

最最让他疑惑的是冷小曼居然提出看电影。看电影？当然，没问题，还请你吃烤牛排。

二十二

民国二十年　六月十五日
凌晨　三时五十五分

没等顾福广下手，别人就先对他下手。是他自己大意，还能说什么？在这种情形下，他本不该回老七那里。别人既然对他不买账，当然就会来称称他的斤两。要来对他动手，自然是通过老七。明摆的事，当初他找人家谈判，就是通过老七传话的。

他半夜三更逃回八里桥路，敲开门。他惊魂未定，让小秦先去睡觉，他要好好想一想。

昨晚在路上，他感觉不好。老七的小房子在白尔路[1]的南益里弄堂内。从八里桥路走过去，顾福广平时只要十来分钟，可他花掉半个多小时。他本来可以从法大马路[2]穿过敏体尼荫路，那样他就一直在法租界地盘里，不必去过铁闸门。可不知为什么他要从民国路和八里桥路的闸门进华界（也许是像他常常对林培文他们讲的，一有机会你就要训练如何"调整呼吸"）。这样一来，他就不得不在华界伸向法租界的西北角上绕一下，再

---

1. Rue Bard Eugine，东段在今之自忠路，西段在今之太仓路。
2. 今金陵东路。

从华盛路[1]和民国路[2]的另一个闸门走出华界老城区。就在第二个闸门口，两名巡捕上来对他抄身。

这也没什么，他连呼吸都是正常的，甚至没喝过酒。但他就是感觉不好，好像有什么危险的事正在逼近。或者是因为巡捕抄得太仔细？不像普普通通的抄靶子，不像华捕酒足饭饱突如其来的作弄人的念头，也不像法捕忽然想倾泻到中国人头上的隔夜无名火，甚至也不像是在例行公事。

好在要紧东西他从不随身携带。只是他有些紧张（背都绷得有些酸痛）。也许是因为月光不时被云遮住，也许是夜里风凉。他觉得弄堂对面的树后有黑影，他停住脚步，点烟，侧肩歪头拢起双手，像是生怕从东面黄浦江吹来的夜风吹熄火柴。月光瞬间笼罩树冠，宛若银纱从黢黑虬曲的梧桐枝垂挂下来，照亮歪身靠在树干上的那团东西，只是一辆小小的推车而已，月光甚至照亮车身上的油漆大字，代乳豆浆，上海特别市政府卫生处为改善市民体质正在大力推广的健康饮品，营养丰富物美价廉。进到窄弄，身后沙沙一阵响动，他扭头，只看到房檐上的野猫，隐身之前似乎还转头看他一眼，两点碧绿在黑暗的半空里闪烁，大约一两秒钟之后，才消失。

连老七开门时望着他的表情都让他心里一跳，神态举止说不出是意外还是期盼已久。不是他自己紧张，就是老七紧张——当然是他自己。

---

1. Route Voisin，今会稽路。
2. 今人民路。

154

等到一进门，眼前的景象就让他松弛下来。桌上是一大盆白粥和两小碟酱菜，碎花布窗帘挡住从木窗缝隙里钻进来的凉气。老七转瞬就脱个精光，只剩一条绣花兜，蹲在床后窸窸窣窣，又坐马桶又洗屁股。

他坐在桌旁抽烟，老七收拾停当，过来帮他解扣子。柳肩上有股栀子花的香气。

他觉得这一阵惊慌失措毫无来由。

他先抽烟，又喝粥。抽出座下椅垫放到旁边椅子上，再拍拍，不让老七上床，要她坐在身边。谁可曾想到，福致里老七也会这样乖顺听话。那全都是因为他顾福广自有一身气度。"阴森森坐在那里像个大亨"，老七对顾福广说过这话。他刚开始笑，她却又接着说："后来才晓得你不是大亨，是杀头胚。"

本埠新闻栏的标题总是让他产生某种虚幻的安全感：

市府严令查禁虬江路酒排间。

店伙诱奸老板娘。

——小字标题是"猛不防老板床底扒出奸夫淫妇并解司法科"。

东升旅馆淫窟被罚。

王云五绑案首犯昨日枪决。

法租界贝勒路持枪歹徒被当场击毙。

他像是浑然忘记老七的存在。他埋头喝粥，偶尔扫一眼报纸。她毫不在意，总是如此。她就像他豢养的一条小狗。女人，总是有她的魔星。况且他救过她。她不过是一念之差，在那张支票上添一个"O"。人家就找上她。要是好声好气，说不定她就会把多拿的钱还给人家。但不是这样，他们恐吓她，惹得她无名火起，要到小报上曝光，让那家伙丢脸。于是一群横壮男人闯进门来，要不是他正好在那里，别人就会取她小命。谁知道呢，也许拿石灰水破她的相，也许拿蒲包卷起她，扔进黄浦江。要不是他正好在福致里。（八个多月以来她一直都觉得好奇，为什么他正好在那里？）因为有他在，因为他把枪拍在桌上，那帮家伙只好安静下来，跟他谈判，要不是因为他突然站起身，用脚勾倒椅子，把那个拿着西瓜刀从背后冲向他的家伙绊得踉跄几步，又一个肘锤撞到那家伙下巴上，让他滚翻在地，别人哪会这样轻易离开？哪会扔下一句"井水不犯河水"就扬长而去？

所以他让她做什么她就做什么。他喜欢看她，她就赤身裸体，给他端茶倒水，好像这六月天的夜里一点都不冷，好像她是洋娟馆里的白俄妓女。他要她帮他藏好一支手枪，她就会把枪压在床褥底下，如果那是她男人的命根子，那也就是她自己的命根子，如果那可以给她的男人壮胆，那就足以给她自己壮胆。她既可以当他的一日三餐，也可以把自己当作送给他的礼物，如果他一时气馁，她还会在床上叫得更响，喘得更急，好让他豪气顿生。他是她的男人，所以他让她传话，她就传话，尽管她曾告诉他，一看到马立斯小宝那布满红筋的眼睛，心里就发怵。

顾福广钻进被子，隔着棉纱短裤，把肚子贴在老七冰凉的屁股上。他等待老七转过身来，装成急不可耐的样子拽他的裤腰，这是固定的戏码，证明这回又是她在犯贱，证明自己有理由一边鄙视她，一边让她快活，而且越是鄙视她，她就越快活。

松开的系裤绳像条虫子在他的肚子上扭动，手在他身下掏摸，人却有些心不在焉。她在出神，欲言又止，不小心捏得他惨叫一声。他一把扯住她头发，扳过脸来厉声问道：

"你怎么回事？"

"他们来这里找过你。"她忽然吃痛，拔高嗓音尖声说。

"什么时候？几个人？"

"天刚黑。三个人。四处转一圈，拉开衣柜，又看床底。"

他猛然坐起身，伸手摸向床铺里侧，摸到枪，心里稍感踏实。

"走前放下什么话？"

"有个精瘦的刀疤脸打我耳光。"她拣她认为最重要的事先说。手在面孔边上划过，不知是指那个耳光还是那条刀疤。

"他们说过什么？"

"说还会再来。"

他觉得背上再次酸痛。身体不适，紧张，再加上怒气。他转过身来，一手抓住老七的手腕，一手伸到褥子下按住那块冷森森的金属。他觉得胁下在冒汗，顺着肋骨淌到腹部，又滴在老七那条卷成一团的肚兜上。他一把扯下它来，好像撕下鲤鱼的鳞片，而那条鲤鱼翻卷出雪白的鱼腹。

手指和手指插在一起，连接手指的筋膜如同已被撕裂，她从挤成一条缝的嗓子眼里发出一声悠长婉转的呻吟，像是黑夜的黄浦江上一只惊惶的海鸥，掩盖住撞门声。

门外的响动已持续很久。楼梯上凌乱沉重的脚步，敲门，撞击，等到他迟钝地转过头来，人已站在房间中央。三个人，两个在房间里，一个站在客堂间和卧房之间的门槛上。两支枪，房间里是勃朗宁，房门口一支盒子炮。

"盒子炮"一脚跨进门，一脚站在门槛后。他努努嘴，往横里摆一下枪管，顾福广看见枪侧按钮拨在单发上。

他没理会那两个家伙，眼睛盯着这支毛瑟枪，他想下床。

"你不要动，"盒子炮点点他，又指指老七，"你下来。"

顾福广心里一横，咽下口吐沫，干巴巴地笑道："连活口都不想要啦？"

"还要让你受两天活罪。"声音很平静，像是在对一个死人说话。

老七伸腿下床，又缩回来。拉过被子要挡——

"别动被子。你们两个，把他绑在被子里。"

她只得伸手拿过肚兜，挡在肚子底下，往床沿下站。

顾福广在她背后攥紧手枪，跟随她往床沿移动，让手枪停在更恰当的位置上。他很小心，肩膀一动不动。

现在，老七站在床前的地上，从她的髋骨右侧他还能看见那支盒子炮。老七在向右挪动，他觉得这雪白的屁股从未有如此好看，从未有如此宽阔，他看着那块淡青色的胎记缓缓移动。奇异的是，他现在一点儿都不害怕，他甚至隐隐有一丝冲动，想要伸出手去，插进那双腿缝，使劲抓住那里，把她拽回来，再次让她呻吟，让她尖叫，像深夜里黄浦江上一只孤苦无依的海鸥的鸣叫。

当那支勃朗宁从老七的左面暴露在他眼前时，他射出子弹。右面那个赤手空拳的家伙他一点都不用担心，那把斧头被他扔在门边的地上，他还以为胜券在握，以为那支盒子炮足以控制大局。

他开枪，一枪就打在"勃朗宁"的咽喉上。从下往上，掀开下颌骨。他使劲儿推开老七，寻找那支盒子炮。老七踉跄向右，突然转身，脚步又向左移动，张开双臂，像是要让身体变得更加宽大，变成一堵墙。

盒子炮射出一颗子弹，从她尾椎骨的位置射入，穿透她的身体，从她的肚脐眼儿下穿出来。

顾福广伸手托住她扑倒向床的身躯，左手按动扳机。一发，两发，移动枪口，再一发。目标缓缓倒地的瞬间，四周一片安宁，甚至能听到野猫的叫春，甚至能听到伤口汩汩往外冒出液体的声音。到这会他才看清，他的右手正按在老七小腹下的毛丛中。她那原本鼓胀得像个小山丘似的耻骨，此刻变得像是无比尖锐，像是块僵硬的岩石，刺压在他的手掌上，让他的手掌向后翻折，让他的手腕感到无比疼痛。而他的手心里，还是能感觉那逐渐变凉变硬的腿缝里那一丝潮湿的暖意。

顾福广坐在蜡烛店的阁楼上，一根接着一根抽香烟，满脑子想着要复仇。

二 十 三

　　顾福广站在德兴旅馆天台上，用一只赛马场观众使用的千里镜观察巨籁达路[1]对面那幢房子。他把旅馆的三楼整个包下来。半小时前，他装扮成安装灯箱的工人在三楼房间外的阳台上忙碌。这会他的位置比刚刚更高，对面整个花园尽收眼底。这花园的大门在更北面，在福煦路上。

　　福煦路181号是众人皆知的福康俱乐部。是赌场，是帮会里"大先生"顶顶重要的一项财源，也是他结交朋友的地方。确实众人皆知，但并不是人人都可以进门。想赌钱？法租界有的是地方，公共租界的英国人禁赌之后，赌场纷纷往南搬家。只有阔佬才能进入此地。赌客进场需找人担保，只要你有资格进门，先领一千大洋筹码，离开时结账。

　　这是一幢三层洋房，红瓦宽檐，墙面高低错落，从那些分布各处的窗子和阳台里，全副武装的警卫可以完全控制围墙内任何一处地方——占地整整六十亩的花园、草坪和建筑。装饰繁复的墙体（大量的牛角雕花和隅石结构）正好可以掩藏火力。顾福广看到马立斯小宝站在门廊上的二楼窗口，这是一间警卫室。昨天晚上他和朴季醒装成两个豪赌客人走进那幢楼房。朴季醒从前在剧团干过，乔装打扮比他更在行。警卫室的视野极

---

1. Route Ratard，今巨鹿路。

为开阔，从警卫室北侧朝向福煦路的三扇竖窗里，用两支手提式机关枪就可以封锁围墙和大门，南侧竖窗的机枪负责草坪花园和后门。

这家伙正准备离开那里。他手下有三十名武装警卫，那地方到处都是现金，全都是毫发不可受到伤害的大人物。现在是下午三点，他可以离开几个小时，晚饭过后他必须回到这里，八点左右，大先生会准时来打牌，他打的是挖花牌九，一边打一边唱，"幺钉三寸长"，"我（娥）是白癞痢"，足足会唱上四五个小时，到那时他就寸步不能离开。这情况是林培文从花房工人那里打听来的。

他个子不高，壮得像巡捕房铁甲车上的炮塔。他的毛病是好挤眼睛，越紧张越挤得更厉害。但老顾这会看不到他挤没挤眼睛。上礼拜天晚上，他派出的三个杀手全部被老顾击毙，可他看起来一点都不担心。

这会他离开老顾的视线，想必是在巡视各处房间。小间全是空的，只有大厅轮盘赌和摇缸桌边坐着三两个人。在客人休息用餐的酒吧间，他又一次出现在老顾的千里镜中。他往皮烟盒里塞雪茄，他跟酒吧间女佣说话，又走过去望望窗外。草坪后，南面围墙上后门紧闭，门内花房边坐着警卫，在阳光下打瞌睡。

他朝大铁门走去，他消失在围墙背后。顾福广一点都不担心，现在，林培文会盯着他。他们已在这地方观察过好几天，对他的出行规律极为熟悉。他会斜穿过宽阔的福煦路，好像这条大马路上就他一个，没别人，也没有那些来回疾驶的汽车。他会直接走到大陆租车行的账台上，租一辆汽车。开单付钱，等柜台里的职员让他上车，他就笃笃定定出门（说不定还在门口点根香烟来）。他会拐个弯，转进隔壁弄堂，朝弄底的车行停车场走过去。

从他站在柜台上开单起，一直到他走进停车场，正常大约需要三分钟。这点时间足以让林培文那个小组做好一切准备。包括上车（他们早就开好单子，声称在停车场等待另一个人到来）、让司机在大门口调好车头（大门口正好是司机休息室看不到的死角）、控制住司机（用枪指着他，把他赶下车，迅速把俘房转移到门口左侧的工具间里，把他结结实实捆起来，连嘴巴都用吸水性极好的棉布团塞满）。

林培文这个小组里没人会开车，顾福广让朴季醒跟随一起行动。此刻，朴季醒会坐在司机座位上，戴着他那顶古怪的绒线帽。绒线帽的边向上折起，一直折盖到圆锥顶端，跟那个扬州狮子头大小的绒球一般高，滑稽得像是过长的包皮。

按照他的要求，每个参与行动的人都必须穿最普通的衣衫。但每个人都要在身上最显眼的地方佩戴一样最最古怪可笑的配件。比如说林培文，用白色医用胶布把那副琥珀色的眼镜架子全都裹起来，连两副镜片中间的横梁上也包着厚厚的一团橡皮膏。这是个小窍门，你要是身上有一样让人一眼就看到的滑稽物事，别人就会忘记你的长相，单单记得那个丑怪的特征。

此次行动的目标，不仅仅是杀掉这个在租界里以蛮横著称的帮会打手。顾福广的计划要比这个多得多。

一旦马立斯小宝挤眉弄眼走近汽车，朴季醒便要当即推门跳到车外，隔着那辆黑色的捷克车朝他喊道：

"宝爷又是去香一筒？您老请上车。"顾福广考虑过朴季醒的口音问题，他只能说一口中国北方话。他觉得那不太要紧，大陆租车行雇佣大批山东籍司机。

马立斯小宝有吸鸦片的习惯。尽管俱乐部本身向客人提供不花钱的大土[1]，他还是不想让人知道——特别是不想让大先生知道他的这项小嗜好。他总是让大陆车行的司机送他去北四川路。

后来，朴季醒向顾福广汇报情况说，他当时故意把车在门口来回倒几下，使车身的右后侧更加贴近工具间木门，"没给他再挤下眼的机会"，林培文是从右后车门跳进车座的。朴季醒打开前后排座位的隔窗，命令乘客稍安勿躁。他也不敢焦躁，因为一支二十响毛瑟手枪指着他的脑袋——其实是戳在他眼皮上。这会他就算想挤眉弄眼，也没法动弹啦。那一定是种奇妙的感觉，眼球上刺痛，眉心却会发痒，老顾快意地想道。

一到夜里，福煦路181号这幢洋房自己就变成一只大灯笼。大大小小形状各异的窗口里通通金光闪耀，好像那是一座炼金炉。在房子里头，金钱也确如溶液般不断流淌。

如果猜测这次行动意在这幢洋房里的金钱，那就实在是低估顾福广的政治头脑。这是一举而要实现多项目标的行动。金钱事小，不说别的，如果这次行动圆满成功，租界里大大小小的赌场老板还不乖乖地向群力社送钱纳贡？从某种意义上来说，

1.旧称，来自孟加拉和马德拉斯的鸦片称为"大土"，呈球状，价格昂贵。——编者注

顾福广认为自己操办的这项事业的确是一场革命，早晚它将根本改变租界的权力结构。

就眼下来说，复仇是另一个目标。他们不仅藐视他的存在，还杀死他的女人，要不是这女人挺身帮他挡掉一颗子弹，也许他自己的事业也死而后已啦。但复仇只是他个人想要完成的任务，他甚至不想把这事告诉其他同志，那涉及他的个人感情生活。一想到这个，他浑身上下都充满对老七的思念。

他趁林培文他们不注意，提起膝盖就撞在这畜生的卵泡上，把他撞倒在地，疼得打滚。幸亏德兴旅社是家庭式客栈。他用十块大洋把这个门洞上上下下的房间全部租下来，一整天。不过楼下的林培文还是听到倒在地板上的那声巨响。他们冲进房间，他让林培文把他带走。这还刚开场，有他好受的。他开心地望着林培文他们两个人把这家伙架下楼梯，到这会他都直不起身来。他的手下无须知道这跟他顾福广的个人仇恨有关。腐败的帮会本身就是他们的仇敌，帮会既是反动社会制度的产物，也是它的打手，帮它屠杀过革命。

他站在德兴旅社的三楼阳台上，望着巨籁达路对面那道带刺的围墙，望着黑魆魆的草坪。围成一圈的花丛在背光里像鬼影一样贴着地表浮动。花房门口用一根电线吊着个灯泡，昏黄的光线下有人在抽烟。那盏巨大的金色灯笼隔音良好，听不到一丝声响，灯光灿烂耀眼，无比诡异。

他看到林培文一行穿过巨籁达路，拖着被捆住手臂的马立斯小宝。他当年外号"实心粽子"（因为那身铁塔似的横肉），这绰号如今听来特别像个笑话。他注意到夜里偶然路过的行人并没有对此大惊小怪，"181号"无论发生怎样的怪事，都不会让人觉得诧异。行人在几十米开外驻步观望，随即绕开。他担心巨籁达路上有帮会暗哨，可方圆百米范围内依然很安静，路上发生的蹊跷事并没引发异动。

他们在敲门。花房边的人影朝围墙移动，铁门上那扇用来递信（或窥测）的小窗被打开，林培文把那家伙的脑袋压下去，抵到洞口。他们的身体都在左侧。门右边还站着一个，枪口对准门缝，另外一个站在街沿，背对着那扇小铁门。

这帮年轻人完全适合玩这个游戏。如此轻松，如此利落。这会，来开门的警卫也已受到控制。铁门虚掩着，洋房东头的警卫室似乎并没有注意到这里的异常情况。

马立斯小宝被拖到草坪正中。现在他连双腿都被捆个结实，名副其实像个粽子，滚落在那片黢黑如湖水的草坪上。脑袋、屁股和脚各自成为一个三角形的顶端。

他们在等待。

那个将要被处决的家伙在等待。

顾福广也在等待，他看看身边，在他的身体左侧，在阳台的黑色铸铁花栏后放着一堆东西，一头伸到栏杆上沿，像是深夜里盛开的巨大食人花的吸盘，掩盖在那块蓝色印花布下面。那是德兴旅馆的桌布。他等待着怀表的时针转动到约定位置。

八点整。洋房背后突然闪耀起一片红光。几乎同时，出现巨大的爆炸声，又一声。坚固的金色灯笼像是在摇晃。警卫室的窗口突然伸出几道光柱，在草坪上逡巡，瞬间定格在草坪中央，定格在那团三角粽子上。

一切都在预计中。爆炸是最初的计划，开始的设想是两捆手榴弹。老七的死使得计划有所扩展，新的部分还包括烟火……

草坪上空升起五彩绚烂的烟火。顾福广站立的阳台两侧，少数几个警醒的住户打开窗子，有些甚至站到阳台上。枪声零星响起，顾福广掀开蓝印花桌布，露出一只巨大的喇叭。他稳稳地攥着话筒，一字一句背诵起准备好的宣言——

"同胞们，市民们，我代表群力社所有同志，我代表……宣布处决反革命分子……"他没想到喇叭的声音如此巨大，震动他的耳膜，他几乎听不清自己说的话。信号是最重要的，要向所有人发出信号，他反复朗读那段宣言。调整呼吸，再念一遍。那是苏俄的发明，那是鲍罗廷顾问带到广州的行之有效的好办法。

三次，他念到第三次。他看见林培文举起盒子炮，朝草坪中央射击。他看到警卫从洋房蜂拥而出，还没来得及踏上草坪，夜晚的露水让草地边缘像湖岸一样湿滑。警卫室窗口的手提机关枪开始向外倾泻子弹。在强光照射下，掀开的草皮和泥土像是从湖底汩汩喷射的稠浆。他转身跑下楼梯，坐到驾驶座上，林培文和他的手下几乎在后座上扑成一堆，他迅速点火，发动汽车，引擎开始转动，他知道，此刻在洋房北面正门外的福煦路上，朴季醒也在发动汽车，车头向东。

二十四

冷小曼一时三刻找不到住所。照老顾的安排，她在法大马路星洲旅馆租下房间。就眼下的处境来看，她并不十分适合在这种人多眼杂的地方出入。但这是暂时的，老顾说，你要常常更换旅社，每家住两三天。漂泊无定的感觉又一次在她心里滋生，让她对眼前的任务产生些微抗拒感，她觉得自己缺乏完成工作所需要的热情。至少是，她觉得照她目前的状态，怎么可能有心思陪一个洋场小开看电影坐茶室呢？

老顾说，我们的事业没有退路，为此付出的所有代价都是值得的。她想她的确没有退路。从她当初在龙华警备司令部接受曹振武的求婚起，她就无路可走。也许更早些……也许是她命中注定……这样一想，她倒亢奋起来，倒变得专心起来。别瞎想！做你必须做的事！好像一个绝望的人，忽然专注于琐碎小事，就像即将沉没的轮船上的乐师，明知道生命只剩下几个小时，却对一小段复杂的和弦百般挑剔。

她挑剔起自己的演技来，就好像她每天晚上都是从摄影棚回到那个旅馆房间，精疲力竭。

此刻，她坐在梳妆台前，面对镜子沉思。她把室内的灯全关掉，打开窗，倾听骑楼下喧嚣吵闹的声音。街对面高挂着冠生园的霓虹灯广告，暗红色晕光笼罩她。那张脸如今又神秘，又变幻无穷。她总是在这样的时刻回忆起白天说过的话，做过的表情。她寻思那样的坦承会不会显得太迅速，太不假思索？如果让疑问在热气氤氲的餐桌上空悬置半小时，会不会更好些？她在便笺上写字，列出她想提出的问题，从而能让自己在第二天更从容，不会一时把话题扯得没边，一时又怕时间来不及，慌忙把所有的问题一股脑儿全问出来。倒不是怕人家会起什么疑心，这些情报对她和她的组织至关重要，这一点人家心知肚明。可她不想让会面呈现太过功利的气氛。她谴责自己偶尔的无精打采，鞭策自己紧张起来，把每一个眼神和每一个手势都当成富有意味而意味含混的信号。

事后的总结使她越发亢奋。有那么几个瞬间，天赋优秀的演员才有的激情会短暂从她身体中抽离，像是从脚底下的某个穴道被地底下一股力量吸走，转瞬渗透进地面，渗透得无影无踪。那种时候她就突然会感到气馁，好像从脑袋里跳出另外一个自己，审视着这个自己，会看出这个自己的形象和表情如此夸张，如此虚弱，如此缺乏说服力。

如果小薛有那么老练，如果这出戏能够用分镜头的方式展现在他眼前，也许他的确会觉得她有些夸张。故作矜持瞟他一眼，忘乎所以地握着他的手，忽然像是想起什么来，又把他的手甩掉。一时间怒气冲天，再也不想听见他轻佻的玩笑。离开时扭头就走，走出十几步路却又回过头来，嫣然一笑。有时她望着天边冥想，有时扑在他怀里忧伤地掉眼泪，让温暖湿润的呼吸钻进他的衬衫纽扣缝里，钻进领子里——她不是从未和男人肌肤相亲过，她不是不知道这一招的杀伤力。

她发现不断连续的表演确实有某种奇妙的作用（也许可以

把它叫作催眠作用）。如今似乎连他也夸张起来，像是他已找到她的情绪节奏，像是他要赶上这节奏，配合它，好让它更完美无缺，让这出戏变得更加辉煌。他也开始向她倾诉起来，有时候甚至显得比她更加严肃（好像严肃是他新找到的一种恼人的游戏）。他不是完全忘掉那些可笑的调情技巧，可由于他突然迸发的严肃劲儿，由于他把这些玩笑话说得特别夸张，特别假惺惺，事后赶紧反悔，安慰她，好像自己又一次犯下滔天大罪，反倒让这些轻佻的片段显得格外真诚，格外动人。

他们有时的确会拿些电影台词来互相逗乐。每当这样一来，就好像有一种真正的情愫在她心里滋生，好像这也同样遵循负负得正的法则，好像在表演上叠加表演，就会变成发自内心的表白。

You want to die so badly?

I'm dead now. Just as surely as though there were a bullet in my heart. You killed me.

No. The brandy.（她俏皮地举起手里的咖啡杯。）

No, no. You.

Then why don't you give me up?[1]

这电影，他们都数不清看过几回。有什么办法呢？几乎所

---

1. 电影《魔女玛塔》（Mata Hari）中的一段台词：
    你就那么想死？
    我已经死了。死透死透的，就跟心脏里嵌了颗子弹似的。是你杀了我。
    不。杀手是白兰地。
    不，不。是你。
    那你为什么不投降呢？

有电影院都在放映它。只要一进到电影院,她就觉得安全,温暖。那些让人紧张的感觉,那些隐藏在人群中的眼睛全都消失得无影无踪。她背诵这些台词的时候,觉得自己像电影里的女间谍一样美艳,一样莫测神秘,一样——自信……

她提出问题,警务处政治部的法国人对福煦路发生的事情有何看法(她现在已知道小薛的朋友在哪个部门)。

"这事儿也跟你们有关?"小薛正在用刀切那块浇上鲜奶油的牛里脊肉。他们坐在一家名叫"Fiaker"的餐厅里吃晚饭,在亚尔培路上。这是一家昂贵的、每餐只做两桌客人生意的小餐馆。外面下着大雨,雨水像舌头舔过整块玻璃,留下黏糊糊的痕迹。跑堂(他也是厨师,也是店主)把食物端来,关上那扇通向厨房的门,再也不出来,好让客人把这里当成自己家中的用餐室。沿街是一整块玻璃墙,客人要从隔壁弄堂里绕过厨房才能走进这间狭长的小室。

她没有回答他的问题。她皱眉,用银叉拨弄几下那块十公分厚的巨大肉块,"我不能吃牛肉,我一吃牛肉就心跳加快,喘不过气来,这里还起很多小疙瘩。"她用手指一指锁骨下的那个部位。

"啊……真抱歉……"

"不,应该是我抱歉,那么贵……我该早说……"

"这不能怪你,谁让我要卖这个关子呢?我原本是想让你大吃一惊,我想看看你突然看到眼前有那样巨大一块肉,会做出怎样的表情。"

"有人想见见你。"她饱含柔情地注视着桌上的一块污渍,黄褐色晕斑中央有一粒蚂蚁大小的肉渣。她忍不住用手去捻，而他伸手握住她的手指，拿起餐巾帮她擦拭。她有些微心动，又觉得这样子简直把她当成孩子，真好笑。

她平生从未遭遇过这样的人，在琐碎小事上如此消耗心思，如此随波逐流，如此缺少热情，又如此——以为自己永不匮乏的正是热情。

第二天，他告诉她，警务处把福煦路的案子和其他几件案子合并到一起，统一交由政治部追查。有个绰号"程麻皮"的华人探长到处打听一个四十岁左右的男子。法租界公董局有几位华人董事在吵吵嚷嚷，说如果租界巡捕房不能保障市民的安全，为什么要以增加治安开支为名提高商业税率？

他向冷小曼透露，法国人为此成立专门侦查租界激进组织暴力活动的特务班。他的热衷于用词语来描绘色泽和气味的马赛诗人朋友也被分配到这个特务班干活儿。他甚至还带来一张照片，让她亲眼看看这位眉目中微露出一丝厌倦（显然针对他那有害于人类的职务）的朋友。冷小曼一眼就认出来，背景上的老虎竈就是康悌路口的那一家。小薛还在言辞间隐隐透露，由于此人如此热衷于文学，竟而至于思想上稍稍有些左倾（这实在太不符合他的身份，对他本人不见得是好事），比如说参加一些同情劳工的欧洲人士的聚会，阅读一些有关上海工人生活和劳动环境的调查报告。

至于说他俩的关系，小薛告诉她，好到不能再好，好到可以穿同一条裤子。好到他不管有多厌烦，总是被迫听那些完全不合文法的句子，甚至好到一遍又一遍听他为什么会来到中国的故事，那是因为马赛港的一个姑娘，她的头发上有紫茴香和烤鳗鱼的气息——他总是这样开头……

今天晚上，他在电影院里一把抱住她。当时电影正放到半场，当时她刚从洗手间里出来（他们总是反复观看同一部电影），而他就站在铺着绛红色地毯的走廊那头，电影院的白俄导座女郎站在钉着褐色牛皮的门边望着他。对白和音乐在昏暗的走廊里回荡。他平伸开手臂，犹犹豫豫，像个梦游人。最后终于来到她面前，拥抱她，还亲吻她。他多半是听不见她被堵在嗓子眼的喃喃低语："我这是怎么啦？我这是怎么啦？"

二十五

民国二十年　六月二十四日
上午　九时三十三分

六月下旬入黄梅。天空一直阴沉着，应该下雨却没有下雨，闷热潮湿。小薛走进萨尔礼少校的办公室，看见马龙特务班长也在那里。空气里含有太多水分，胡桃木护壁板变成斑斑点点的黑褐色，还散发着一股霉味，夹杂在少校喷出的呛人烟雾里。他不断地把那种黄绿色的烟草塞进烟斗，碎屑落到档案袋上。文件散布桌面，有照片，有各种表格、便笺，还有几份打印得干干净净的报告。

"你的那个俄国公主——那个特蕾莎，她最近在忙什么？改邪归正啦？守着她那些血汗钱光顾着吃喝玩乐啦？"少校显然在生气，哪怕是有一点风也好啊，哪怕是裹挟着沙土吹过地中海的撒哈拉热风也好啊，就是印度支那的雨季也比这里好得多。

"哇哇，你还在啊，我还以为你被她拌成沙拉全吞进肚子啦。"马龙哇啦哇啦鬼笑着说。

这些天来，小薛一想到特蕾莎就头疼。自从那天她拿枪逼着他交代出实情（天知道她为什么觉得小薛说的是实话），他俩的关系就出现某种意外的变化。那事过后将近一个礼拜，小薛都不敢找她。生怕别人戳穿他的谎言，生怕他在人家不断逼问下，一个接一个编故事，弄到最后不可收拾。

他以为只要自己主动切断联系，那事就算告一段落。等到少校阅读他的档案，发现他是故人之子，让他觉得巡捕房也并不是那样让人害怕时（尽管如此他内心深处对马龙班长那对死鱼眼仍然有些发怵），他更觉得毫无理由去主动接近这个白俄女军火贩子。可是他不想见人家，不代表人家不想见他。人家神通广大，轻而易举就连他住的地方都给找出来（租界真小啊）。昨天傍晚在福履理路家里，他一看到来人，就觉得这下完蛋啦，以为一定是他说的谎话被人发现，以为这次再要对准他脑袋的一定不会是空弹夹。

哥萨克打手把他带到马霍路。拐进那排马厩旁的弄堂里，把他带进那扇角门。他一点都没想到人家把他带到这地方来，难道是要开什么公审大会当众枪决？或者就当着这么多人把他吊死在中间那座高台上？

那是个仓库模样的地方，从前多半做过马棚。高台四角打着桩子，围着一圈粗绳。有人在台上叫嚷，他听不出那人在说什么。周围全都是疯子，伏特加酒在热腾腾的肚子里发酵又打嗝冒出来的臭味，汗味，烟草味。他跟在人家身后，穿越空酒瓶、翻倒的条凳和横七竖八的人腿，跌跌撞撞来到特蕾莎的面前。

他一点都没想到人家让他坐下，坐在她身边，那张藤椅上。到这时他才顾得上抬头，到这时他才明白过来，这里是地下拳击赛场。由哥萨克帮和海参崴的前沙皇水兵们按照协议牵头创办，这两个帮派安排拳手，开出盘口，在巡捕房的默许下保护场地不受其他帮会侵犯。

这是最佳观众席位，伸手就能摸到台角，摸到拳手休息座椅下那圈汗湿的地板。在他右边，在拳击台和观众席之间那条狭窄的夹道里，放着计时员的小桌。桌上有只按铃，一只圆形的小钟。

拳头重击在肋骨上，汗水如汁液四溅，发出类似屠宰场肉锤砸到肉块上的声音。人群疯狂尖叫，仍有人在下注，朝地上吐唾沫，又高声咒骂，好像骂声能够带来好运。

观看皮开肉绽的男性肌肉让特蕾莎无比兴奋，也许用大量现金来下赌注是另一个原因。她浑身颤抖，不断舔着嘴唇。谁也分不清，嘴角边那些汗珠是她自己的还是从拳击台上溅落的。她直勾勾盯着那两个拳击手，盯着那两条拳击短裤的裤裆部位，不时皱起鼻子，好像从那鼓鼓囊囊的地方散发出来的味道可以一直飘进她的鼻腔里。

那天深夜她尖叫着用胯部撞击他，吮吸他脖子上的汗水，甚至还骑在他身上，在高潮来临的一瞬间挥拳打在他的肩胛骨上。

那天晚上，她不仅破例让小薛和她一起回皮恩公寓，还破天荒地在床上消磨掉第二天一整个上午。她还要求小薛陪她去ODESSA餐馆，在午饭时满意地发表声明，宣布下一次你那老板要是再想买点小玩意儿，不妨交给你来办。

他发现自己无法摆脱特蕾莎。他觉得这里头有一层误解，他确信一切都是因为特蕾莎举起那把枪。可特蕾莎大概认为，正是由于有那把枪做见证，表白才更加可信。他甚至觉得这误解出于某种职业观点，像是说，你既然敬畏一个主妇做出的菜肴，她就拿得准你爱上她，你敬畏绣花女工手里那块桌布，她也会认为你爱上她，你敬畏特蕾莎的枪，她就能确信你爱上她。

可他认为，要是说他真对她有点情意的话，那倒是切断他俩所有关系的最好理由。他是注定要出卖她的，如果她是巡捕房密切关注的军火商人，如果她与冷小曼那个组织做过一些危险的生意——想到这里，他不得不又一次发现自己的矛盾之处。如此一来，他内心深处最近突然迸发的那股想要接近冷小曼，想要揭开她那层严肃的表情下隐藏的东西，想要探究她，分析她，把她分成碎片，再重新组合成另一个冷小曼的那种野心，到底又是出于怎样的理由呢？

"你写的这些报告是一根线，它能把所有这些事情都串起来。从女军火商到贝勒路那幢可疑的房子，从那房子到金利源码头枪杀案，然后是白尔路那场夜间混战，最后是福煦路的烟火狂欢会。我希望你是一颗真正的好针，能够刺破那个神秘组织，穿透它……"

"针尖上戳着个四十岁男人，他是老板，总是藏在幕后，他露过头，有人看见过他。你的特蕾莎是找到他的唯一线索。"马龙班长断然补充道。

"他们从不见面，他们通过中间人，通过买办做生意。"小薛抗辩道，他不愿意少校在特蕾莎身上打主意，最主要是不愿意他们通过他打特蕾莎的主意。他都不想再看到她。虽说这会他想见她就能见到，不用偷偷摸摸在人群里跟踪（他至今都很难说清当初天天在她背后盯梢，究竟是因为马龙班长的逼迫还是有别的缘故）。如今她甚至乐意交给他一把皮恩公寓的钥匙，她甚至乐意让他使用家里的浴缸。她告诉他，他不在的时候她可是天天都在想着他，"像个熟破皮的水果那样往外冒"，这是她的原话。

"也许我会放过这个俄国女人。也许我会对她睁一眼闭一眼，对她网开一面，不去追究她买卖无照枪支的责任，不去追究她把杀人武器卖给危险分子的责任。在适当时候，我会考虑放过她。"萨尔礼少校把烟灰敲在铜烟缸里，体谅地告诉小薛，"租界当局总是会照顾商人的利益。"

"他们不是共产党，从帮会里传出来一些声音，说他们绝对不是共产党。行事手法也不像，更像是刚刚冒头就想要出人头地的新帮会。"马龙班长沉思着说道，尽管天气闷热潮湿，他还是紧扣着那套警察制服最上面的两粒扣子。他没去理会那只在他耳朵边探头探脑的苍蝇。小薛想着冷小曼那张严肃的面孔。他们有一个意义十分重大的目标，她告诉他。

"我相信他们就是共产党。"少校坚持说。马龙班长只是摇摇头，打个哈欠。

"他们的活动与共产国际最新的亚洲纲领是有关系的，与印度支那共产党突然之间对殖民当局发起密集进攻是有关系的。总领事告诉我，有关这组案子的破获审理，所有案卷都要转交副本到巴黎。所有这些情报，对法国政府未来将对上海采取的外交立场有十分重大的意义。

"我希望他们不是共产党，那样对我们容易得多。共产党是难以战胜的，巡捕房人手不多，共产党还是让南京政府去管吧。

"我们将同南京政府合作。但首先我们要——嗯，掌握全部情报。我们要抢先一步，这样对我们——对租界当局更有利。"萨尔礼少校缓慢地斟酌言辞，好像在考虑该不该向着两个手下讲出所有真实情况。

"我听说，"小薛觉得在这点上他可以有所表现，"金利源的刺客和金融投机集团有关。我听说在刺杀案发生后的那半个月里，公债再次暴涨。而在那之前的一个月里，公债每天都在跌。我查过那些天的报纸，有传闻说，南京政府的某个要人那些天里都在大叫大嚷，要南下广州成立新政府，要和南京分裂，广州的军阀支持他。他还说一旦新政府成立，就要把粤海关收归新政府管理。根据我查阅的公债发行报告书，那些公债是用广东海关的关余收入来抵押的。报纸上说，死掉的曹振武是那要人的前卫，是他派出的敲门人，是他扔到井里的一块砖。他在码头上被刺杀，就把其他人都给吓坏啦。没人敢再挪动半步，别说去广州，连上海都不敢来。有人说刺客是南京政府的特务，可南京派出自己的研究小组，发誓要追查到底。"

小薛很少做这样的长篇大论，在他平素说过的话里，很少有这样多的公报词汇。他觉得这种词汇会让人越说越激昂，中气十足。他觉得这跟他身上新近出现的变化有关，觉得这跟冷小曼总是在耳鬓厮磨的中途跟他讨论看似生死攸关的重大问题有关。

萨尔礼少校赞赏地望着他，只要这个年轻人愿意，他有足够的洞察力。

"很聪明。机敏的调查，"他判断道，"但并不能就此得出另一种结论——虽然这是南京研究小组的结论。那些专家全都是共产党的叛徒，他们的话不可不信，也不可全信。共产党里也有优秀的金融家。马克思本人就是。"

二十六

民国二十年　六月二十四日

上午　十时十五分

对于小薛新近在政治处获得的超乎寻常的地位，马龙班长心里有些不是滋味。就好像，你随手抓只野猫回来，原本是想让它捉老鼠的。你给它喂食，打它，训练它。可转眼之间它就变成你顶头上司的宠物，你心里会有什么感觉？马龙班长那点不自在，小薛能看出来，他从不觉得小薛是法国人（这点小薛自己也同意），他不想让整个特务班都来配合小薛的行动——虽然少校很明显就是这样想的。

在这种情况下，少校又把小薛叫住，不让他和马龙班长一起离开办公室，好像有什么话要私下里向他交代，连小薛都有些不自在，他朝马龙班长看看，正好遇上他回头扫向他的眼神。

少校从抽屉里取出一张照片递给小薛，照片是两排人合影的集体照，背景曝光过度，看不清建筑物的样式。

"这是驻印度的英国安全机构弄来的照片，马丁拿它换走我整整一箱文件。"

照片上的圆顶让人想起东正教堂，复活节彩蛋，也许俄国洋葱？有几个笑得不太自然，其余都阴沉着脸，原因可能是天气太冷，伙食不好，或是括约肌麻痹。

"看看后排左起第三个人，"少校指导他用一种无关艺术的方式来观看，"面孔看不清楚，光线全让帽檐给挡住啦。"

阴影一直掠过鼻子的下方，只有下巴的轮廓是清晰的，面孔的其余部分藏在黑暗深处，而眼睛更是在深处的最深处，像是黑夜里的洞穴。

"问题是什么？想一想，你要问我什么？"少校的音调像是欢快的歌声，在湿度极高的空气中飘浮。

"他是谁？"小薛从来都是一个懂得凑趣的人。

"对啊，对啊，他是谁，他是谁呢？"

萨尔礼少校迅速展开手里的纸条，用歌唱似的声音朗读起来。像是知道听众期待已久，像是迫不及待要揭开谜底，像是在宣读热心于租界公共慈善事业人士的年度名单，或者是介绍哪个大善人的振奋人心的事迹——

"一九二五年，在上海工运中突然冒出头来，工友当中有人夸他聪明果断，有人说他心狠手辣，但不管怎样，很快他就从众人的眼睛里消失。半年以后，有人看见他在苏联驻沪总领事馆里开车子，穿着司机制服，后排上坐着武官先生，有时候连总领事先生也来坐他的车子，他开一手好车。这不奇怪，大家都说他学什么都很快。没有人告诉我们，为什么他的职业生涯如此短暂？我说的是这份司机的职业。也没有人知道后来那段时间他又去干什么。只是到一九二七年十一月份，在忠于沙皇的白俄流浪汉向黄浦路10号苏联领事馆的玻璃窗扔石块时，有人看到他拥挤在人群里。他谎称自己是被喝醉酒的前哥萨克骑兵殴打的好市民，向公共租界的巡捕报案。那以后他又是跑到哪里去鬼混的呢？有人说他在伯力，有人说他曾到过广州。

　　"……直到那一天，他突然出现在这张照片上。他们不是同班同学。他们中有些人是去莫斯科学习革命理论的，有些人学习电子通信技术，另外一些人的必修课程是把汽油、橡胶和镁粉装在伏特加酒瓶里。关键是不能放太多汽油，汽油过多会浇灭引信。不久以后，他们就各奔前程，没人知道他去哪里，英国人在孟买闯进一家当地报社，抓住几个家伙，有人藏着这张照片。天知道他为什么把照片藏得这样好，在皮箱的夹层里，和那些备用的假护照放在一起。要不是他把照片藏得这样严密，没人会注意一张照片的。那样一来，别人就拿照片上的这些人来玩有奖问答游戏，答对有奖，答错者接受惩罚。到最后，所有的答案都按照标准格式打印出来，复制成许多份传遍亚洲各地。有人被捕，有人至今不知去向，还有一个人被发现早在两年前就死在汉口的监狱里。直到最近我们才对照片上这个人——对这个因为帽子遮挡看不清面孔的人产生极大的兴趣，部分是因为南京几名专家的研究。我相信他是个自大狂，他不断地更改名字，顾三，顾廷龙，顾福广，但总是不愿意改姓，因此我认为他是个不折不扣的自大狂。"

少校满意地长吁一口气，往椅背上一靠，手在那排烟斗前举棋不定。

"那么——他就是那个四十岁左右的男子？"那么他就是她的上级？有人想跟你见一面，那是不是他呢？小薛有些惊慌，他怀疑自己会不会让人一眼就看穿。

"恭喜你又答对啦！"少校再一次找回歌唱般的欢快节奏。忽然之间，他又变得沉默，若有所思。准备出发上岗的巡捕们在窗外楼下某处空地上列队集合，口令在沉闷的空气里嗡嗡作响。不太整齐的跑步声，尖锐的哨音，装甲巡逻车的司机试着拉响车载警笛，让它发出两声短暂的刺耳尖啸，撕破笼罩在薛华立路这幢大楼周围的潮湿气幕。不一会，四周又安静下来。

"我要的，不仅是找到他，抓住他，让他交代出组织里的其他人。不光是这个，甚至根本不是这个。我要你去熟悉他，开动脑筋研究他，摸清他的行动规律，看看他到底能做出怎样惊天动地的事来，让他变成大明星……"

少校突然停顿下来，他望望小薛，似乎有些疲倦，像是长篇大论已让他耗尽气力，他喃喃地说：

"我们需要一个大明星。"

小薛以为他完全明白萨尔礼少校的意思。少校一定是觉得该到他显显能耐的时候啦，同时，顺便——也该到让他小薛（老友的这个孤苦伶仃的儿子）显显能耐的时候啦。

他从来不会让自己想得太多，做法对不对啦，后果啦，甚至——意义啦。他从来只管眼下——未来这两个字在他看来就等于明天，顶多是下一个礼拜三。他常常误以为自己是赌徒，结果要不就赢要不就输，千万不要去想别的东西。在事情变得越来越复杂时，他就变得越来越听天由命。但是，事实上，他总是由着自己的处境引导他去做某件事，而不是让他不去做那事。他不懂得停下来，想一想能不能回头，他一直看着眼前唯一的这条路，往前走。

他走在法大马路的骑楼下，在中国实业银行的门口停住脚。至少，巡捕房的这份活儿让他手头突然变得很宽裕。出门前，少校让他到特务班的马赛诗人那边转一圈，人家递给他一张支票。这不是巡捕房的薪水，账户以注册在福煦路的某家娱乐公司的名义开立，在一定限额内支取，对马龙特务班正在进行的一项特别调查活动给予必要的赞助。"青帮的红包"，马赛诗人说。他在银行里把支票兑换成现金，到水果行提上一篮花旗橘子，沿着被一家小鞋帽店和宝芳唱片行夹在中间的楼梯往上走。

楼梯通向星洲旅馆，招牌在二楼窗外的骑楼上高挂，账台就在二楼楼梯口。打开门，冷小曼站在门背后。他刚想伸手去抓她旗袍袖子下露出的那段胳臂，她就侧身避开。而等到他挠着鼻子（用那只刚缩回的手），刚堆起讪讪的笑容时，她又突然扑上来搂住他。

她喝过一点酒，桌上有酒杯，有酒瓶，她的嘴里有酒味，而她不太喜欢喝酒（很少去碰餐桌上的酒杯）。他假装不知道这意味着什么，他假装完全被动地亲吻。她的动作里有太多的兴奋，像是因为刻意而显得过火的表演，他假装自己的手是完全自然地滑落，从她的后颈一直滑落到她的腰下。

幸亏他假装，幸亏他装得不明就里，反应迟钝，要不然他对她的举动所产生的误解就会让他错失一些东西，错失聆听她的故事的难得机会。她很快就从他怀里退身（幸亏他没有使劲儿抱她）。

窗外飘荡着从留声机喇叭里传出的高亢戏白。间或有琴弦拨动，咿咿呀呀，还有响板，与无休无止的牌九噼啪声混杂在一起，难以分辨。因为走过许多路，也因为刚刚那短暂而激动的拥抱，小薛的衬衫下全是汗，而她的旗袍腋下也有一小块深色斑渍。

她告诉他的故事可谓悲欢离合，他从前以为只有小说里才会有这样的人物，这样难以抉择的处境。他很难相信判决爱情有时候就是判决生死，他也很难相信一个人可以被自己的处境逼迫着走出那样许多路（往深里想，他看到自己的影子）。有一刻他觉得自己错失良机，有一刻他觉得自己不该听她述说，他可以简简单单，做一点更加轻松的事，然后离开这里，再也不回来。他怕自己落到陷阱里，再也不能回头，他觉得自己离开那个陷阱只有一步之遥。

二 十 七

冷小曼找不到别的办法。还有更好的办法么？要说服他与老顾见面，组织上出面找他来谈谈。"要争取让他成为我们的同路人"。还要确保安全（对他的身份我们至今没有把握）。

况且她还有一件为难的事，她对老顾说了谎。宝来加号船舷旁他们偶然遭遇，此前她并不认得小薛。他俩并不是旧相识，她对组织撒谎。她当然不是要他来帮忙圆谎……

也许她可以再主动些。她还是有点把握的，多多少少……

她感到惊奇，如果说开始时她还是在扮演某个受难圣女的角色，怀疑自己的激情，乞求观众的尊重……可她自己却越来越深入情境，如同一场戏剧性冲突在内心展开。最终演变成一场无休无止的辩论，一方是她自己，另一方也是她自己。她想感动别人，却先把自己给感动，她想让事实变得更有说服力，结果却是逼迫自己越来越诚实。

她说到她对汪洋的崇拜，他的敏捷，他的热情，他的才华洋溢的演讲。她也谈到他的霸道，以及他在监狱里表现出的勇气。她爱他么？她问自己（目光同时扫向她的听众），并给予肯定的回答。但是后来——但是后来，她斟酌着词句，因为这是困难的段落，因为她从未对别人说过这些，甚至包括组织。后来她才发现，汪洋的工作是如此重要，以致他身边的一切都成为他的工作的一部分，都是次要的附属物。他对所有人都同样热情，对许多女同志都充满热情，但同样，所有其余的热情都是次要的，唯一要紧的是工作。

她失望过么？她在内心里问自己（就好像小薛的沉默本身就是一种探究）。然后断然回答，她根本就来不及失望。她和汪洋同时被捕，她告诉小薛，大逮捕，组织被整个破获。刚进监狱吃的那些苦头，她不想说太多，不知为什么，她认为说出那些事来，会让她在小薛面前丢脸。就好像那些事实在太丑陋，以至任何人只要稍稍沾上它，都会觉得丢脸。

她已完全入戏，暗自祈求观众的响应。她希望小薛适时提出问题，好让她有机会再次审视自己，好让她有机会辩白。她告诉他曹振武提出的条件，她告诉小薛："他说以当时的形势，以他当时的身份地位，要把她从那里捞出来，唯一说得过去的理由是自家人，只要她是他的太太，他就有理由说服人家释放她。"她希望小薛支持她，或是反驳她，嘲笑她的软弱，但他只是沉默。像是个预先已对表演者充满崇拜之情的好观众。

这一次，她希望由薛来提出那个问题，那么——曹振武提出这条件（或者说她一开始的拒绝），到底与汪洋的死有没有关系呢？那样她就可以辩解说，曹振武绝对不是这样的人，这担保她不敢对组织说，但她希望能告诉小薛。她有过怀疑，戈亚民问她那个关于时间的问题时，她曾细细思量，她询问别人汪洋牺牲的具体日期，回想天气，云彩和风，回想士兵的军装，掰着指头排算，努力想要确定汪洋的牺牲，是不是正在她先是拒绝继而接受的那段日子里，或者能够排除也好。她怀疑是因为她自责，在她已变得十分模糊的记忆里，她最后接受曹振武

185

的求婚，是因为他告诉她汪洋早已牺牲。她恍恍惚惚——不是思绪而是一种纯粹的感觉——回到过去，好像再次置身于那间军法处办公室里，好像再次体验（也许只是她的想象）那种如释重负的感觉，为此她鄙视自己。

在她的预计里，小薛一定会说——按照他的性格，那不是你的错。他会安慰她，对她说，你是毫不知情的，汪洋的死和你一点关系也没有。她希望他能这样来宽解她，虽然她会讨厌这种置身事外的态度。

他叹一口气，喷出一团白烟（她觉得他轻佻的毛病是怎么也改不掉啦），如云雾般散开，悬挂半空中，距离他的脸大约十公分左右。他沉默良久，像是在寻找一句恰当的评论，像在担心自己不是个够格的听众，他忽然感慨道："偏偏是个电影，偏偏是你来演。"

她以为自己完全能够理解他的意思。她想他是在感慨她的命运，命运好像存心赋予她比别人多得多的戏剧性冲突。好像存心让她变成这样一种悲剧角色：无论她怎样选择，最后的结果都是错的。

她没想到他会说出这话来，鼻子一酸，泪水滑落。她想他懂得她，于是她也觉得自己完全能够懂得他。她觉得他俩是同一种人，都是在随波逐流，都是在任凭别人为自己的人生编写情节。她想她对自己也说过很多（坐在贝勒路那间过街楼的窗前），可哪一句都不如这句好。

她觉得这话里还带着点悲天悯人的讽刺意味（也许说话者本意并不如此）。仔细想想，这话算是说到点子上的。她不知道问题出在哪里，可她确实隐隐有种感觉，像是说，她的生活里有某种不太真实的成分。她也有些分不太清楚，这虚假的感觉究竟是因为激情的消散还是有什么别的缘故，还是因为老顾交给她的工作让她不得不变成另外一个人。

旗袍下粘着汗水，从胁下还在不断往外冒。她觉得自己像是浸泡在黏糊糊的汗水里，浸泡在一种不真实的状态中。周围的声音变得滞涩，变得遥不可及，只有那两张牌九还在某人的手指间碰击，噼啪声越发清脆。

警笛声像从水底旋转上升，缓慢而又执着地浮现。伴随轮胎摩擦地面的尖啸。起初是楼梯上凌乱的脚步，然后是敲门声。

开门。旅馆茶房站在外面，身后走廊里站着几名巡捕。

"怎么回事？"小薛拉开木制百叶窗，朝街上看。

"老北门捕房。不要走出房间。准备好证件，等候检查。"

有人在嚷叫——

骨牌声戛然而止。有人拉动桌子，茶杯盖掉在地上，没有跌成碎片，却在木地板上欢快地旋转起来。隔壁传来儿童哭闹的声音，有人当着巡捕的面辱骂他的妻子。茶房尖细的嗓音竭力想要变成这失控的合唱团的主导声部：

"巡捕通知各房间，谁都不许离开。"

华探198号走进房间，法籍探长站在更通风些的房门口。他早早穿上夏季制服，显然是还未适应上海炎热潮湿的天气。汗水从他的膝盖往下淌，把他的小腿浸泡得腐肉般苍白，把他的汗毛粘在皮肤上。他不停踢动两条腿，以免蚊虫叮咬，他没有系绑腿，这种天气谁会穿那个？租界里的外国人喜欢拿医用纱布做一副腿笼，罩在长裤外面（在这块鬼地方，那是预防疟疾的唯一办法）。可带班执勤时，哪个探长肯把自己弄成那副滑稽相啊？

她脸色煞白，眼神茫然，一副听天由命的样子。"番号198"好像是在表演滑稽戏，好像是在模仿一位街头肖像画家。他低头看看那张证件，抬头看看冷小曼，再低头看照片，然后他转到她的右面，再次研究起她的右侧脸颊，像是从百叶窗缝隙间透进的光线可以让他获得更好的观察角度。

"我看到过这张脸。"他向探长解释，语气客观得好像是在评论一幅照片。

他们在巡捕的簇拥下走出骑楼，他们被人用囚车带往老北门捕房。坐在那只铁皮闷罐里只十分钟不到，小薛已满脸汗水。他用手绢不断擦拭眼眶周围。警车提供给犯人的座位又窄又低，几乎只能让你蹲在那里。她觉得这姿势比坐在马桶上更让人不堪。她不得不把手放在旗袍的开衩两侧，以免让小薛看到她的腿。因为出汗，腿上的毛孔变得很粗大，她越来越觉得这很难看。就像一位被歹徒绑架的大明星，从聚光灯圈里被人拖出来，不知如何自处。

他们被人关进木笼。没有人向他们提出问题。她晓得这次是在劫难逃。所有人都看到过她的照片，还有那张妆化得都不像她自己的结婚照。那是曹振武坚持要拍的——我都不敢相信你竟答应嫁给我。我要在房子里到处挂上结婚照，照片可以证明你是我老婆。果然如此，一张照片就足以证明她确实是曹振武的老婆。

汗水一定在刺激小薛的眼睑，可他似乎陷入某种沉思状态。他没有注意到她腿上的瑕疵，也没有看到她绝望愤怒的眼神。

忽然，他大声叫喊起来，198号冲到木笼边。

"我是法国人！我父亲是法国人！我要找探长说话！我有话要说！"

198号用钥匙开锁。他已解开腰带，把钥匙、警棍、警哨和手电筒全都扔到桌上，他已准备好好收拾一下这胆敢在巡捕房闹事的家伙。

愁眉苦脸的探长走进来。他让198号把小薛带去他的办公室。他浑身是汗，恨不得赶紧下班，找个酒吧喝两杯冰凉的啤酒，他对这地方愤愤不平，他对这份工作愤愤不平，他也对在这种天气里还让他执行任务的上级愤愤不平。

二十八

民国二十年　六月二十四日
下午　四时十八分

小薛被带到探长办公室。桌上，在木制的盆帽边，他的身份证翻在最后一页。一本洋行印制的家具目录，一盒用来驱赶蚊虫的薄荷油。靠门这边墙上挂着一块漆成墨绿色的写字板，用白色粉笔开列着探长今日必须完成的事项。一个巨大的箭头斜斜插入下午三点至五点那两行中，把左下角圆圈内的临时任务插入那条本该坐在清凉通风的办公室里喝茶抽烟的缝隙间，圆圈里写着星洲旅馆。

绿色写字板的右侧墙上挂着电话机。

"你有话要对我说？"探长说。

"我想打个电话。给政治处的萨尔礼少校。你来拨通，你告诉他是薛要与他通话。"

"认识几个大人物，是吧？"探长尽量伸开腿，好让门外的凉风一直吹进裤裆里。

少校在电话那头，声音有些不耐烦。间或传来沙沙声，少校在翻阅文件，也可能是电话线的杂音。

"你在星洲旅馆干什么？"

"一个朋友住在这里……"他对说出口的词句总觉得没把握，哪怕说的是实情，听起来都像是一派胡言。

"一个朋友……"电话里的声音让人捉摸不定，"是个女人？"

他不知道该把真实情况透露到何种程度，他必须做出选择。听筒里噼啪作响，他必须在十几秒钟之内把逻辑理清。最重要的是，她并不是什么关键人物，冷小曼不是最关键的人物。少校志不在此。那么——

"假如你信得过我……我会让你得到最好的。"

"假如我能信任你……到目前为止，你认为我还能信任你么？"电话里的杂音忽然消失，像是突然腾出一片空间来。少校的声音变得单薄，变得像一根随风飘动的细线，像是深邃走廊里的回声。

小薛觉得越来越虚弱，他没有察觉到自己几乎在大喊大叫：
"这很重要！如果……也许你一觉醒来，就会看到我的报告放在
办公桌上。"

他放下电话，他在等待裁决。他心里有一丝惋惜，他想起
她竭尽全力的表演，她装出来的老练，他也想起他对她和她的
组织的"利用价值"。后来他又想起她的哭泣，在船舷旁，他惊
动她，她回过头来，茫然的眼神。即使在最惊恐的状态下，她
都无法忘记自己是个女人，她用手压住旗袍的开衩，好像那是
把她从超现实的恐惧感中拉回到日常生活中来的唯一办法。他
这样想着，那点惋惜之情竟而扩大成一种焦虑。有一瞬间，他
觉得只要能把她救离眼下的困境，拿什么来换都是值得的，不
管是萨尔礼少校的信任，父辈友谊，还是别的什么东西。

一小时后，他看到马赛诗人。

一个半小时后，他和冷小曼走出老北门巡捕房。马赛诗人
陪他到木笼旁，他注意到冷小曼一眼就认出这位老朋友。

马赛诗人告诉他，对星洲旅馆的搜捕行动纯粹出于意外。
今天上午，星洲旅馆茶房打扫房间时，在三楼二号房间的梳妆
台下发现有一枚手榴弹，该旅馆账房稽查龚善亭打电话报告老
北门巡捕房。

平心而论，在政治处所有的警官当中，小薛唯独对这位马
赛诗人颇具好感(正因如此少校指派他负责联络小薛)。他腼腆，
头发和干草的色泽差不多。他对马拉美和魏尔伦情有独钟，他
在上车离开前，偷偷向小薛赞许道：她惶恐的姿态犹如一只天鹅。

而这只天鹅，此刻站在小薛住处这间空荡荡的客厅中央，

像是在漂泊途中短暂栖息，神情里充满凄凉。他们婉言谢绝马赛诗人的好意，没让他开车送他们。一旦确定身后无人跟踪，冷小曼走进敏体尼荫路一间公用电话亭。隔着玻璃窗，小薛看到她用手捂着话筒，竭力解释。他觉得她楚楚动人，他怀疑，这感觉多半是因为自己刚把她救出牢笼。无论如何，他觉得这想法甘甜无比，他头一次体验到被别人当作保护者时的自我感受。

问题在于——走出电话亭，她告诉他——问题在于她这会无处可去。出于安全考虑，她必须暂时和小薛在一起。她把话说得如此公事公办，几乎令他有些失望。

他收拾桌子，需要收拾的也只有这张桌子（客厅里只有一张桌子和两把椅子）。半杯咖啡要倒掉。刚回到桌边，又赶紧奔去厨房烧水。旧照片和旧报纸卷成一团扔到墙角，与冲洗照片用的药水瓶为伍。他站在客厅通向里间的门口，把椅子上的衣服朝卧室扔。他刚让她坐下，就听见厨房里水壶盖在跳动，节奏类似于一种疯疯癫癫的爱尔兰舞。

他想他应当对她有所解释。直到这会他才意识到这点。他们如此轻易地从老北门捕房脱身，人家会不会怀疑？他把手榴弹的事告诉她，觉得这句实话听起来比假话还假。他还顾不上想想日后如何向少校交代。他也还来不及去想，说到底，他早晚要把冷小曼连同她的组织一起出卖给巡捕房。他这个人，脑子里成天千头万绪旋转，转的可都是眼下的难题。

眼下，他急于检查凌乱的房间。他想不出有什么东西会让人家起疑心。他是摄影记者，他从来就不是什么巡捕房的密探。

他这里有成堆的旧报纸、旧照片，各种底片和药水。他忽然想起什么来，冲进卧室，把她丢在客厅里。

自从上次特蕾莎让哥萨克保镖找到这里，她自己又来过一两趟。她是那种所到之处总要丢下一堆痕迹的女人，酒杯和烟蒂上的口红印渍、枕头上（甚至墙缝里）的香水味、忘记带走的那些脏短裤（勃发的情欲残存在丝绸上）。

他无法想象，要是特蕾莎这会走进门，撞见他跟另一个女人在一起，会闹出怎样的结果？最好是主动去和特蕾莎会面，免得她自说自话闯到这里。刚刚他决定把冷小曼带来时，可没想到过这些。

他想不通少校为什么对他如此信任。下午在警车上那会，他一度怀疑是少校派人跟踪他，找到星洲旅馆（这是他唯一能够想象得出的侦探技术）。他没有再往深里想，他有些分心，他注意到冷小曼没有穿丝袜。天气又热又潮湿，那条腿上汗津津。

可这会他又开始相信，那不过是场偶然的搜捕行动。少校对他的信任无可置疑。他猜想，坐在同一条战壕里，合用同一副防毒面具，的的确确能让人产生巨大的友爱。

天色早早变暗，雨还是不肯下来。这是福履理路的弄堂房子。他们几乎斜穿整个法租界。面对面坐在桌边，彼此都能闻到对方的汗味。

"那么——这就是那个马赛诗人。你告诉他我是谁？"不是从空洞的语气、从冷静的词句，而是从她迟缓的身体动作上、从她疲倦的神态里，小薛察觉到那个勉强撑起的表演者形象早已被砸得粉碎。就像一度光滑而如今早已破碎的瓷器。

他注视着她，她的脸颊，她的手臂，她的因为出汗而毛孔变得清晰可见的皮肤。

"恋人。"他说。

她微张着嘴，像是刚被迫吞下一颗苦果。她轻轻地叹息一声（在他的想象中）。在她鼻翼上，有一小块污渍，用脏手指抹去汗水的印记。那张面孔上，最动人的地方是下眼睑的睫毛，给她的瞳仁投下一抹阴影。

"为什么要救我？"

沉默是要让即将说出的话更有说服力。

"因为我爱你。"他脱口而出，像是话到嘴边不得不说，又像是答案早就准备好。总是不合时宜，总是在这种无奈的情况下向她们诉说爱意。可一旦说出口，听起来倒也挺自然。

她在哭泣，悄无声息。凉风掀起窗帘，她打个寒战，站起身。她盯着他看，腿一跌，扑到他怀里。她死死抓住他的衬衫领子，又松开手，没头没脑打他的头，他的肩膀。

"为什么要爱我？为什么要爱我？爱我的人从来都没有好结果！"

让他感到吃惊的是，所有的女人在这三个字面前都不堪一击，如同中蛊一般，如同甘心喝下的一匙毒药，如同按照剧情所定下的铁的逻辑，扮演起同样的角色。

二十九

　　冷小曼觉得自己像一团可怜巴巴的诱饵。孤零零吊在鱼竿上，扔在湖岸边。鱼竿的主人早已不知去向，而她却对那条鱼动起真感情。她用电话向老顾汇报，三言两语。他俩被带去老北门捕房这事，到最后她也没告诉老顾。她担心老顾会立即掐断她与组织的联系（她下意识地觉得，那是她与这个现实世界的唯一联系）。

　　她说，幸亏有小薛在，要不然——事实已证明，小薛（或者说他的朋友）在巡捕房有很大影响力。老顾对此表现出极大兴趣，电话中反复询问：

　　"政治处为何派人参加老北门捕房的搜查行动？"

　　"不……只有老北门捕房。茶房发现手榴弹，向捕房报案。"

　　"你刚刚说……"

　　"巡捕要闯进房间检查证件，小薛在房门口大闹起来。提到他政治处朋友的名字……"

　　"看来这个会写诗的警察朋友，的确是个重要人物——你说你今天下午与他会过面？"

　　"他们用旅馆的电话向政治处查问。证实小薛是法文报纸的摄影记者。那朋友赶来时，巡捕已离开旅馆。"

　　她觉得这些说法破绽百出。她为毫无缘由向老顾说谎而感到羞愧，觉得自己就像个弄乱戏码的蹩脚演员。

"巡捕始终没有进房间？没有看到你？他那个政治处朋友也没有认出你来？"

她说这都因为有小薛在。她可不敢跟人家说，这是因为她运气好（这说法连她自己都不会相信）。还不如说是因为她的新发型，或者她憔悴的面孔呢（她有时对镜顾盼，深觉忧伤会将一个人的相貌改变至斯）。

最后，老顾说："你要在小薛身上多下功夫。组织上希望把他争取过来，让他变成我们的人。他在巡捕房的关系，对我们下一步的工作相当有利。"

"我应该怎么做？"

"你就住在他那吧。要牢记使命，理解组织的意图。你和他在一起，观察他，掌握他的关系，这是组织上交给你的重要工作！"

如今，她几乎有些怨恨别人让她扮演的角色。顾福广话里的暗示，她怎么可能装得一句都听不懂？在电影中，卖弄风情的女间谍甚至可以是个正面角色，只要她相信自己站在正义这边。她甚至可以朝诱惑对象动真感情，也只需她自己相信而已。可真到让她来扮演这角色，却发现掉下陷阱的通常是自己。最先迷失其中的往往是她自己。

她隐约觉得，在她和小薛之间，有层难言的隔膜。一片若有若无的薄纱，一张玻璃纸似的东西。她认为造成这种状态的原因在她自己——她不得不去扮演某个角色。同时她也认为，捅破它完全是她的责任。可她不知道该如何做。她告诉自己，爱情不是我们想要的东西，我们想要的是穿透这个租界浪子的外表，穿透他的伪装，触及他的内心深处，抓住他最纯粹的东西，从而控制他（让他为我们所用）。她相信，在这个被繁华糜烂的城市生活塑造出来的形象下面，一定还有一个最本质的东西。就好像，一旦你除掉他的那些轻佻言辞，那些浮夸姿态，那些虚荣心，那些算计，你就会得到一个除不尽的余数，那是如同婴儿一般赤裸裸，一般纯洁无瑕，一般脆弱。那个去除掉杂质的薛会相信正义，相信理想，相信她（和她的组织）所要完成的事业。她没有意识到的是，她想要做的事情，与一个真正的情人想要在对方身上做到的事几乎一模一样。

她是怀抱着这样一种近乎自我牺牲的精神来诱惑他的。因而她的举动如此庄严，几乎有些滑稽。她帮他煮麦片粥，从一个原本可能是金色的大铁罐倒进奶锅里，加上水，加上奶精。他们一起寻找糖罐，可最后还是找不到，倒是在咖啡罐的盖子上，看到几块方糖。

他们在喝粥，没有说话。他心不在焉。而她呢，看起来又疲倦又绝望，用小匙一下一下往嘴里送，皱着眉，好像那是可以用来麻醉自己的一种苦药。

她尝试着对他说点什么。她想，当初她参加革命前，别人是怎样引导她的呢？她试着从下午刚发生的事情入手，假装到现在还在对巡捕房蛮不讲理横行霸道生气，兀自愤愤不平（其实那在租界里实在是太常见啦）。她想，那足以激发他对帝国主义的朴素仇恨。但后来她觉得这愤怒难以感染到他，说到底，最后让他俩离开老北门捕房的也还是一个帝国主义分子。她觉得要把抽象的真理转变成一种具体切身的感受，实在是太难啦。

她希望他来与她辩论，她希望他对她说巡捕房里也有好人之类的话。甚至到后来，她自己对他说："你不要以为你的朋友就是好人，也许他确实是好人，问题在于他从事的职业本身就代表着一种压迫人的制度。"可他却苦笑着回答说，他觉得连他自己都不是个好人。

"你当然是好人！要不然你为什么要救我呢？"她差不多是大叫着说出这句话来，没有察觉到这说法的前提稍稍有些可疑。可是如此一来，她倒变得专注起来，不再疑心自己这样做到底对不对，不再需要不断用意志来强迫自己。一心一意只是想去说服他。

而他呢，好像一旦别人进入到他自己的房间里，进入到他最真实的生活空间里，他就有责任向别人证明自己的职业，有责任证明自己并不是个整天无所事事、只知道拈花惹草的租界小开。他开始摆弄起他那堆东西，药水啊底片啊，窗帘拉起还不够，还用图钉在窗子四周钉上一大块厚布，又打开一只红色灯泡。

她觉得时间在白白流逝。她开始感到，单单靠言语无法让他们各自的思想合而为一。她上前几步，从背后抱住他，抓他的手腕，迫使他放下手中的小铁盒，胶卷盒在桌上滚几圈，停下来。

她觉得这太像个严肃的命令，因此在说出口之前，刻意想让它带上点乞求的味道，可实际上在别人听来（如果真有别人的话），声音却像是带着哭腔：

"我要热水，我要洗澡。"

她怀着一种纯洁的使命感去洗澡。所以她只要一壶热水（等待一壶热水是庄严，等待第二壶热水就近乎滑稽）。可是，也正因为这种使命感，她并不觉得冷，尽管此刻夜凉如水。

　　她确实洗得很庄严。如果那是一幕电影场景，如果一定要配上音乐，她觉得应该是《国际歌》。尴尬的感觉……在她洗完之后悄悄浮现，像是一丝不和谐的音调……到这时她才发现自己找不到一件袍子。哪怕是一块床单。她无法想象自己就这样赤裸裸走出浴室。她在那件虽然汗水已干，但摸上去仍旧有些发黏的旗袍前犹豫半天，一狠心，转身打开门，勇敢地走出浴室。

　　她看到小薛差点连人带椅翻倒在地。他坐着，面朝浴室的门，腿搁在另一张椅子上，两条椅腿支撑着座椅，前后摇摆。她看到他睁大眼睛，突然——向后倒去，不是使劲儿向后寻找支撑的臂肘，而是椅背撞到桌上才让他重新坐稳。她本以为自己会英武地走到他面前，抓住他的衣领（她忘记他脱没脱下领带），然后一步步把他倒推进卧室，倒推至床边。天知道她的这番想象是从哪里来的。她多半还想过应该由她来给他脱下衣服——当然不能真的全由她来脱，她只需解开他的扣子，其余步骤也许当两人身体搅到一起时，就会自动完成，褪落在地。

　　突然发生的变故完全是个意外，完全打破预定的进程。她像个忘记台词的笨蛋——她看到过她们慌慌张张捂着脸奔下台去的样子，她差不多也就那样，捂着脸自顾自跑进卧室。

　　其实，直到这会之前，她从未认真想过这件事——如果你一心想要完成一个重要目标，某些具体的步骤多半就会隐藏在哪个暗淡的角落，你很难会想起它们。也不能说她完全懵懵懂懂，像只小鸟一头撞上捕网，她结过两次婚，要不是曹振武那上头时不时有些小问题，她连孩子都早该有啦。

头脑中仍旧一片空白，平躺在枕头上，她慢慢平复呼吸。闻到嘴唇边一丝奶精的甜香气味，视力恢复的瞬间，她看到左下方乳晕上粘着一粒桂格麦片的残渣。她命令自己不要说出那句让她感到特别庸俗的话来，可最最让她感到庸俗无比的是此刻她觉得这句话万分真切，她还是忍不住说出来："我觉得——从来没有那样好过……"

三十　　民国二十年　六月二十五日
　　　　　　上午　九时四十五分

在皮恩公寓特蕾莎的客厅里，小薛一眼看到那个他跟踪过的人。陈子密，现在薛知道他的名字。热爱档案文件的萨尔礼少校曾让他在薛华立路警务处政治部秘书科的小房间里阅读过一些东西。他贸然——一大早就跑来这里，原因是他担心，特蕾莎会一头闯进福履理路他自己家中。不用说，特蕾莎报复心很重，容不得有人一边对她说他爱她，一边在家里藏着另一个女人。

冷小曼那头也没好多少。这两个女人，背景都那样复杂。他觉得自己就像夹在两台精密杀人机器的齿轮当中，稍一不慎就万劫不复。他的生活变得像一盘惊险的牌局，他都不知道什么时候摸到这副牌的，也不知道他怎么就被绕进去，不得不押上全副身家作赌注。他以为自己是个赌徒，可这一局玩的是他的命。

房间里还有另外一个女人。陈英弟，档案上说她和这位陈先生是亲戚。此刻，陈氏家族这对兄妹用奇异的眼神望着他。他本该先打个电话……他想。特蕾莎让阿桂把他带进另一间阳光明媚的小小起居室，卧室套房的附间，当着客人的面，她让他进卧室！就好像他是个供她在工作之余玩乐的男妓。

黄梅天难得如此好太阳，小房间晒得暖洋洋。浴室飘来残余水汽，加上窗台上的茉莉花香，他觉得头晕。可这会隔壁房间的谈话让他焦虑。他们会提到他么？会不会在议论他？只要一句话，只要特蕾莎问一句，比方说，你在那个顾先生那里看到过他么？然后陈会在另一个时间向另一些人闲闲提到他，然后——他就玩完啦，他所有的一切也就输光啦。

从前，他可没想到过阳光也会让人绝望。他在绝望中陷入沉思。

特蕾莎的手按在他头上。银色丝绸在阳光下熠熠发光，好像神话中一袭长袍的女英雄。他睁开眼，光线刺得鼻子发酸。客人早已离开，这睡裙刚刚好像还卷在卧室床上。不知从哪里传来扰人的隆隆振动声。

他脱口而出，好像控制说话的大脑中枢还在延续方才昏昏欲睡前的思路，"我见过他。"

"谁？"

"你的陈先生。我前天又见过他。"

他信口胡说，好像不受他自己控制。他把档案里看来的，他透过人丛、越过黑夜的街角、在路灯树影的明暗之间看到的，把它们与他自己的想象，他自己灵光一现编造的东西混合在一起，一股脑儿堆到特蕾莎面前，好像他是那种把所有钞票推到当中，孤注一掷想要吓阻对手的赌徒。

他看到特蕾莎越来越惊讶的眼神。他看到她拿下放在他滚烫头发上的手，退回到墙角那两扇窗户间，她慢慢坐到那张躺椅上，她问小薛：

"你说他还在跟你老板做生意？"

他猛然发觉自己说得太多。他已进入到一个每句话都可能是个陷阱的荒野。而他所知的如此之少。他搜肠刮肚，在头脑中寻找那些曾漂浮过他眼前的细微迹象，为特蕾莎的下一个问题做准备。

"前天夜里……顾先生安排过一次会面。"

"前天夜里？"特蕾莎点起香烟，阿桂在厨房里打翻一只锅盖，她歪歪头，皱皱眉，在阳光下，她的头发更接近深褐色。

他原本毫无袭击对手的意图。他纯粹是在编瞎话，纯粹是想说出那一大堆话，让它们变成一片天晓得能遮盖住什么的词句迷雾，拖得一时是一时。直到特蕾莎向他提出一个问题——

"他们在做什么生意？"

顿时，他意识到自己犯下严重错误。他意识到那顾先生，冷小曼的那位上级领导，巡捕房档案室里的那位明星，此刻并未在同特蕾莎做生意。生意早已结束，圆满完成，合作愉快，下次再见。而他却不得不打开房门，再次把陈子密迎进来，让他和那位传奇人物坐在一起，热烈讨论一盘谁都不知道是什么的新生意。他惊人的想象能力已在他自己的头脑中制造出这样一幅场景：昏黄的吊灯，八仙桌，热气腾腾的茶杯。有人在房间的阴暗角落里（也许就是他自己），在灯光照不到的地方。有人坐在光圈里，桌子的两边。楼下弄堂的阴暗角落里还有另外一些人，谁都不知道他们藏身在哪里。

问题在于，他坐得那样近。距离那张桌子只有一步之遥，可他却听不见他们在说什么。他需要一个迹象，一个哪怕与实实在在的证据仅有一丝牵连的记忆印痕，一张纸片——

他确实想起一张纸片。几个他不认识的德国字。他用手比画着，告诉特蕾莎。

"有一张图纸。横剖面。像一支步枪。有三角支架，又像一挺机关枪。他们说，这东西是最新研制的，这东西威力巨大。"他努力回想那幅草图，可他能想起来的东西那样少，而他的思绪还不时被记忆中礼查饭店潮湿的樟木味、被几块发霉的斑点、被黄浦江上海鸥鸣叫的声音打乱。特蕾莎呢，她这会在想什么？她在记忆中寻找什么？

现在，轮到特蕾莎陷入沉思。轮到她来回忆。她偶尔会喃喃对自己说："真有那件东西？真有那件东西？"好像在吟诵某种古代歌谣。

"据说很昂贵。"自信心逐渐在恢复，"要很大一笔钱，顾先生有些犯愁。"他补充道。

"他一定要得到它不可么？他要拿它干什么？"

这不算是个必须要回答的问题。对于虚构者来说，这并不需要由他来告诉听众。可对于一个虚构故事的讲述者来说，事无巨细，他自己都必须有一个答案，虽然他不必说出来。而此时此刻，他还无法想象，究竟可以拿这东西去干什么？

他渐渐明白，刚刚他无意之间，正在朝特蕾莎的侧翼发动一场袭击。打击对象是她的亲密助手，她的买办，她与危险顾客打交道的联系人。他向她投诉此人的背叛。指证他，告诉她，有人在背着她做生意，也许用的还是她的资金。这与商业道德无关，这直接触及在这险象环生的租界中生存的基本规则。

短促袭击业已结束。他觉得应该由他来打扫战场，尤其是及时照看受伤者，以防对手反噬。

"为什么你老问我这些事，你让我觉得自己像个叛徒。"

他想让自己的音调更轻松一些，带点轻佻的喉音，像那些电影里的公子哥儿。他把视线稍稍压低，望向她缎袍在腹下的皱褶，在大腿以上紧紧绷起的地方。她的软缎拖鞋踢在脚边。她赤脚踏在地毯上，脚趾甲上涂抹着与嘴唇同样鲜艳的颜色。直到这会他才看出，卧室墙上挂的油画里，那被浓烈斑斓的点彩包围着的，那一团雪白的，被几根似乎仍然在向外膨胀的弧线勾勒出来的巨大肉身就是她本人。是她情欲迸发时候的样子。他不由自主地想起那两条分界出上下两半截肉身的弧线，像是在无止境地向中心延伸。她与画上那团肉身的区别仅仅在于头发，画里的头发像一顶黑色的皮制头盔，在耳朵边的脸颊上形成两个卷翘的岬角。而她的头发看起来更蓬乱狂野。他看到她脚跟边的茧皮，他想，大概那也是一处被画家重新美化修饰过

204

的地方。

他内心隐隐有一丝歉意，尤其是——他想，冷小曼还在家里等着他。可他转而又想，难道不是你们——你们俩，你们和其他所有人把我逼到这个境地的么？你们逼着我成为你们的自己人，要不然就杀掉我（他觉得在那种情形下杀掉他的可能性是最大的）。

他看到她从沉思中被唤醒的惊奇眼神。她张开嘴，还没来得及吐出的烟雾正在嘴角边冉冉上升。他恍惚觉得冷小曼在背后望着他，在他背后某个被阳光照射成透明状的地方，冷小曼正望着他。这既让他羞愧，又让他亢奋。

他的耳朵被她脚底的茧皮摩擦着，她的衣服现在一直卷到下巴底下，被她的手臂挡住，把她的脖子、腋下塞得满满的，好像她已被淹没在一团融化的白银泡沫中。她的两只手别扭地压在屁股下面，好像那是两只垫脚，好像她自己是一只刚画到一半的彩蛋，没有那两只垫脚就会滚到不知哪里去。而她的头确实在靠垫上左右滚动，好像一只做成钟摆的女神头颅。

"这会我就像——"她睁开眼睛，吃力地寻找合适的比喻，"就像一只从里面被刺穿的热水袋。"

"内胆，"小薛说，"那叫内胆。"特蕾莎又学到一个中国词。

他们各自陷入一种半思考半做梦的状态。而他还在摸她，那个仍旧是水汪汪的地方。霞飞路传来有轨电车的铃铛声，对他此刻十分敏感的听觉是一种折磨，刺激他的耳膜，让他不时打一个寒战。他觉得她下面的毛发反倒比头发更脆，质地更硬，会沙沙作响，犹如在咀嚼一种酥皮点心上卷曲的糖丝。

"唔唔，很好……我要两根手指，两根，多一根也不要。从两边夹住它……你告诉我，如果我让你来做那笔生意，由你……很好。就这样……跟你的老板做成这笔生意。由你代表我，你行不行？"

三十一

特蕾莎相信这说法，但不是因为小薛提到那张图纸，那确实很有说服力。可主要的原因是，小薛说他前天夜里看到陈和顾先生会面。此前，陈从香港发来电报，说他将在前天上午再次回到上海。直到今天上午他才出现在皮恩公寓，还向她胡说什么，船在舟山附近遇到今年第一场台风，在吴淞口搁浅，陷入泥沙，凌晨涨潮才被领航员引入航道。

这件事——加上陈总是解释不清银行账目中的差错（尽管英弟对此常有些补充说明），她突然意识在她背后，陈正在从事纯属他个人的贸易活动。她不能把陈赶走，她的生意需要中间人。中国买办向来背着大班搞花样，天下乌鸦一般黑。可总得给他点警告。把这单生意夺过来，似乎是合适的办法。她甚至不用对他挑明，只要让他交出货单。

要是你想更深入，更彻底刺探她的内心。她如此相信小薛，他说什么她就信什么，归根结底是因为在她的内心世界里，正发生一场所未有过的紊乱。

前天下午，就在陈（按照他自己的说法）漂浮于舟山洋面呕吐不止——或是在吴淞口之类的鬼地方进退两难的当口，她收到信差送来的一张便条。落款是毕杜尔男爵。消息让她大吃一惊：她的朋友玛戈，毕杜尔男爵夫人，此刻正在金神父路[1]广慈医院里，由肠道科专家施行抢救，她在休克前曾乞求别人让她见特蕾莎一面。她来不及打电话叫车，冲出皮恩公寓的电梯口，拦住一辆黄包车，直奔广慈医院。

等她赶到医院，玛戈已瞳孔放大，停止呼吸。死亡原因是急性巴比妥酸盐类中毒。玛戈脸上还残存着冷湿的汗水（她想她为什么还会出汗呢？），皮肤已变成一种黯淡的青白色，面孔好像整个缩起一圈，人中部位的凹陷显得格外深刻。

毕杜尔男爵从遮盖玛戈身体的床单下取出一叠文件，缎带扎成一捆。

"我没看。是她的私人信件，写给你的。她说过，不想对着空洞窗口写日记，写给你的信，对她来说就是日记。她说要是她活着，绝不会让你看这些信的，她会羞愧难当。"男爵的声音中充满疲倦，并不十分悲伤。就像是那番决斗已比出结果，一死一伤，活着的再也没力气走下拳台。

读那些信，她用掉整整一个夜晚。第二天上午又重新开始阅读。玛戈写起信来，像小学生完成法语写作练习。使用几种

---

1. Route Père Robert，今瑞金二路。

过去时态，有一种仅用于书面文体。特蕾莎想，那一定是很久以后补记的事件，她仔细地区分出昨天发生的事和一小时前刚刚发生的事。

开头几封信并不那样直白。充斥着诸如"布里南先生一定能巧妙地处理这些事务"，"他果然是一位极其高贵慷慨的（或者体贴的）朋友"这类客套话。写到后来，写作者越来越激情四溢，越来越沉醉其中，似乎变得更加迷恋于直接描述这种手法。

你尝试过阅读由你的女友亲笔写给你的——而她本人业已死去——有关她背着丈夫偷偷与别的男人私通的最最详尽的报告么？

"有时候，我觉得女人就像锁孔，男人就像钥匙，总有一把——只有一把是对的，是完完全全与这个锁孔合为一体的，每一条槽，每一个齿口。不仅仅是感觉、思想，是似曾相识的容颜。更是身体，是拥抱，是我们所谓'下面'的那个地方。只有他的才合适，刚刚好，一放进去我们就感觉到无比快乐。你知道，那天下午，赛马俱乐部的那天下午，那是第一次，他甚至是站着的——我是说，我俩都站着，他甚至没有进入到最深处，而我却觉得从来没有那样好过……"

有些话，就连特蕾莎都看得面红耳赤——尽管写出这些句子的人早已死去，身体冰凉——

"我们又在进行一种新的冒险。我们（女人们）骨子里都想把自己变成某个人的奴隶，跪在他脚下，乞求他给予幸福。我觉得——精液（请容许我，医生们不都那样叫它么？）的味道很好闻。有些像新鲜的麦粉，或者杏仁粉……但也许，要看它是从谁的身体里冒出来的……

"长崎果然如他说的，奇妙的港湾城市。侍女端来一种有毒的鱼，她告诉我们这叫'fugu'[1]，是'欢乐的鱼'，吃完盘里的鱼，我觉得晕乎乎，像是条在水里旋转的鱼。夜里，透过旅馆的窗缝，木屐声让人焦虑不安……那都是些艺妓。你想象不出来，长崎简直就是一座十七世纪的荷兰城市，用割成长条的青石铺成街道……"

想不到仅仅三个月，她的女友就变得如此疯狂。也许在去长崎之前，玛戈早已发疯。信中隐约提到过精神科医师。她很少提到她丈夫，一次是在莫干山的度假旅馆（男爵的一项投资）。另外一次，她丈夫和客人们（殖民地的那帮老派冒险家）坐在客厅里，抽着吕宋岛雪茄烟，讨论着什么界外筑路，什么"大上海计划"和"自由市计划"，像是在研究两种象棋布局。那跟土地投机有关么？玛戈在信中问道，可难道金钱会带来自由么？只有爱才能让人感到无限的自由。

但她的情夫布里南先生是个有为青年。趁着男爵短期回欧洲半个月与她偷偷私奔去长崎，已是他最大的冒险，租界报纸的本埠新闻栏对他们的日本之行饶有兴趣，有人查到他们下榻的旅馆。而他重责在身，必须回到正常的轨道上来，毕杜尔男爵新近加入的那个小圈子对他的行为颇有微词，他们说在上海这种地方，一个像布里南先生这样的年轻人很容易忘记自己的责任感。这些人以前在上海挣下大笔财富，如今影响力直达母

1.河豚，ふぐ，在日语里，它的读音"fugu"谐近"幸福"。

国政府各部门，对于租界的任何事务，他们的言论举足轻重。而玛戈进退两难，就像搁浅在吴淞口黑暗幽深的水底泥沙中，没有领航员。

特蕾莎相信玛戈死于精神错乱。让她震惊的是那些信件的字里行间，洋溢着一种狂欢的气氛。玛戈好像置身于一种无休无止的节日之中。特蕾莎想象她的朋友在欢乐时光的间歇里写出这些文字。阴雨天的上午，她丈夫外出赴宴的夜晚——她自己声称头痛，坐在卧室的梳妆台前对白天的销魂时光重新回味。晚风吹来一丝肉桂树的气息，让她感觉好像是在一种东方式的意乱情迷中漂浮。

我们要是说特蕾莎会拿小薛与布里南先生作比较，那是有点过头。影响她的主要是那种欢快的情绪。我们甚至可以说，那是一种类似于好奇的心理，是什么东西让玛戈那样轻松地做出去死的决定呢？就好像那不过是一种假装的大发雷霆，一种……娇嗔：如果你让我难过悲伤，那我就不理你啦，我去睡觉啦。

她望着镜子里的面孔，轮廓有些变硬，颧骨显得特别大，她不得不用颜色更深的腮影来遮盖它。她不喜欢乳头的颜色，顺手用小毛刷蘸点腮红涂上，让它的色泽变得浅一些，接近于一种半透明的粉红。她甚至异想天开，在下面也涂上一点颜色，但这次她换用唇膏，那动作让她的背上起一阵鸡皮疙瘩。她想到，我们女人总喜欢研究自己的身体，我们总是在身体上涂涂抹抹，借以表达此刻的心情，就好像印第安族人的战士。

她是个能够瞬间做出决定，并且立即付诸实施的女人。昨天下午，小薛刚一离开，她就打电话把陈家那对宝贝兄妹叫来。她简单地把自己想要做的事告诉陈，她要他回香港准备装运货物。顾先生那边有人找到她，要订购那种特别装备。她连看都不看陈一眼，让烟雾挡在她的眼前，她觉得陈不愧是她自己挑中的好手，眉目间只露出一丝旁人难以察觉的惊讶。同时她确认，英弟对此一无所知。她警告陈，不要再去管买家那一头的事，这由她自己负责，以免引起对方在判断上的混乱。

她要求陈即刻着手，当晚就去公和祥码头买票上船。

"你直接与这帮家伙打交道么？"陈当时问她。

她怀着一种胜利者的炫耀，怀着一种莫名的快感告诉他："这里的事我会交给另一个人处理。我要培养一两个新手，这对拓展业务有好处。"

"哦……"在她听来，陈的语气里充满无奈和失望。

今天她起床很早，又是一个潮湿的阴天。她坐在这里差不多整整两小时。今天是礼拜五，要在平时，她又该打电话到礼查饭店预订房间。她先是发愣，又忍不住想打开那叠信，最后又决定不去重新阅读。她不想花工夫洗掉她刚刚涂在身上的那些颜色，她觉得就这样去参加她朋友的葬礼，也很合适。她想她毕竟又变成租界里的一个孤魂野鬼，没有朋友。她在上海这些年里，唯一真正结交的朋友也就只有玛戈。一种无来由的寂寞感差点吞没她，驱使她去做一个贸然的决定，改变长久以来的生活作息习惯，要求小薛搬到皮恩公寓来住。她最终又打消这个主意。

三 十 二

　　昨天，整整一个白天，小薛几乎把冷小曼忘个一干二净。他把她扔在家里，就好像她是与小说中另一条线索相关的人物，可以暂时丢在一边。或者简直就算是另一部小说的人物，尽可扔在枕头下，改天再看。等他凌晨回到家中，看到她眼角边的泪渍，颇有几分内疚。

　　下午他离开皮恩公寓，随即跑到薛华立路警务处大楼。他当天必须认真应付的第二件事。他在老北门捕房贸然给萨尔礼少校打电话，这举动不能算冲动，那是情急无奈。可事过之后，脏屁股就有的他好擦的啦。

　　少校答应得如此爽快，让他心神不定。他觉得这简直像是个险诈的阴谋。你可别高估他的勇气，猜想他此来是想探测虚实，听听少校的口风，他所有的不过是那点从来都不大可靠的直觉。

　　少校果然在向他怒吼，抛出一连串问题。

　　"……你告诉我，为什么你要跑到那个旅馆去？那么多重要的事情要办，你去星洲旅馆干什么？幽会？那女人是谁？为什么我们的探长要怀疑她？为什么要把她带去巡捕房？这女人与你目前的工作有什么关系？为什么有那么多神秘的女人？那个白俄，那个贝勒路的女人，还有现在这个……上帝，难道上海快要变成一个雌性的世界？"

　　他觉得少校的怒火里有一丝虚假的成分，但他不敢确定。

212

"你让我大丢脸面——"少校继续冲着他大喊大叫："让政治处为一对野鸳鸯作担保！巡捕房觉得这个女人很可疑，她的证件很可能是伪造的！她到底是谁？"

"我现在还不能告诉你。"小薛觉得自己无法控制住膝盖的颤抖，他垂眼望着地板，好像他认为不是他的腿，而是那一条条柚木地板在做波浪式的起伏运动。他几乎有一种和盘托出的愿望，他觉得那样他还容易些。他现在一丝一毫都没在为冷小曼的命运担心，他只是全心全意想要让少校安静下来。

"为什么？为什么不能告诉我？你的良心被野狗吃啦？"少校使用的是菜场里本地女佣的咒骂方法。

"因为我是在跟这女人接头！"他孤注一掷，好像报馆里那些平时吊儿郎当，却有几分急才的撰稿人，事到临头，到快要排版前的一分钟，他忽然就灵感迸发，滔滔不绝：

"……到目前为止这是最大的进展！我刚刚取得她的信任，那个白俄女人，梅叶夫人，那个女军火商。她要我代表她和某个地下组织派来的人接头，我想那就是你正在寻找的赤色暗杀组织！没错，星洲旅馆的女人和贝勒路逃跑的女人就是同一个人！没错，我在船上看到过她，绝对不会认错，万无一失。可你现在不能逮捕她，这是在上海，你必须懂得本地人的行事方法，要像中国人那样有耐心！藏在她背后的人才是你真正要找的。"

"那你为什么不先告诉我呢？"少校的声音忽然缓和下来，好像他的怒气突然失去动力，脱离向上升起的弧形轨道，垂直掉落到地板上。他的脸部颜色突然变浅，表情突然有些模糊不清，好像电影里渐渐淡去的特写。他从逆光的阴影里凝视着小薛，几乎变得像在自说自话，像是在对小薛耳语，既像是在讲道理，又像是在刻意表现一种阴险的想法：

"也许我可以换用另一种办法。也许我可以直接逮捕她，审问她，把她交给特务班，交给马龙班长。他们那儿有一些好办法，总是能够让人开口说话。"

"可是那场大行动就戛然而止啦，吧嗒一声，计时器停止转动。"小薛觉得这种时候采用这些文学技巧简直是发痴，不过灵感来时你有什么办法？他听任自己往下说，听任思绪在记忆和想象的流域交界处旋转，搅动，混合，"……我想你要的是大明星，不是只会小打小闹的跑龙套角色。那是一次大行动，整个上海都会为之震动。我还没查清那到底是什么行动，可我相信那会惊天动地……"

他小心翼翼地选择记忆中听到过的词汇，"这我能猜到，他们在采购一种威力巨大的新武器……"

"武器？是什么？"

"我不知道，有一张图纸，有支架，像是一种机关枪。"

"机关枪？他们要拿它来做什么？"

"我还没查清。我会把一切都告诉你的。我有把握，如果你信任我……"小薛觉得自己暂时已能控制局面。他这会已能稍稍分出点心思，想想别的事，想想冷小曼。他天生的乐观劲头再次占据上风，让他迅速扔掉这些让人不愉快的念头。他想，总会有办法的，如果萨尔礼少校真的很信任他，到时候他也可以求少校放过冷小曼，放过特蕾莎，至于别人，他可管不到那样多。

"那张图纸你还记得多少？"

他还记得不少。他是个摄影师，在尚未分辨出到底是什么东西来之前，形状、体积和线条早已进入他的记忆中。他在少校扔到桌面的那叠纸上试着画两次。问题在于，那本来就是一张草图，那副支架被他画得过分夸张，他觉得他画的东西更像照相机的三脚架。一旦画出来，他确定那就是一支机关枪。

他说，有一些德文单词……在那张纸上，有几个德文单词。少校同意他的看法，那确实是机关枪。他恍惚记得草图中还有另外一个单独的部分，是个圆柱体，前后分为两截……但他错误地把它画在便笺纸下方，因为他正在画的这张纸，宽度要稍窄一些。他把记忆中的图形画在支架下面，他觉得这无关紧要，因为他记得那本来是完全分离的两个部分。

少校说，他会请武器专家来看看。但这并不重要，重要的是他们要拿它干什么。少校问她在哪里？这个女人目前藏在哪里？

"她会跟我联系的。我不能问她地址，不能问她联系方式。"他再次说谎。因为这谎言，他从少校那里出来后，就不敢直接回家。好像只要他不回家，福履理路的那幢房子就根本不存在，别人就不会获悉冷小曼藏在他家。当然，有一小部分原因是他自己不想回家，这会，他怕见到冷小曼。他是个喜欢跟生活讨价还价的人，能少付点就少付点，能拖延支付就拖延支付。

他跑到亚尔培路的回力球场。"Haialai"[1]新近增加比赛场次，

1.回力球场的名称，其名可能与西班牙词汇"回力球戏"（jaialai）有关。

现在每天都在开赌。但这会，下午的比赛已结束。他坐在球场对面的"Domino Cafe"[1]，望着那堆壮汉——那堆"Juan"[2]和"Osa"[3]在洋葱和烟熏火腿的刺鼻气味里叫嚷。老虎机的手柄在阴暗处哐啷扳动，偶尔会有一两下硬币跌落的清脆响声。球勺堆在墙角那张桌上，像一堆从被猎杀的庞大怪鸟身上切割下来的巨喙。

他刚坐下就看到美国佬白克。跟那帮回力球员一样，穿着白色短袖衬衫，白色长裤，白皮鞋。可他的汗好像更多些，腋下两大块黄黑的污渍。他正混在那堆家伙的桌上，叫喊着要请人喝酒（要不是他嗓门大，小薛也不会一眼看到他）。在他左边，是个半秃顶，右边的又毛发太旺，早上到现在才不过半天就长出一脸胡楂儿。

白克一看到他，就开始挪动屁股，甩开那帮家伙，冲到小薛跟前，重重跌坐到椅子上，差点把裤缝都绷裂。

"好久……""你最近……"白克依旧这样吵吵闹闹，好像他不是个漂洋过海跑到东方的罪犯，好像那几年美国政府的大狱全都是白蹲的，没让他学会安静。好像他只是在黄浦江边的哪座洋行大楼门口跟人寒暄。

要不是玻璃门外有辆涂着红色油漆的装甲车呼啸而过，要不是架在炮塔上的那挺机关枪指向熙攘的人群——像波塞冬或摩西的权杖指向大海，分出通道，要不是那尖利的警笛声刺透玻璃、刺透所有人的耳膜，白克又怎么会想起来对小薛讲那个

---

1. 多明诺餐馆，似乎是西班牙风格的小餐馆。
2. 西班牙人名：胡安。
3. 西班牙人名：奥萨。

故事？

　　装甲车运载着宋子文的银元[1]从上海造币厂驶向中央银行金库。这会它出现在亚尔培路，既不是规定行驶线路，也不是通常出行时间。就是因为这个，白克朝咖啡馆的木质地板上啐一口唾沫，咒骂道："要是迪林格先生[2]在此……"

　　那以后，迪林格先生突然跳进茶室，在桌上，在火腿盘和咖啡杯之间为非作歹。白克说，迪林格老兄是他在印第安纳州立监狱服刑时的同仓哥们儿（这多半是在吹大牛）。他说那时他根本看不出迪林格先生的厉害，那家伙好唠叨。（难道比他自己还唠叨？）他说,迪林格那会老在设想抢银行的事。如何闯进门，怎样吓唬住警卫，惊恐的顾客会乱作一堆，有人会朝警察局打电话。在接到报警电话和紧急出动抵达银行之间，有一小段欢乐时光。要改装车辆引擎，让它比警察局的车子跑得更快。配备的火力要比警察更猛，哪怕在大街上发动战争，都要把那帮浑蛋警察打得抬不起头来。白克说他根本想不到，到头来迪林格老兄还真的能干成。他也没想到迪林格居然能成功越狱，而他白克自己，也居然跟着迪林格先生瞎起哄，一窝蜂冲出监狱大门。

　　他提到"娃娃脸"尼尔森[3]，他还说起那对雌雄大盗[4]。就好

---

1. 一九三〇年代初世界白银价格大幅波动。其时财政部长宋子文宣布停止使用银两，发行一种新的全国通用银元。
2. John Dillinger，一九三〇年代初叶美国的一名专事持枪抢劫银行的大盗。
3. 都是些一九三〇年代初的美国持枪大盗。
4. 同上。

像说的都是他自家人，他足以为他们自豪。一直到坐在回力球馆那道铁丝网背后，他还在说。穿蓝色褂子的服务生跑来收钱，他都没顾上看那家伙身上挂的号牌。

昨天晚上，小薛赢到一局连位 [1] 配彩。凌晨回到家里，望着枕头上冷小曼脸颊上的泪渍，他怀疑自己到底算不算情场得意。

三 十 三

民国二十年　六月二十七日
上午　七时三十五分

星洲旅馆事件发生后的第二天夜里，冷小曼忽然开始觉得毫无把握。对小薛，对她自己操控小薛的能力，对所有这一切她都觉得没把握。事情的起因是她躲在福履理路的房子里无所事事，是从一大早小薛就不在家。还因为太阳终于从一整个上午的阴云里冒出头来，因为她自己内心那股无以名状的柔情。

或者说，直接的起因是她发现一条脏衬裤。当时，她在替小薛打扫房间。那条短裤就卷在床脚下，广东绉纱，镶花边，在阳光下散发着残余的香水味，发潮的灰尘味，以及随风扬起的一丝陈旧的骚味。

随后，接二连三的迹象相继出现。长柄簸箕底下一只有口

---

1. 必须同时猜中第一第二两名的赌票。

218

红印渍的烟蒂，那件用伦敦"Fintex"[1]公司羊毛薄花呢裁制的套装背心口袋里有块黏作一团的粉扑。她在西装口袋里找到一个小记事本，封面皮套下夹着一张照片，烟雾从那女人的眼角边飘散。照片背后有一组五位数字。她忽然感到对这个洋场小开一无所知。她告诉自己，让她气恼的不是另有一个女人，而是她如此快就信任他。

她被一种突如其来的孤独占据，无法遵守对自己的命令，尽管她是直到夜里，直到睡在枕头上才哭出来的。深夜，她倒在那张床上，疲倦已完全战胜那副床枕在她心里造成的不洁感。

可第二天早上她醒过来，看见穿过窗帘的阳光照在小薛的脸颊上，呼吸到骤然变得清新深邃的空气，内心又涌起一股斗志来（后来才确定那天正是今年的出梅日）。她想，这其实是件好事，会让事情变得更单纯。会让责任如山岩一般从阴暗背景中突然呈现，压到她眼前，再也不会被愁云惨雾遮蔽。

她想她完全能够战胜那条衬裤的女主人。她没有当即去质问他（直到两天以后）。她现在把他看成一个敌人，一个需要她去征服控制的对象。她想，也许突然与他拉开距离是个好办法。挑逗他，迫使他自己前来追逐她。可惜的是她没法离开这里，她没别的地方可去。在某种程度上，她想要的效果的确已实现，她的那种突然变得冷冰冰的态度，多少让他有些疑惑不解。

他常常外出，她不去过问，望着他的背影冷笑。可两天后的早上，他忽然在厨房里问她："你不是说——你们领导想要

---

1. 当时一个著名的英国毛纺织品牌。

见我？"

她觉得他眼神闪烁，不敢望她，她想那是内疚。这些天来，她故意对他冷淡，他总是欲言又止，躲躲闪闪。也许他察觉到一些变化，也许他有些惭愧，也许潜意识中，他想帮她做点事，献献殷勤。

"不急。没到时间。组织上会通知我们的。"

他在磨制咖啡豆，而她在煮麦片，厨房里充满食物的香味。温暖，好似一对各自忙碌的情人。

"他是怎样的一个人——"她回头看看他，他的后半截衬衫下摆露在裤腰外面。

"——我是说你那个领导。顾先生。"

"看见他你就知道啦。"她看出他是想找话搭讪。她觉得这些天来的做法很有效。

"可他怎样跟我们联系呢？电话？他又不知道这里的号码。你没把房东的电话号码给他吧？再说，那里打电话也不方便。"他兀自在唠叨，咖啡豆在磨臼里嘎吱作响。

"我给他打电话。"

"可也没见你打电话啊，昨天打过么？"

她突然厌烦起来。她突然愤怒起来。她觉得他就像一大早就开始唠唠叨叨的男人，扰乱清晨的安宁，扰乱别人的心神。

"你怎么知道我没打过？"她把勺子扔进麦片锅里，一声声尖叫，一声比一声更响，"你不是不在家么？你不是整天出门？为什么你现在急着想见他？你是不是……"她突然刹车，咽下嘴边上那半句话。

他突然惊慌起来，她依稀察觉到，他的肩膀在往下沉。她望着他，直到他缓缓转过头来。她想他的眼神里分明有种绝望。他的样子分明像是做坏事被当场抓住的笨蛋。她想现在是最好的时机，气势上她完全占据上风。她反倒沉静下来，声音陡然下降八度，她斜着眼睨视他，一字一句：

"你是不是觉得自己做过什么对不起我的事？"她觉得他已话到嘴边，她已把他逼到不得不向她有所交代，不得不替自己解释的地步，但她可不想让他编瞎话，她要拦腰斩断他说谎的念头，她说：

"为什么几天来你都要外出？为什么你把我扔在家里自己跑出去一整天？你是不是另外有个女人？"

她看到他手臂往下一垂，她听到他长吁一口气。就像一头刚刚耸起肩，摆出一副决斗架势，却又突然松劲的狡猾的大花猫。她想他已明白自己无从躲闪，她等着他开口说话，她等着他真正的、不带一句假话的解释。

这头大花猫显然还想做最后挣扎。她望着他转头冲出厨房，冲进卧室，大概是想最后确认败露的罪证。她并不着急，胜券在握，她步伐坚定地走向卧室。她看到他撅着屁股钻在床底下，心里想：你真傻，你实在是个大傻瓜。你就这样往床底下一扔，然后自己就把它给忘掉啦？

她从衣橱和墙壁的夹缝里掏出一包东西，那是一张旧的《大公报》，她当时正在读这报纸。里头有一条江西红军打胜仗的消息。红军战士只是把那个大官的脑袋放在竹筏上漂过县城，就让那些杂牌军丢魂散魄，再也不敢进剿。她把纸包放在圆桌上，展开，皱成一团的绉纱陡然散开，就像是枯萎败落的肥腻花瓣，它的边上是块被黄梅天的潮气弄得一团糟的粉扑，发霉的斑点在阳光下颤抖。她觉得这报纸也恰好象征着她的胜利。

她坐下来，倾听他的认罪，倾听他的自白。

你见到过她，在那条船上……他是这样开头的。她是一个白俄，一个女珠宝商人。可后来他发现，她还兼做一些别的生意，你想都想不到，他说，她偶尔会做一些军火买卖。我爱过她，但现在已不爱啦，船上那会我已不爱她啦。他好像是故意使用这种平淡详实的语调。实际上，在船上你很可能看到过我们争吵。她相信这句话，她听到他的低声咒骂，在船首的栏杆旁。在香港，她跟别人上床，一个在安南出生的中国人，她的生意伙伴。我是那样喜欢她……可她太不检点。我不过是提早一天从广州回来，我只是用钥匙打开门，可我亲眼看到那一幕。我看到他们把榻椅拉到窗边，我看到她的两条腿搁在窗台上。我看到那人抬起头，眼神里充满嘲笑。那眼神让我痛苦万分，比亲眼见到她赤身裸体躺在别人的身下更让人痛苦。

你会不会认为，我跟你搭讪就是因为这个？我不敢说没有，也许部分因为这个。可我希望你别这么想。你跟她完全不是一类人。那天晚上——老北门捕房出来的那天晚上，我想我已痊愈。但不全是因为你，那些事情早已过去……我觉得事情已过去好久好久，我想你是一个象征，在那些痛苦麻木终于过去之后，老天终于给我一个启示，给我一件意义重大的礼物。因此我昨天去见她，像个普通朋友那样去看她。我想见一见对我有好处……我甚至想……我说不好，我潜意识里觉得这会对你——

对你们有帮助。

　　她想他指的是军火。她想这对他来说是个勇敢的想法。如果他果真有这样的想法，也许能证明他的确相当喜欢她。这不符合他的天性，他胆小，他平庸，她猜想是那些痛苦将他改变。也许他只是想要一种不同寻常的刺激，就像人家去喝酒，去吸鸦片。但那样也没什么要紧，她想，就算那样，对她来说也没什么不好，没什么两样。

　　她想该是让他见见老顾的时候啦。她想，无论是出于何种契机，一旦投身到革命队伍中来，组织上会教育他，培养他，把他改造成一名货真价实的战士。要是那样的话，她就接受他又何妨？她就爱上他又何妨？哪怕他此刻仅仅是把她当作一剂治愈失恋痛苦的麻醉药，将来事情会有所改变的。最重要的是，他在巡捕房的关系，会给工作带来巨大的便利。

　　她走过去拥抱他，伸手到背后帮他掖好衣服，她把手插进他的裤腰，帮他捋平衬衫的下摆，她让手掌在他的后腰上停下来片刻，若有所思地刮他几下，她现在不想做爱，她觉得现在还不需要这个，没必要……也许到夜里再说……

　　她想，更好的做法是多听听他讲他那些痛苦，她没有意识到，这一大半是由于最近她自己也常常被痛苦所折磨。

三十四

　　南京研究小组得出的结论是：这是一群普通罪犯。他们说，事关风格。共产党的地下行动组织绝不会如此行事。在这上头，他们认为自己很有发言权。在共产党的问题上他们自认为是专家。研究小组里几位主要的分析人员，大都对此有亲身体验。他们中有好多人都是从那所学校毕业的，简单说，他们曾是共产党分子，现在则是共产党的叛徒。

　　这一点，恰恰成为少校抨击南京小组的理由。此刻他置身于一个小型的多方会议中。开会地点在公董局官邸，坐落于法租界西部树荫如穹的毕勋路[1]上。会议之所以在这所名义属于私人的宅邸举行，纯粹是想让它在形式上显得更加不拘一格。会议是以巴台士领事的名义召集的（虽然他没有坐在会议桌上），他本人也是公董局总董。自从一八六五年圣马塞兰的白来尼子爵[2]在巡捕房领导权问题上与公董局发生冲突以来，这两个职位一向由同一个人担任。当时白兰尼子爵宣布停止现任包括总董在内的五位公董职务，并派巡捕包围公董局。事情一直闹到巴黎的外交部，那几名被关押的董事是在付出十万法郎保金之后才被释放的，那是在三天以后。外交部后来还专门成立善后委

---

1. Route Pichon，今汾阳路。
2. M. Brenier de Montmorant，曾任法国驻沪总领事。

224

员会，以帮助上海租界恢复正常管理。从那以后，薛华立路总捕房就被置于驻上海总领事的牢牢控制之下，它的几位主要负责长官向来都必须是领事本人最信得过的人。

"也许诸位是不想让人把共产党组织想得太坏吧，总不能像个犯罪团伙吧？毕竟，那像是青春岁月的激情……哈哈……"少校当然是在挖苦这些前共产党的反共专家们。他对这小组的成员做过一番调查。租界外国商团的总司令毕沙上校也跟着大笑起来，在目前的讨论中，他——还有同样出席会议的马丁，全都无条件支持萨尔礼少校的观点。多年以来，租界里大部分白人（尤其是有权有势的商人们）对国共两党的争斗啧有烦言。游行示威和罢工早已让市面混乱不堪，要是再加上这种准军事行动，城市游击战，繁荣的租界早晚会被炸成一堆烂砖块。也许解决这样的问题只有通过让上海变成一个……

窗外院子里响起汽车喇叭声，领事夫人正准备外出。心情好时，巴台士领事会告诉少校，这座房子里有三位美女。前两位——当然是他的妻子和女儿啦。最后一位少校差点猜错，幸亏他不至于凑趣到（或者扫兴到）要让自己抢先说出来。不是，不是水池里那尊半裸的大理石雕像，领事说的是花园里那个折成一道弯的小水池。水池的两端比较窄，中间弯折的地方很宽，像是她的美丽臀部。萨尔礼认为领事欣赏女人的口味更倾向于传统。这样说来，那个在岬角岸边上垂向池水中央的巨大樟树，岂不就像个老色鬼？有一根树枝恰好指向雕像的乳房部位呢。

"上海的帮会里传来好几份情报……"南京研究小组的曾先生还在坚持他的观点。

"青帮和你们一样，从来都是共产党的敌人。"

"你们也是！"南京专家反驳道。

"的确如此——也许在上海的防止赤化问题上，我们该多负点责任。不能太依赖国民政府。"少校应当感谢科西嘉人善于狡辩的天性，他让南京的这帮学者暂居下风。

"你们思想陈旧，太相信武力，完全不懂得管理城市。把国家政策当作党派政治的报复工具。我听说江西的共产党武装把你们一个师长的头颅放在竹筏上，顺着赣江漂进县城，你们就在南京和上海的监狱里枪毙一批共产党……"萨尔礼少校阅读中文报纸，租界里很少有像他那样的欧洲人，对中国人的想法有真正兴趣。他记得那篇报道的标题是——《江声无语载元归》。

"……上海可以成为你们国家的模范，现代城市的模范，法治社会的模范。"对少校这番哲学思考，只有代表英国政府的外交政策观察家布里南先生表示赞赏。他的眼神倦怠而又悲伤，但他还是在负责任地倾听。

"上海的混乱形势完全是你们的短视、你们的姑息造成的，你们只晓得赚中国人的钱。所有这些混乱都是因为你们在租界里限制中国政府的行动。共产党把它的中央局都设在上海，就是因为你们保护他们！"这是南京小组成员里一个愤愤不平的年轻人。

"……国父的三民主义是现阶段中国所有问题的最好答案！现在正是要求国民党实施铁腕的训政时期。早晚有一天……我们会管好这座城市的……也许要等到大上海计划成功的那天……"他有些气馁。

这些讨论是偏离会议主题的，这些问题应该交给伦敦或巴黎——甚至南京的政客，马丁少校认为大家应当围绕具体事务展开讨论。南京研究小组的曾先生提出，他们的人员假如能在租界里获得更多行动自由，将给目前的情报交换机制带来更多效益。

马丁和萨尔礼代表两个租界的管理当局，对南京研究小组在持有枪支、无线电频率、特殊汽车牌照以及行动机构场所等问题上作出恰当的承诺。但你们无权在租界范围内对任何人实施抓捕，萨尔礼少校强调说。

正是在这点上，会议的气氛开始有所改变。抽象的哲学辩论很容易演变成互相指责抱怨，就事论事的讨价还价却往往可以成为真正的合作起点。南京小组的首席发言人曾先生认为，原先那种提出名单由巡捕房实施逮捕的设计常常导致错失最好的审问时机，他提出一种事后报备的妥协方案。当然，最终获得的情报将由各方共享。但萨尔礼少校说，绝不允许破坏租界既有的司法管辖制度，一旦南京方面擅自行动，他无法保证法租界巡捕不会把该类活动视为形同绑架。

在陷入一阵沉默之后，马丁少校出来打圆场。他首先承认在处理中国人自己的问题上，南京小组有他们的长处。他狡黠地说，我们不妨对这类行动换一种定义，它既不是逮捕，也不是绑架。在某种情况下，南京研究小组和善地约请一两个当事人到驻地商讨一些问题，假如现场目击者一致认为其中并无胁迫强制，假如事先——或者事后租界警务处对事情的前因后果得到一些合理的解释，假如讨论的结果将会完全以书面形式提供给警务处，假如在一定时限内（比如四十八小时内），这个被请到南京小组驻地的当事人会被转交给巡捕房加以看管，以后也会循由合法的提审、审判或引渡程序来处理，那也并无不可。

萨尔礼少校坚持所有的审问都必须在巡捕房派出的观察人员监视之下。再次妥协的结论是，一旦南京小组把行动完全告知巡捕房，巡捕房就将派出观察人员，而清晰的告知必须最迟在事发二十四小时内用书面形式交到租界警务处的政治部办公室里。也就是说，在那二十四小时内，南京小组可以尽情与当事人就某些共同关注的问题进行和善的商讨。

"那么——此刻你最热切想要约会的对象是谁呢？"萨尔礼少校用这句话来结束上述讨论，语带玩笑，意在抚慰对方。

曾先生显然同其他中国人不一样，他确实有幽默感，不像别的中国人，在外国人面前常常显得太过严肃。他的回答是："根据之前的讨论，我们将会在邀请之后的二十四小时内告诉他们的家长。"

"那都够得上怀孕的时间啦。"毕沙司令欢乐地叫起来。

等到南京研究小组成员列队鱼贯走出临时会议室（这是二楼大客厅旁边的一间侧室），等到这五个相貌颇有几分学者风度的中国人穿过露台，从直通草坪的室外楼梯走下去，等到那辆黑色的大轿车开出大门，马丁少校高声喊道："上帝，难道开个会他们也得派出那么多人么？难道中国真有那么多人？"

中国人离开之后，巴台士领事才出现在会议室里。在这一小块准殖民地里，他的地位相当于总督。这项职务要求他必须超脱于具体事务之外。他把一份刚刚由秘书撰写完成的备忘录递给布里南先生，请他转交给英国驻上海总领事先生。备忘录是根据萨尔礼少校的建议写成的。

"我们得到一些可靠情报，证实各位之前讨论中的这个地下组织，目前正在采购一种杀伤力更大的军火。我们对他们的行动尚未完全掌握。显然它是一个确凿的证据，证实此前我们的猜想是正确的：上海正在日益变成国共两党互相报复争斗的战场。这不符合所有人的利益。法国政府根据现有政策，正在着手准备从河内增调军队来上海，以应付此地的复杂形势。我们也希望其他与上海租界有重大利害关系的欧洲政府作出同样决定。"少校的这番话主要是说给座中那位情欲旺盛的布里南小子听的。他是英国外交部的官方观察员，如果他可以让租界商人的老婆欲仙欲死，他也不妨替先生们卖点力气呀。

"还有那个大上海计划……"毕沙司令喃喃说道，租界里很多白人认为，这一计划会严重损害各国在上海的利益。实际上，少校心里明白，大上海计划真正损害的将会是外国地产商的利益。长久以来，欧洲投机商（近来美国财团也参与其中）总是向上海的西面和南面购买地皮。他们不断买入，等待时机炒高价格，出售。然后再去买入更西面更南面的地皮。南京政府宣布的大上海计划却把市政中心设计在上海的东北部。按照蓝图，他们将在闸北和江湾建造政府大楼、大学、实验小学，甚至体育场。开辟道路，配造公共设施，让城市商业活动在荒地中繁荣起来，未来的居民将会去那购置住宅。到时候，租界地产商斥巨资囤积的西南部地皮会无人问津，连本钱都收不回。不光是投机商，也不光是银行，整个利益链将会断裂。

"东京不断增派海军陆战队到上海。他们一直都想扩大在本地的势力范围。公共租界的日本商人越来越不安分，这半年里，巡捕房老是在处理中日居民当街斗殴事件。"马丁少校提出新说法。

"他们要是有办法，我不反对多看到几个日本兵。你说这帮家伙脑袋后面那块破布是干什么用的？"毕沙司令转头问马丁。

"只是怕被人砍脖子，只是怕被人砍脖子。他们喜欢砍脖子。"马丁竖着手掌，往半空中一挥。

"那是明治军队跟我们北非军团学的。我听说天皇找人拿来各国军帽，一眼就相中这个。他可不管日本有没有沙漠，有没有能把人皮肤烤裂开的太阳。他觉得这种帽子跟早些年武士斗笠后挂的帘子差不多。而且那不是一块，那是两块，那是两块护身符。"萨尔礼少校喜欢阅读文件，手里掌握着各式各样的情报。

"我看这些本州岛农民还算老实。"毕沙司令评论道，"也许让上海变成一个自由市，是个明智的选择。"萨尔礼少校觉得他的说法很粗鲁，很像那帮正在大肆收购租界四周农地的投机商人。在他看来，制定政策需要有一个循序渐进的过程，此刻不妨先向上海增派驻军。夕阳照在窗外的水池上，水面微微颤动，如同全身涂抹金粉的肚皮舞女。

三 十 五

　　一开始，林培文并没有起疑心。他只是在残酷斗争中变得越来越仔细。他学得很快，主要是通过观察朴季醒的做法。他发现朴有个好习惯，大大小小不管什么行动，事后他都会再去一趟现场，向那些光着脊梁，扎着裤带，站在烟杂店门口的伙计打听。

　　他没跟老顾交代，一个人跑到星洲旅馆。从八里桥蜡烛店走过去，没花多少时间。一路上他都在琢磨，想找到一种跟人家搭茬儿的好办法。装扮成一个打算开房赌钱的白相人？他觉得自己又不太像。

　　他站在法大马路街对面，冠生园的门口。直到有人踏上那条通往旅馆的窄梯。才快步穿过街道。他觉得，账台上有别的客人，会让他比较安心。楼梯口柜台上，账房在说话，他从客人身后走过，背靠在那面墙上，跟条凳上坐的茶房搭讪。他压着嗓音，打听这地方的花样，他挤弄眼睛，暗示他此刻的兴趣与女人有关。

　　可他听说这里常常不太平。巡捕常来查房。法租界巡捕房明令禁止暗娼。

　　"我住在对面弄堂里。"他不合时宜地补充一句，按理说，干这种事的人是不会告诉人家自己住哪里的。

　　"是啊，上礼拜就来过，你害怕？"

231

他摇摇头，缩缩脖子，又耸耸肩，又动动手，口袋里几块银元晃荡晃荡。

"巡捕房查的是赤党。"

"谁说的，不是说他们盯着一个女人？"

那茶房年纪不大，阅历颇丰，见过各种各样的人。他抬起头来，盯林培文一眼，态度大有深意。他也摇摇头，说：

"是个单身女人。他们把她带去巡捕房啦。还有个男的。"这就是刚刚所说的，你总能在事后，在现场听到一两句有用的话。

他的离开方式很笨拙，扭头就走，就好像打听这些事让他羞愧难当。其可疑程度足以让茶房警惕，足以让他在空闲时向账房报告。他急匆匆离开骑楼，试图避开那些乞丐的目光。乞丐三三两两，背靠廊柱坐在地上，享受这巡捕午休的难得好时光。

冷小曼在说谎！那天她给老顾打电话，他就在边上，是他先伸手抓向话筒。他想，必须赶紧向老顾汇报。如果冷小曼被带去老北门捕房，这意味着什么？这问题他还没来得及好好想一想。可老顾已离开蜡烛店，正准备与冷小曼碰头。按照约定，老顾今天要去见冷小曼的那个新朋友，那个摄影记者。那人在法租界巡捕房的政治处有很过硬的私人关系。他在八里桥路的拐角上停住脚步。

他不知道那个约会地点。他很快就想到问题的严重性。关键在于，实际上冷小曼完全是一个已暴露的人员。她的照片公开登在租界的各种报纸上，巡捕房的墙上一定会挂着她的照片，供那些包打听每天出岗前加深印象。假如她被带去巡捕房，她一定会被人认出来，可巡捕房却像瞎子一样，把她给释放。视而不见从来不是看不见，而是装作看不见。

　　他觉得脑子里很乱。老顾找不到，朴季醒也找不到，他向来是有疑问就去找这两个人。可他这会谁都找不到，他的小组已全体出动，近来，老顾很少抛头露面，基于安全考虑，约会必须采取严格的保护措施。

　　他想他最好去法华民国路的安全房好好想想。那是贝勒路出事后新租的房子，在皮少耐路[1]和华成路之间。民国路是法租界和华界的分界道路，门牌号属于法租界管辖，因为那条直贯东西的大弄堂往西通向敏体尼荫路。而房子的东面窗户对着民国路，穿过马路就是华界地盘。房子由他出面租，主意是老顾的。老顾说，有天夜里他在民国路闸门被法租界巡捕抄靶子，他正好抬头看见二楼突然亮灯。他灵机一动，觉得要是在东头窗下放一捆麻绳，遇到紧急情况就好办得多。林培文对当时的情形记得很清楚，他记得老顾说话时眼神有些凄凉，这很少见。

　　可他没有来得及回到那幢房子里。后来他觉得正是因为当时他满脑子都想着冷小曼的谎话，才掉到那个阴险的陷阱里。

　　他刚拐过街角（后来他怎么也想不起来这是哪个路口）。只记得从手指的缝隙间，他依稀看见许多水果，堆在篾筐里。他看见各种各样的桃子，粉红色的水蜜桃，扁形的绿色桃子。他的上半截面孔被一双粗糙的大手捂住，手指嵌进他的眼窝里，让他的太阳穴一阵刺痛。

　　那双手是从他背后伸过来的，声音也是从背后过来的，飘

---

1. Buissonnet Rue，今寿宁路。

233

忽不定，像是从身后半空中的某个地方传过来：

"猜猜我是谁？猜猜我是谁？"声音高亢尖利，像是在唱一种欢快的童谣，伴随着许多人的笑声。笑声被四周的嘈杂淹没，他的两只耳朵也被那双手扭成一团，他想，怪不得所有这些声音都像是从水底下传过来的。

他隐约听到急速的刹车声。有人站在他面前，推他，又像是在他身体的侧面拽他。现在，他的眼睛没有刚刚那么疼痛，在一阵五颜六色的光线照耀过之后，眼前突然变得更加黑暗。他听到很多人的急促呼吸，他猜想这会他是被人围上啦。

两条手臂不知从什么时候起就被人架住。他恍惚觉得被人拉到街沿，他的脚一下踩空。随后是一阵剧烈的疼痛，他想那该是沉重的一拳。他这样想着，肚子上就更痛，膝盖发软，他弯下腰，一头栽倒在地……

可那不是坚硬的地面。他撞在一种柔软的富有弹性的东西上。他闻到一股新鲜皮革的味道，他还没回过神来，车门就被关上。现在，他知道这是在车里，他的裤脚被车门夹过一下。

汽车急速驶离现场。他的头被先前那双手按在车座上，背上被压得透不过气来。他觉得有一千个人坐在他身上。他的鼻子嵌在椅背的夹缝里，嘴里有一股金属的锈味，他估计是嘴唇或者牙龈在出血。

有人把一只布袋套到他头上。用绳子在套子的下方紧紧勒住，正好卡在嘴巴那个位置上，把他嘴角勒得快要绷裂。他想那是要防止他叫喊，其实他根本没想到叫喊，他根本叫不出声来。

他被许多双手拖下车，他看不见这是在哪里。他也没有时间概念,不知道车子到底开过多久。这方面他从来没有受过训练。要记数——他隐约想起朴季醒向他说过,在遭遇到类似的情况下,可以在脑子里数数。按照某种有规律的身体节奏,心跳或者呼吸,记住汽车转弯的次数(朴说无论如何你的身体会感受到离心力)。你还可以记住地面的变化,是上升还是下降,是坚硬干燥的还是柔软潮湿。如果你保持冷静,你的脚底甚至能感觉到砖块的拼缝。可他从未受过真正的训练,他根本来不及数数。他只听到鸟叫,树叶被风吹动的声音,闻到引擎排放最后一缕尾气的味道。他甚至都没顾得上记下楼梯的阶数,他只记得他被人扔在一间三楼的空房间里,闻到四周那股阴冷的石灰水味。

现在,周围一片寂静。听不到急促嘈杂的呼吸声,没有人走动。他觉得自己好像被人遗弃在这个空房间里,他觉得自己好像被人遗弃在这幢空房子里。可他不久就听到有人在小声说话,声音像是从他左前方的天花板透进来。他的听力在渐渐恢复。这会,他甚至能听见从暖瓶往茶杯倒水的声音。他猜想这不是巡捕房,他听不到铁器碰撞的声音,没有手铐,也没有铁门和金属门闩在撞击。况且,他想,巡捕房完全可以公开逮捕他。他怀疑这伙人是青帮派来的。一开始,他设想会不会是星洲旅馆茶房捣的鬼。但很快这想法就被他完全推翻。当务之急是要让自己平静下来。他回忆起朴对他说过的那些事,释放你的听觉、嗅觉、触觉,释放你的皮肤,让它们去感受周围的温度、湿度,让它们去吸收所有的声音和气息。

不久以后,他就想起星洲旅馆的事,他想到自己还没来得及把情况报告给老顾,他觉得他们整个组织正危在旦夕,而他此刻却无能为力。他开始焦虑起来。

三 十 六 民国二十年　六月二十九日
下午　二时三十分

　　小薛觉得那些名词虚无缥缈，与他一点关系也没有。那些名词纯属舶来品，都是从欧洲从苏俄运来的，也许大部分还是从日本转运的。这一二十年里，这些名词如潮水般涌进来，让人目不暇接，囫囵吞下，顾不上消化。他觉得这些名词来得比洋货还快，来得比轮船汽车还快，一时间所有人都学会这些词汇，一时间连小报记者茶房跑堂都会说几句"左翼运动"或者"帝国主义"，好像谁不能用这些词来说话，谁就落伍，谁就变成乡下人。当然他觉得有些说法还是不错的，比如跟堂子里的姑娘睡觉，如今大家说成是发生"关系"。比如男人要是对女人有意思，他可以说他对她有"爱情"。这很管用，这可以用最简单的办法把事情挑明，如果大家都学会用这些词，那它们就会变成一种符咒，一说出口就让人着魔。他觉得在爱情这件事上，那些小说的作用至大，尤其那些电影的作用至大。他觉得不用多久全上海的乡下女佣都会像那些女主角一样，一听到爱情这两个字就浑身发抖，脑子一片空白。
　　顾先生——也就是冷小曼的那位领导同志在向他说话。这些符咒在他身上丝毫不起作用，可他仍然饶有兴致。让他觉得有趣的是顾先生的排场。他们约好在法国公园的大门外头见面，可到规定时间顾先生并没出现，五分钟后有两个年轻人在他和冷小曼的背后低声说："跟我们走。"

他俩就跟着他们穿过公园那条贯通南北的大道。在公园西北角的另一处门口，那两个学生装放慢脚步，对小薛说（没有朝他看）："在这里等着。"随后就加快脚步离开他俩。

两分钟后，有人朝他们走过来，穿着黑色帆布西装。小薛觉得自己看到过这个人，他记得那一次他穿着黑色的皮衣，他想他一定是很喜欢穿黑色衣服。那人把他和冷小曼带到一辆"配极"车旁，让他们上车，他自己开车。车窗遮着帘子，他们看不到沿路情形，小薛认为，汽车在沿着霞飞路向西行驶。

车停在空旷的院子里，四周被大厦包围。楼房很高，阳光只能照到西北角上很小一块地方。院子里有草坪，有仔细剪裁过的花圃，有很多樟树。樱花树盛开，地面上全是花瓣。他们被人带进大厦，穿过一道玻璃门，不设门房，向左转是电梯间。电梯升到五楼，顾先生在房间里等着他俩。

顾先生坐在马蹄形桌子的凹口中间。小薛和冷小曼坐桌子两侧带软垫的椅子。朴（他现在知道他姓朴）在小薛的背后，横在那张单人座沙发上，双腿越过沙发扶手，搁在一只折叠椅上不断摇晃。

顾先生谈到他的理想，他和他组织目前的任务。气氛有些冷场，她在桌子那边拨弄一支铅笔，朴的沙发扶手更加剧烈地晃动。

休息片刻。顾先生说，抽根烟，去天台上吹吹风。他们穿过厨房，从窄门外的铸铁梯子爬到天台上，螺旋形铁梯挂在大厦的墙体外面。

在天台的围栏边，他背着风为顾先生划着火柴，再给自己点一根。他俩沉默地抽着香烟。水泥围栏墙角下爬满苔藓，凹凸不平的地面上有很多积水。小薛在风中打个激灵，他竖起衣领，竖起手，让风吹走那截烟灰。

"告诉我，为什么你要帮助我们？给我一个理由。"顾先生忽然说，他在微笑，又像是在对自己说话。

小薛看看他，摇摇头，他无言以对。他觉得这理由甚至连自己也不相信，他竭力让自己苦笑。

"因为她？"顾先生嘴角的笑意变得更浓厚，像是在说一个只有他自己知道好笑之处的笑话，像是他并不常常说这种笑话，以至于有些不习惯。

"因为爱情，这理由你们接受么？"

他望着脚边那一小块积水，解释说："我是说，对于参加革命来说，爱上一个女人是不是个好理由？"

"唔唔，参加——革命——"顾先生深吸一口香烟，扔掉烟蒂，"这样说来，你告诉自己说这是在参加革命？"小薛觉得他的眼神里有一丝阴翳，像是一种悲伤，像是一种寂寞。

"没错。是的，爱情——它常常让我们想要改变一下自己，甚至改变一下生活本身。"他觉得顾先生比看上去要有学问得多，他觉得顾先生懂得让对话沿着恰当的方向进展。

"我们接受任何一种理由，但必须告诉我们那是什么。哪怕是因为——钱。"他挥挥手，似乎从内心里不屑这种说法，似乎他也认为这确实是一种低级趣味，似乎他只是在提出一种最低限度的可能，好让小薛安下心来。

"对帮助我们的人，我们的确会给予适当的报酬。不……"他又挥手，阻止刚想开口说话的小薛，"我不是说你。我们有时会付钱给情报人员，假如他的确需要。假如他——比方说你那个在法租界警务处的朋友。他需要钱么？他来中国不就想要赚钱么？如果他同情我们，那当然好，如果他只是为钱，那也不错……"他快速地说完这些话，逐渐减弱音量，直到声音悄悄地消失在风里。好像想要把隐藏其中的伤害减少到最小，好像他很不愿意伤害小薛的自尊心。

他们再次回到房间里。幕间休息已结束，接下来是第二场。冷小曼已不知去向，此刻这更像是一场审讯。顾先生再次藏身到那个马蹄形凹口里，窗帘已拉上。他自己的椅子挪动到弧形桌子的对面，正对着顾先生。朴依然坐在他的身后，但这次他没有让自己横在沙发上。

"我们要问你一些问题。这是必要程序。别紧张——"声音既柔和，又明快简洁。

"告诉我你的姓名……"他并没有做记录，这毫无必要。而小薛认为，连这些问题都毫无必要。

但它们充满暗示，具有一种类似于催眠的特殊效力。从漫长的问答中形成条件反射，这种模式会固定下来，回答问题的那一方会渐渐去讨好、去迎合提问者。

"你是在哪里认识她的？"这一组问题全是关于冷小曼的。

"在船上。"

"在船上？"声音突然严厉起来。他也顿时警觉——他完全忘记冷小曼告诉他的话。他被这种催眠术弄得有些迷糊。他现在想起冷小曼隐隐约约告诫过他的话。可她没说清楚，她不想让小薛认为她喜欢说谎。她说，如果他问起你，你就说我们以前就认识。这不重要，她说，但你就这样说吧，她说。小薛以为她只是不想让人家觉得她轻佻，让人家觉得她很容易就让他勾搭上。此刻，他觉得冷小曼很可能没有对组织上讲实话。

"……在船上，你怎么跟她认识的？"声音又平静下来，让小薛觉得先前可能是错觉。

"我没有……这说法不确切……她走向船首甲板，一个人。那里风很大，很冷。我看到她，仅仅是看到而已……"而她像个悲伤的女战士，阳光让她的脸颊变成一种半透明的金色。

"我觉得很脸熟，我觉得她像是以前见过的某个人。我这样告诉她。我后来说给她听，她也觉得……我想——男女之间有时候就是会这样。我想，如果她告诉别人，我们早就认识，这一点也不奇怪。你明白？"

"我懂。一见钟情——聪明的说法，对吧？"提问者又一次笑起来，"这说法让人不觉得轻佻。命中注定，对吧？"

"可能就是这样。"小薛模棱两可地回答道。

"聪明的说法，你也很聪明，可你也很诚实。"顾先生宽容地说。

但这是极其短暂的片刻松弛，声音又严肃起来，"那以后——接下来你见到她是哪一次？"

"我想是在那些报纸上。那些天报纸上天天能看到她的照片。"

"因此——你在船上第一次看到她，一见钟情。随后你常常在报纸上看到她，你那会虽然没有机会再次见到她本人，可那些照片给你更多遐想的空间。我们知道你是个摄影记者。于是，你不可救药地爱上她，以至于你一听说巡捕房要去贝勒路找她，就连忙抢先找到她，把消息告诉她？"

他觉得这些话里充满讽刺挖苦的意味，他想他应该气愤，跳起来，把一连串话抛到提问者的脸上。但他无力那样做。他知道在这些问题上他无法向人解释，在这上头他甚至无法向冷小曼解释。

他只是说："实际情况——就是那样。"

"很好。实际情况就是那样。我们相信你。我们相信你是因为这说法缺少加工，令人难以置信。我们相信你可能就是那样一个浪漫的人。你身上不是有一半法国血统么？"

小薛觉得如果这种说法能成立，那将又一次验证他先前关于词语符咒的想法。一个中法混血儿，不就应该做这类奇怪的事情么？

"我不相信报纸上的说法。我跟她说过话，我看到过她的眼睛，我想我是懂得她的。"他勉强给出一种说法。

提问者暂时抛开这些关于爱情产生方式的研究，离开这些富有诗意的对话。当革命与爱情发生冲突时，人们不妨允许一两句小小的谎言。

话题转向小薛在法租界的朋友。他的职务，姓名。他属于马龙特务班这个特别部门的新情报让顾先生很感兴趣。实际上，在他先前交给顾先生的那份书面报告当中，他已对此情况作出详尽说明。昨天夜里，根据冷小曼从电话里获得的指示，他独自坐在福履理路客厅那张工作台上，绞尽脑汁炮制出那份大杂烩。他想，顾先生和少校一样，都喜欢阅读文件。虽然都只是些片言只语构成的零星碎片（那与情报本身来自道听途说的特征相吻合），可其中确实包含大量重要情报。有些是警务处对顾先生本人身份背景的猜测判断，包括他从马赛诗人那里听来的一些观点，那些观点缺乏逻辑上的一致性，显示其来源相当复杂。

　　小薛把这些道听途说写在报告中，可他自己并不明白这些情报的价值。（比方说，他并不知道警务处情报中关于金利源码头刺杀案的分析，那些对实施过程的模拟构想，马赛诗人对他简述的消息大部分出自南京小组的研究结论。他也不知道警务处对福煦路俱乐部事件纯属一种报复行为的判断，事实上与帮会的说法有关。他也无从知晓，顾先生对他当面交付这份文件，而不是一见到朴季醒就拿出来，感到相当庆幸。他告诉顾先生这份文件冷小曼并未阅读过，纯粹是根据事实来回答，而不是有意为谁掩饰。）

三十七

朴季醒陪着客人吃晚饭。在那半小时内，顾福广把小薛的报告仔细阅读一遍。霞飞路西段这整个地区全都是高级洋房，沿街只有几家花店和定制服饰店，朴一直把车开到亚尔培路，才找到一家野味香饭馆，他用菜盒把食物提回大厦。

顾福广再次阅读，抽烟，思考。随后把它们全都扔进壁炉，烧掉。重要情报由他独自掌握，这既是出于保护情报来源的考虑，也是让手下这支队伍保持单纯，不致引起思想混乱的必要组织纪律。此外，他当然不想让别人知道福煦路行动与老七的死多少有些关系。

报告文字在陈述方式和语法上稍嫌混乱，缺少统一的风格。有时是直接引用马赛诗人的原话，有时则采用间接方式来转述。有几段欲言又止，不断重新涂改，显得谨慎小心。随后又过分大胆，超越情报书写的文体规则自行加以分析判断。格外引起他注意的是那些逻辑混乱之处，比如，何以前段刚说马赛诗人认为那是一次与私人恩怨有关的报复，下一段却又明确引用同一个人的话说："警务处认为这些人确凿无疑是赤色地下行动组织。"难道马赛诗人和他的上司持有不同观点？

顾福广认为，恰恰是这一点，才证实文件的可靠性。它来自朋友间的闲言碎语，它通过多次口耳相递，又由小薛用相当拙劣的文字拼凑，难免失去原貌。顾福广甚至认为，矛盾所在之处正是它最有价值的地方，因为它证明法租界警务处已完全被他搞晕头，处于一种众说纷纭的状态中。

晚饭前他曾单独把冷小曼叫来，狠狠批评她一通。责备她违反组织纪律，在行动的关键时刻擅自与完全不相干的陌生人接触。最最危险的是，她竟然对组织上不说实话，明明刚认识不久，却告诉组织说什么，他们是老相识。千万不要被这些布尔乔亚式的小情小调冲昏大脑，他告诫她，更不要想欺骗组织！直到冷小曼被他批评得掉下眼泪，他才转而用一种宽厚的语气表扬她，无论如何，在小薛这件事上，她立下大功。

他对她说，越是在激烈的生与死的斗争中，爱情越是会意外地出现，他一点都不觉得奇怪。他还举过一些例子，革命同志甚至在刑场上举行婚礼。他还半开玩笑地对冷小曼说，也许将来你们还可以孕育一对革命的小宝宝呢。将来——在完成组织上交给的各项任务之后，你们可以转移去苏区，甚至可以去香港，去法国，他不是半个法国人么？他说得有些忘乎所以，直到冷小曼抬起头来，瞪大惊讶的眼睛。他补充说，这也没什么好奇怪的，革命在一个国家成功之后，革命队伍也不能就此休息，它要向仍然处于阶级压迫中的其他国家输出革命，也许将来你们还可以在法国的共产主义革命中贡献一份力量呢。

冷小曼离开后，他陷入沉思。他觉得长此以往，难以维持队伍的稳定。在刚开始一两次行动时，他一个人完全可以控制得住。这是一帮年轻人，活泼好动，思想单纯。但他觉得未来局面搞得更大之后，很难保证他们中的一些人不会在思想上有所波动。他想他必须让组织不停运转，不断发起新的攻击。此刻他有些气馁，也许是烟抽得太多，他有些头晕。他近来常常觉得自己有时会变得过分消沉，他想那一定跟老七的死有关。

他朝民国路的安全房打电话。林培文小组大部分成员在他这里，他带出来执行任务。林培文本人，按照指示应当等候在那幢房子里，可电话没人接。他想，是到策划新的行动的时候啦。

组织的发展势头很不错。他手里已有三个行动小组，全员装备。还有一辆法国制造的八缸汽车。如果有需要，他还能再买，不断的行动带来充裕资金。新的有利条件是，如今他还有可靠的警务处情报来源。他已在租界这块地盘上站稳脚跟。

福煦路那次行动后，有人给他带话（他另有几个在上海人头很熟、身份复杂的关系人）。帮会大先生有意求和，开出条件是十万大洋，只要他保证不对青帮发动新的攻击。人家放出试探风向的气球，而他却保持沉默。他想人家还是在把他当成未成气候的一股势力，因为急着想出头，所以打打杀杀，可他想要的比这多得多。他想他还是革命的，只不过是革命的另一种形式。它终将改变这块租界的权力结构。

玻璃窗外，对面大厦的棕色墙砖反射着落日的光辉。深褐色头发的外国女人推开窗子。金光晃耀中，琴声似有若无。速度怪异的音乐，像是唱盘在胡乱转动。他觉得嘴里发苦，烟抽得太多，有点饿。他走向客厅，准备吃晚饭。

"报纸上说他是公众之敌……"

客厅里，小薛在讲故事，冷小曼神情茫然地拨弄筷子，朴季醒试图抓住小薛的漏洞。

"这不可能，这办不到——你没有打过仗……美国人就喜欢

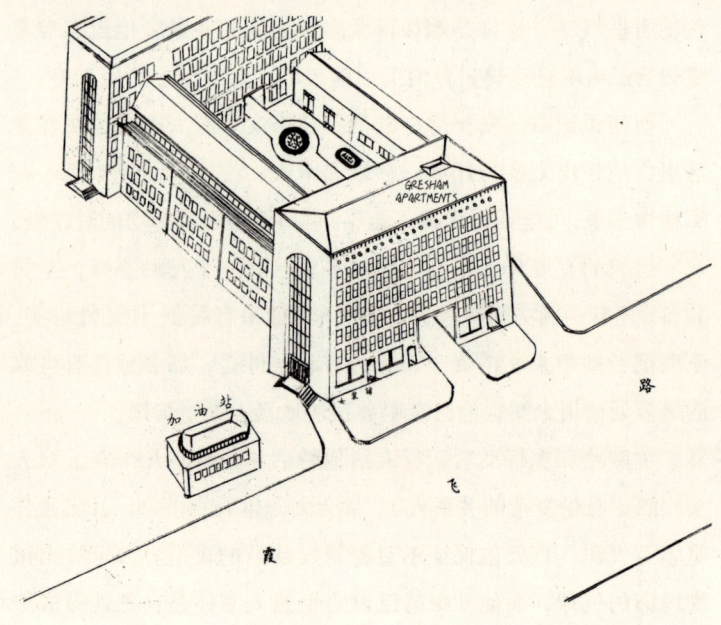

【顾福广的一处安全房，小薛被人带到这儿与顾会面】

吹牛，你不可能开车冲过包围圈，冲过交叉火力封锁的大街。"

"为什么不行？只要引擎转得够快，只要火力够猛。"

他一进来小薛就停住。小薛在讲美国大盗抢劫银行的事，朴说。而他只想吃饭。

"真的，美国总统给他起个外号，叫全民公敌。想想看，银行，资本主义的命脉。"小薛很好笑。小薛在竭力模仿一种独特的说话方式。可他越是努力，词句在他嘴里就越显得别扭。

他想到过银行。可如此规模的行动，他还没有把握。此刻他的组织有没有这种能力？

不是那种小型营业所。也不能寻找太大的目标。大银行警卫森严，电话直达巡捕房，多数位于人烟密集的租界中心地段，几分钟内装甲警车就可以赶到。就像朴说的，你没法在大街上冲出包围圈。

他不想听这类子虚乌有的故事。他要的是情报，真正的情报。他想应当再和小薛详谈一次。他要拿一张纸，把他想要知道的情况开列出来，给他一些提示，一些方向。好让他在下一次与那个马赛诗人喝酒时，恰当地提出问题，得到正确的答案。

他随便想想就有很多问题。法租界六个巡捕房的人员配置。关于这个正在追查他本人的马龙特务班，也有许多情况要弄清。他还想让小薛打听装甲警车的火力配备（他从小薛的故事里得到启发）。

他站到小薛的立场，揣摩马赛诗人的警觉程度。一个普普通通的法文报纸摄影记者会想打听哪些有关警察的事情呢？怎样能既提出问题又不让人起疑心呢？他要告诫小薛，绝对不能把问题一股脑儿抛出去。要在两次干杯的间歇随口说出来。如果别人沉默，如果别人顾左右而言他，如果别人把话题岔开，好像根本就没人问过，好像他刚刚是在自言自语，好像他刚刚问的是一个不需要答案的问题，那就再也不要重新提出来，永不追问第二遍。

后来，他把小薛请进原先那个房间。并肩坐在马蹄形桌子的圆弧这一边，拿出钢笔和纸，像个家庭辅导教师在对学生说话。

这时他又想出更多问题。小薛向他提到那位警务处政治部少校，那位负责长官。马赛诗人曾说过——根据小薛的转述，少校认为他顾福广的这个组织不足为虑，少校认为他顾福广不过是个恼人的"赤色小跳蚤"（小薛犹豫片刻说出这个词），干不出什么惊天动地的大事。他并不生气，他只是随即列出更多与少校有关的问题。

"不过警务处的人说你们当中很可能有金融专家。"

"这话是什么意思？"

"我也听不懂。金融——他是这样说的，我猜他说的是银行，所以刚刚——"小薛狡黠地朝他笑。

他宽容地拍拍小薛的肩膀。他认为他自己明白这话的意思。他也是后来看到报纸才想到的，他也是重新回顾整件事情，重新分析之后得出的结论。他的联系人事先并未告诉他实情（也许那家伙自己也不知道），开始时，他并不知道有人为什么要开出二万大洋的价格找人刺杀曹振武。后来他才发现，有一根隐秘的线索能够把所有的事情联系到一起。曹振武来上海的任务，那个南京要人（后来他看报纸才晓得曹振武来上海是作为这位要人的私人代表）的公开叫嚣，广东海关和投机公债的关系。可他知道以后也不懊恼。那是成功的第一步。那是一举多得的一次行动，既打出牌子又锻炼队伍。况且曹振武确实是革命的敌人，况且他刚刚建立组织，迫切需要资金。

那天夜里，回到民国路安全房的人焦急地打电话告诉他，林培文突然失踪。林培文应该守在那幢房子里等候消息，可他不在那，夜里十点多还没回来。他顿时觉得怒气上升，所有事情里最让他担心的是队伍纪律涣散。这是个危险的信号，他早就意识到，年轻人的特点是在执行任务时把事办成的能力超出你想象，可闲下来时他们把事情毁掉的方式也多得你数不过来。他越想越生气，他又想到政治处那个不知天高地厚的少校说的话。

三十八

民国二十年　六月二十九日
晚　七时三十五分

　　有人解开勒住他嘴角的绳子，取下兜头盖脸罩着他的套子。即便如此，林培文也要过好久才终于看清四周这个狭窄黑暗的空间。他被绑在一张椅子上，霉湿气味让他的鼻子发痒。他虽然看不见，也分明能感觉到周围到处是灰尘和蜘蛛网。他的左前方隐约有些光线，一块小小的灰白色区域。他猜想那是一扇百叶门，叶片已被人合上。于是他获得一个有益的讯息，这多半是一幢民居，这间狭窄的暗室多半是附属于某个房间的储藏室，或者一间改作他用的卧室附带的衣帽间。

　　他知道时间已过去很久。但还不到半天。因为他被人捂住眼睛带上车前刚上过厕所，而此刻他虽然觉得憋尿，却还没憋到难以忍受。他身体正常，此前一直在外走路没喝多少水，所以他猜想从被绑架到现在大约在三小时左右，天应该还没黑。

关于憋尿，他记得朴有些说法。首先，它是你在缺乏别种手段情况下的计时工具，对此他正在加以实践。其次，如果你被黑暗和孤寂造成的恐惧折磨得无法忍受，你可以靠它来尝试与外界沟通，没有人会真的因为你想撒尿而惩罚你。万一人家果真不让你撒尿，那就是在测试你的身体极限，测试你的忍耐力。那样的话，你就有两种选项。原则是始终与你自己的直觉背道而驰。如果你心里不肯认输，想忍下去，那就赶紧用你能叫出的最大音量狂叫。一旦你忍不住想喊，最好的办法是索性把它尿在你的裤子上，因为对你身体承受痛苦能力的最大考验不是此刻，而是以后的几小时——几天内。你越是让对手产生错觉，就越是会减轻未来的负担。他想这会他应该喊叫。绑在身上的绳子让他很难最大限度释放音量，但他已尽最大努力。没有人开门，没有脚步声，叫声没有惊动任何人。他开始猜想喊叫的时间够不够长，能不能算是别人想要测试他的证据？可自尊心不允许他轻易得出结论。他实在不想把尿撒在裤子里。他停下来尽量调整呼吸，尽量让自己平静。

他在灰尘中喘息。突然门被打开，他被人连椅子一块拖到外面。空荡荡的房间，四壁刷白，窗外天色已黑。他被人解开绳，被人按在地上，水门汀在他脸颊上来回摩擦。现在，他合扑在地上，他的手臂被人从背后往上拽，在他脑袋背后朝头顶方向推，好像在扳动一把闸刀。他肩胛部位的韧带撕裂般疼痛。他觉得无法呼吸。脸上的凸起部分——他的鼻子，他的嘴唇——全都在水门汀上摩擦。他觉得肋骨像弓弦一样被拉开，绷紧，像是要把他所有的内脏射出来。然后，松开，再往前推。他甚至无法叫出声来。他觉得自己在呜咽，声音像是哭泣，他鄙视自己的软弱。

最后，人家松开他。有人扒光他的衣服，他现在赤身裸体。他被重新架到椅子上，重新绑起来。他被用一种古怪的方法重新绑起来，他的两只脚——在脚背和小腿交界处——被绳子向后勒紧，勒在那只沉重木椅的两条后腿上，使他不得不分开腿。左前方的聚光灯被人打开，强烈的光线从地面向上照在他脸上，照在他阴囊上，让他气愤，也让他羞愧。他越是觉得愤怒，就越是羞愧得无地自容，好像这会他变成一盏化学反应器皿，好像这两种情绪是按某种比例注入他体内。好像那是因为他不知该对谁发火。他看不清周围的人，在强光下那只是一些移动着的凌乱阴影。

但别人再次离开他。离开他之前，有人用一盆水把他弄湿，有人不知从哪里搬来一台电扇，朝他身上吹。

他觉得冷，他的牙齿忍不住打战，齿缝间有一股生锈金属的味道。他又觉得绳子勒住他身体的地方在发烫。他觉得膀胱快要炸开，小腹上那条绳子嵌在他皮肤下面，让他胀痛难当。关门前，有人告诉他，想撒尿？撒在地上吧。

没多久他就不再疼痛，再过一会酸胀难忍的感觉也渐渐消失。他觉得一阵让他舒适的麻木忽然贯穿他全身。他昏昏沉沉想睡觉，可他刚一进入睡意的边缘就痛醒。

……绳子一旦松开，他怀疑自己刚刚真的已睡着。绳子一旦松开，他觉得浑身上下好像有千万根针在扎他刺他。好像空气里有无数针尖，好像空气被压缩，通过一种极细极密的筛网刺向他。

有人在他背后按住他，手抓在他肩胛上。另外有几个人在忙碌，他们搬来更多的灯，搬来更多桌椅。他们不想移动他，他想，他们想要把他冻结在这里。你要争取移动，争取转换环境。他记得朴说过，环境的任何变化都会让你清醒过来，让你觉得自己还是个活生生的人，而不是什么任人宰割的腐肉。他想，其实他根本无法移动，其实根本不用按住他。他浑身刺痛，肌肉像被针扎得溃烂开来，靡软无力，他连好好坐在椅子上的力气都没有。

人们开始提问，他觉得那都是些毫无意义的问题。姓名啊，籍贯啊，他觉得他们提出这些问题来，纯粹是想要冒充哪个官方机构。

他仍然置身在强烈的光线中央。他仍然赤身裸体，像是一头惊恐的猎物。他觉得刺痛在减轻，力气在一点点恢复。他打算等到力气再积聚多点就开始反击。他想灯光右侧桌后的那个黑影应该是这伙人的头，他很少提问，他在倾听，在抽烟，红光忽隐忽现。他想他应该把愤怒表达出来，可他觉得此刻他的气力聚集得还不够充分，那段距离他还不能一击而中。

他拒绝回答那个问题。他沉默，拒绝回答他们，下午他在民国路想去哪里？哪幢房子？站在他身后的家伙朝他后脑勺上重击一拳。他突然觉得再也不能等待，他跳起来，向那个黑影冲去，他像只青蛙那样蹬腿跳过去，捏紧拳头——

可他被绊倒在地。有人从侧面伸出一条腿，把他绊倒在地。那条腿使劲儿踢他腰部。踩在他腋窝里。那个黑影忽然开口说话，声音柔和而沉静。

"放开他，让他坐起来。"

"好吧，你不想回答这个问题。那么——我可以先告诉你一些事情。我可以告诉你，有人对我们说，福煦路俱乐部爆炸案和金利源码头刺杀案发生时，你就在现场，你是个罪犯，有人把你给认出来啦。"

这是吹牛，他当时并不在金利源码头上。当时他还未受到严酷斗争的考验，当时他只是个观察员。

"我是个学生，刚从南洋公学肆业，我正在找工作。"

"不要心存幻想……"他又在点烟，"不要以为可以用一些说法把我们糊弄过去。现在跟你说话的都是一群专家。抓住你的人是谁？你一定在心里问自己。你以为这是绑架么？是帮会分子干的么？我可以告诉你，这是一次正式的逮捕，跟你说话的是一群专业调查人员。我们能让最顽固的人开口说话。连受过苏联训练的共产党都会开口说话，何况是你们。你们不过是一帮普通的杀人放火的罪犯。"

他年轻，他太容易被激怒。他感觉受到侮辱。他冲口叫喊："我们不是罪犯。你们才是罪犯。总有一天我们要——"

他来不及刹车，他从香烟上闪烁的红光里看到那张嘲笑他的脸，"总有一天我们要推翻你们，把你们通通扫清！"

"那么说你认为你们确实是共产党？"黑影回到黑暗里，继续嘲弄他，"你们在上海胡乱暗杀，爆炸放火。只是一帮罪犯——一群罪犯而已。你们靠这个吓唬人，靠这个赚钱。而你完全想错啦，我们不是罪犯。我们代表政府。我们——我可以告诉你，正式的说法叫中央组织部党务调查科。我们常常跟真正的共产党打交道，他们也不得不向我们开口说话。"

他故意显得很啰嗦，他不断重复，像是想要把它当作某种蛊惑人的魔法，让人家头晕。

"你们杀死曹振武，是想阻止他去广州。实际上，我们不妨说，是想要阻止曹振武的老板去广州，南京的那棵墙头草，著名的党国要人。他们想到广州去另立中央。那是想搞分裂呢，他们确实有人撑腰，我们听说西南有些军阀很想破坏统一，破坏好不容易建立起来的国家统一局面呢。他们还想拿走粤海关，这下就把这里的一帮投机商人急坏啦，我们听说公债就是拿那些海关的关余来担保的。他们开出赏金，找人刺杀曹振武。他们找到你们那位顾福广，他是不是叫顾福广？你看——我们确实知道一些真实情况吧？"

"你在胡说！你胡说八道！"

"不要激动。我欣赏你，我们欣赏纯洁的年轻人。"可正是他在激怒林培文。他的微笑，他点烟的手势，他让一根火柴燃烧，可又不用它点燃香烟，让它在手里慢慢燃烧，看着它。

"至于福煦路的案子。我们相信它更像一起普通犯罪。它更单纯，它就是一次单纯的报复行动。事关一个女人，一个妓女。我们听说青帮大老板让人去杀死顾先生，他们也是受到委托，另一方的委托。你知道——投机市场总是会有对手的，有人做空头，有人做多头。可这次他们没能成功。他们不是专业人士，缺少计划，他们只是枪杀掉一个妓女。我们听说这位妓女是顾福广先生的女人，他的情妇，他的姘头。"

林培文再次扑向那团黑影。他已忘记羞愧，忘记自己是赤身裸体。但这一次，他还是摔倒在地。

三十九

曾南谱完全懂得如何突破一个人的心理防线。这些事情他很熟悉。他在很多方面都算得上是位专家。他是共产党的叛徒，他学习过苏联人教的审讯和反审讯手法。他选择这种单刀直入的手法，是因为根据他的判断，审问对象是个自以为充满信仰的单纯年轻人。他要摧毁这个人的信念基石，激怒他，搅乱他，让他怀疑自己。

他庆幸自己迷途知返。他知道自己是在被人破格重用，他也知道那并不是因为别人信任他，而是因为别人不得不需要他。他觉得法租界警务处的萨尔礼少校在文件里把他们这伙人称为"南京研究小组"是完全恰当的（调查科在巡捕房政治处的秘书科里有自己的情报来源）。他不喜欢采用暴力手法。肉体痛苦是有极限的，用刑是最快捷的手段，很多审讯对象会就此败下阵来，屈服，开口说话。可人对肉体痛楚的承受能力并不完全相同，你不知道那条线在哪里，一旦你轻易让审讯对象越过那道界限，他就会变得麻木，他不再感到痛苦。到那时候你再用刑也都是在给他挠痒痒。甚至他听说——那还会让人觉得快活咧。

问题在于，肉体痛苦会让人体内循环加快，更快地分泌出一种叫作肾上腺素的东西。它是身体反抗力量的源泉，它会让人愤怒，好斗，它会让人家产生仇恨。如果人家有足够的冷静，那种仇恨会让人家在心理上建立起一道又一道的防线。到那时候你就再也无法知晓，人家开口告诉你的事情到底有几分真几分假啦。要是人家够聪明，还能让你上当，让你产生错觉，犯下不可饶恕的重大错误。

他允许他们在开始时，对这个年轻人稍稍做点粗暴的事。纯粹是让审讯对象在肉体上产生疲倦。有时候暴力纯粹是一种热身运动，好让猎物的神经绷得像条快断的钢丝，绷得像弹簧，一触即发。在这些事情上，他的确是个不折不扣的专家。这正是南京需要他的地方。他懂行，他有头脑。他明白，审讯中适度的暴力是需要的，但要恰如其分，暴行是一种表演，它的目的是让人惊恐，而不是单纯的肉体痛苦。

有他（和他这样的人）在——他谦逊地想，共产党在上海的好日子就一去不返啦。所有那些异见分子、反动分子在租界里的好日子就一去不复返啦。他们那种儿戏般的游行暴动，他们那种开开会写写文章式的革命再也行不通啦。他们从前堂而皇之在大街上走来走去，开完会到饭店茶馆里继续高谈阔论。如今调查科在上海建立起深入底层的情报网络，所有已暴露赤色分子的照片都被大量翻印，被很多人牢牢记在脑子里。

南京在推广大上海计划，他还听说，高层在研究开展一次大规模国民教育运动的可能性。有人在制定计划，调查科的分析情报也提供给计划的起草小组。这些计划一旦实施，赤色分子的日子将会更加难过。他相信这个顾福广和他所谓的群力社与共产党无关，连外围组织也不算。这是他和郑云端的一致看法。郑是调查科派来的书记，名义上是他的副手，实则负监督之责。他对两个租界的警务处也这样说，可人家不相信。

他在扔出那两颗重磅炸弹之后，立即宣布审讯暂停。他要让这个年轻人好好想一想。他还叫手下人让他吃饭。

这完全是个意外收获，抓获林培文纯粹出于偶然。帮会有传言说，袭击福煦路的那帮家伙可能在法华民国路附近租下一幢房子，有人在街上看见过他们。他让人追根溯源，发现福煦路俱乐部的某个花房工人涉及其中。袭击赌场的那天夜里，他刚巧蹲在围墙边拉屎，在树后的阴影里。当时他吓得不敢动弹，对火光掩映中的几张面孔印象极其深刻。他记得其中有张面孔前几天曾来向他打听过一些跟赌场有关的事。因此后来那张脸再次出现在他眼前时，他一下就能回想起来。那张脸在公用电话亭里，在敏体尼荫路上，他不敢盯梢，望着那背影朝民国路方向走去。消息传开之后，帮会高层派出爪牙在附近地面上打听，迹象陆续出现，皮少耐路有家烟杂店的伙计说，最近常有个陌生面孔来买烟，一买就是五六包，两三种牌子。华成路浦泉澡堂里，也有人听到隔壁包间客人可疑的谈话。他让人带着那花房工人，开着车在民国路附近到处转，没想到还真撞上这个年轻人，证件上的职业栏填着学生。

这件案子让他极感兴趣。他认为自己喜欢这个人，这个顾福广。他把多种来源的几份情报相互比较之后，确信这个人的真名就是顾福广。前工会活动家。根据声称在那些日子里与他接触过的人的说法，他练过硬功，能够拳穿门板掌劈砖瓦。传说他机警过人，行事极为大胆。在混乱的局势中善于迅速判断，并付诸行动。在曾南谱看来，有件轶事颇能反映他的为人，他把一包屎尿淋在青帮工头的脑袋上，让那家伙在几百人面前大丢颜面，而他自己就凭这简简单单的一招，从泯然众人中一跃成为工运领袖。他曾短暂参加过苏联大使馆的保卫工作，随后渐渐从公众视线中消失。

有一种得到验证的说法是他在伯力接受培训。证据是英国政治警察机构从印度得到的一张毕业聚会照片。基于情报交换机制，党务调查科拿到复制件。有人认出照片上的另一个人正在南京军事法庭模范监狱服刑，当即提审此人。得到的口供是：顾福广一度曾以贸易商身份在南亚活动，后被卷入一起苏联情报机构的肃反案件中。据他所知，顾已被枪决。

曾南谱不知道他是如何逃回上海的，可他完全清楚顾福广和他自己一样，已彻底抛弃以往的信仰（他觉得这种说法多少显得有些虚荣，也许他从来就没有过什么信仰）。

门轻轻打开，小郑抓着一只咬过几口的苹果走进房间。刚刚他站在审讯对象的背后，进行到一半时他悄悄离开。他没有拦住他，他猜想那是要去向南京发通报。

"看过笔录啦？"他问。

"刚看完。看起来我们猜得不错，他们都被蒙在鼓里。"

郑云端虽然是调查科安插在小组里的专职监察人员，可他俩相处得很好。那是因为他曾南谱很坦率。他懂得如何与年轻人打交道，他从前确实在大学里当教授。

"沉重的一击——"小郑站在桌边发表评论，语气像是学生演剧的旁白员，"他正受到信念动摇的煎熬。假如他感到迷茫，我们就应当乘胜追击。不给他重新建立防线的机会。"

"再等等，我们要让他好好想想那些证据。你可以拿几份报纸给他看看。"

"时间很紧，明天要通知法租界警务处。最迟后天上午，我们要把他交给巡捕房。"

"暂时不交。我希望案子在我们手里水落石出。"他此刻还想不通巡捕房为什么不相信他的观点，巡捕房为什么要坚持认为这是共产党的行动组织。他怀疑其中另有意图。

"他们为何如此确信这是共产党？"他轻声说，并不是因为他觉得小郑那里有答案。

小郑把苹果咬得嘎吱响，还剩下很大一块就扔进纸篓。他私下认为年轻人对待食物的这种作风缺乏教养，可他又把这看作一种小小的、也许还让别人松弛的坏习惯。

"很简单——"小郑说，"那可以证实他们一贯以来的观点。是国民党和共产党的不断相互争斗、相互报复才把租界搞乱的。也许那位少校还想立一件大功，也许他想把案子留在政治部手里，也许破获一个赤色恐怖团伙可以让他的殖民地服务履历变得更好看些。听说法苏两国最近关系很紧张。关闭贸易代表团，驱逐外交官，禁运。我听说如今苏联的头号敌人从伦敦换到巴黎。"

"这是个很好的说法。你可以就此写一份分析报告。因此绝不能轻易把他交给租界巡捕房。这是个阴谋。"

"这是帝国主义的阴谋。"小郑替他加上一个修饰词，让句子显得更加义正词严，让假想中的那份报告更符合南京政客们的阅读习惯。

"你可以去找他谈谈，你们都是年轻人，容易沟通。事实摆在那里，他受人蛊惑。只要他开口，我们也可以帮他说话。我们可以在笔录上稍稍做些改动，有些事可以算在别人头上。我们甚至可以教他一些说法，好让他在巡捕房眼里变成一个受人蒙蔽的迷途羔羊。如果他果真愿意替我们做事，我们还可以不把他交给巡捕房。他可以去参加训练班，他甚至不用去感化院。我相信年轻时思想左倾的人，将来都是可造之才。如果二十岁时他看不见社会不公，那他一定是个麻木不仁的小浑蛋。"

他并不担心郑云端会拿这些话给南京打小报告，党务调查科的人都是革命理论的行家，从科长到打字员个个都学习共产党的会议报告，他敢说，南京那间档案室里收藏的共党理论文件比他们中央局自己的还多，他们自己那些早就为预防搜捕而烧得七零八落。

四十

民国二十年　七月一日
晚　八时十五分

　　小薛越来越觉得自己想不出什么好办法来收场。他自己搅成的这一团乱麻，都怪他总是不想让任何人失望。可难就难在，这里头有一两个人他实在不想让他们受伤害。而他此刻觉得这伤害越来越逼近，他都无法向人家发出警告。他沿着薛华立路警务处大楼那条紧邻围墙的窄巷朝楼梯门走。

　　他在皮恩公寓吃过午饭才出来。他明显感觉到特蕾莎越来越爱他——其进展的速度和节奏竟与冷小曼暗合。她现在并不急于和他做爱（他觉得这说法既顽皮又自相矛盾），反倒是喜欢跟他说话。可他害怕的就是说话，他觉得一切都是乱说话造成的。今天上午他们就几乎什么都没做。几乎——的意思是说，她只让他放进去一半，而另外那一半——她从两人紧贴的腹部间隙伸进去一根手指头，绕着圈刮弄。当时她正追着他问，要他答应带她去广东乡下，去他老家看看。因为先前他在给她说乡下那种用竹子做的床榻，睡醒之后面孔会像刚蒸熟的花糕，刻着一格一格的印子。她则把她自己记忆中的农庄告诉他，奶牛，骡马，干草仓库，整整半年都是个大冰块的沼泽池塘。

　　他有好一阵都神思恍惚，太阳一直照到他的腋窝里，照在特蕾莎的肩膀上。他觉得轻松自在，浑然忘却所有烦恼。可到吃饭时她又说起那桩生意。他只得对她说，顾先生对这东西很感兴趣，那正是他想要的东西，他要做这笔生意。他不在乎价钱，

261

只关心它的威力到底是不是像特蕾莎说的那样大。

"真有那样厉害么？"

她呢，趁着阿桂去厨房，从那条绣着卷曲花瓣的桌布底下伸出手来，一直伸到他的裤裆那里，握住他，说：

"就跟你一样。"

特蕾莎说他办事效率不高，既然想要货，就得赶紧定下交付时间。她自己不用跟买家会面，一切由小薛操办。但要明确交货时间，交货数量，她好让人装运。

他此刻已知道那是怎样的一种杀人武器，他知道它叫作"Schiessbecher"，他知道它由一家名叫莱茵金属公司的德国工厂研制生产。他不知道怎样用中国话来形容它，或者给他起个中国名。他知道它威力堪比大炮，能够炸穿装甲车的钢板。他知道这很危险，他觉得甚至获悉这武器这件事本身就是十分危险的。这种对于危险事物的直觉让他下意识想要逃避，以致他不想把他刚刚获得的知识告诉少校，他想他反正是不知道。他现在已得到一张详细的图纸，附带着产品说明。他想最多就是他直接把图纸交给少校。

他从走廊另一头的楼梯去少校办公室，他穿过走廊，看到特务班的办公室房门开着。马龙班长不在，马赛诗人坐在靠墙的桌上。他忽然想起一件事——

他用手指关节叩叩门板，不等他抬头就走进房间。他找不到任何能说服自己的理由来直接提问。尤其是在他已获悉那种武器的效用之后。他在马赛诗人桌对面的折叠椅上跷着腿坐一会，抽根烟，最后决定不去打听。至于晚上将要在冷小曼的监督下撰写，明天将要交给老顾的情报，他想最好还是由自己胡编乱造一番。反正那些装甲警车整天在大街上开来开去，炮塔上的机关枪谁都能看见，他自己估计这些年里他看到这些警车在他眼前驶过的次数大概有十多二十次。他自己决定，法租界警务处配备的装甲警车数量一共有二十二辆。他喜欢双数，可不喜欢整数，那看起来有些假。

他从外套衣襟内侧的口袋里掏出图纸递给少校，这会使他上次画的那个草图看起来像个醉汉画的东西。或者像是临到交功课前五分钟草草完成的小学生作业。

少校想弄清楚交易到底将会在何时进行。这点他当然还不知道。他怎么可能知道？——他只是个联系人，只是个滑稽的情人，从枕席间获得一项超出他能力范围之外的任命。天晓得，他相信少校多多少少也晓得，他是误打误撞卷进这堆危险又麻烦的烂事中来的。

有时候，他会突然被这种让人焦虑的小心谨慎绷得断裂，他会突然胡言乱语，不再拿捏分寸，仔细斟酌词句。这会又出现类似情形。他问少校：

"为什么不逮捕他们？把他们当成未遂罪犯抓起来？这些人很危险——他们杀人，爆炸，这个姓顾的，这个顾先生，我看到他啦，他看上去很危险。应该先把他抓起来，他鼓动别人为他卖命，为他杀人放火。其中有些人一定是好人。应该在他还没做出其他事情来之前就抓住他。他还打算抢劫银行……"

他忽然发觉自己这段话真要命，他忽然发觉这段话再次透露一个真相，又再次撒出个天大谎言。真相是他已见过顾先生。

谎言是银行……

引起少校注意的首先是那个真相："你见过他？"

没等他回答，少校又提出第二个问题："你说他要抢银行？"刚刚那前一个真相让他沉思，所以他要延迟几秒钟后才反应过来。

"是的——"他接着说，没有让它停顿太久，"不久就会交易。他发出召唤，是想跟我商定交货时间，可对此我无权决定，我只是个联系人。那个女人——冷小曼，她有些害怕。觉得事情与她想象中完全不一样。她说这回他们最想干的事情是抢银行。"

"为什么他们要对银行下手？什么时候共产党对银行感兴趣啦？"

"这很有可能。你说过他们当中有懂银行那些事的专家。"他觉得语气可以更加坚定，他觉得要是让他再说一次，他可以更流利，"我想那很自然。对他们来说，这样想是自然而然，银行是资本主义的心脏，是造血机器，是一个……堡垒……"

他怀疑这些词用得算不算恰当。他想别人之所以会创造出这些词来，就是想替那些不可思议的事找个说法，那些离奇的、很难讲清楚的事情。如此一来，你就很容易被说服，如此一来，你就会相信他说的一切。你会跟他走，做他要你做的，想他要你想的。

少校也不认得图纸上那件东西。他觉得少校多半是从未听说过这种武器。它没有引起少校的格外注意，他只是一边用钎子清理烟斗，一边往那张纸上扫两眼。他用手指翻开折角，想要抚平那条小小的折痕。然后他就把它塞进文件夹里，让它和那堆照片啦，表格啦，用合乎礼仪的格式打印成的报告啦——挤在一起。

他在刚刚说的那堆话里混进好些讯息，那全都不是出自深思熟虑，那全靠他天生那种擅长把事情搅拌成一套说法的才能，或者说——全是由他一向与人为善的性格决定的。比方说，他告诉少校冷小曼很害怕。他觉得这么说很合理，而且等于是预先埋下个伏笔。他觉得少校好像是他的吉祥物，人对自己的吉祥物总是可以提出要求的。将来有一天，也许他会向少校求情，他觉得他有把握让少校放过冷小曼，放过特蕾莎。这又让人看出他天性中乐观的那一面来。可他觉得她们和他自己一样，都是误入歧途的好人。

怀着这样一种乐观情绪，这天晚上他又在报告里对顾先生大肆编造一番。在他的想象中（实则这多多少少与少校对他的暗示有关），顾福广是一个将要干出一件惊天动地的大事，将要让世界为之震动的人。他夸大其词，说警务处政治部如今把顾福广当作头等大案，几乎所有的人手都扑在对他的调查当中。他一时兴起，就着那个有关装甲警车的问题，把他那些模糊的印象，那些不知什么时候进到他脑子里的并不十分准确的知识加在一起，写出一段他事后觉得乱七八糟的东西。说什么因为顾福广引起的恐慌，法租界和公共租界的两个巡捕房正准备联合向劳斯莱斯公司订购一批新型的装甲警车。不仅用于街头巡逻，还准备配备必要的火力和驾驶人员，向一些公共和私人单位提供服务。出租给——比如银行，他补充道——那些需要用到它的机构。他灵机一动，把最新获得的武器知识附带进这段文字里，说什么现有装甲警车上装的钢板虽然可以抵挡普通子弹，但无法挡住一种特殊的穿甲炸弹，那种炸弹可以通过一种外形类似于机关枪的装置向外发射，一旦购置装备完成，大概连那种炸弹也可以照挡不误。

有那么一瞬间，他为自己的想象力而恐慌。他恍惚有种幻觉，好像是他，而不是顾福广本人在策划一起极其惊人的街头暴力事件。他的手心里全是冷汗，让在一旁握着他手的冷小曼觉得诧异。

四十一

冷小曼有些后悔把小薛与那个女人的事告诉老顾，那个卖珠宝首饰也卖军火的白俄女人。当时老顾在指责她欺骗组织，她明明才刚认识小薛，却告诉老顾说他们早就认识。她很羞愧，她大概觉得把这事告诉老顾算是一种弥补，或者也算是一种附加的解释，可以让她心里好过些。可后来她又觉得，这里头多多少少也有些猜疑心在作怪，她觉得自己笨，没把握判断小薛对自己到底有几分真心。也许把事情交给组织就会水落石出，如果她果真卖军火，那确实是对组织有用的，如果老顾决定从她那里采购点什么，那她倒还可以看看这到底是怎样的一

266

个女人。

可她这会有点后悔，就现在，她抓着小薛的手，手心又冷又潮湿，她觉得这些日子以来，她实在是让他太紧张啦。她本不该把他拉进来的。她站在他身后，椅背后，看着他那些略带点鬈曲的头发，一时间心里有股柔情打转，找不到去处，像是堵在她横膈之间的哪个地方。

她把左脚从拖鞋里抽出来，脚趾头轻轻点在另一只脚的脚背上，这动作让她的身体更靠近他的后脑勺。可惜他这会看不到她脚下的样子，她觉得这姿态多半还算不上风骚。她又试着用脚趾头去勾住那只拖鞋，但那样她就站不住，摇摇晃晃。

其实，她是想战胜他心里那另一个女人，战胜他那颗见多识广的心。这是从一开头就定下的游戏规则。她要勾引他，占据他整个的心灵，她要变成他所有的女人，各种各样的女人。从而去做她想让他做的事。只不过当时她并不明确知道他有别的女人，只不过当时她确信自己是在完成组织交给她的任务，而现在她不敢那样自信。

她尝试过那些她想象中更风骚的姿势，那些她以为一个白俄女人会做的姿势。比如在床上突然翻过身来，爬到他身上。可她一坐到他肚子上就不知接下来该干什么，那姿态要多尴尬有多尴尬，就好像她正坐在一张高高耸立的祭台上，周围簇拥着无数观众。她不知道该不该用手臂支撑自己摇摇欲坠的身体，也不知道眼睛该往哪看。她不敢看他的眼睛，因为她觉得他在嘲笑她。

她把这些视作她不得不做的苦差，因为在她的想象里，他们只会对那样的女人感兴趣，只会对那样的女人执迷不悟。一切都维系于那种看不见摸不着的微妙心理优势，如果她不能用自己的魅力把他的目光束缚在自己身上，他很快就会掉头旁顾。像他这样的人，别的还有什么力量能驱使他去做那种危险的事情呢？

他每天都要出门，而她呢，几乎总是趁他外出时给老顾打电话。不断有消息和指令传递给她，从那天小薛去见过老顾以后，电话变成一天两次。她觉得正是以这种方式，她才得以每天有机会提醒自己，这是一项任务，而不是别的什么东西。一旦他出门，她就开始怀疑，他是不是去见那个白俄女人呢？她先是越想越气，直到怒火中烧。然后又对自己说，无论如何，她自己也并不对他就是实实在在的，她自己也可以说是在利用他。这样一想，她就觉得释然。

等到他晚上回家（有时是下午），她会越来越忘记白天的那种坚定信念。他们在一种鹅卵石铺成的小巷里散步（她忘记这习惯是从何时开始的）。晚风温暖而轻柔，他们向南一直走到肇家浜，绕个圈从另一条路回来。这种时候，她往往对生活产生错觉。那些她在别的时候以为是演戏的部分变得像是事实，而白天她清晰看到的那些残酷的真实，现在倒变得虚假，变得像一场梦幻。她觉得她的世界被分成白天和黑夜两个部分，让她感到羞愧的是，她似乎更喜欢属于黑夜的那一部分。

回到家里，他们就开始更换白天的衣服。她不想在他面前换衣服，而他根本不在乎她在不在跟前。现在是她在渐渐填满他的空间，她的衣服，她的摆放东西的习惯，她买来的花，食物，她从他桌角那堆灰扑扑的东西里挑出来的书放在床头柜上。她来的时候两手空空，很快就把这里变成她的世界。

夜里基本上就是说话和休息。有时也会做爱。可说实话，多数时候她并不真想做这件事，因为每当这种时候，她常常发觉自己又回到那种表演的状态中，努力把自己装扮成那种更风骚的女人。往往是，好一阵沉默，她觉得他有些心不在焉，用手势或者亲吻把他拉回来，事情便会朝那个方向发展。她既怕他过分紧张，又怕他过分松弛，她一发现他有些不对劲，便会听任自己去勾引他，听任自己去扮演一个本不属于她性格一部分的角色。

事后，她常常会有一种古怪的感觉，她常常发现每当她觉得自己表演过火近乎滑稽的时候，小薛却总是表现出更加心满意足的样子。似乎真实和假装是灌在环型玻璃管中的两种液体，一旦你夸张过头，反倒进入一片真实的水域。

小薛把他刚写完的那张纸折叠两次，递给她。明天她会用电话与老顾联系，老顾会让她把这张纸送过去。如果严格按照规定方法来处理这类报告，它本应该用密写，用化学药水，装在不相干的容器里，或者夹在书里。可那种事对小薛会有多么不可思议啊，会让他觉得有多可笑啊。

他突然从椅子里站起身，转头用双手抓住她的肩膀——

"这种事情实在太危险，你应该离开这里。你不应该再干下去！"

她望着他，默然。

"你根本不适合他们！你应该跟组织脱离关系！他们有太多

仇恨！这些全都与你不相干，让他们去！"

她有些感动，虽然她觉得他的思想在根本上是庸俗的。但她觉得他纯粹是为她考虑。光这一点就足以让她感动。她现在觉得，他之所以肯替老顾打听那些事情，纯粹是想帮她完成任务，纯粹是想找机会带她离开，那样的话，她就更应该感激他。

"我不能离开。我无法脱离……这是我的工作……这是一种事业。我和你不一样……不一样的，我相信革命。"

她有些口不择言。她无法找到一种合理的表达方式。她脑子里充斥着许许多多的词句，可她觉得那些话都太理论化，不适合用在目前这种情形下。

"我无法离开。我是刺杀案的重要嫌疑对象，巡捕房在通缉我。"

她试图用一种他能够理解的方式来表达。她没有意识到，这倒很有可能把她自己的辩白引入歧途。

"我可以想办法。我有朋友，我在法租界警务处有认识的人。关系很好。是政治部的警察。他是法国人，很有地位，我们可以一起想办法把你弄出这个圈子。"

"那是不行的……你办不到，连他也办不到。"她想她这是溃败，是在从整个防线上后退。她应该跟他谈谈帝国主义的犯罪性质，她应该跟他谈谈阶级压迫的真相。她应该告诉他，她鄙视这种逃跑的想法，她完全不屑于巡捕房里一两个殖民主义分子的伪善，不屑于他们的帮助。可她却觉得这些话对小薛将会完全不起作用。她不愿意说他听不懂的话，她不是一直都在捕捉他的思想么？她不是一直都在寻找一种适合他自己的——

又能真正开导他的方法么？

"办得到的。你愿意我就能办到。我们可以一起离开这里……"他忽然停住嘴，而她并未察觉到他在说大话，她并未发现他在说他办不到的事。她只是突然觉得憎恨，憎恨自己的软弱。她觉得自己在一瞬间里有些动摇。她想起从前在监狱里发生过的事，她想起她以前曾做出过的选择。

她冲着他叫嚷起来，内心洋溢着对自己的憎恨，洋溢着对他的愤怒，洋溢着一种想要借以净化自己的愤怒：

"你滚！你别想来劝诱我！你别想来侮辱我！我不爱你！我一点都不爱你！我是在利用你！我是在完成任务！"

她看到小薛惊恐的眼睛，她在心里狂笑。她要战胜他。她一定要战胜他。她怀着一种残忍的快意把这些话通通倾倒出来，她不想刹车，她不想话到半句就停住。

她扑到他面前——只是她自己的想象，因为他就站在她面前，与她相距顶多十公分——攥紧拳头向他捶去，她又觉得这样还不过瘾，她又拿手打他耳光，但他们靠得太近，她没法退回一步打他耳光，他伸手搂住她的腰，她只能在他的背上使劲拍。

他在吻她，她觉得愤怒的力量在一点一点消失。她想，完蛋啦，她想，他又要把她弄到床上去啦。让她羞愧的是她不想抗拒，她只是有些讨厌自己。

四 十 二

顾福广最担心的是人心涣散，这会他明显感觉到这种迹象
正在出现。林培文已失踪三天。刚开始顾福广怀疑他被人抓捕，
可从冷小曼那里传来的消息说，林培文并不在租界巡捕房。他
透过一些关系打听帮会的动向，同样一无所获。他让人守在法
华民国路那幢房子周围观察动静，既没有搜捕行动，也没发现
周围有其他异常情况。渐渐他觉得有可能是林培文自行脱离组
织。但他没有向其他人透露这种想法，公开场合他坚持认为林
培文已被逮捕。

按理说，如果有人被逮捕，就应当认定与他相关的所有活
动地点均已暴露，人员应当立即撤离。林培文是小组负责人，
重要联络点他几乎全知道。小组里有人来问顾福广，要不要撤
离民国路？可他想行动在即，没工夫再做这些事。他告诉人家，
根据可靠消息,林培文此刻羁押在法租界巡捕房。表现极其英勇,
一个字都不说，民国路那房子暂时看来还是安全的。他只是在
八里桥路蜡烛店周围增加几名暗哨。

在他看来，这是所有可能性中最坏的一个——林培文已擅
自离开。他总是往最坏的方向判断，这是他在危险处境中一般
都能作出正确选择的秘诀。

冷小曼的谎话也让他有所警惕。在组织最深层的部分，在
它的思想控制，它的行动策划上，他是在孤军奋战，没有第二

个人能帮他。孤独感像毒蛇一样吞噬着他的心，有时这让他绝望，让他消沉。如今他自己对付这种不良心态的方法只能是立刻回到行动上来，一旦回到具体事务上，心里就会好过些。从前，每当这种时候他就去找老七。

老七一死，他身边就没有女人，他也不想去另找一个。老七在的时候他就常常提醒自己，这是他的弱点，他的安全隐患，可他那时很难让自己不去想她。就现在，他也很难让自己不去想她。他怎么能不想她？英雄难过美人关，从前他用这话来自嘲，来宽解自己，现在他一想到这句话，心里就有些难受。

最最让他难受的是他怎么也想不起老七的长相，圆脸盘，他记得，长长的刘海从额头垂下两绺，遮挡住眼角和脸颊，把整个脸勾勒得更像一片瓜子，一只鸭蛋，他也记得。可眉眼嘴唇鼻子他就怎么也想不出来。

夜深人静他竭力回想时，每每跳进他脑子里头的却是她的屁股。他想到高兴的事情时，这屁股冲着他咧嘴笑，他替老七难过时，这屁股又像是在朝他哭。他严肃地猜想道：这大概是因为那是她活到最后在他眼里的样子。他现在觉得老七身体上最美的部分就是屁股。在他的想象中，它变得更圆润，更宽广，足以挡住射向他的子弹，足以挡住朝他袭来的危险，足以承受他的每一次胜利和失败。

他从黄浦滩路拐弯，走进英大马路。他身着烟灰色派力司长袍，月白色小纺裤褂，翻一道袖口，深灰色丝绒礼帽压得很低，看起来像是位刚走出写字间，眼睛被阳光刺得发酸的钱庄业高级人士。他貌似闲逛，东张西望，可看法与众不同。他以工部局规划设计师般的精确眼光来研究道路建筑。计算距离、时间，格外注意那些巡捕岗哨驻扎地点，那些路口耸立的两人多高的交通岗亭，重要大厦的门口两侧，区域交界处用沙包垒起的工事、铁闸。他关心他们的服色，佩枪或不佩枪。

他一路看到大量银行，钱庄，以及许多储蓄业信托业的公司。他不喜欢外国银行，它们大多集中在外滩四周，岗哨林立，而且都是一些大楼。他尤其不喜欢大楼，现场难以控制。可他也不喜欢那些排场太小的营业所，就像伯力的格斗课程原则，总是要攻击要害，那才会完全牵动对手，让他只顾保护自己，无暇反击。

他倾向于一间中等银行，位置在两个租界的交界地段。他转到虞洽卿路。白天这里拥挤着成千上万人，跑马总会那一侧人更多。有人坐在树荫下的长椅上阅读马报，一阵乱翻之后又冥思苦想，用一支两头削尖的双色铅笔不断在纸上敲击，以此来平息内心的兴奋。他沿着赛马场的围墙向南走，喧闹声如潮水从西面的看台阵阵涌来，那是一种疯狂，他想，而他是另一种疯狂。他比这些人赌得更大。

那没有什么，这地方人人都在赌一把。他相信自己早晚有一天会输个精光，可不会是这一次，他想。这反倒让他兴奋，偶尔猜想一下他会在哪趟把自己给输光，这会让他更加兴奋。他意识到自己是在发疯，可他早就在发疯，自从他被苏联人关进那黑房间，他就开始疯狂。他当时不知道那是肃反委员会关押人犯的地方，他现在只记得那扇厚得像岩壁一般的橡木大门。没有立刻枪毙他，是他运气好，他猜想那多半因为他是外国人。

把他送到阿塞拜疆的集中营，是他变得疯狂之后的第二次好运气。后来发生的事情证明，他的疯狂是正确的，如果不是那种疯狂，他怎么会从那里逃出来呢？

人只有让自己更疯狂，才能无往而不利。一个疯子是可怕的，一个疯子般的赌徒更可怕，如果一个疯子般的赌徒，他还有异常清醒的头脑，有极其精确的计算能力，那他将会让整个世界为之恐惧。恐惧是权力的来源，恐惧是权力的本质。一种新的让人恐惧的力量会改变旧有的权力结构。人家会把地盘分一部分出来，让给他，既有的权力是腐败懦弱的，它们对新生力量只会妥协。如果那股新生的力量制造出足够的恐惧，它们就不敢放手一搏。它们会向那股力量求饶，它们会来买通他——

他想，早晚有一天它们会来买通他的，就像青帮的大先生那样。可他没那么容易被买通，他要的可不止这些。这是他跟别人不同的地方，因为这，他又觉得自己毕竟是在发动一场另一种形式的革命。

他横穿过马路，在一品香大旅社门口跨上街沿。这一边全是百货公司和绸布庄，他走过圣太乐舞厅，走过大世界游乐场。在敏体尼荫路他转进法大马路，他觉得他更喜欢法租界。这里街巷穿插得更无规则，马路更乱，人群有时会占据半条车道。他在想象一条行驶线路，怎样才能快速穿越——离开租界的管辖范围？他站在协大祥绸缎庄门口，望着宁兴街对面的金城银行营业所，不大不小，正适合他的口味，银行诚然是资本主义的心脏，可往往壁垒森严。此刻他觉得自己的眼光好像正透过重重叠叠的肋骨，看到那颗心脏在跳动。

他在陆稿荐门口停下脚步，拉开棉帘走进去，让伙计给他称出一斤酱肉。这会他还不想去蜡烛店，他召集小组的负责人在那里碰头，在这之前，他要找地方好好想想。走进安乐浴室时，他想还是不行，选择那里还是不太完美，离八里桥路太近，宁兴街太短，他觉得自己跑那么一大圈，结果还是看中蜡烛店家门口这间，简直有些好笑。

他泡在烫人的大池里，汗水和浑浊的汤水满头满脸往下淌，他觉得松弛。大口大口吸进滚热的蒸汽之后，他的头有点晕。灰白色的肉体在雾气里如鬼影缓缓移动，有人在水下踩到他脚趾头，但他不觉得疼痛，热水让人麻木。他看到在他眼前——一条手臂伸出的距离——有一团黑魆魆的睾丸漂浮在水面上，四周围着一圈乳白色的泥垢，一块载沉载浮，如同江水把油腻腻的垃圾驱赶到浮尸边。忽然之间，他内心深处某个地方隐隐觉得有些不安……像是偶尔闪烁的暗淡灯光，像是上方拱顶中央那只裹在绵白蒸汽里的昏黄灯泡。

他想不出来，他知道那是危险的信号。他常常会莫名其妙感觉不适，如同关节疼痛一般隐约出现，如同那天他去老七那里的路上感觉到的一股刺骨寒意。如同此刻他泡在滚烫的水里却感受到的一丝凉气。可他想不出来那是什么。

他再次放松四肢，让背部紧贴在瓷砖台上，让池水一直浸到脖子上。他打消念头，不去想它。他想，有时也会证明那往往是精神紧张，是过敏。他该多想想好的一面。他想，现在来说，最有利的是那种新型武器。他认识那图纸，在伯力。枪械技术课程要求学员认识各种武器，甚至包括那些还在红军工厂实验室里研制的产品。他一眼就认出那是什么东西。未来，在将要展开的与帝国主义的决战中，这种武器将会发挥其无与伦比的威力。不管帝国主义分子缩在怎样坚硬的乌龟壳里，炸弹会像毒刺一样穿透它，在它的心脏里爆炸。

他已通知小薛，要那个白俄女人发货。无论多少钱，他都要得到它。他想，他要搞点创新，让这原本是为防守战线反击战车冲锋使用的武器派点新用场，他将用实践证明，这种单兵装备可以在城市游击战中发挥其更具威力、更绝妙的用途。如何训练他的手下使用这种武器是他目前要考虑的要紧问题。最好的办法是雇船出吴淞口，浦东的那个小组里有些人会驾船，其中有个家伙相当熟悉长江口复杂的水域情形。他还需要再订购一辆八缸汽车，它的引擎动力要更强劲，要跑得比巡捕房的警车还快。

四十三

民国二十年　七月十二日

下午　一时三十五分

已是七月。阳光灼热，草坪上方十公分处的空气变得好像能被肉眼看见，变成一种晃动的液体似的东西。有人还在打网球，在太阳底下吃力地挥动球拍。萨尔礼少校让司机直接把车停到门廊下。门廊柱的砂浆表面像是比平常更加粗粝，好像它的汗水也已出得一干二净，只剩下一层干裂的皮肤。

　　玻璃门像条分割开两种气候的纬线，门内安静阴凉，仆欧还穿着长袖制服。他穿过金色的前厅，几十名裸体女人在半空中望着他，有些装成害羞样侧着头，可眼角还是向他瞟过来。在她们圆润的乳白色大腿顶上，饱满的阴阜像花球一样盛开。只是想要做到名副其实而已，他想，这帮法国商人在他们的房子里弄这么一大堆裸体女人雕像，只是想要满足别人对法国的想象。

　　他摸摸雕花黄铜扶手，上面一尘不染，楼梯台阶上，拼成玫瑰图案的绛红色瓷砖如同镜面一般光滑。他在二楼看到整排大厅门都开着，仆欧趴在地上，使劲儿擦着地板，膝盖把那些底下装弹簧的柚木地板撞得咚咚响。另一个站在人字形木梯上，负责清洗金色的马赛克墙壁，小心谨慎的样子，就好像在擦拭什么名贵的珠宝。看起来要不是他忙不过来，都恨不得张开嘴朝每块瓷砖上哈口水汽，以免水桶里的杂质会造成某种无可挽回的损坏。后天是法兰西国庆日，这里——法国总会——将举行盛大舞会来庆祝。

　　走廊里回响着木球在球道上隆隆滚动的声音。他在俱乐部酒吧的阳台上找到那帮家伙。一束夜来香倚在花瓶口上昏昏欲睡。凉风习习，吹散雪茄烟雾。他在紧靠爱奥尼亚圆柱的椅子上坐下来。

　　"我听说从海防调来的两个连队明天就会靠岸？"信孚洋行

的小马蒂尔[1]先生问道。他的哥哥大马蒂尔目前在巴黎开设总行，负责将弟弟从中国内地采购装运到里昂的生丝销售出去。他们两兄弟在上海从事这项贸易已将近十五年，是租界里那帮老殖民地商人中的头面人物。

"没错，赶上国庆阅兵啦。"毕沙司令仍旧直着嗓子大喊大叫，好像气温对他没有任何影响。

是他们请他来的，请他参加这个小圈子的周末晚宴，可现在时间还早。这个小圈子里有英国人、美国人、法国人，偶尔也有一两个日本人。德国人从未有幸受邀参加聚会，那是大战以来的遗恨。毕杜尔男爵是新人，但却很受欢迎，他在几次投机事业中表现大胆，做派与老一代的东方冒险家颇为神似，所以在极短的时间里就得到这帮老顽固的赞赏。

萨尔礼知道这帮家伙满脑子想的不过是钱，如果说他们想要保住租界，那不过是想保住他们自己吃独食的权利。他们歧视刚踏上这块地方的外来人，就好像如今只有他们自己才算得上是十九世纪老一代帝国冒险家的嫡系传人，硕果仅存——在这块小小的租界里。就好像这里是资本主义在整个世界范围内全面溃败之后的小小方舟。为保住这块地盘，他们甚至想去撺掇日本海军陆战队。如果南京政府坚持要让十九路军驻扎上海的话，坚持那什么"大上海计划"的话，他们甚至会容忍日本军队去策划一次攻击行动。可少校认为，那实在是愚蠢，那是自杀。

---

1. J. Madier。

可眼下他站在他们这边。共谋关系的基础并不牢固，他们的眼睛只看着脚底下，而他所想的却深刻而又广阔。

起初，这计划是由一帮美国地产投机商人想出来的。正如大家常说的，他们既粗鲁又富有想象力。他们晚来一步，等他们携带大量金钱踏上这块土地的时候，最好的地皮早已被人家全都买光，牢牢地攥在手里。人家结成同盟，哪怕你想在这里找半寸地方嵌根钉子也办不到。哪怕人家破产，哪怕人家死掉，也没你的份儿，你没有购买的优先权，你有钱也不行，人家早在雪茄室就说妥价格啦。

他们只好去买上海周边的土地。有个在公共租界工部局注册的瑞文集团赌注下得最大，连长江口的荒滩沙地都成片购买，他们幻想这是第二个阿拉斯加。等他们把最后一分钱全搭进去之后，才发现事情不是他们想象的那样简单。这里是上海，这里的人有自己的玩法。他们有自己的一套权力结构，人家控制着租界，控制着唯一能够制定市政筑路计划的工部局和公董局。你买下的荒地，一百年都是荒地。现在，还有这个朝东北方向开发的大上海计划。

唯一的办法是在外国政府中挑起一个广泛的干涉主义计划。把上海变成另一个但泽[1]，把上海变成一个自由市。一个从拿破仑的脑袋里冒出来的鬼主意，一个准独立国家。一个中世纪式的想法，一个资本赌博的天堂。它将不受南京中华民国政府的管辖，它将是从整个中国大陆小腹上切下的一块最肥厚的脂肪。

---

1. Danzig，在拿破仑时代和第一次世界大战以后，两度被划为自由市。

到时候全世界的资本都会流向这里，大量的金钱会积聚到这块土地上，所有的地皮都会变得十分昂贵，哪怕它现在只是一块荒地。有人拟定出一份纲要送到日内瓦，送到国际联盟，消息很快被捅到报纸上。

这实在是个激动人心的想法，连上海租界里那帮老顽固也怦然心跳起来。眼明手快的家伙立刻行动起来，请那帮他们原先瞧不上的美国佬吃饭，请他们到家里来，给大家谈谈这个——嗯，这个饶有兴趣的想法。他们很快组成一个小集团，有银行洋行的大班，有政客，有记者，有法律顾问，还有专事在各列强政府首都活动的院外游说小组。想法最荒诞的人甚至提出，这个计划还可以再扩大，从上海沿长江到武汉，两岸五十公里的地方都可以划入这个自由市里。他们说，这对中国是一件好事，它将建立起一道屏障，再也不会有军阀混战。上海将会繁荣昌盛，整个长江将会日复一日向全世界输出财富，而他们也将会再次发大财。

萨尔礼少校从这个计划中看到一种更伟大的思路。他觉得这就好像是从一堆烂狗屎中看到熠熠发光的钻石。这的确是一种机缘，上海将拯救全世界，因为共产国际正把它当作资本主义世界中最薄弱的一个环节，他们要在这里发动下一次进攻。只要在计划的目的上稍作改变，它就会变得更合理，更符合法国政府甚至欧洲各国政府的全体利益。一个自由市，它将引起全世界的关注，所有的政府都将保卫它，不给共产主义一丁点染指的机会。

他想，顾福广和他的那个城市恐怖活动小组将会是导火索。

顾福广的暴力行动将会是共产党残忍的、不顾一切的进攻的预兆。他会让巴黎醒过来的。他会让欧洲那帮政客全醒过来的。他容忍他们在这城市里活动，不去逮捕他们（上帝知道那有多容易），就是想让他们把动静闹得更大一些。这不是个道德问题，他认为，伟大事业总是要在事先付出一点小小的代价。他偶尔会觉得这种想法多少有些疯狂，但这是个疯狂的时代，他宽慰自己，这是个火山即将爆发的时代。

阳台上的草坪上有人尖叫，是网球场上的女人。球还未落地她就挥拍去接，急速冲来的小球砸在网球拍上，把球拍打落在五英尺外的草地上。显然她的右手臂——那块与肩膀连接的肌肉已受到某种程度的撕裂性损伤。她伸手揉着那地方，曲腿坐在地上。她的腿上全是汗水，膝盖上粘着几片残缺的草叶。萨尔礼认出她来，她是那个美国女作家，听说她跟一个中国诗人住在一起，还有两只猴子和一头鹦鹉。

少校这才看清楚球场这边的男子。他正朝拦网这边走来。他是英国外交部的布里南先生。座中一位少校不太熟悉的美国商人说："听说他很快就要调回伦敦。"

马丁少校有些尴尬。他悄悄看一眼毕杜尔男爵，男爵骄傲地保持沉默。布里南先生是自动退出这个小圈子的，没有任何人对他提出这个要求，他很快发现自己已触犯众怒，偶尔偷情是被大家允许的。偶尔跟人家的老婆上床，大多数租界里的商人都会装作不知道。但事情一闹到报纸上就有所不同。闹到这步田地，事情的性质就发生变化，它变成一种挑衅，一种对租界男性白人旧有权力结构的挑衅。况且那个女人后来自杀，所以连商人的太太们也不同情这个家伙。

"如今只有这位女作家跟他来往——"小马蒂尔先生评论道，"女作家就像中国蛾子，一看到火光就浑身发热，一看到危险就扑扇翅膀。"

"她只是想把他写到她的文章里去。"先前那位美国商人解释说，显然他喜欢她写的文章，"她会把他写到《纽约客》上去的，这下他可就出大名啦。"

毕杜尔男爵试图把大家拉回到严肃的话题上来："单单从海防向上海增兵是不够的，法国外交部最好快点向南京提交正式的备忘录。"

"最好是各国政府联合提交照会。"毕沙司令心急如焚。就好像一旦上海变成自由市，他的那个万国军团司令部就会变成一个独立的国防部。

四十四　　　　　民国二十年　七月十二日
　　　　　　　　　下午　一时三十五分

林培文奇怪他们为什么不来提审他。连续两三天，那个自称是南京中央党部调查科特派员的家伙再也不来找他。他不知这算不算自己的胜利，这是不是敌人在碰壁之后，想要改变一下审讯策略。

他感到他们逐渐放松对他的管制。他们不再绑着他，他们也让他穿上衣服，可仍旧把他扔在那个黑漆漆的储物间里。有个三十岁左右的家伙（他自己说姓郑）常来找他说话。总是拿来一大堆报纸，《申报》，《大公报》，特别指给他看几篇文章。他不相信他们告诉他的话，他觉得他们用一条虚假的线索把报纸上的文章串起来，用一种阴险的、令人愤慨的、完全是子虚乌有的推理把那些不尽不实的报道连到一起，企图让他上当。

　　他怎会去听信敌人的谎言？一向以来，他们都在诬陷革命者。可他忍不住要去看。这正是他们的阴险之处，他认为。假如说刺杀曹振武果真会引起公债投机市场价格波动，那正好可以说明他们做得对，那恰恰说明他们打在统治阶级的要害部位。他不相信白尔路那件所谓的枪击命案会跟老顾有关，他不相信老顾会和一个妓女交往。他当然也不相信老顾会领取什么暗杀赏金，有些投机集团因此得利，那纯粹是巧合。他们只是暂时占到点便宜，不用多久我们就会跟他们算账的。

　　白天很热，坐在那个小黑间里尤其热。蜘蛛网和灰尘的味道让他不时打喷嚏。他想这次他大概会牺牲，即使他什么都不承认，光福煦路那件案子就足以让租界会审法院判他死刑。也许还会把他交给南京，因为他是共产党，那样的话，结果也不会差太多。可他并不害怕。他担心的是敌人会把他描绘成一个恐怖分子。敌人甚至会诬陷他，伪造一些文件，编造几份口供，把他们的行动小组描绘成犯罪帮派。他已觉察到这种迹象，他为此焦虑，他要想出办法来反击这样的阴谋。

　　他又被叫出储物间。外面阳光明媚。那天提审以后，陈设又做过调整。聚光灯已搬走，桌子也换成一张方的，他提审时坐的椅子放在桌边。那台电扇倒还留着，放在靠窗的墙角地上，正在转动。

姓郑的家伙让别人给他端来一杯茶，茶叶在玻璃杯里旋转。那些小特务已离开房间。他坐在椅子上，端起杯子，透过玻璃和鹅黄色的茶水望着他的对手。他再没别的办法，也可以跟敌人调皮捣蛋。

关门，转上保险，又关窗，拉窗帘。他笑着说：

"林同志，我要跟你谈点革命理论问题。"

"我们不是同志，从民国十六年春天你们背叛革命起，我们就不再是同志，你们甘心做帝国主义和买办资本家的走狗，我们之间，注定是你死我活。"林培文希望自己的声音里有足够的冷淡，足够的平静。

"相信我……早晚有一天，你我会成为同志……"他的声音和茶杯上方的热汽一样飘渺，"等到你把一切都弄清楚那一天，等到水落石出那一刻……"

他轻轻地咳嗽，像是一种顿号，像是换行空格，像是要换种语气："我年轻的时候跟你一样，思想也是左倾的。我对共产党的事情，比你知道的多得多。"

"知道和信仰完全不同，而你不过知道点皮毛。"

"革命家可不光靠信仰，革命家要有头脑，要善于分析。你现在是个受到蒙蔽的青年，我们希望你迷途知返。"

林培文从牙齿缝里嗤一声，他不屑于跟这种冒充成半吊子党务理论家的特务讨论什么问题，他更不想让他们那些散发着毒药气息的想法渗透进他的头脑里。

"我给你的报纸你看过么？"

林培文决定不再回应他的话，有毒的想法会不知不觉伤害人的心灵。

"其实——对于你那个上级，那个顾福广，我们对他知道的很多，超出你的想象，比你知道的要多得多，我们掌握他的历史。我们知道他出生在浦东烂泥渡，早年在祥泰木栈做过工，我们知道他年轻时加入过码头上的帮会。你不相信他跟白尔路那个被枪杀的妓女发生过关系。可我们有确凿的证据……"

他从上衣口袋里掏出两张照片，放在桌上，用手指尖把它们推到林培文的茶杯旁，让它们拱卫在茶杯两侧。照片拍得模糊不清，是两份文件，其中一份写在红色的竖排格里，用毛笔。另一份是印制的表格，用墨水钢笔。

他指着茶杯左边的那张，向林培文解释说："这是一份房屋租赁铺保书。白尔路南益里一幢石库门房子的二楼西厢房前后两间。承租人是个女人，房东要求她在签名的旁边添加上老七两个字，因为大家平时都那样叫她。她的职业身份有些可疑，房东怀疑她是妓女，因此要求她提供铺保。在担保人那一行里，盖着一家蜡烛店的图章。我们按照地址去找过那家店铺，早已迁址，很神秘，不知去向。担保人还签上自己的名字，这个名字也许你很熟悉，也许你从未看到过，可你至少熟悉他的姓，他叫顾廷龙。我们让拍照的人特地把镜头对准这个名字，照片上只有这一小块地方相当清晰。"

他又开始介绍第二张照片，"这是念慈妇科医院出具的手术通知书。医院的地址在安纳金路[1]和奥利和路[2]交叉街口转角上。是离白尔路最近的一家医院，私人小医院，一整幢石库门房子。只有一位主治大夫，陈小村医生是从日本回国的，我们认为他的名字很可能是去日本之后改的。病人在流产，情况很紧急。在家属一栏里，我们再次看到顾廷龙的名字。"

林培文感到愤怒像熔浆一样涌到喉咙口，他想呕吐，他抓起茶杯朝地上砸去。一阵脚步声，通芯门锁在转动，打不开，开始撞击。有人在喊叫，听不太清，门很厚，隔音很好。

林培文双臂撑在桌上，瞪着他。他望着林培文，又转头朝门外大声喊："不用进来，不要紧。林同志有些激动。"

撞门声止住，沉默，脚步声离去。

"不要激动。你不喜欢听这些——我们可以说点别的。"

他把那只口袋当成魔鬼的道具，他演戏似的又掏出一件东西。

"我这里有一份你们那个群力社的行动纲领——"他翻开那本油印的小册子，逐条朗读起来。刚开始，他就像在朗读一份冗长的菜单，像是在朗读一份蹩脚的学生剧脚本，但后来他的神态变得严肃起来。他没有把它全部读完，他把它扔在桌上，好像那纸上沾染着毒药。

"说说你对它的看法吧，他怎么对你们说的？你的上级，你的那个——顾福广？这是共产党最新的中央文件？"

---

1. Rue Hennequin，今东台路。
2. Rue Oriou，今浏河路。

"我们从你们对革命者的大屠杀中吸取教训,我们要以牙还牙。"

他冷冷地望着他,用两只手拍自己的口袋,可他找不到香烟。他不抽烟。

"一个真正的共产党人是绝不会写出这种东西来的!"林培文觉得他的语气像是在愤怒,像是他需要找到另一个立场来指责这份文件,像是他觉得,只有那样才能说服林培文。

"这是顾福广捏造的文件!纯粹是他的粗制滥造,甚至不是他自己发明的,是抄袭来的!你是在'五卅'运动中开始参加学生罢课的吧?你应该多学习理论!一个真正的革命者应该常常学习理论!这彻头彻尾是一堆抄来的垃圾!原始版本出自一个俄罗斯恐怖分子之手!他叫涅恰也夫[1],马克思早就批判过这种无政府主义活动!他们把革命当成一场他们个人的政治表演!一场暴力滥杀的游戏!我来告诉你这个涅恰也夫是个什么东西。他是个谎言家!他靠吹牛说大话发家,他捏造一个革命者同盟组织,纯粹是要吓唬别人!他和你那个顾福广完全一样,是一个彻头彻尾的阴谋家!"

音调又渐渐缓和下来,他勉强在嘴角边挤出一个笑容:"我给你讲个故事,也许你可以从中认清顾福广这类人的本质。涅恰也夫觉得自己默默无闻,他想出个可笑的办法来。他把一封匿名信寄给女同学,说信是一个学生写的。信上说,此人在散步时碰到一辆警察的马车,从车上扔下一张小纸条。据说纸条

---

1. Сергей Геннадиевич Нечаев,俄罗斯无政府主义恐怖分子。

是被捕的涅恰也夫从马车上扔下来的，涅恰也夫在纸条里呼吁同学们把运动继续下去，说他自己不怕牺牲。然后他自己跑到瑞士，对人家说什么他是从警察手里逃出来的。这一来，他就变成英雄啦，变成一个革命的传奇人物啦。他们就是用这种办法来蒙骗革命同志的，他们就是用这种办法来篡夺领导权力的！"

风从电扇吹过来，把林培文身上的汗水吹得冰凉，他的衬衫脏得不成样子。他的心里也在一阵阵发冷。

四 十 五

民国二十年　七月十二日
下午　五时十五分

汽车是下午五点从铜人码头[1]轮渡过江的，那是当天最后一班渡船。小薛身穿米白色薄帆布短袖猎装，收腰，后襟开衩。他是照着周末去浦东打野兔黄鼠狼的外国商人模样来装扮的。后座下的行李箱内有一杆单筒猎枪，一只野餐篮。朴季醒也差不多，只是他一身黑。另外两个他不认识。其中有个朴向他介绍说：小秦。

---

1. 原北京路到南京路之间的外滩轮渡码头，一九一〇年正式开办，与浦东东沟的对江码头对开轮渡。

他们顺着沿江各码头旁的大路向东行驶，在英美烟草公司和日商岩崎堆栈之间的荒草地休息片刻。已近黄昏，越过把公路和仓栈分开的铁丝网，从连排船坞的空隙间一直可以看到江面。船坞停靠着一艘日本军舰，多半是在检修。军官早已登陆休假，舰尾甲板上有人在摔跤打斗，围观者不时喧哗，声音在空旷的江岸边回响。

他们在三井码头旁离开公路，转入浦东乡下的黄泥小道。他们在一座小石桥上耽搁一会，桥体太窄，小薛站在桥对面指挥，朴小心翼翼把车开过石板桥，两边的轮子各有一半悬空在桥外。他们在桥对面停下来吃东西。

此时天已全黑。油菜地早就花谢结籽，可一整天烈日暴晒，残余的花香似乎还在从泥土里不断往外冒。驶过那片小树林，黄土路突然消失。车灯照射着前方那片崎岖荒地，他们要过好久才明白过来，眼前那簇簇土堆其实是一座座坟头。夜空无云，星点如图，月色下树影浮游，树枝间似有鬼火不时闪现。小薛觉得心脏像是被一只类似唧筒[1]那样的东西不断往外抽吸，一阵比一阵发紧。

一小时后，他们又回到大路上，在民生路旁车子拐进一个小村庄。这是高昌乡二十六保中的俞家行。根据预定计划，他们要在这里跟小秦的表亲碰头。那人是船老大，替俞家掌舵，驾驶一艘五十吨重的机帆船，沿苏州河停靠各地乡下。俞家的族长是当地乡绅，地租收入日渐不敷支绌，几年前他在乡里开

---

1. 指水泵。——编者注

办堆栈，专事收购猪鬃牛骨，再转手倒卖给洋行。

他们其实是想要利用俞家的那条船。

他们走进一个散发浓烈腐臭的小堆场。船老大在棚屋外昏黄的灯泡下等他们。他们围坐在一张小桌周围，船老大在喝酒，小秦陪他喝，满桌都是花生壳。朴季醒用手指捡起花生壳，又一只只捏碎。他们坐在让人烦躁不安的蛙声里，到处是潮湿腐烂的猪鬃毛，一团团搅在烂泥地里，踩在脚上噗噗挤出水泡，像是踩在动物的腐尸上。

半夜过后，他们被带上船。小薛摇摇晃晃走过栈板，他觉得自己像在做梦。他觉得像是置身在一个让他恐惧的梦魇里，无法醒来。

机帆船很快离开河岸，顺着洋泾港朝黄浦江驶去。两岸蛙声不绝。每个人都在抽烟，凉风不断，可还是掩不住船身上那股臭味。小薛浑身都在冒汗，他无法克制自己的焦灼情绪。到处是那股腥臭的气味，河水在月光下油腻腻地晃动。

洋泾港连接黄浦江，河口左侧那里一大片江岸，地产全都属于蓝烟囱码头公司的名下。他们要接的货物就在那条八千吨重的英国货轮上。轮船停靠在江河交汇岬角顶端的浮码头边。几乎每天都会有英商蓝烟囱公司的轮船从港九尖沙咀讯号山南侧的香港太古码头驶向上海（小薛去香港的邮轮也多半停靠这个码头）。

中下级船员里常会有些人觉得钱不够花，私下帮人搭运货物。多年来，特蕾莎悄悄建立起这条运输通道。尽管江海关检查站就在黄浦江对岸，与蓝烟囱公司隔江相望，她的违禁货物却总是能安全卸装。

小火轮悄悄靠近大船。小薛觉得腋下全都是冷汗，他的手在发抖。朴站在船头低声向他喝道："快发信号！"

他身体一震，手电筒差点掉进水里。他连按两次才打开手电筒，按照约定朝货轮尾部左舷发出信号。如果船上的白俄水手看到信号，他将回以同样的灯光。巨大的货轮遮蔽住半边天空，星光从上方船甲板处透出一线，隐约勾勒出船体的形状。

沉寂。只有潮水拍打江岸浮码头的声音，偶尔有一两声凄婉的鸥鸣。岸上一片黑暗，百米外的联排仓栈间有一两处暗淡的灯光。没有工人，也没有巡夜的守卫。

没有巡捕。昨天他就把码头位置和船名全都向萨尔礼少校报告过。下午临出发前他借买香烟的机会，在一家烟杂店里给萨尔礼少校打过电话，这次报告的是具体的接货方式。他不敢有丝毫隐瞒，他不是想象不出这种告密行为会给特蕾莎和冷小曼带来多大伤害，他只是来不及去想那些。很多事——他只能走一步看一步，他是这样对自己说的。

船舷上灯光闪烁。重新发出询问信号，灯光再次给以回答。又回到黑暗里，几分钟后，船体边缘有重物缓缓垂落。

两个油布包裹的沉重物体准确地吊降到小火轮上方，左右摇晃几下，又往下降，重重落到舱前的船板上。朴和另外两个人上前解开吊索，把东西抬进船舱。

然后，又是两包……

小火轮轻轻启动。马达声极其微弱，震动声消失在水面上方几公尺的地方。小薛再次朝岸上望去，没有任何动静。

他想不出少校为何不采取任何行动。他又一次在心里感激少校。在他的想象里，少校一定是因为想要保护他，才没有当场实施抓捕。如果从岸上进攻，小薛就得冒被子弹打中的危险。他一直站在船舱门内侧，连发出灯光信号也只跨出半步来，就是害怕这个。他以为好心肠的少校一定也是在担心那个。

实际上，他报告的讯息实在有限，他只知道水面交货，但无从得知老顾这头的具体安排，他甚至无法计算出到达蓝烟囱码头的准确时间。况且时间紧迫，巡捕房根本来不及调集围捕船只。少校在电话那头沉默好久，时间之长让他觉得朴就在身后看着他，让他觉得他已被老顾的手下发现，让他觉得自己一走出烟杂店就会被人用乱枪打死。

少校后来只说出一句，他说，你要小心。少校没有告诉小薛他会采取什么行动，没有建议他拖延接头时间，没有要求他在接货时做出扰乱动作——那么，那一刻少校已决定不采取任何行动。

他认为，少校一定是出于某种他还不能理解的父辈友谊才做出如此决定的。他想少校一定是对他极其信任，少校宁可等候他再一次的情报，好在更加稳妥的情形下实施抓捕。那一瞬间，他内心充溢着对少校的感激之情，一时间是这种感情在占据上风，超过他对特蕾莎的关心，超过他对冷小曼的关心。

他在长时间的紧张、体力消耗、出汗，以及难以忍受的气味的压迫下疲倦万分。坐上"配极"车时，觉得浑身上下每块肌肉都渗透进一种欣快麻痹的感觉。他打算，明早他一离开老顾这帮人，就去薛华立路警务处。在此之前，他最好弄清楚货物藏在何处。他想要报答少校。

货物就在车上。后座下。他们没有解开油布。他帮他们抬那堆东西时用手使劲儿摸过。隔着油布,隔着油布内又一层油纸,他仍能感觉到手指上一阵冰凉(那当然是他的错觉)。货物散发着呛人的机油味。谨慎的朴季醒从棚屋里找来很多散发着动物尸骨腐臭气味的破布,用它们遮盖那堆货物,塞满那几包东西周围所有的空隙。

他们离开俞家行时,吴淞口方向的天际已微露白光。汽车在荒郊野地里疾驶。他们开着车窗,让凌晨的凉风吹进车厢,腐臭气息像是牢牢沾在皮座椅上,久久不散。他们个个都浑身是汗,只想找个地方好好睡上一觉。只有那个韩国人依然精力十足,他在开车。

他们还不能过江。头班轮渡要到七点以后开船。他们在一个小树林边停车。从野餐篮里拿出食物。小薛一点胃口也没有。他抓着一瓶荷兰水[1]往嘴里倒。

朴用双手抓住一棵瓶口粗的小树,他使劲儿向上拔那棵树,借以舒展紧张的肩膀肌肉。他放开树,转过身来伸个懒腰,他问小薛:

"过江以后你去哪里?要不要我送你?"

小薛口袋里放着那张七千块大洋的庄票。那是特蕾莎的钱。他要给她送过去。他是这样的人,人家不信他,他就要跟人家说说谎吹吹牛,人家信任他,他就觉得应该知恩图报。昨天下

---

1. 汽水。

午特蕾莎对他说，她不打算让哥萨克保镖参与此事，她决定让小薛独立完成这件交易，连货款都由小薛去收。当时他心里也是一阵感动，就像他刚刚突然对少校产生的那股感激之情一样。可他昨天夜里最害怕时，比方当他在坟地里向车子后窗外张望时，他脑子里也闪过一阵想要逃跑的念头。有那么一两分钟里，他不断对自己说，拿着这七千块大洋，他就可以和冷小曼想去哪里就去哪里——

"我要把钱给人送过去。"让他觉得奇怪的是，他居然一点都不担心眼前这几个人。他们甚至胆敢在大街上开枪杀人。他觉得自己就像一个突然从日常生活走进危险舞台的演员，从来就不曾把自己调整到准确的心理位置上。他难道一点都没想到人家有可能黑吃黑？可租界小报上常常刊登那些故事啊。他觉得自己真的很疲惫，满脑子都是胡思乱想。

四十六　|　民国二十年　七月十三日
　　　　　　　|　上午　八时四十五分

特蕾莎光着身子站在梳妆台镜子前，拿一根编成马鞭式样的腰链在肚子上比画，左轮手枪形的坠子一直垂到肚脐下，在毛丛中金光闪耀。她用眉钳拔掉几根，让它变成规整的三角形状。这些天来，她对镜子里那具肉身突然重新产生浓厚兴趣。

过会儿她要去见小薛。在礼查饭店。她穿上衣服,走出卧房。阿桂还在菜场。她穿过起居室,刚准备出门,电话铃响起来。

好一阵——电话那头沉默不语,只有沙沙的杂音,还有呼吸声。她不耐烦——

"你找哪位?"

电话那头仍旧不说话。

"你是谁?"她换用本地话再次询问。

"……我是小薛的朋友……"她在听,电话那头是个女人。声音断断续续,像是在犹豫,像是受到某种干扰。

"……很危险……"她听不清楚,危险那两个字倒明明白白跳进她耳朵里。

对方又重新说一遍。声音短促,间隔漫长,但并未抬高音量,"你不要去见小薛……有人要杀你……那里很危险!"

"我不懂你的意思。"

"我在衣服口袋里找到电话号码……我猜那一定是你的号码,写在一张照片背后。"她从这段思路混乱的话里寻找到一点确凿的东西,那张照片,她记得。

"你是谁?"她再问一次。

"我是小薛的朋友。"声音比刚才坚定一些。

"为什么要杀我?"她觉得这问题很奇怪,好像她自己是个局外人,好像在问——为什么要杀她?

"交易完成之后……你是知情者,你懂么?他们人手不够,把你关押起来太麻烦……"电话那头解释道,说法很滑稽,好像在说一盘隔夜的剩菜,存着明天再吃?太麻烦啦。

"可他呢？小薛呢？他有没有危险？为什么你不通知他？"

"我不知道他在哪里。他去提货，你知道他在做这个……他一定会来见你的。可他这会还不要紧。他们不想杀掉他。他还有用。他们会看住他……"

说话声戛然而止。回到绵延不断的杂音里。又过一会，电话那头轻轻挂断。

她沿墙滑落，跪坐在门厅的地上。瓷砖冰凉，贴着她的膝盖。她的光脚边盘绕着十几米长的电话线。她急速思考着——

她要把小薛救出来。她猜想小薛已在去礼查饭店的路上。她觉得自己来不及抢先一步。她抓起电话打给珠宝店。

她匆匆出门，进电梯，下楼，冲出门厅跑到霞飞路上，她不等车辆驶空就穿越马路。

珠宝店里，那两个哥萨克人已做好准备。福特汽车停在珠宝店后门横弄里。

汽车向北行驶，在马霍路遭遇刚从马房出来的一队赛马。短暂受阻之后，汽车又开始加速。他们沿着苏州河南岸向东行驶。特蕾莎坐在前排副驾驶座上，从手袋里摸出香烟，顺手扳一下那支手枪枪身右侧上的按钮。她的哥萨克勇士早已子弹上膛。

她点上烟，心思稍定。忽然，那个问题又再次浮上心头：那个女人是谁？那个女人知道所有的事情，她是谁？她也是那个顾先生的手下？她从没问过小薛，他的老板是怎样一个人，那是怎样的一个帮派。租界里有无数小型团体，向她买过武器的帮派小组织数都数不过来。

汽车在外白渡桥再次受阻。三辆空驶的日本军用卡车从桥上过，把南行的小汽车和黄包车赶到桥的左侧，迎头堵住北行的车辆，一群衣衫破烂的孩童趁机围上前来乞讨。

将近十点，太阳开始灼热，从桥下的苏州河蒸上来一股腥气。特蕾莎心里焦急，在座椅上不断挪动屁股，她感觉到小腹上被什么东西轻轻叮一下，这才想起忘记解开那条金链子。

她再次点上香烟，打开车窗放掉车内的烟雾，她侧头向外张望——

她看见小薛坐在右前方的法国厂牌汽车上。似乎是有意和日本军车过不去，他们向北行驶，却直接开到右侧的南行车道上，大模大样把车子夹在头两辆卡车当中，把由北向南的车道也给堵上。卡车已卸光装运的给养，防雨帆布篷一直掀开到装载车斗的前半部，卷在驾驶室后面。车斗两侧站着几个日本兵，神情漠然，注视着那辆法国小车，好像后颈上那两块猪耳朵似的垂布不光遮挡阳光，还遮挡住桥上的喧闹声。

她看见那辆车里人影晃动，她看见小薛把后脑勺靠在椅背上，夹着香烟的手伸在车窗外。她摇下车窗，指给她那两个哥萨克勇士看。那两支最新式可以连发的盒子炮搁在他俩的膝盖上。她的脑子在急速转动——

她想象把车开到小薛那辆车的左侧，朝他摆手，晃脑袋，挤眼睛，可她想不出怎样把消息告诉小薛。她担心照小薛的脾气，说不定会大叫大嚷。最好的办法是等他们下车，她突如其来把车停在他们面前。她的那两个哥萨克保镖和那两支毛瑟手枪足以控制局势，这帮家伙会吓得不敢动弹，她就可以顺顺当当把事情告诉给小薛，他们可以扬长而去。

她让汽车跟在后面，她的福特车仍旧行驶在左侧车道上，法国车上的动静，她尽收眼底。她关着窗，玻璃反射着阳光，对方肯定看不到她。她注视着小薛的侧面脸颊，觉得他俊俏无比。

车流渐渐找到疏通的办法。几辆黄包车上的客人跨下车。车夫把空车拉到桥边的人行道上，一辆往北的小车率先驶下铁桥，接着又是一辆。法国车转回到左侧道上，驶过第三辆卡车时大按喇叭，像是在向日本海军陆战队示威。特蕾莎让汽车缓缓跟上。

那辆车已离开北苏州路，越过熙华德路[1]，朝黄浦路方向拐去。特蕾莎要司机沿黄浦路向东，在礼查路[2]口U字形掉头。她要从黄浦路的另一端冲向礼查饭店的大门，她要从另一头扑向他们。在黄浦路和礼查路的转角上，她让司机尽量降低车速。太阳照在百老汇大厦黄褐色的光滑墙面上，她看见那辆车停向街沿，在她视野的背景上，有无数玻璃，金光闪耀。

"冲过去！"她在闷热的车厢内尖叫。

司机猛烈踩动油门，汽车以六十码的速度冲向礼查饭店，急刹车——

汽车几乎横侧过来，冲向人行道。小薛蹦跳闪避，躲到礼查饭店门廊下。另外两个也刚下车，迎面撞来的汽车把他们逼到墙边，司机愣在车门旁。

哥萨克人动作勇猛，跳下车，大步跨到那两个年轻人跟前，

---

1. Seward Road，今长治路。
2. Astor Road，今金山路。

没去管小薛，那是自己人。哥萨克人平端盒子炮，用蹩脚的上海话尖叫："通通勿许动！"

通通没有动——年轻人背靠墙壁，大睁双眼，手伸在衣服底下，来不及掏枪。

哥萨克人误判形势。他们下意识沿用自己的情形来臆想对方。没有想到，对方的司机手里也有枪。此刻，最危险的对手在他们身侧，在眼角视野外——

致命枪响。击中两个哥萨克保镖，子弹冲力把他们推倒在门廊台阶下。一颗位置偏高，瞬间击碎靠左边那个哥萨克人的太阳穴。另一颗子弹从下往上，穿透右侧哥萨克保镖的左胁（他当时左手正高高举着那支毛瑟枪）。子弹多半是直接打进他的心脏。他的头颅重重砸在台阶上，如同疯狂的画家抽搐般在画布上挥洒颜色（特蕾莎曾在一个从巴黎学过最新画法的白俄画家工作室里看到过这个），白色大理石表面迅速溅上大块血迹，遮盖住白底上芝麻粒状的灰黑色斑点。但这不是从枪口冒出的，这是从那哥萨克勇士碎裂的眼角上迸出的血。

特蕾莎热血上涌。她刚刚把腿跨出车座，她刚想落地，刚想开口朝小薛叫喊。她向车内仰去。她的右手臂伸向放在车座上的手提包，她在香烟盒下摸到那只勃朗宁。她的上半身又开始向前折。她的脑袋撞到车门框上，但她一点都不觉得疼痛。她的右手向车外挥出，她扣动扳机——

子弹没有射出，扳机只压到一半。击锤只有受到足够压力，才会碰击撞针，击发底火。事实上，即便子弹射出也不会击中对方。她来不及瞄准，茫然挥动手臂。对方早就跳到人行道上，从福特车的右后侧向她开枪。子弹正中她的小腹部,她还坐在车座上,车门半开,子弹穿透重重丝绸,钻进她的身体。

失去知觉前,她看到小薛扑向那支手枪,死死抱住那条手臂。她看到先前背靠墙壁的那对年轻人冲向小薛,把他拽向另一辆汽车。她昏昏然,有一阵却突然清醒,一个念头跳出来。难道倒是小薛反过来救她一命?

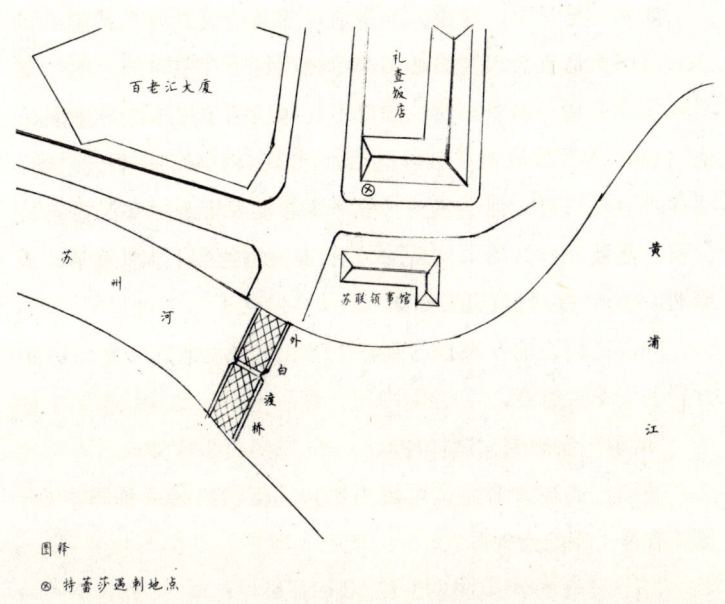

【礼查饭店周边环境示意图】

四 十 七

　　如果不是开车的朴季醒看到日本兵就来气，汽车会早几分钟停到礼查饭店门口（可谁让他是韩国人呢）。如果是那样，门口那场火并也许就不会发生。小薛不知道，那样的话，特蕾莎会不会被子弹击中。

　　如果不是早上，在驶入浦东渡口前又绕道烂泥渡，往那间比公路路面低五公尺左右的田间草棚里卸下几包东西，他们甚至可能会早到一两个小时。如果不是他满脑子想拒绝朴季醒送他，想找机会给萨尔礼少校打电话，可能还会更早。在昏迷之前，小薛曾这样想过，他还想到，他毕竟还没来得及把情况报告给少校。他被一件铁器砸到后脑勺上，一秒钟之前他判断那是手枪柄，一秒钟后他就失去知觉。

　　醒来之后，他发现自己躺在床上。他看见老顾坐在床边的方凳上，正朝他笑。

　　"醒啦？没想到你这样冲动……"

　　冲动？他睁大眼睛，可说不出口，他的脑袋一阵阵疼痛，像是有锤子在敲击太阳穴。

　　"今天上午冷小曼同志失踪。我们怀疑她已被害。你这个——嗯，梅叶夫人闯到你家，发现她住在你家里。小曼今天一大早让人送信，发出警告。我们的同志直到刚刚才看到那纸条。我们确信白俄女人到礼查饭店是想加害你。他们一下车就掏出枪来……"

他觉得脑子里一片昏乱，他无法理清头绪，他想分析这些词句，可他甚至连把话听清楚都很吃力。

"你放心——我们知道你对冷小曼同志的感情。我们的同志正在拼命寻找她。会找到她的。你好好休息一下。这里的同志都会帮你的，你想要什么就跟他们要。小秦你认识。"

他不懂特蕾莎为什么要杀掉冷小曼。他想不通她杀人的理由。虽然他亲眼看到她拔出枪来。可他不相信她真的会开枪。

顾福广匆匆离开房间。楼梯上一阵杂乱的脚步声，他肯定带走一大帮人。他环顾四周，是个带护壁板的房间。小秦把头伸出窗外，有人在楼下朝他喊叫，窗外一定是天井。他看看天空，猜想这是间东厢房。他听到隔壁正房的客堂间里有人在走动。

他想坐起身，但手臂上一点力气也没有。小秦回头看见，走过来扶起他，把他身后的枕头竖起来靠在床架上，让他背靠枕头坐在床上。他觉得口干舌燥，他要喝水。

喝完水，他又觉得疲惫不堪。他确实很累，昨晚他一宿没睡。他用力回想那间路边的草棚。他记得自己帮忙抬那几包东西，从公路边的碎石坡往下走——其实是往下滑，他想。那是一个田坑，草棚就在坑底下，路面比坑底高出五六公尺的样子，比茅草屋顶还高出一截。从公路往两边走十几米路，你就会看不见那屋顶。

太阳照在床前的木地板上。他觉得热，他掀掉盖在身上的外套，那是他自己的衣服。他在想特蕾莎，想她吃的那一枪，想那射向她腹部的子弹。他觉得自己肚子上也一阵刺痛。

可他还是想不明白特蕾莎为什么要杀冷小曼。这会他又在想冷小曼。难道一个女人的嫉妒心会那样重，会那样残酷么？可他又觉得老顾说的也许没错。这个白俄女人，她的手提包里时时刻刻藏着一只手枪。

可这是在上海啊，这是座几百万人在其中忙碌的城市啊，有谁会随随便便掏出枪来把人打死？对他来说，那些杀人放火都是租界报纸上的故事。尽管他亲眼看见过当街杀人——几年前这种事更多，可这些事从未在他身边发生过。发生在具体的、活生生的，与他有着密切关系的人身上过。他觉得那些事近乎舞台上的剧情，他看到过，为之紧张过，为之恐惧过，可转眼间就会抛在脑后。

他觉得自己好像已被人催眠。被特蕾莎和冷小曼催眠，被少校和马龙班长催眠，被顾福广催眠。他在做一个梦。在他这会做的梦里，拔枪杀人是常有的事，是一件随随便便就会发生的事。他毫不怀疑这是一种幻觉，他只是怀疑自己还有没有机会从梦中醒过来。他怀疑所有人都在发疯，他忽然想起少校的话，少校把此刻的上海比作一座随时就会爆发的火山。

但他又怀疑自己究竟想不想醒过来，这种与他从前的生活全然不同的状态，对人有种奇妙吸引力。就好像——他觉得这比方不准确，不是很恰当——不过他想，那种让他心里怦怦乱跳的感觉是差不多的，在让他产生一种忘却所有烦恼的麻痹感上是一样的，他觉得这像一局无休无止惊心动魄的赌局，像是人人都觉得自己手里有一副好牌。他再次认定，人家说的身体会分泌激素那回事，确实是有的。他又接连想出几个比方，就像人站在几十米高的大厦楼顶边缘朝下看啦（那种身体不由自主向前倾斜的错觉可能跟在空中漂浮的轻快感差不多），或者就像他穿越马路时，总喜欢让汽车紧贴着他的外套后襟疾驶而过，总是抓着那半秒钟的机会抢在前头窜过去那样。

他很想把这种近乎哲学的思考跟人说说，可他觉得老顾留下来的这两个人——这个小秦，和那个在连接厢房和客堂的门边不时走过的家伙，都没有资格跟他讨论这些。

小秦趴在窗口望着天井，太阳一定会把他的头发晒得滚烫的，小薛还在这么想着，突然就睡着了。

他睁开眼睛，天色已近黄昏。小秦还趴在窗口朝外头望。他突然回过头，神色惊讶，他张嘴想叫喊，又忍回去。他拿下跨在椅子上的右腿，伸头朝客堂轻轻喊："你知道是谁——"

他还没把话说完，人已在客堂外敲门。打开，一声惊呼。

厢房门口人头晃动，小薛认出其中一个。他认得这人，他跟在这个人身后盯梢过。当时这个人正和特蕾莎的那个陈买办一块吃饭，桌上还有朴季醒。他知道他姓林，冷小曼向他说过这个人，是她在组织里最信赖的一个人。

他听见有人说："我去看着外面。"接着是一阵脚踩楼梯的咚咚声。

新来的人站在门口望着他。这会，他迎着窗外即将暗淡的光线。这会他站着不动。脸颊上有大块擦伤，下巴和脖子上有很多瘀青。沿鼻梁是个长形的伤疤，结成的痂像是一种故意的伪装。可小薛还是凭侧面就一眼认出这人，他有一副受过长期训练的眼睛，他是摄影师。

"他是被我们的人救回来的，有人想要杀他。"小秦向林解释说，"你去哪里啦？这几天跑到哪里去啦？老顾说你被巡捕房抓去啦。说实话——我还担心你死掉呢。"小秦拽着他的手臂，拽着他的袖子，好像是他的一个小弟弟。

林突然沉默下来，半天没有说话。

"顾福广在哪里？"他突然发问。

"他们摆渡过江去烂泥渡。你不知道……"小秦转头望望薛，忽然明白过来他是知情者。接着说，"你不知道，这些天我们干过很多事，老顾在计划做一件大事。我们买到一种厉害的枪，老顾正带着行动小组在吴淞口外的船上练习打这种枪呢。"

"……还有，冷小曼今早失踪，老顾说她很可能牺牲……"小秦还在一口气往下说。边上的聆听者在沉思。他问道："行动预定在……"林转头望望小薛，把秦拉到厢房外的客堂间里。

他们在外间小声说话，他竖起耳朵听，可什么都听不见。小林突然拔高声音，连声叫喊，这不可能！这不可能！这不可能！声音一下下高起来，好像是一种激昂的副歌。

声音又低下去，有人从椅子上站起身，来回走动。他忽然想到：特蕾莎为什么一大早要去福履理路呢？她不是约好跟他在礼查饭店碰头么？特蕾莎为什么要带着人——带着枪去礼查饭店呢？为什么一见面就拿枪指着他们呢？

他越想越头痛，他闻到一股呛人的油烟味。楼下天井里有人在用铁锅炒菜，锅铲翻动摩擦的声音无休无止。现在，隔壁客堂里的响动他一点都听不见。他听见钢针突然被人提起来，沙陀国李克用的笑声戛然而止，像是突然被人捂住嘴。他听见小孩的哭闹声，有人在指责对方，听起来却像是在赞美他。

他想再次睡去，他觉得自己实在太累太累。但小秦走进来叫他："一块来吃点东西？"他不想吃东西，可人家把他扶下床。客堂间里摆着饭桌，桌上坐着他以前看见过的林。

四十八

民国二十年　七月十三日
上午　十一时十五分

一打完电话，冷小曼就不知道接下来该干什么。她是偷偷跑出来的。早上她一直在等待机会，老顾刚一离开，她就偷偷跑出霞飞路西段的这套公寓。她想到楼下的花园里散散步，她告诉人家。

她站在花坛边，望着一簇白色的茶花。它开得太晚，叶子的边缘已被七月的阳光晒得枯焦。她觉得楼上的窗口旁有人头晃动，吓得不敢动弹。她觉得自己在毫无意义地拖延时间。

她转头盯着玻璃门边那块铜牌看，Gresham Apartments[1]，1230。她只能辨认出这两行较大的蚀刻字。玻璃门后没有人，门房设在她身后车道的那一头，穿过另一幢大厦底层楼道，在沿霞飞路的公寓大门口。她沿着花坛的弧形水泥砌栏缓缓移动

---

1. 格雷夏公寓。

脚步，装得若无其事，装得像是对一只蝴蝶感兴趣，她觉得背后有人盯着她看。只要站在窗口里侧，根本不用伸头，整个院子一览无余。

她在公寓大门边的考夫斯格女装铺里站几分钟，这是一间俄国人开的高级服饰店。她感到羞愧，既因为这种无谓的迁延，又因为自己将要做的事。

她认为这几乎算是一种背叛。可她觉得自己要是什么都不去做，那也是一种背叛。昨天下午，老顾向朴季醒布置任务时，她在场。朴正准备开车去铜人码头，小薛会在码头售票处等他。

老顾说："后天就要行动。不允许任何疏忽大意。提货以后，你要把小薛控制起来，以防万一。"

说这话时，他没有回避她。这是必要的预防措施，她应该理解组织的用意。

朴提出新问题："那么这个白俄女人呢？她也知道很多事。"

"也关起来。"

"那样——人手会不够用的。控制一个人，要派两个同志。同时控制两个人，至少要派三个，三个也很勉强，无法做到万无一失。"

老顾在沉吟。他划根火柴，点燃香烟，扫她一眼。

"小薛很要紧。他对组织很重要，我们要保护他。我们要把他当成自己人。至于那个白俄女军火商……她知道的确实太多……即使行动胜利完成之后，她也知道得太多。"

她没能掩饰住，她完全听得懂这暗示。她心里一紧，而她的眼睛一定睁得很大。

……当同志遭受不幸，要决定是否搭救他的问题时，革命者不应该考虑什么私人感情，而只应该考虑革命事业的利益。因此，他一方面应该估计这位同志所能带来的好处，另一方面也应该估计由于搭救这位同志需要损失多少革命力量，权衡轻重再行决定……在拟定处决名单和确定次序时，决不应该以一个人的个人恶行，甚至不应该以他在人民中所激起的公愤为标准……应该以处死某一个人能够给革命事业带来的好处的大小为标准。所以，首先应该消灭对革命组织特别有害的人……

　　再一次，那些以前她曾反复背诵过的句子在她头脑中浮现，如同无声电影的一幕，如同以黑体字方式显现的旁白。她觉得一阵耳鸣，像是从淹没她头顶的水中传来的说话声：

　　"……处决她？"是朴在说话。

　　……妇女，应该分为三种：一种是内心空虚、思想愚钝、麻木不仁的人，她们可以像第三类和第四类男子一样加以利用；另一种是热情、忠诚、能干的人，但不是我们的人，因为她们还没有锻炼到具有真正的、毫无空话的、实际的革命认识的程度，他们可以像第五类男人一样加以使用；最后一种妇女是完全是我们的人，即完全亲信者、完全接受了我们纲领的人，我们应该把他们看作是我们的无价之宝，我们没有她们的帮助是不行的……

那些句子还在顽固地浮现，一行接着一行。这是组织的纲领，这是老顾亲手撰写的文件，这是参加群力社的所有同志必须背诵、必须牢记心头的誓言。

"我们找不到她……"她听到朴在说话。

"你把这张支票交给小薛。这是一笔巨款，他一定想要马上交到她手里。你开车送他……"她的耳朵里嗡嗡直响。

"……无论他去哪里，你必须坚持用车送他。从今晚开始，你要让人始终看着他，寸步不离，一直到行动结束。"

她突然说起话来，她以前从未在这样的时刻发表个人意见，"但当着他的面——要是当着小薛的面处决她，一定会吓到他的。那是他的朋友，他从前的……情人。"她在"从前"这里停顿片刻。

"……会吓到他的，"她几乎是在喃喃自语，"他一直都愿意帮助我们。你无法对他解释……"

"他还要什么？他会被吓到的，可除此之外他还能怎样？他早已在帮我们做事。他只能继续做下去。他还要什么？他有你。现在，他还有这笔钱——这笔巨款。我们会向他解释的，你也有理由向他作出解释。也许你自己就是一个很好的理由……"老顾顺着自己的思路往下说，好像全是因为某种跟他无关的逻辑，跟他无关的事实，而不是他自己在这样想。

昨天晚上，老顾一直没有离开公寓。他躲在小屋里抽烟，冥思苦想。她进去给他送茶，满脑子想要再次提出不同意见。但她看到老顾坐在台灯光圈外的阴影里，看到他一动不动的样子，她没敢说出口。朴已带着指令离开，齿轮已开始转动，没有人能够阻止它继续转下去。

她睡不着。她不认识那个白俄女人，她甚至想不起来她的长相。她只看到过一张照片，面孔有些变形，角度不对。烟雾和鼻线呈七十度夹角，眼睛在向右侧瞟过来。她认为这是在看着照相机。她还认为照片上的人是躺在床上，因为烟雾总是垂直向上的。特蕾莎对她完全是个陌生人，名字是小薛告诉她的。她甚至在自己心里也不想叫出这个名字，她又有什么理由要用这种亲切的方式来叫唤这个女人呢？

　　这个女人是以一种古怪的方式进入她的认识领域的，通过她自己的一条短裤，通过——某种肉欲的残余物，它一度给她一种肮脏的形象，一种散发着隔夜的身体气味，一种灰扑扑的陈旧骚味……可这会她一想起她来，就想到这条短衬裤。那些口红啊，照片啊，都不能向她证明什么，可这条短裤——柔软的丝绸因为床底的灰尘和潮气变得有些脆硬——却在向她证实一个活生生的肉体。

　　她觉得那个令她感到恐惧的梦魇，那个很久以来折磨着她的梦魇又再次笼罩过来。她不敢入睡。她在一个决定与另一个决定之间来来回回，好像这是一个她总也走不出去的迷宫。

　　她打算按照早上睁开眼后的头一个念头来做决定，可她根本就没睡着。她也分不清到底哪个才是睁开眼的头一个念头，她觉得自己根本就没闭上过眼睛。她试着再闭一次，可睁开眼之后的念头跟先前那个完全相反。

　　最后她作出决定，帮助她的是那种观点：她认为小薛必须得到组织更真诚的对待。他的工作的重要性，他的工作所需要的自觉性，都不允许在其中掺杂一丝怀疑之心。

但是当她走到公寓门外，她又不知道该怎么办。她不知道如何找到小薛，她更不知道怎样找到那个白俄女人。后来她才想起那个电话号码，那个写在照片背后的电话号码。

　　她站在永安果品行边上，等待从亚细亚火油公司的壳牌加油站里驶出的第一辆出租车。司机说他不能在这里载客，要她去车行柜台叫车。她不知说什么好，只能忧伤地望着司机，一直等到他答应让她上车。

　　她站在福履理路小薛的房间中央。她知道那张照片在哪里。那是她放的，在那张旧报纸包里，与那条丝绸衬裤躺在一起。这两样东西摆在一起，向她勾画出那个她从未真正结识过的女人的轮廓。而她现在决定去救她一命，去向她发出警告。她要劝说这个白俄女人别跟小薛见面。别去见他。她想她早就在希望他们不要见面。她早就希望把这女人用报纸包起来，塞进墙角，塞进衣柜后的夹缝里。可她在电话里刚一开口，就觉得自己好像一个嫉妒的妻子，劝说那个狐狸精不要再来跟丈夫幽会。你不要去见他，不要去见小薛……

　　可这会她又不知道接下来该干什么，该往哪里去。此刻多半已有人向老顾发出警报，行动即将开始的关键时刻，她擅自离开队伍。别人一定会猜出她的想法，别人一定会把这种行为认定为背叛，可她没别的地方可去。她找不到小薛，她是巡捕房通缉的要犯。她一个人离开公寓这行为本身就很危险。她可能会在街上被人认出来，可能会是巡捕，可能会是另一个对她有兴趣、可并不太喜欢她的记者。

　　最后，她决定还是回到那公寓去，她没有家，没有朋友，组织就是她的家，她的朋友。

四十九

民国二十年　七月十三日
晚　六时四十五分

林培文带来一个人，他在门外。坐在法华民国路对面的茶馆里，望着这边的窗户。窗户是朝东的，就在东厢房，在床边，那个姓薛的家伙躺在床上。

刚入夏，快到七点，天还亮着一大半。林培文坐在客堂间，觉得想要一句两句就把话说明白，实在是太难啦。情势变幻莫测，他都顾不上喘口气。

他怎么也想不到，郑云端竟然是潜伏在南京国民党中央党部调查科里的共产党员，一个真正的共产党员！他在来这的路上思前想后，把郑云端和他说过的话全都回想一遍，这才发现人家早就给他足够的暗示啦。相信我，早晚有一天，你我会成为同志。他当时怎么就明白不过来呢？他当时怎么就捉不住那话音里的一丝暖意呢？

昨天晚上，趁着特务们饭后晕头晕脑的机会，郑云端打开那扇储藏间的百叶门，他没有像往常那样大声喝令林培文。他用饱含同志友谊的眼神望着他（他当时还以为这又是什么假惺惺的花样呢）。他还弯着腰，把上半身钻到这到处是灰的小黑间里，把手伸向林培文。

他当时根本反应不过来，他以为这又是特务在搞什么名堂。他后来才想明白，人家这一伸手，冒着极大的危险，付出极大的代价。等到他后来真的相信这一切，真的相信他已得救时，他忽然就明白过来，在敌人的隐秘机关里要埋伏一名革命同志有多不容易，人家来救他，得冒着暴露的危险。召唤几个迷途青年的事，可不像看起来那样轻易。

他当时拒绝那双伸向他的手。他冷淡地望着郑云端，钻出小黑间。

郑同志也没工夫多解释，凑在他耳朵边说：

"明天一早要把你送到法租界巡捕房。"

"为什么？你们不是还没拿到我的口供？"他冷淡地问。

"党组织通过巡捕房的内线关系，把你被南京特派小组秘密抓捕的消息透露过去。今天上午巡捕房政治处打电话来要人。"

"党组织？"

"来不及给你解释。以后你会明白的。你要做好准备。组织上要营救你。"

他觉得自己真的好像在云端，晕晕乎乎……

"你要小心。别紧张，也别太放松。今晚还会有一次审讯。曾南谱在南京来不及赶回。由我负责主审。你照平时的做法就行。明天一早巡捕房要派车来运送你。党组织的内线关系已在那边花过很多钱，车子会在路上多耽搁半小时。另一辆黑色的汽车会来把你接走。那是组织上派来的营救小组。万一被敌人发现，万一发生战斗……你要记住，一旦有任何意外情况发生，你要

314

死死咬住，对敌人说营救你的是顾福广派来的人。"

昨天夜里的提审场面具有一种奇异的双重特点。从它的形式上来看，它比以前的审讯更激烈，郑云端甚至冲上来亲手打他两记耳光。可要是从审讯过程中询问的内容来看，它顶多只能算走过场。顶多只是把以前问过的东西再重新问一遍。他渐渐不耐烦，态度变得越来越强硬，使得审讯在旁观者看来变得更加激烈。

夜里他几乎整宿没睡着。他无法把那些对话的头绪理清楚。他只是觉得那储藏间似乎在变得越来越闷热，他脑袋靠着的那个墙角也变得越来越狭窄。

第二天一早，果然有一辆黑色的福特汽车来接他。他没有再看到郑同志（此刻——十小时之后——他在心里又叫一声郑同志）。两名年轻的特务把他交给全副武装的巡捕。让他惊讶的是，其中竟然有外国人——后来在车上林培文用英语问过他（林培文在南洋公学上过两年英文课），他只是笑笑，没回答他的问题。摸出一支短铅笔头，在烟盒锡箔纸的背后写上几行字，递给林培文。

For we walked

changing our country

More often than our shoes

through the class war——[1]

---

1. 布莱希特的一首诗。大意是：我们穿越阶级的战场，转战许多国家，比更换脚上的鞋子更加频繁。

他告诉林培文，那是共产国际里一位诗人的作品。原先是德文，他刚把它翻译成英文。

汽车把他送到望志路的一幢石库门房子里。站在客堂间吊扇下欢迎他的人，他很久以前就认识。他叫一声：陈部长。当年，林培文在会场里，他站在演讲台上，当年，他是学运部的负责同志。

几小时后，他离开那幢房子。他强迫自己调整，强迫自己不要过分激动。情势变幻实在突如其来，他的世界被整个颠翻过来，这是个彻头彻尾的阴谋！这是对党的诬陷！如果让它得逞！革命事业将会遭受极大损失！我们必须阻止它！我们必须揭露它！这是党交给你的任务！

整整四年，他都是跟一个骗子在一起，整整四年，他把一个阴谋家当成党的代表，当成他与党之间唯一的联系，当成他的指路人。民国十六年春天的大屠杀使他与南洋公学的党组织失去联系，他的同志被捕的被捕，退党的退党，他生命中最要紧的人（他甚至都还没来得及向她表白）被青帮流氓的铁棍砸在头上，再也没能醒过来。那年十一月他从无锡乡下回来，发现所有人的热情都烟消云散。仅仅几个月前，谁都声称自己是共产主义的同路人。三月时有个同乡学生来找他，宣布要同帝国主义和军阀作最后的决战。半小时的慷慨激昂后，那同学忽然对他说，他的舅舅原本在无锡教书，现在失业在家，能不能请林培文帮他找个教职？你有办法，你是共产党，你还是国民党区党部的学生委员，当时所有的学校都被两党联合组成的国民党党部接管。

可现在他在路上看到那同学，人家把他当成陌生人，看都不朝他看一眼。他先前曾想过去武汉找党组织，可不久武汉也开始清党。他感到愤怒，不是对敌人（对敌人他只有更加冷酷的仇恨），而是对那些风一刮就倒的墙头草。

就在这时，他遇到顾福广。他刚走出那家门庭萧索的书店。几个月前这书店摆满各种文字的左翼书刊，市党部还没来得及在这里贴上封条。因为这里是公共租界，书店老板是德国人。当时，他感到危险逼近——现在他回想起来，觉得那时他根本不可能意识到这完全是另一种危险——他觉得背后有双眼睛。他往弄堂里走，在拐角处疾转，看到弄口有两个短褂男子望着他，他紧张，加快步伐，怀疑背后有奔跑追逐的脚步声。这时，顾福广来到他面前，顾福广躲在横弄口，朝他低声喝道："这里走！"他懵懵懂懂被拉进一幢石库门，穿过天井，从另一扇门走出去。

他现在回想起来（尤其在听过郑同志说的那个故事之后），这很可能是顾福广设计的圈套，如此拙劣，他当时竟然无从识破。

他感到羞愧，他想自己是多么轻信啊。他觉得根本的原因在他自己，他那时一腔憎恨，满脑子想的都是如何向反动派复仇。对一个革命者来说，仇恨是危险的，他的内心应该更宽广。他的敌人是那个制度，是那个阶级，他应该更冷静，他应该比敌人冷静一万倍。他一想到陈部长的话，就觉得无地自容。

他向陈部长提出正式的要求，希望组织上让他重新入党。老陈告诉他，在严峻的对敌斗争中，党组织早已吸取教训。队伍必须更坚定，对党员的要求会更严格，重新入党的程序将会更加严密，而现在，最要紧的是抓紧时间工作。最要紧的是完成任务，你的任务是去把真相告诉那些受到顾福广蒙蔽的同志，党欢迎他们回来！

他站在东厢房的窗口，朝民国路对面茶馆里的同志招手。那位同志随身携带秘密的党内文件，它们会让受蒙蔽的同志获悉中央的最新策略。但首先要揭露阴谋，向全体同志揭露顾福广的阴谋。

他看着在床上沉睡的薛维世，他还有一件事要弄清楚。老北门捕房的事。陈部长向他问起过薛，他觉得党的情报系统果然神奇，对他们的情况一清二楚。陈部长告诉他，内线同志报告说，这个姓薛的家伙身份特殊，与法租界警务处政治部的马龙特务班关系密切。党组织曾将一笔钱存进中国实业银行的户口，这笔钱专门用来对付法租界那些腐败的警察，组织上对这个新成立的马龙特务班极为关注。而在法大马路中国实业银行营业所柜台上班的秘密同志偶然发现，这个姓薛的家伙曾用支票兑取过这个户口里的一小笔钱。组织上对这个姓薛的做过一番调查，认为他还不能算是坏人，还不能把他归入反动派。他救出冷小曼，是出于他们之间的私人感情，冷小曼向顾福广说谎，并不代表她就背叛革命，并不代表她就投靠巡捕房。

林培文让小秦把薛维世叫醒，让他来吃晚饭。林培文夹给他一块熏鱼，对他说："上午在礼查饭店，究竟是怎么回事？还有，昨天晚上提货的事，你也详细说说——那到底是什么武器？"

"她怎样？特蕾莎现在怎样？"

"这我们还不知道。我们有人留在现场观察，报告回来的消息说，那个白俄女人已被礼查饭店的人送往公济医院。你必须把详细情况告诉我们，顾福广很有可能再派人去医院杀她。"

"我什么都不知道——你们应该去问冷小曼……"

五十

民国二十年 七月十三日
深夜 十一时五十五分

朴季醒背靠着花岗石墓碑，坐在水泥地上。墓坛呈椭圆形。用搅拌在一起的水泥和石英砂石铺成，凹进地下将近一公尺。地底下是那个从清朝末年就跑来上海的耶稣会士的尸骨。这是甘世东路[1]的外国坟山，南风掠过肇家浜，把粪船上的气味吹到这里。风一停，气味就更难闻。坟山西边隔着甘世东路是鼎新染织厂，坟山的北边是万隆酱栈，全都散发着一股臭烘烘的味道。

五分钟后，人手全部到齐。他们分头到指定地点集合，免得惊动路上的巡捕。朴看看手表，对身旁的小傅说声："走吧。"

朴让人跟在他身后，从黑漆篱笆墙的缺口离开坟山。

圆月漂浮在天边，夏夜星光灿烂，天空亮得像在做梦。南面的大木桥方向偶尔传来一两下船橹摇动的声音，微弱得像是

---

1. Rue Gaston Kahn，今嘉善路。

老鼠从水里游过。甘世东路很短，没有树，没有路灯。他们往北走，路越来越窄，渐渐变成一条弄堂，脚下的柏油路也换成水泥地。他们转入亭元坊。弄堂走到底是围墙，围墙里是花二姊妹制造影画公司的摄影工棚。

里头灯光大亮，人声喧哗。朴一点都不懂拍电影的事，他也不懂老顾为什么要策划这次行动。他拿着老顾扔给他的那本拍摄技术手册翻半天，挠头，问老顾。老顾说："你别管那么多，把人和机器全都带回来。"

没等门卫叫出声，朴就挥拳直击在他咽喉上。那条黑背狼狗扑上来时，朴一个侧身，皮夹克袖子里那把匕首从上到下划开它整个肚子。一人一狗坠落在地上，没有惊动别人……

棚内在赶工，电影将在八月公映。广告已登在租界的报纸上。缩印的海报里，叶明珠肩裹轻纱，仍是上一部戏的蜘蛛精扮相。又过千年，她再次修炼得道，化成美女肉身。刚想作法害人，黑毡道士进门来警告她——海报上他凑在她耳边，海报上道士的鼻子快要触碰到她的肩上……话说南瞻部洲的上海有一所大学……世事轮回，这一次叶明珠是大都市里的女学生，她仍旧颠倒众生，害人害己，生生死死，可这一次，她要穿上白俄服装师缝制的裙装，这一次她化身变作摩登新女性。

他们走进摄影棚，站在阴影里，没人注意。三面灯光打向场地中央，把纸板糊制的布景区照得通亮，反光板立在光明世界的边缘，遮挡住众人的视线。灯光工人身穿汗衫，站在木架上，手举一根七八米长的伸缩杆，把一盏聚光灯伸到那浴缸上方。布景是浴室，窗户上挂着透明薄纱，窗那边画着几幢高楼，

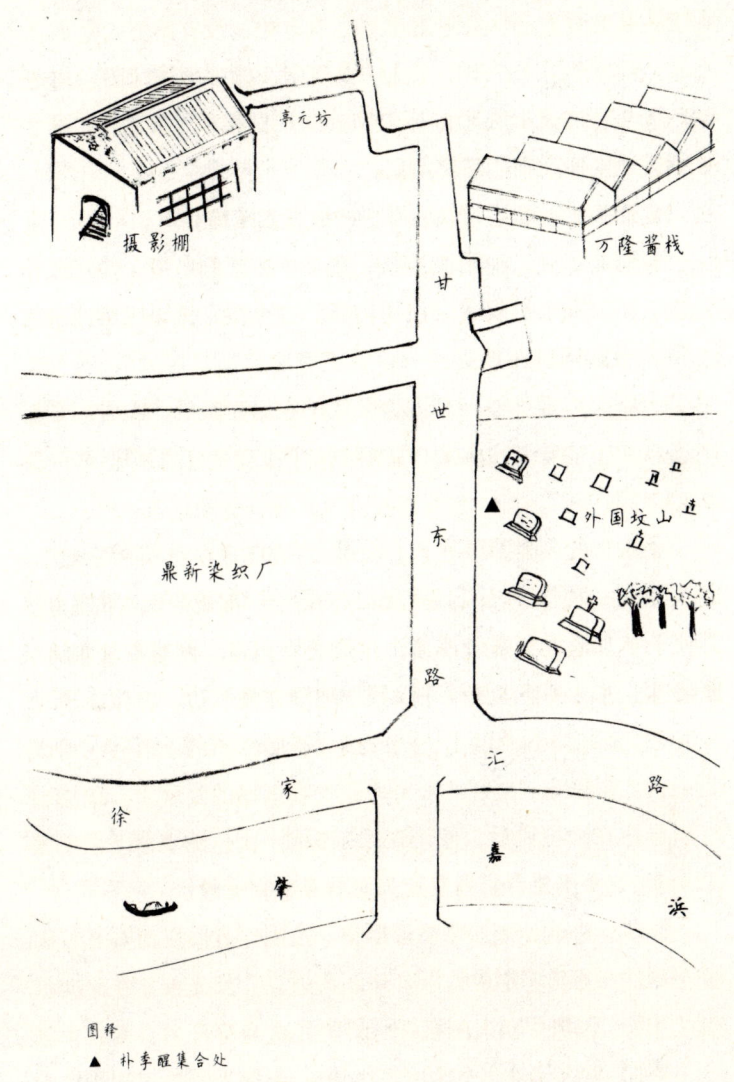

亭元坊

摄影棚

万隆酱栈

甘世东路

最新染织厂

外国坟山

徐家汇路

肇嘉浜

图释

▲ 朴季醒集合处

【电影摄影棚绑架案周边环境示意图】

红光闪烁。

浴缸是实实在在的，浴缸里的热水也是实实在在的。生怕热汽不够，有人躲在浴缸那侧向外吹送白雾状气体。浴缸里的叶明珠也实实在在。肩窝雪白，双膝像水母的伞盖在水中漂浮，值得你连买十五场票，就为看那一线春光隐约乍现。

朴有些迟疑，他愣在当场，用这种方式看电影，他还是头一次。要是在电影院里，他哪能看到这么多？摄影机蹲在浴缸右侧，摄影师趴在地上……银幕上将会有那双肉鼓鼓的肩膀，银幕上将会白雾弥漫……可这会他站在遮光板后，能看到她穿着游泳衣，能看到水里如白蛇游动的四肢，能看到那具略显变形的肉身。

他带来的人全都蹲下来，好像是因为看到大家都蹲在地上，好像这是一种作客之道。只有他站着，他眼角一扫，对面角落里还有人站着。倚靠在木架上，望着腿边，望着那张台面倾斜的小桌。桌上有几页纸，标记做得密密麻麻。场地左边搭建起一堵墙，墙上有扇门，门外坐着个男演员，他在做准备，他要适时闯入浴室——

导演在大声说话，像是在跟摄影师说话，又像是在与叶明珠商量，"要不要再坐高点？头向后靠，脖子伸长，向后靠……闭上眼睛，唱歌，头要略微摇摆，一边唱一边摇摆，大声唱歌，你平时洗澡难道不唱歌？"

"当然不唱！"浴缸里尖利的嗓音。

"你想象自己是个女学生，你快乐，你在洗澡，好舒服……你大声唱歌。响一点！嘴要张开，张大！"

她的歌声比朴季醒喝醉时唱得还难听，可这是一部无声电影，她只需要动动嘴唇。

"全都不许动！"这是朴季醒那口标准的中国北方话。

没有反应，所有人都没有反应。他冲到聚光灯下，他冲到浴缸边上，有人在叫："你是谁？出去！"

朴举起那支盒子炮，朝顶棚上开一枪。他可以开一两枪，老顾说，那是摄影棚，稀奇古怪的声音是常有的事。关键是要在最短时间内控制住整个现场。你要威风，你要盯着导演，因为在那里导演最威风，你要比他更威风，这样你就能控制场面。

枪声让那盏聚光灯一阵晃动，是那根七八米长的伸缩杆在晃动，是那个举着灯杆的工人差点从木架上摔下来。渐渐有人明白过来，蹲着的人就势滚到地上，场务本来站着，一下跪到小桌背后。只有浴缸里的叶明珠在尖叫。子弹打碎一只灯泡，玻璃落到她的肩膀上。她撑着浴缸边想要站起来——

朴季醒一把将她拖出浴缸，扔在地上。水淋淋的游泳衣贴在身上，小腹下有片阴影。她蜷缩在地上，她想尽量遮挡住要害部位。

朴季醒威风凛凛地举着手枪，用左手指指那个摄影师（他一进来就找到那人）：

"你——出来。"

他让小傅把摄影师从地上拉起来，从那堆蹲着的人里拖出来，小傅把手枪对着他，要他准备好所有拍电影需要用的东西。要他扛着那台沉重的35毫米摄影机，朴又指指地上那堆胶片盒，让人把它们全部扛到车上。

"够拍几个小时的？"他问。

没人回答他，他也不在乎。他只需把它们全搬上车。他们没有开车过来，老顾早就来查看过摄影棚，电影公司有自己的卡车，每天夜里都停在棚外的院子里。

所有人都要捆起来，老顾说。明天下午三点之前，所有人都不能离开那里。那是一家小制片公司，那是个小摄影棚，没有外人会来。他们喜欢夜里工作，上午这些电影界人士都在睡大觉，没有人会在上午闯进来。你要把他们全部捆起来，留两个人看着他们，这样就万无一失，老顾说。

我们本来就人手很紧张，为什么要这样做。有什么必要？他问过老顾。

"有必要。必须这样。"老顾说，"这是你不懂的事，你不懂拍电影。你不懂电影的威力。民国十八年我在苏联，我看过那个电影。你知道爱森斯坦？你知道那个导演么？那电影叫《十月》。拍的是攻打冬宫。可人家说，在那电影里受伤的人，比真的还多，电影里死的人，比起义时要多得多。胜利是很容易遗忘的，死几个人也很容易忘记。留下来的只有电影。"

朴不太能听懂他的话，朴觉得这些话高深莫测。他觉得老顾像是自言自语，像是在研究一个理论问题。

电影可以让死一个人变成死十个人，只要摄影机换换位置。电影还可以让人死得更好看，让它变得干干净净，不会有脑浆，不会有抽搐，死亡会变成一个简简单单的印记。这话他能理解，电影可以让死掉的人只露出肩膀。

他让人把他们都捆起来，连那个已坐在卡车上的摄影师在内，连叶明珠在内。他亲手捆绑这位大明星，他们带来足够多的绳子。他捆得很仔细，把她的手绑在背后，绳子从肩膀上绕过来，再从腋下穿回去，再绕过来，在肚子上交叉，又在大腿上绕两道，转到小腿，转到脚踝，把两只脚捆到一起，在那里打个牢牢的死结。他想，等她身体变干时，绳子也会变得更干，收得更紧。

拍摄现场的所有工作人员全都堆在一起，挤在炽热的灯光下，朴季醒把捆成肉团的叶明珠扔在那堆人里，拉下一块窗帘，惋惜地替她盖上。他留下两个人看着他们，他觉得不用塞住他们的嘴巴，就算到白天他们也不敢叫喊，两支手枪正对着他们呢。

卡车后车斗上盖着篷布。他让摄影师坐在驾驶室里。要让一个人好好工作，你必须给予足够的尊重。时间还早，他坐在驾驶室里抽烟。凌晨时他要把卡车开到马霍路。把摄影师暂时扔在马房里。而他自己还要去八里桥路，那里有另一个小组在等候他的到来，还有老顾。

他问摄影师："拍露天场面，这东西架在哪里？扛在肩上？"

"有个三脚架。"摄影师说。

他让人去找来那架子，在摄影棚的一个角落里。

他又接着问："这东西在卡车上站不站得住？要是正在开动的卡车呢？"

"没问题。"摄影师骄傲地说，"北伐时，我一路扛着它拍过战场。"

朴季醒高兴地拍拍他肩膀，在他嘴里塞上一根香烟。

五十一

冷小曼浑身都难受。不光是累，不光是饿。她没法翻身，她的手反绑在背后，只能侧过身来躺在床上。房间里一股呛人的硫磺味，闻久之后鼻腔的黏膜好像结上一层壳。这都怪她自己，这是她第二次自投罗网。

下午她在那幢公寓门口被人拦住。是小李，林培文组里那个最腼腆的小伙子，以前在药房里学生意。在那条连通霞飞路和花园的楼道深处，人家告诉她：

"你不能进去！老顾说你已背叛组织。你一出现，命令是格杀勿论。"

"我没有背叛组织。"

小李怜惜地望着她，"我不想看到你死……可那个白俄女人早上带人闯到礼查饭店，差点把朴季醒打死。消息一回来，老顾说一定是你向那个女人通风报信的。你一失踪老顾就在担心，没多久就传来那消息。"

"我没有背叛组织。"

"现在说这个没意思。你赶紧走……"住在贝勒路过街楼那会，小李也是常来看她的一个。他帮她往楼上扛煤球，帮她去隔壁弄口的老虎竈提开水。

"薛先生呢？"她忽然问。

"朴季醒把他带回来。放在另一个联络点。老顾说，他怀疑这个小薛也很危险。他说突然跑出那么一个家伙，说他在巡捕房有关系……而现在你又泄露组织的机密。老顾说薛还有利用价值。他要再考虑一下，对你，他说要格杀勿论。朴季醒朝那白俄女人开过一枪，有人回来说，没打死她，她被送到医院。老顾说等行动结束后，白俄女人也必须派人去处决。说你们三个现在都是组织的严重隐患。"

"薛先生是决心参加革命的。那个白俄女人也对我们有很大帮助——我们不能滥杀无辜。"

"你忘记我们发过的誓啦？你忘记群力社行动纲领啦？说这些都没用，你赶紧走！我放你走！你别上楼！"

他推她转身，她走出几步，他又叫住她：

"等等……"他从口袋里掏出一把零钱，一块洋钱，几张纸币，他把这些钱递给她。他想想，又从短裤下摸出手枪，一块递给她。那是一支手掌大小的勃朗宁。

她回到福履理路小薛的家里。她坐在桌边发愣。她觉得双腿酸痛，她再也跑不动路，她也不知道能跑到哪里。她忽然掉下眼泪，趴到枕头上痛哭一番。她闻到小薛头发的味道，心里一慌……

他在老顾手里，她决定去把他找回来。她想这是她现在唯一能做的事。她不想让他成为组织的牺牲品，像她自己那样。她要去恳求顾福广，她不相信组织会杀掉她，她不相信老顾真的会杀她。对她来说，这不是一个最漫长的决定，对她来说，这也不是最漫长的一天。可等她当真走出门，找到电话亭，拨通那个电话时，天色已将近黄昏。

她按照电话里交代的地址找到八里桥路这家蜡烛店。老顾不在。朴季醒也不在。在这组织里，她只认识这几个人。别人把她带到楼上，客客气气地把她绑在床上。

　　现在，她只能这样等待着，只能这样侧着身子躺在床上。

　　窗外曙光微露，天空黝蓝。她听到楼下门板搬动的声音，隔一会，她又听见竹梯嘎吱作响，有人上楼，是朴季醒。

　　朴坐在桌边望着她。

　　"为什么要偷偷离开？"

　　她固执地看着他。

　　"为什么要通风报信？为什么要背叛组织？"

　　她并没有从这种严重的指控里感到危险，她只是觉得受到侮辱。她为组织付出过很多，其中包括痛苦的抉择，无尽的寂寞，还有违心的表演。她望着朴季醒那张一宿没睡的脸，那张因为没刮胡子而显得更加憔悴的脸。她想起在这个组织里，她看到过太多这样的脸，她忽然觉得这样的脸有些可笑，紧张，疲倦，因为过度疲倦而兴奋……忽然之间，好像有另一个冷静而超脱的自我跳出她身体之外，从那些刚刚还充满她头脑的羞愤中浮现出来，像个旁观者那样站在边上。

　　那是一些沉浸在秘密行动中的脸，是一些完全沉浸在自我想象中的脸，苍白的脸色在黑暗的人群中忽隐忽现，既骄傲又惊恐，既蔑视又渴望……

　　一旦她采取这样一种旁观者的立场，突然就觉得这一切都毫无意义。纯粹是……无谓的消耗，她在心里使劲寻找合适的表达方法。可她很快就原谅这一切，也原谅他们。他们不知道自己在干什么，她想。她又觉得他们毕竟也不是那样可笑，因为她自己也有那样一张苍白又邋遢的脸，她自己也整宿整宿地睡不着觉。那张脸看似正在遭受无休无止的关节疼痛的折磨。

她在思索朴季醒刚刚说的那句话——背叛……

她觉得正是这样的字眼在折磨着他们和她。这些字眼会偷偷咬噬人的心灵，让人又激动又心酸，让人彻夜不眠。这不是平常人们互相说话会用到的字眼，可一旦他们用这样的字眼说话，生活就开始大不一样，世界也变得好像梦幻一般。她一动脑筋检点起这些字眼，心里就排出来一大串，行动啊，纲领啊，国家啊，压迫啊……还有——爱情。

她想，要是世界上没有爱情这字眼，她和小薛的关系会不会更好些？她会不会不那么装模作样些？她觉得自己像是被人家——被这些字眼规定好角色，可她现在觉得很累，她不想再扮演这些角色。

天快亮时她听到楼下老顾说话的声音，她想叫他，想对他说，她并没有背叛，她只是不想伤害小薛。她并不觉得老顾真会杀掉她，她甚至觉得老顾不肯上来看看她，是因为对她有些愧疚，就好像她偷偷跑出去打电话给人家通风报信，责任都在他身上。她现在渐渐不再为自己做的事感到羞愧，就先替人家羞愧起来。

她大声叫喊老顾老顾。朴季醒腾腾爬上楼，告诉她老顾走啦。朴过来帮她解开绳子，给她倒一杯热水。她想洗脸，她想漱漱口，她多想换换衣服啊，可她更想问问小薛。

朴背对着她站在桌边，好像在研究那只灯泡。

"我带你去见小薛。"他告诉她。

她觉得心情轻松起来。毕竟——事情是可以讲清楚的。等明天，等他们那行动顺利完成，事情就过去啦。她可以帮忙去看着小薛，在这段时间内。至于那个白俄女人，那个特蕾莎，她不是在医院里么？吃点小小的苦头，也许对她还有些好处呢。

天还早，八里桥路街上一个人都没有。老鼠在隔壁浴室的煤堆上爬过，完成它在黎明前的最后一次巡猎。卡车停在街对面，柏油布篷罩着车斗，车后挡板上掀开一条缝，季醒翻下后挡板，让她爬进车斗。她感到屁股上被人用力推一把，她跌进车斗。

朴季醒跳进车内，她惊恐地回头看着他——

篷布已放下来，里头漆黑一团。她还没来得及让眼睛适应，脖子已被人掐住。一瞬间所有事情都水落石出，她明白过来——朴季醒是想掐死她。在车上掐死她，省得从楼上往下搬。不过她只来得及明白那一小会，她的大脑开始缺氧，她透不过气来，她开始挣扎。她被人压在卡车挡板的角落里，膝盖顶着她的肚子，她想要拼命蹬腿，可腿也被人家坐在屁股底下。

她的手还空着，在快要失去知觉前一秒钟，她忽然触碰到那支手枪，她在福履理路特地换下旗袍穿上裤装，就是想要藏好这支手枪，幸亏她没被搜身，幸亏没把手枪放在手袋中。她以前看到过林培文把手枪插在裤腰背后，她学他的样子……

她掏出手枪，可她不想打死他，况且枪还上着保险。她挥舞手臂，枪柄重重砸在朴季醒的太阳穴上。那双掐着她脖子的手顿时松开。她想咳嗽，可她来不及咳嗽，她连滚带爬跳下车斗，朝车头方向跑去。她听到身后卡车挡板撞击的声音，她听到重物坠地的声音，她不敢回头，拼命朝街对面跑去——

她看见林培文，站在宁兴街拐角上。她看见在他身后，小薛冒出头来。她以为自己是在朝他们呼救，可她觉得听不见自己的声音，她觉得自己无法呼吸，她看见他们转过头，朝这边看。她看见他们站在街沿。她踉踉跄跄地朝他们跑过去，挥舞手臂。她听见背后引擎启动的声音，卡车从她身边疾冲出去，左侧轮胎撞到街沿上，车头又急速向右拉去，在交叉路口歪歪扭扭划出个弧形的轮胎印，拐到宁兴街上，转眼消失得无影无踪。

她觉得浑身发软，颤抖得厉害，她在哭泣，还夹杂着咳嗽。她靠在小薛的身上，他抓着她的手臂。她想腾出手来摸摸小薛的脸，可她手里还握着那支枪。她想她差不多算死过一回，可又活过来。她既然死过一回，就无须再觉得羞愧，无须再去考虑自己的做法在别人家眼里的印象，他很英俊，她刚刚以为再也见不到他啦。她绕着小薛的脖子，趴在他身上痛哭失声。

五十二

民国二十年　七月十四日
上午　六时五十五分

林培文觉得时间太紧张，他一刻都没耽搁，可还是差点晚到。他要是晚到一分钟，这会大概只能见到死掉的冷小曼。再也不能让同志白白牺牲。昨天晚上，小薛把顾福广临走时说的话告诉他，他立刻意识到冷小曼要出事。当时他猜想冷小曼已被顾福广杀掉。顾福广不想让小薛见到冷小曼，顾福广会杀掉她，然后栽赃到那个白俄女人头上。可后来他得知小李碰到冷小曼。小李是他自己那个小组的同志，小李回到法华民国路，告诉他冷小曼已脱险。

那以后，他就把冷小曼的事丢在脑后。他有太多的事情要做，他只有一个晚上。他让小秦他们几个立即分头传递消息，把他那小组的同志全都叫回来。他召集大家在民国路联络点开会，他要把事情明明白白告诉大家。有几个同志还没找到，顾福广已把人手打散。他那小组里的人有好几个跟着顾福广跑去浦东。

最重要的是他那个小组，陈部长说。清一色二十岁左右，很多都是学生。他们受到顾福广的蒙骗，可他们全都是革命的宝贵财富。无论如何要尽量找到他们，把真相告诉他们。可他那组人是顾福广手里最勇敢的一批。顾福广虽然号称发展出好几个行动小组，真正能做事的是这些年轻人。陈部长告诉他，组织上做过调查，顾福广其他那两个小组，都是一帮在租界里鸡鸣狗盗的小流氓，有些是黄色工会的打手，有几个从前在青帮开设的花会听筒做航船，席卷赌金逃跑后被帮会派人追杀。他还搜罗一批外国人，韩国人、印度人、白俄，全都是从亚洲各地逃到上海租界的犯罪分子。

那些没有找到的小组同志，他想不出办法来通知他们。陈部长告诉他，要利用一切可能利用的关系，揭露这个企图向党栽赃的阴谋。小组同志开会后，他让所有人抓紧时间分头去寻找，他自己又跟这个小薛谈话，他想知道，如果巡捕房获悉这情况会怎样，他认为有必要把情报用适当的方式向法租界警务处透露。

"冷小曼这会在哪里？"这个自私自利毫无心肝的家伙，只想到他自己的事。林培文弄不懂他，他俩根本不是一类人。听说那白俄女人被送往公济医院，他刚松一口气，可这会他却又关心起冷小曼来，他不懂一个人怎么周旋在两个女人之间，他觉得那很庸俗。

"她很好。我们有同志已把情况告诉她，警告她不要去见顾福广。"

林培文看出他确实对冷小曼很关切，但他想不明白，为什么一个人可以既关心这个，又关心那个。

"顾福广不是个真正的共产党人。他正在策划一次危险的抢劫行动，他想把这栽赃到共产党头上。我们希望你把情报透露给巡捕房，通过你的那个朋友。"

林培文觉得对方有话要说，他望着小薛。他的嘴唇上咸津津，那是汗水的盐分。他看到小薛在摸口袋，他知道他是想抽烟，他自己也想抽一根。

"他们为什么要相信我呢？"小薛说。墙上的雪花膏女郎望着他们，在微弱的晕黄灯光下，她周围那些争奇斗艳的花朵这会显得色泽十分暗淡。他们为什么要相信他呢？对于租界里的帝国主义者来说，共产党比普通的犯罪分子更可怕，他们有什么理由要澄清这事实呢？

小薛在沉思。他们都是年轻人，林培文望着他，怀着一丝善意微笑着，尽管他平庸自私，尽管他的良心从未经受过天人交战的时刻，林培文仍然希望能感化他。

"我倒有个办法。"他忽然开口说话。林培文等着他——

"这是在上海。这是一座城市，城市有它自己的办法。城市有它自己传递消息的渠道。"他在思考，边想边说着，"可以把消息传递给报馆。写一份声明，一份通电。交给报馆。一份揭露阴谋的重要声明。还有广播电台。租界里有那么多电台。现在报馆正忙着，明天的早报还没截稿，还来得及。拟个稿子，分写几十份，让人分头送到报馆和电台，明天一早全上海的无线电里都可以听到这声音。早报也会把消息传播出去。"

好主意——林培文再一细想，觉得这简直是个不能再好的好主意。

他们整晚都在不停地写，反复修改，林培文无法请示上级，时间来不及，他只得怀着一丝僭越的惶恐写下这抬头第一行字：

中国共产党上海区委员会致全上海市民同胞——

小薛认为，单单这样一份声明，租界报馆根本无法刊登。他说，最好从头说起，把它讲成一个故事，如果它是一个有关事实的报道，报馆和电台就会冒险发布，因为本地市民最喜欢这类"耸人听闻"的消息。林培文转头瞪他一眼。

要不要在文稿里揭露明天将要发生的事件，林培文对此犹豫半天。他有些担心，少数同志还未收到警讯。最后，他还是决定写出来。他把稿子誊抄二十多份，小薛也在帮忙誊写。

他俩骑着自行车，四处送递那叠稿件。小薛陪着他，对租界的各家报馆电台，小薛比他熟得多。将近四点，他们回到民国路。

从八里桥路回来的小组成员发布惊人消息：冷小曼在蜡烛店里出现！发布者本人接受朴季醒的指令，来民国路召集小组其他人去八里桥路集合的。等到林培文把事情的真相告诉他，他立即报告说，冷小曼此刻在蜡烛店，已被捆绑起来。

林培文一秒钟都没犹豫，他掉头出门直奔八里桥路。小薛跟在他身后。

幸亏及时赶到。

林培文望着凌乱的店堂。吃剩的食物，到处是烟蒂，原本方方正正堆叠的纸箱被人推得东倒西歪，纸箱后墙角地板下的枪支和炸药早已被人取走。

林培文怀疑自己这边的消息已泄露，他大张旗鼓召回小组同志，顾福广不可能不起疑心。朴季醒一看到他们就匆匆驾车离去，他不得不假定，顾福广已获悉谎言败露的消息。他一定会孤注一掷。

他不知道顾福广准备拿那种新购置的武器干什么，他也不知道顾福广的计划，不知道他的行动时间，也不知道他的行动目标。所有的计划都藏在顾福广的脑子里。在他召回的同志中，有人说行动目标是一家银行，还有人说集合地点在跑马总会对面的马房。马霍路周围一家银行都没有。这是顾福广向来的行事作风，他总是在行动前的最后一刻才把方案告诉具体的执行人员。

他们走进店铺后的库房，顾福广一定是在这里开过会，铁皮罐头里塞满烟头，只有顾福广才会这样一支接一支抽香烟。

冷小曼靠坐在墙边一只木板搭成的货架上,她抓着小薛的一只手不放。

林培文环视阴暗的库房,窗户全被木板条钉死,早晨的亮光和柴烟从板条缝隙间钻进来,煤球带着夜晚的潮湿,散发出一股刺鼻的烟气。隔壁友益里弄堂传来洗刷马桶的声音。他注意到纸箱半空,里头的鞭炮拿掉很多。他还看到桌上有一张纸,顾福广常常坐在桌边那个位置。

林培文拿过那张纸,凑着灯光仔细看。他能看懂那草图的意思。顾福广在制定计划时,向来十分严谨。他在行动前总要仔细勘察地形。开会时他会拿一张白纸,用铅笔在上面画出街道,标明宽窄,画出建筑物,门和窗,他会在图中指定埋伏火力的位置,汽车接应的位置……

可他看不懂街道两侧一格格排列整齐的小方块代表什么。他注意到顾福广在这些方格边上设置火力,街道这一侧有两处,对面有一处。攻击目标在街道这面,顾福广的习惯是在攻击目标的位置画上个大猪头,两个大耳朵,占满半个猪脸的圆鼻头,鼻孔是两个黑点。他看到草图右边位置画着一个三角形,他猜想那是个巡捕岗亭。猪脑袋对面街上写着一个小字,像是在说明问题时随意的涂抹,他仔细看,是个冠字。

从板条缝透进的光线亮起来,他把纸放回桌面。冷小曼也把头凑上来仔细看,忽然叫起来:"这是法大马路。"

她用手指点着纸上的位置:"这是东自来火街,这是西自来火街,这个冠字,一定是冠生园。方格是骑楼的廊柱。目标是中国实业银行!边上就是星洲旅馆。"

林培文转头看她，有一句话他不得不当面问她，他要她当面回答他：

"星洲旅馆那一次搜捕，你被带进老北门捕房。为什么要说谎？为什么你不把事实告诉顾福广？"

"我说不清——我怕一说实话，你们就会掐断联系……"

"那么——你告诉我，"他又掉转头来，望着小薛："你与巡捕房的马龙特务班究竟是什么关系？你通过冷小曼与顾福广接触，究竟是出于什么意图？"

小薛无法回答他的问题，他支支吾吾："是朋友，普通朋友……不，是个好朋友……"

林培文朝他微笑，"别紧张。我们党完全掌握你的情况。我们希望同你保持联系。如果你相信我们，如果你相信我们所做的一切都是为着一种正义的事业。我们可以成为你的朋友。"

五 十 三

民国二十年 七月十四日
上午 九时十分

像《申报》和《大公报》这类大报馆，只把消息简略地刊登在本埠新闻栏内，这是人家自觉其身份使然。而那些较小型的报纸中也有以刊发新闻稿件为办报主旨的，比如《市民新报》。这类中等大小的八开报纸，则在头版的右下角全文刊发那份声明。去年，这家报馆曾被上海特别市党部清党委员会封查，原因是他们在一种壮阳药的广告里，配发南京国民政府主席蒋中正先生在北伐军总司令任上全副戎装的照片。在北伐胜利前后的混乱时期，此类拿总司令开玩笑的广告铺天盖地，到处都是，后来渐渐肃清。在报馆值班审阅大样的主编格外小心谨慎，小薛提醒他，明天早上申时通讯社发给各家报馆的电文稿中一定会有这份声明，他不妨预先把稿件的来源写成那家通讯社，意思是责任可以由别人家去承担。至于那个复杂的故事，《市民新报》用两个整版来报道，基本沿用林培文写的那份东西，只在一些词句上稍作改动。

小薛要是能碰到李宝义，他也会给他一份的。即使是《亚森罗宾》也有它的固定读者。他把冷小曼送上有轨电车后，顺手从站点旁兼卖报纸的烟杂店拿来一份《市民新报》。林培文正在忙于疏散安排他召回的小组同志，至于冷小曼，最方便的办法是先去福履理路的小薛家休息。

小薛不能陪她去，他有事要办。他在敏体尼荫路找到一个公共电话亭，往薛华立路警务处萨尔礼少校的办公桌上打电话。

少校一定是守在电话旁边。少校一定看过早上的报纸。没等他报告，少校就开始朝他发火：

"报纸是怎么回事？你还向我报告什么？报纸上全都有！他们不是共产党，那是一帮犯罪团伙，那是诬陷共产党的阴谋。为什么不先来向我报告？正在策划一起暴力活动，什么活动？为什么不报告巡捕房？你到底想干什么？"

他在法大马路的蛋糕房里喝咖啡，屋角那台西屋无线电里的广播声让他很得意，他觉得这无论如何都是个好主意。

让少校再次原谅他的是那个情报。少校不得不原谅小薛，他要是不按他们说的做，就没法从那里脱身，这个重要情报也没法送达警务处。小薛有时会觉得少校在跟他玩猫捉老鼠似的游戏，他有时觉得少校把一切都看在眼里，他想少校大概是把这当作管理租界的一种绝妙方式。他坐在高处俯瞰着你，他容忍你的小花样，只要他还想跟你玩下去。

十一点，他准时来到麦兰捕房。马赛诗人在门口等他。他看到在一间大会议室里，马龙特务班全体在场。

少校在隔壁小房间里。面对这个惊人的情报，少校表现出锚桩般的稳定。一九一二年在法属西非，他处理过科特迪瓦的土著人暴动，大战后他在河内搜查过当地民族独立运动小组的炸药作坊。在他心情好时，他会对小薛炫耀海外履历中最光辉的业绩。他目前最感兴趣的是共产党，小薛的消息多少有些让他失望。最让他失望的是小薛把这消息捅到报纸上，捅到广播电台上。小薛明白他让少校失望，他认为少校的失望绝大多数应当归结为因判断失误而带来的窘迫和自责，有一小部分纯粹是受到挫折的荣誉感在作怪。

少校对小薛凭记忆画出的图纸相当满意，他让马龙班长把草图拿到隔壁的会议室去。如果能够成功镇压顾福广的这次行动，小薛就能够挽回在少校那里丢掉的面子，也会帮少校挽回面子。他希望顾福广的行动以失败告终，他甚至希望巡捕房当场击毙顾福广。他相信林培文也希望如此，那是他刚刚结交的朋友。顾福广是妄图向林培文的党栽赃的阴谋家。问题在于，没人知道顾福广将在何时发动攻击。

少校并不为此焦虑不安。他在抽他的烟斗，在等待。

马龙班长闯进房间，他用退役拳击手那种无礼的方式向少校建议："我们应该用装甲警车封锁东西两个路口。路上人太多，要是不把他们吓跑，一旦开始我们无法控制局势。"

"他们明天还会来，或者后天……"少校快速答复，可话却说得模棱两可。

"今天可不能算是个普通日子。所有警察全都不准休假，一半都调到法国公园，下午三点，总领事和公董们要在那里阅兵，印度支那驻军的分遣队司令官也在观礼台上。"

小薛这才想起来今天是七月十四日，顾福广选择 La Fête Nationale[1] 动手，是早就打算好的。

"我也要去。等这里收场。要记住，必须等他们开始后再出动。给我说说你的安排。"少校把具体行动交由马龙班长负责。

"东自来火街的岗亭里已秘密加派机关枪手。银行周围有不少便衣华捕。从这里到现场，警车只要开两分钟。霞飞路和福煦路两个分区捕房已得到通知，所有警车都在靠近法大马路的辖区边缘待命，一旦警报响起，这块区域的所有出口都会严密封锁。"

"很好。那样的话——你还担心什么？"

少校把他的家什全都放在那只棕色的小皮袋里，他解开绳子，摸出铜钎来挖烟斗，他在准备第二锅烟丝——

1.法国国庆节。

爆炸声，从西面传来的爆炸声。时间是下午二点。许多日子以后，在这一连串的事件平息很久以后，少校曾在一次闲谈中对小薛说："我确实一点都没想到，他会用爆炸来开场。如果他是要抢劫银行，为什么要先扔炸弹呢？没有人会这样来开始一次抢劫行动。我当时觉得他是在发疯——别人会悄悄地走进银行，安静地控制局面，让人趴在地上。他需要时间，他们要把那些钱装进包里，装进箱子里，这些钱里有一半是银元，箱子会很重，他们还要把它扛上汽车。我知道他手里有致命武器，他可以在冲击包围圈时使用它。我们已做好所有准备，银行里有埋伏，有机关枪，他们一旦往外走，所有埋伏点都会同时开火。他们上车时，一定会松懈。突然看到那么多钱，一定会兴奋。没人会想到，他们一开始就扔炸弹。简直是在发疯。我告诉我们的人，至少有十分钟时间，可以用来解决银行外的所有火力点。他们不想给我们时间，问题在于，他们根本都不想给自己时间。"

小薛听到连续的爆炸声。听到各种各样的枪声。有的连成一串，有的是有节奏的单发，固执地一枪，又一枪，好像是不愿意被别的枪声淹没。他觉得这有点像是那种婚宴上的鞭炮声，如果他不是事先得到消息的话，他一定会误把这个当成鞭炮声。别人会把这个当成是鸿运大酒楼的喜庆宴会呢，或者是法大马路上有哪家新店铺正在开张呢。

马龙班长带着特务班的全体人马冲出楼房，他们早就得到消息，他们完全是有准备的。他们没有被爆炸声搞乱，警车早就在大门口待命。少校让小薛跟着他。

少校和小薛坐进一辆加装钢板的劳斯莱斯警车里。他们没能在两分钟内赶到现场。从分区捕房到银行门口只有一公里不到的车程，可他们花掉七八分钟，他们被恐慌的人群堵在路上。等他们赶到现场，枪战已接近尾声。

先前在现场指挥的警官，是老北门捕房的那位探长。小薛认识他。他在向少校报告前，朝小薛看过一眼。他告诉少校，虽然早有准备，但开始时所有人都被搞蒙。准备工作不能说不充分。是的，他们看到那辆车停在银行门口，他们顿时肌肉绷紧（用埋伏在岗亭里的那个机枪手的话来说）。是的，他们也看到三辆自行车突然靠到骑楼的廊柱下，一辆在银行那侧，其余两辆在街对面，正是那张图上画出的位置。所有人都没想到，他们一跳下"配极"汽车，就朝银行门口扔出三颗炸弹，一人扔一颗。就在同时，从三辆自行车的位置也响起爆炸声，但那是鞭炮，大量的鞭炮，探长说，鞭炮一定是重新编结过的，只点一次就无穷无尽地炸过去。

这是一群手法极其业余的抢匪，他总结说，他们一定是还没开始抢钱就把自己给吓破胆啦。他们也根本没想到会有埋伏。警察在十几秒钟后开始射击，看起来他们对此毫无预计，穿越爆炸的烟雾冲进银行的三个人很快发现自己根本逃不出来，银行柜台后也有子弹射向他们，他们在台阶上的门厅里受到两方面的火力压制。

探长说，那以后，场面变得有些滑稽。三个骑自行车的家伙本来预备依托那些廊柱，为冲进银行的人提供火力支援，可他们刚拔出枪就看出情势不对。他们直接从骑楼下跑出来，趁着警察的枪还没完全对准目标，他们竟然跳上那辆车，扬长而去，他们竟然不去管银行里那几个家伙。

"他们朝敏体尼荫路方向逃逸。"像是要为探长的话做注脚，从西面的八仙桥方向传来密集的枪声。

"他们逃不掉的。他们冲不出敏体尼荫路。"少校望着混乱的爆炸现场说，银行台阶上是一道弹簧门，里头是个不大的门厅，那三具尸体就倒在这里，倒在那堆玻璃碎片里。其余在现场伤亡的普通市民，数量还未得到完整统计。

五 十 四

民国二十年 七月十四日
上午 九时二十五分

李宝义在维尔蒙路[1]的协泰烟兑庄停下脚步，从口袋里掏出那张昨晚赢来的钞票。簇簇新的中国垦业银行十元纸币，伦敦华德路公司印制。背面全是外国字，底下是银行老板的花哨签名。这是银行用来防伪的花样。从前，有家银行被人抢走一批还未来得及印上签名的钞票，结果是好久以后市面上还不断冒出几张墨迹暗淡的假签名钞票来。

柜台围着铁栅栏，他从孔里把钞票递给那宁波人。

"九块银洋钿，剩下来一块换成角子。"他喜欢听到裤袋里

----

1. Rue Vouillemont，今普安路。

银钱叮当响。

他在隔壁的馒头店买包生煎，他知道这是一家冒名的大壶春，有谁会去管这个呢？

他把找来的铜钱放在另一只裤袋里。他打算过会直接去马立斯茶楼听听风声，今天是法国国庆日，跑马总会特地加赛大香槟场[1]以示庆祝。他昨晚在牌局上手气大好，他认为这全都归功于他想出的那个好办法，所以他决定上午不出手，中午跑一趟，到水蜜桃的床上睡个午觉，下午再大杀四方。

在等那锅生煎出炉的时候，他听到隔壁烟兑店的无线电里在播新闻。他被那个名称吸引住——群力社，他听到过这个名字，他那会可吓得不轻。

他穿过爱多亚路[2]。这会还早，马路上空荡荡，一辆汽车都没有。他几乎走在车道中央，爱多亚路正好切在跑马厅路的弧形顶端，接壤处那两大片房屋就像女人的两条大腿，朝跑马场的方向分开。穿过那条二十来米长的夹缝就是跑马场。夹道左边是一家中医肾病医院，有人在街道中央古怪地造起一间公共厕所，李宝义听说跑马场老资格的赌徒在下注前，都会先来这里摸摸女厕所那边的门框，因为根据风水，此地阴气极盛。

马立斯茶楼就在街区那头的岬角顶端。李宝义直接跑到二楼靠窗口的座位，坐到鼓形的弯脚圆凳上。他要跑堂的沏一壶茉莉香片，他撕开被油浸透的纸包，又高声叫喊起来，让跑堂

---

1. 跑马总会的一种赛事。一般每年定期举办一次。但有时也可加赛。按照规定，大香槟赛的赛程为一又四分之一英里。
2. Avenue Edward VII，今延安东路。

再送一小碟香醋来。

他是这里的常客，偶尔可以在这里赊欠。可今天他不但不用赊欠，还想把欠账全付清。他要用银洋付清账目，今天他要装装阔佬。他掏出那叠银元来，仔细查看跑堂送来的账单，刚想拨出一枚来，忽然惊觉。他差点忘记——他把昨夜让他翻本的那枚跟今早兑出的混在一起啦。他可不能随意扔掉这枚宝钱，他把那叠银元一个个拿起来，放到鼻子边上嗅，直到他闻到那股熟悉的骚味。

账算完，他神气一清。让跑堂的到楼下给他拿来报纸。一个标题引起他的注意。他仔细阅读那篇报道，又看到一个熟悉的名字。报纸谨慎地向读者提供消息来源，说故事的提供者是租界里一份法国报纸的老资格记者，他的名字叫薛维世。他往茶杯里啐掉一口茶叶末，心里觉得小薛不仗义，如此爆炸性的新闻居然不先来告诉他李宝义。犯罪团伙，他又啐一口，他早就知道这帮人不是共产党，他又想起小薛在月宫舞厅里问起过的事。

他翻到跑马版，把那事丢到脑后。今天是大香槟赛，头等赛事，总会目前最有名的几匹赛马全都要出场。大香槟赛与普通场次不同，马票早在一星期前就开始发售。但李宝义并不着急下手——

澳洲马那一场，他已确定要买英国商人戈登的那匹"子弹"。那马虽是匹"鹞子"[1]，表现却相当出格。参赛以来总是一路快到

---

1. 比赛开始后总是跑到最前面的类型，往往后劲不足，最好的赛马很少有属于这个类型的。

底，就算跑这种一又四分之一英里的长程赛，李宝义对它也有信心。骑师安排得漂亮，哥萨克骑兵出身的沙克劳夫队长[1]是租界里唯一擅骑短镫的骑师，骑手几乎要蹲在鞍上。蒙古马一般用长镫，骑手用脚踢马肚子加速。澳洲马体型高大，驱策这种马需要操缰挥鞭，短镫骑手在马背上会更灵活些。

李宝义决定澳洲马那场只买独赢[2]，这场比赛，瞎子都能猜到赢家，赔率很小，就当是个彩头吧。他要在那场蒙古马的场次里赌一把大的。那一场他会买连位票，他会把口袋里最后一块洋钱都买光。他相信这一场会爆出冷门，他有机会赢到几十倍的赔金。要是运气好，要是今天的马报把老马勒那匹雪白的小雌马吹嘘得再疯狂些，他很可能赚上几百倍。一星期来他天天到马霍路，到那边的红砖马房里仔细观察。他相信那匹灰色的"幻影"会让所有人惊讶得眼珠都掉到地上。他相信它胆怯的毛病早已被治好。人家说它起跑时总是会被跳起的拦网吓得愣住，人家说它的肚子上出汗太多，可他亲眼看到马夫在它眼前挥舞绳网，它纹丝不动。他还亲眼看到马夫在把它牵到训练场之前，往它的肚子上泼水，好让簇拥在跑马场训练道栏杆旁围观的赌客误以为那是它的汗水。他相信"幻影"这次是志在必得，他还相信老马勒让他自己的儿子来骑那匹小雌马绝对是一步臭棋，他的儿子太胖，身体太重，他的马虽然名气很大，顶多只能跑第二。第一是"幻影"，第二是老马勒家的"白玫瑰"，

---

1. Captain Sokoloff。
2. Win ticket，下注者猜中第一名即为赢的赌票。

这一出谁都不会想到，这一出会让他赢上几百倍。[1]

他中午一定要再到水蜜桃那去一次。前天晚上他忽发奇想，把两枚银洋钱塞到她的裤裆里，当时她正睡得迷迷糊糊，他把这两块硬邦邦的银元插到那条湿乎乎的缝里，都没有惊动到她。那两块钱吸足她所有的阴气，果然给他带来好手气。他还要再这样来一次，这趟他要塞它十几块进去，大大赢它一回。

他觉得踌躇满志，他抬头四顾，望着茶楼上这帮将会把钱通通输光的烂赌客，望着这帮自以为懂行的马会记者。他看到一双眼睛，他心里一慌——

他以前看到过这个人。这是——他在脑子里紧急搜索这人的名字。他刚刚在报纸上看到过他的名字，这个人朝他的报馆里送来过一个牛皮纸信封，信封里有一颗子弹。这个人绑架过他，拿枪对着他，要他刊登一份声明。这个人——他叫顾福广。他想起那篇报道里的名字，他想起青帮里的传言，他想起那条据说是小薛散发出去的消息。他觉得这个人的眼睛在盯着他看，他不敢回视过去，他低眉垂眼，好像只要他自己看不到人家，人家也就看不到他。

他不敢喊叫，他知道人家有枪，他看不见人家的手，手在桌子底下。他怀疑那条右臂在微微移动，他怀疑人家的手已摸到那件夏布长衫的底下。他觉得胃里一阵难受，他想那包生煎实在是太油腻。他的喉咙口好像卡着东西，他想打嗝，可打不出来。他端起茶杯，可又把它放下来。他想他最好装出没认出

---

1. 连位的玩法因为猜中的概率更小，所以赔率比独赢大。如果是冷门，赔率就更大。

那是谁。他觉得自己神色慌张，掩饰得太笨拙，他想人家是什么人，怎么会看不出来……

他站起身来，朝楼下走去。他在楼梯上加快脚步。跑堂在楼梯口招呼他，他气愤地甩甩手，为什么不去招呼别人？招呼那个让他害怕的人，拦住他，好让他有时候逃走。他没有朝身后看，没时间，也没这个胆量。他匆匆跑出茶楼，向左边那条夹道拐去。街上人还是不多，早来的赌徒都在跑马厅路北边，在马霍路的养马房那头。街心的公共厕所旁围着一些人，他朝那方向跑去。他冲进厕所，在门口回头张望，看见那个人站在茶楼门口朝北面张望。他躲进厕所，心想这下大概安全啦。他觉得肚子难受，他打开一扇门，钻进厕所的隔间里，解开裤带，蹲坐下来，他的心怦怦乱跳。他拉不出来，不断放冷屁。他觉得心里冰凉。

他没听到脚步声。他只觉得眼前一亮，隔间门被人拉开。他勉强抬头，想朝人家微笑，可他挤不出笑脸来。他看到刀光。他觉得脖子一凉，好像有一阵风吹进他的气管，他叫不出声。他只看到自己的血淌在衣服上，淌到吊在他膝盖上的裤子上。他的手一松，腿一软，裤子又在往下掉，一直掉到脚踝上。他听到裤袋里银钱叮当，他这时只有一个念头——

那枚钱还在呢，我没把它用掉啊，运气应该还在啊……

临死前的一瞬间，他的鼻腔里浮现出一股熟悉的气味，是那枚银钱上的气味，是水蜜桃的气味……他看到眼前一道灰色的幻影漂浮而去，他想这是那匹马呢……

五十五

顾福广最担心的事果然发生。他不喜欢别人对他的描述。他觉得自己无论如何不能算是个骗子。他对那篇报道里的有一段特别恼火，说什么他被人堵在妓女的床上，赤身裸体地跳下床，当时他可明明还穿着短裤呢。最让他生气的是那个小薛，他对他不错，没杀掉他。他忘恩负义，朝报馆里写这种东西，他还跟林培文混在一起，把他的人手全都拉跑。那是他最好的人手，胆子最大，下手最坚决，不完成任务从来不逃跑。他会找小薛算账的，等这里的事情一结束。姓薛的一定是巡捕房的探子，必须以革命的名义处决他。

今早离开蜡烛店时，顾福广是故意留下那张纸的，信纸上画着行动方案的草图。他一回到蜡烛店就发现情况有变。原定集合的三个人迟迟不到，而那三个人全都是林培文小组的成员。他不知道危险会从哪个方向过来，但他确定蜡烛铺这个集合地点一定已暴露，他不能再用。他让所有人都离开。他要朴季醒杀掉冷小曼，他用手比画一下，暗示他用手掐死她，这样不会惊动八里桥路周围的邻居。冷小曼已证明她自己背叛组织，她的存在只会危害组织。让小薛以为是特蕾莎杀掉她的，那是最好的说法，当时他还想留下小薛一条命，他想他以后还要派这个人用场。现在看来，这个人已不能再用，对组织不能再用的人，尤其对可能危害到组织的人，应该尽快处决。

他在马立斯茶楼读到那段报道。他怒气上头，差点失控。他把双手按在腿上，告诉自己要调整呼吸。他刚刚平静下来，就看到那个流氓记者。他知道自己被人认出来。今天不知是什么日子，诸事不顺！他的怒气再次涌上来。他看到这家伙想偷偷溜走。

绝不能让他溜走！行动在即，绝不能出现任何意外！

他在厕所里干掉这家伙。没有人发觉。他轻轻关上隔间的小门，从半截门上方伸进手去，上好插销。他身上很干净，他下手很利落。他决定不再回茶楼。

马霍路被人群挤满。上午第一批赛马已牵过马路，从专用通道进入赛马场。售票口排成长龙，锡克巡捕紧张地来回巡视。人群散开一条缝，让骑警通过。天气炎热，穿着单薄，携带大量赌资的人都带着皮包，双手把包捧在肚子前面，免得小偷光顾。

他拐进德福里。弄堂深处大片空地，马棚就在那里。他早就让人租下一间，马棚在底下，楼上是办公室，有围墙。他声称自己是张家口来的大马贩。

朴季醒坐在门口第一间马厩，手里端着盒子炮。

人手不够，但他决定按计划发动。东面喧声如雷，他知道第一场赛事已开始。四周突然安静下来，似乎天空也在凝神屏息，似乎所有人都伸长脖子，以至嗓音变成细弱的气流，轻轻地吐出来，融入这片安宁当中。潮水般的人声再度响起，他猜想第一匹马已进入最后四分之一英里的冲刺赛道。

决战的时刻——他想。今天几乎可以算是他顾福广决战的时刻。他会一战成名，从此以后，所有人都会害怕他！赛马总会大楼不仅是吸取海水般涌来的现金的巨大洞窟，更是这块租界里绝无仅有的象征物，它的权势，它的金钱，它的渴望。它始终处于这块租界的心脏地段，它也的确正是租界的心脏。他要在租界的心脏上射进一颗炸弹，爆炸将会让它休克。白俄女人卖给他的东西绝对是天赐神器，它穿透目标的致命方式，正可视作对今天这场伟大行动的一种隐喻，穿入目标的心脏，然后——爆炸。

他上楼巡视，确定马棚里没有一张当日的报纸。他看到墙角有一台无线电，他打开后盖，拔掉最粗的那根真空管。他看到那摄影师坐在沙发上，摄影机和三脚架堆在沙发旁，他朝看守点点头。

现在，他要调整呼吸，安静地等待……

下午三点，烈日当空。顾福广让朴季醒把卡车停在华格臬路[1]和维尔蒙路的拐角上。二点钟时，他听到东边敏体尼荫路方向传来爆炸声和枪声。

计划中的佯攻已发动。他让人在法大马路的中国实业银行营业所弄点动静出来。要弄出大大的动静，好把法租界分区捕房的巡捕吸引过去，他们会在敏体尼荫路设置封锁线。可枪声不久就止歇，他暗自咒骂，该死的林培文，该死的薛维世，他们把他最好的人手都带走，剩下的都是一帮乌合之众。

二点三刻，他看见一队汽车驶过。最后两辆卡车上站满法国士兵，戴着宽檐头盔，夏季短裤军装，绑腿，手里拿着各色

---

1. Rue Wagner，今宁海西路。

军号。他知道这是在法国公园里参加检阅的士兵。他猜想前头那列小车队一定都装着法租界的权要人物。他们要去跑马总会观看最后也是最重要的一次赛事。报纸刊登的消息说，最后一场赛马将在三点半出圈，届时参加阅兵的法国总领事、法国分遣队司令官、公董局各位董事都将莅临赛马厅大楼。他希望这帮人都在，最好这帮家伙都坐在头等包厢看台里，好让他向他们发出一个明确的讯息：他——顾福广，在上海！

三点十五分。他敲击驾驶室后窗，命令朴季醒启动引擎。卡车朝维尔蒙路北端缓缓移动。卡车左侧，靠近驾驶室的位置，遮盖车斗的油布篷打开一条缝，那台35毫米摄影机的镜头从那条缝里伸出。

一分钟后，目标从爱多亚路冒出头来。

第一辆是带炮塔的装甲警车。第二辆是一辆小型厢式卡车。他知道第二辆车也重新加装过钢板，这是一辆装甲运钞车！里头满载着当日跑马总会赢来的赌金！根据报载消息，平常日子总会单日盈利可达十万块银元。像今天这样的大香槟赛事，顾福广相信那跑马场里至少有五十万洋钱在涌动，他相信这辆运送现金的装甲卡车里至少有价值十万以上的各种钱币。这是当天第一辆运输车辆，在最后一场赛事结束前悄悄出门。把跑马场当天净盈利的主要部分送往金库。他将对这辆车发动攻击——

设置在维尔蒙路左侧沿街住宅二楼天台顶上的火力点已准备就绪。那是白俄女人卖给他的武器。他仅凭图纸就一眼认出这种武器，他在苏联的枪械课程上看到过各种照片。这是一种看似机关枪的武器，用可分开的两腿支架支撑，但它发射的

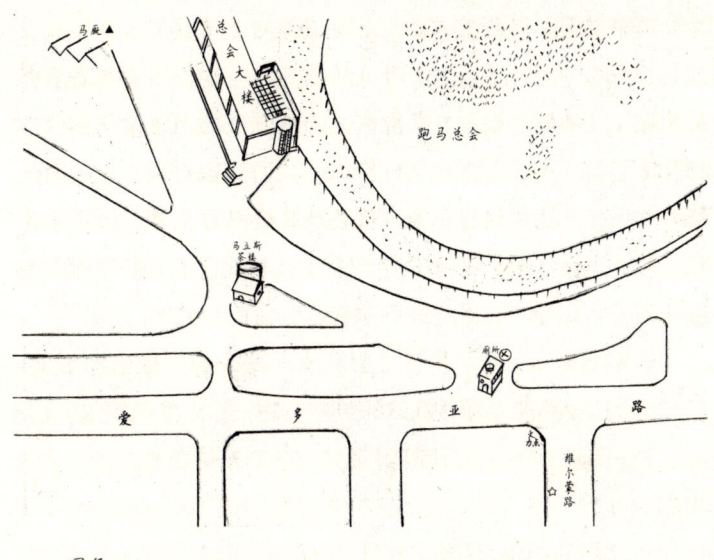

图释

▲ 集合处

Ⓧ 李宝义被杀处

☆ 伏击点

【赛场及周边环境示意图】

不是子弹，而是一种炸弹！他不知道如何用中国话来给这种武器命名，他相信这东西尚未进入中国的武器市场。关于这件武器，最让他兴奋的一部分（那也是让他真正开始策划这次行动的最初诱因）是它可以在枪筒上安装一种特殊的炸弹，一种——可以射穿钢甲的榴弹！它可以打到目标的心脏里！然后——爆炸！

可惜的是，他没有多少时间训练射手。在吴淞口外，他让人把浮标放进海中，让他们把船开出五十米外，让他们趴在船舱顶棚上（实际行动中会采取俯射的角度），让他们对着浮靶发射实弹。他要确保成功，他不吝惜这种昂贵的炸弹。无风时，所有炸弹全都击中目标（他挑选的都是最好的枪手），可一旦有风，浮靶开始漂移，射手命中率就大大降低。他们不熟悉这种瞄准器，他们也不熟悉炸弹刺向目标时的运动轨迹。

这不要紧——这在预计之中。他选择维尔蒙路发起攻击正是考虑到这种情况。他跟踪观察过跑马总会运送车辆的行车路程，他知道车子要从这里穿过爱多亚路——这条公共租界和法租界的分界马路。他知道车队将在这里拐进维尔蒙路。他觉得租界里这帮外国佬真的是一群自大狂，他们从不担心有人会对他们下手，他们从不考虑变换行车路线！

他知道公共租界和法租界遵循两种不同的行车规则。汽车在公共租界内按英制须靠左行驶，可法国人不理那套，公董局规定要靠右行驶。

（顾福广无法获悉的是，公共租界工部局和法租界公董局此时正在商议统一交通规制，未来上海所有的车辆都要靠左行驶。新规定将在这一年的年底颁布，不久以后，南京政府将在全国推行汽车左行规则。）

装甲车队从公共厕所东侧夹道出来，在爱多亚路交叉街口中央弧形转弯。当它转入维尔蒙路时，要在道路左侧街口短暂停顿——

租界里的有识之士早就对此类状况颇有意见，两个租界的行车规则必须统一。以这个路口为例，维尔蒙路右侧行驶的车辆由此进入爱多亚路时，要换到左侧行驶，这会造成相当混乱的局面！有些急于转入爱多亚路左侧车道的司机，常常在尚未抵达街角时，就开始向左打方向盘（爱多亚路车行密集，这样做可以让他稍稍节省排队挤入车流的时间）。如此一来，就会与从北向南挤入维尔蒙路道口左侧街角车子相遇。顾福广发现，装甲车队驶过这个路口时，尽管拉着警笛，司机还是会格外小心，他会停下十几秒钟，以免一头撞上那些毛里毛躁的司机——装甲车上装有大量现金！

阳光酷烈，照在装甲车上。钢板上涂着血红色的油漆。护卫车的炮塔上架着机关枪，枪手躲在车里。顾福广从布篷缝隙间盯着运输车的车厢，镜头在他颌下从左往右轻微平移。一旦打开机器，摄影师好像就忘却恐惧和疲倦。密封车厢呈四方形，顾福广看见钢板上有两排平行的铆钉，他在等待——

阳光把街道照得煞白，没有看见发射管喷射的火焰，在爆炸声震动他耳膜之前，他只看到护卫装甲车的钢板被撕开，炮塔整个被炸裂，炮塔盖腾空而起，卡在路边的梧桐树枝上。随后——

爆炸声渐次响起。沿着爱多亚路向北，然后是跑马厅路，马霍路，几秒钟内，所有的鞭炮都开始炸响！他在沿路安排爆炸位置，点燃大量鞭炮，他需要这种效果，他还要让它们像古代的烽火台那样传递讯息！最后，最剧烈的爆炸声在跑马总会大楼里响起，那才是致命的炸药，真正的炸药，在贵宾看台的下方，在那间厕所里！

他看见朴季醒跳下驾驶室，他要冲向那辆运输车，他要打死那辆车上所有的人，他要驾驶那辆满载金钱的钢板车，把它开走！预定的计划是由朴把钢板运输车开到甘世东路摄影棚，在那里一直等到天黑。天黑以后，把车悄悄开到肇家浜岸边，那里有一只小船在等候。

胜券在握，他回头看看摄影师，等他空下来，一定要好好欣赏这杰作。他一点都没想到——

他看到运输车厢钢板右侧裂开一道缝，他忽然想到那两排铆钉——他看到黑洞里闪现一张惨白的面孔，他看到机关枪口的火焰，他看见跟在朴身后的那两个人倒在地上，他看见朴掏出毛瑟手枪，双手挥舞，好像跳进河水前那一瞬间，他看见朴的肩膀被成排的子弹撕裂，手臂在他的身体倒下之前就落到地上。

他看到所有人都在向后退，从弄堂里冲出来的，从卡车里跳下去的，他咒骂，这帮乌合之众！他感到怒火沿着颈侧的血管冲向太阳穴，耳根下的皮肤不断跳动，好像怒火要从那里爆炸。他提起车斗角落里的武器，他调整呼吸，手在稳定地装弹。他端起它来，根本不用瞄准，他掀开油布篷，射出穿甲炸弹。他看到车厢的后半截整个被掀开，冒出一股浓烟。他掏出手枪，跳下车斗，冲向驾驶室。驾驶室里的人已被震晕。他拉开车门，把手枪里的子弹全打空。他用膝盖把尸体顶向一边。他发动引擎。他顾不上等别人，他顾不上等自己这边的卡车，他甚至顾不上那架摄影机里的胶片，装甲车发疯一般向南疾冲……

有一瞬间，他有些为朴难过。他想他已失去一个最忠心耿耿的手下。也许甚至可以说是他的兄弟……他不止一次想到过这个：他当初用匿名电话把朴的哥哥送进巡捕房，断送他——其实是想要顶替那个死鬼的位置吧？

他看不到身后，他看不到身后车厢已被炸成半截，他不知道那些银元水一般倾泻到地上，沿着他驶过的路线一路流淌。他不知道整个法租界的居民将为之狂欢，他不知道整整三天以后，法租界市政管理处下属的清扫工人还能在街沿的水沟缝里挖出一块又一块银元。

五 十 六

民国二十年　七月十九日
下午　三时二十分

事情过去好几天，颜风还是惊魂未定。那天他扛着摄影机和三脚架，趁乱离开维尔蒙路。他在烈日下狂奔，不知自己是从哪里来的这股子力气。他在外国坟山[1]旧城墙似的大门前拦住一辆黄包车，让车夫把他拉回甘世东路摄影棚。

他在亭元坊弄口看到很多汽车。他没敢进去，他看到巡捕房的大队人马。叶明珠裹着戏里穿的浴衣冲出弄口，跳上汽车匆匆离开。

---

1. 后改造成淮海公园。

他该怎样对巡捕房说呢？别人又是怎么说的呢？今天下午他被人用枪逼着干这桩加班活儿，他觉得这可没法向巡捕房说清楚。

从前他跟着北伐军，一路拍过战场。剪成新闻短片，在租界的电影院里搭配美国片一起公映，国民党中宣部驻沪办事处编审组艺术股为此还给他发过嘉奖令。可他拍的那些东西都是假的。没人要求他真的钻进枪林弹雨里。说实话，那台35毫米摄影机，要让他扛着爬坡蹚河，还真办不到。那些新闻电影是让士兵们表演出来的。甚至事先都设计好剧情，敌军尸体让北伐军士兵横在地上装扮，穿着从战场上死人堆里剥下来的军装，连衣服上的子弹洞都是现成的。

可那天下午他拍的那卷胶片，所有尸体全都如假包换。躲在摄影机背后，他确实有一种虚幻的感觉。子弹打在墙上，砖块如风化般绽放，碎屑不断向外溅射。跌倒的中弹者在地上抽搐，血从来不是喷出来的，而是像番茄酱从软袋里挤出来。爆炸的声音震耳欲聋到如此地步，他的耳朵反倒一片宁静，嗡嗡声如同在某个一千公尺深的洞穴中回响。装甲车炮塔像是崩裂的蛋壳，可是撕裂的、边缘卷起的钢板看起来更绵软，相比起来蛋壳倒是脆硬的。从镜头背后的观景窗里他能看见子弹打在钢板上溅起的火星，在那种白炽的阳光照射下，他本该什么都看不见。

他后来才知道这些人是共产党。出发前，他们在马霍路的马房里宣誓，在他的摄影机前发表声明，誓死向帝国主义和反动派进攻。他还拍下他们的党旗、镰刀和斧头。

前些日子，他给花二姊妹公司拍的那些神怪剧让人送到上海特别市电影检查委员会，被他们强令修改，三番五次送审，最后虽由公司高层疏通放行，可他拍的那些最漂亮的场景却惨遭删剪。从那以后他就觉得共产党讲的很多东西也有一定道理。说到帝国主义，去年那帮电影界人士闹过一场。那部进口电影《不怕死》[1]里头包含侮辱中国人的情节和镜头，有人在电影院里演讲，有人到电影院喊口号示威，他也跟着一起闹事。结果他这个跟在后头摇旗呐喊的却被巡捕房抓进去关半天。以他个人的观点，就凭那部电影也该打倒帝国主义。

他热爱摄影机，热爱拍电影。这两条里无论哪条似乎都能给他理由，让他心安理得跟着人家跑。他不想让别人摆弄他的摄影机，再者，人家又不是让他去干别的。

可事后他却开始害怕。他怕巡捕房审问他，发生这样的事，人家想给他安个什么罪名就能给他安上。人家要是说他通共，把他往江苏高等法院一送，他少说也得关上个十年八年，说不定赶上剿共高潮，直接拉出去枪毙。

他要黄包车掉头离开。

他不知道该不该把那卷负片冲洗出来。说实话，他对这件作品并不满意。他没有助手，这帮家伙对电影一窍不通，甚至连装卸胶片的暗袋都没带上。他站在卡车上，机位太高，纵深不够，摄影机不断晃动，强烈日光会让大部分背景一片灰白。可他不敢把光圈调得太小，他怕把这帮家伙的面孔拍得太暗，他猜想他们更喜欢自己的形象在电影里显得更光辉些。曝光过

---

1. *Welcome Danger*。

度会把一切都搞砸，可他只好赌一把。他也没带上沃特金斯曝光表 [1]。那只老宝贝还在那件外套口袋里，挂在摄影棚的椅子上，那可是他千方百计托人搞来的。

可他知道在他平生拍过的胶片中，这一盘是无与伦比的，它真实，它比他亲眼看到的那种致命武器更真实。他给的镜头全在拍摄距离的两极，全景，特写，全景，特写，他希望能表现出当时那种瞬息万变的局面。

他不敢去公司上班，他打过电话，有人告诉他，叶明珠受到惊吓，宣布暂时在家中休息。公司只好暂停这部电影的拍摄工作。公映日期看来要延后，那不要紧，因为报纸上刊登的惊人消息会让这部电影将来更卖座。第二天夜里，他强忍住想要毁掉这盘胶片的冲动。那很容易，赛璐珞胶片的主要成分是硝酸纤维，只要一根火柴……

昨天夜里，他正在看报纸。他坐在窗口，天气潮湿闷热，云团压得越来越低，闪电悄无声息地划亮夜空，一场雷雨势在必然。

他没听到门锁拨动的声音。等他抬起头，他看到一个人站在门后，穿着帆布雨衣，背影很眼熟，那个人轻轻掩上房门，扣紧门锁，合上保险。转过头，斗帽一直遮到眼睛上方——

他被那副玳瑁架茶色水晶眼镜弄得有些迷糊，没敢认。十几秒钟后，他确定就是那个人。那个首领。他最新作品里的主角，他手中那张报纸上的明星。报纸上说，他的名字叫顾福广。

---

1. Watkins Bee Meter。

报纸轻轻落到桌上——

"我来要我的东西。"这个人说。

"胶片不在我这里。巡捕房……"他不敢把东西交给这个人。他猜不出人家想要拿这东西做什么。悄悄收藏起来当作某种纪念品？对靠不住的记忆提供担保物？他想象人家拿它去公开放映，他自己的名字赫然出现在演职员表中——通共罪名成立，判决颜风有期徒刑十年……你竟敢不承认？那好吧，判处颜风死刑，立即执行。

"颜先生，"他带着一只皮包，好像哪家贸易行的跑街。他把包放到桌上，拿出烟盒，拿出火柴，又拿出一支手枪。他把枪也扔到桌上，"这几天我一直看着你。你没上班，天天躲在家里，巡捕房也没来找过你。东西还在你手里。"

这是一部委托制作的电影，你，颜风，作为摄影师，你无权把它藏起来。你竟敢不把它交给顾客，你竟敢意图吞没。那好吧，我们将会宣判你死刑，你无权申诉，立即执行，枪就在桌上，一分钟后执行，也许只要三十秒钟……

"东西不在这里。在公司——它很难保存，天气太热，会粘到一起，图像会融化。它很容易燃烧。它还要冲洗出来，还要剪辑，还有记录声音的唱盘，要一格一格对准……"

"冲洗？"

"拍好的是负片。一打开就会曝光。必须先冲洗才能装到放映机上观看。"

"那没问题，我可以陪你去公司，现在就去，你当场把它冲洗出来。"

我们要像一对老朋友那样，去你的公司，去拿到那盘胶片。我确实需要那盘胶片，你不给我，我会对你发脾气的。现在，你要穿上衣服，高高兴兴跟我一起出门，去你的公司。他觉得自己找不出理由来拒绝人家，拒绝这合理的要求。

"可今天办不到。我需要助手。公司的冲洗技师早就下班。"

对方在思考。暴雨突然落下。窗外的街道瞬间变得模糊，雨水如白色幕布般笼罩，与柏油路上蒸发出来的湿气混在一起。一阵电闪雷鸣过后，天空突然宁静下来，只有雨点落在地上的声音。

"很好。那我明天来找你。"

他没有威胁颜风。他的眼睛在茶色水晶镜片背后闪烁不定，他把手枪收回包里，动作缓慢。他轻轻离开，关上门。

雨还在下，窗外水声交织，颜风如同在梦里。

今天上午，他决定偷偷找公司的冲洗技师把负片冲洗出来，那是他合作多年的老友。这是礼拜天，公司里很安静。他在剪辑台边上的小型放映机上观看，洗出来的东西让他俩全都看得入迷。他觉得无须剪辑，他觉得录在蜡盘上的声音根本无须与胶片同步，那一大段声明正好可以作为画外音，反复播放，配合这部长达二十分钟完完整整的纪录电影——他一共用掉五盒四百英尺长的胶片。这胶片的每一帧都如此逼真，他可不舍得剪掉它们，连空白镜头都不舍得。这是他拍过的最好的电影，这辈子他恐怕没机会再来一次，事实上，他但愿别这样再来一次。

他一遍又一遍观看，长期训练养成的挑剔习惯开始占上风，他动手剪掉几段，让画面显得更流畅些。有些动作一到胶片里就好像变得比较缓慢，与他记忆中的激烈场面相比，看似不够迅疾，他剪掉几格，把它们跳接成一连串电光火石般变幻的杀戮场景。

门房在窗外喊叫，是在叫他。他走过去拉开窗帘——

是巡捕房的人！穿警察号衣的法国人站在车旁，另一个是中国人，便衣。他抬头望望颜风。门卫在指给他看楼梯的位置。他再次产生一种如梦如幻的感觉。

他们终于来找他啦。这一刻，他觉得自己的摄影生涯总算宣告完结。他想他最后这部作品，无论如何是最好的。有人在对他说话："颜先生，我们知道你手里有一盘胶片，是巡捕房正在寻找的重要物证。跟我们走一趟吧。"

五 十 七　　　民国二十年　七月十九日
　　　　　　　　　　晚　九时三十五分

在薛华立路警务处大楼西北角上那间禁闭室里，小薛被关到第四天，这才看到萨尔礼少校。之前的三天里，他已弄清状况，少校本人自身难保。他后来才知道，这次内部调查由法租界警务处的麦兰总监亲自主持。

他的身份现已确认，属于政治部马龙特务班招募的特别警员，虽然他并未经过任何考试，他也从未在设在河内的法国殖民地警察学校上过课。他相信少校坚持这种说法，绝不仅仅是在替他考虑。

在反复多次的谈话中（没有人会把这称为审讯），小薛坚决不肯改口的一点是，他事先从未获悉过顾福广将要抢劫跑马总会装甲运输车的情报。实际上，在这个问题上他并未说谎。他从未对与他谈话的官员提起过少校那些话，那些有关"惊天动地的大事件"之类的话，这也不算欺骗，人在想起过往的谈话内容时，总是会有偏差的，过分清晰的记忆通常都会证明为添油加醋，无中生有，很可能是幻觉。他真正瞒掉的事与特蕾莎有关——军火交易，那种武器。这当然也不算说谎，因为根本就没人来问过他。他担心过，可后来发现别人一直不曾提出这个问题，他想大概是少校从未向人说过此事。很多年以后（那时他和少校的关系已介于一种老朋友和老同事之间），他提起过这事，少校说，他当时不认得这种武器，他以为是一种机关枪，他想找军火专家鉴定，可事件发展得太快，那几天里他忙得晕头转向，这件事被他丢在脑后，没有立刻去办。这时候的小薛早就见多识广，他怀疑少校当时故意把武器的事丢开，可能是另有意图。但他老练地把这想法藏在心里。

他决定不把林培文和共产党的事告诉少校。一来人家对他不错，二来他可不想再惹麻烦。至于冷小曼，他认为在金利源码头的刺杀事件中她牵扯太深，无法洗清。目前巡捕房被整个事件搞得焦头烂额，还顾不上她，在他们想到她之前，最好是逃离上海。他想他自己也到该离开上海的时候啦。他现在有一笔钱。他多生个心眼儿，一进禁闭室，就把顾福广让他转交特蕾莎的那张支票卷成香烟大小的纸卷，翻开皮鞋的汗垫，在靠近脚跟的地方挑断缝线，挖个口子，把支票从那里塞进鞋跟的空隙里。他决定只要离开警务处大楼，头一件事就是去银行，兑现这张见票即付的票子。免得账号万一被查封。然后他要去公济医院看望一下特蕾莎，他觉得自己又怕见她又有些想见她。无论如何，就为这笔钱，他也该去见见人家。

他满怀憧憬，期待着他将要与冷小曼一起度过的未来日子。也许先去海防，随后坐船去欧洲，或者美国，但他不知道这笔钱够不够他把家安在美国的。

少校在宽慰他，让他回家休息一两个礼拜，然后来政治处上班。他当然不会把自己的想法告诉少校，他想少校给他放的这假期，岂不正好给他提供足够的时间啦？两个礼拜，他可以安排好所有事情，买好箱子，订好船票。

他在公济医院看到尚在半昏迷阶段的特蕾莎，阿桂陪侍在单人病房。几分钟前她醒来过，喃喃说过些什么。他握着她的手，没说话，没有回答她。不久她又睡着。

他在医生办公室找到那位德国医师。手术很成功，她会再活上五十年的，人家告诉他，可那颗子弹造成无可挽回的损失。幸亏有那条腰链，幸亏那个大金坠子挡在前头，可也正是这坠子带来那种遗憾。子弹打在坠子上，从坠子的一侧滑过去，钻进特蕾莎的腹部，钻入她的子宫，她再也不能怀孕生孩子。

他在病床前握着特蕾莎的手，感觉到她手指的抽动。他没有立刻离开医院，他在那里一直等到天黑。

那天晚上在福履理路家中，他没能说服冷小曼。他甚至连提到那事的机会都没有。冷小曼像换过一个人，他不知道在他被警务处关禁闭的这几天里，她的身上发生过怎样的变化，他只觉得她好像在哪里彻底清洗过一番，突然变得振作起来。随后他就明白过来，他的那个计划很可能无疾而终。

他还不懂得为什么党对冷小曼有如此大的影响力。她说，所有的一切都是顾福广害的，她以前是受骗上当，可现在她找到真正的党组织，她有一种重新活过来的感觉。他告诉她，他想离开上海。她沉默——

"为什么你不能留下来呢？你可以帮助我们。"她说。

"我能帮你们做什么？"他觉得意兴阑珊。

"你是好人。你应该做我们的同路人。"她借用他以前说过的大话，她在提醒他。

他再次觉得她像他看过的哪部电影中的女演员。可他至今想不起来那是哪部电影。他有种隐隐的感觉，好像她是个刚刚度过某种周期性低潮阶段的女演员，又再次恢复活力，再次容光焕发，再次站到舞台上。她曾短暂丢失那种形象，也许因为疲倦，也许因为某种突如其来的精神崩溃，他不知道他更喜欢哪一个，是眼前这个光彩夺目的形象，还是那个迷惘、不知所措、顾不上整顿自己（甚至有些邋遢）的形象。他觉得这两个他都爱不释手。

"我能帮你们做什么呢？"他再次问道。

"眼下就有一件重要任务——"他觉得有些好笑，她已不知不觉使用"任务"这种字眼。

"顾福广在那次抢劫行动之前，绑架过一个电影公司的摄影师。他让这个人拍下整个过程。党组织找到几个受过他欺骗的同志，得知这一情况。那盘胶片对党组织会造成严重危害。顾福广在电影里冒充共产党人发表声明。必须找到这盘胶片，销毁它！党组织得到一些情报，万一这盘胶片落到帝国主义分子手里，后果不堪设想。"

"什么后果？"他的心思还在别的事情上。

"内线同志报告说，租界里有些帝国主义投机商人企图把顾福广做的事继续栽赃到共产党人头上。为他们增兵上海找到借口，他们想把整个上海变成完完全全的殖民地！"

计划是让小薛以巡捕房政治处特务班警察的身份去找那个摄影师，让他交出胶片。这计划的另一优点是小薛本身是摄影师，是内行。

小薛找到马赛诗人，让他开着巡捕房的警车陪他跑一趟。萨尔礼少校对马赛诗人说过，小薛有特殊任务，小薛无须告诉他内容，只要向他提出要求。他们找到摄影师家中。不在。他们要开车到电影公司。门房说，他在剪辑室。

此刻，东西就在客厅里，在桌边的地上，一大堆。冲洗好的负片，可用于复制拷贝的正片，记录声音的蜡盘。

他们在等待林培文。他要把这堆东西带走，交给组织上审查，然后销毁。

昨天夜里下过一场暴雨。

今天，白天仍是烈日当空。到傍晚，台风前锋抵达上海。屋外风雨交加，钢窗锁扣在不停晃动，冷小曼在厨房收拾碗筷，小薛打开一盒冲洗好的胶片，一格格观看，时不时咋舌惊叹。

冷小曼手拿毛巾走出厨房："下雨天不知……"

她突然站停,望着门锁——

门锁在转动。他抬头看看她,又转头盯着门。

房门猛地推开。一条黑影站在门外,帆布雨衣的斗帽压得很低,是顾福广!

枪口在他和冷小曼之间移动。雨水滴在地板上,很快就形成一个圆圈。风一阵比一阵紧,拿枪的手紧绷着,人却像是在思考。小薛觉得顾福广有些疲惫,他甚至觉得老顾有些伤感……

小薛朝他微笑:"老顾……"

他刚想说话,顾福广就作出决定,他转过枪口,朝小薛扣动扳机。

"不……"冷小曼突然尖叫,凄厉的声音压过窗外台风的呼啸,压过钢窗的撞击声,她扑向小薛——

尖叫声让老顾的手指延迟几秒后才扣紧扳机……

枪声响。尖叫声戛然而止。小薛像是能听见子弹钻入冷小曼身体的声音,他无法形容这个声音,这声音像是从他自己身体内部发出的,子弹像是钻入他自己的身体。

他抬头望着顾福广——

顾福广被眼前的景象弄得有些迷惑,像是想起一些往事,他的眼神中似乎带着一丝伤感——

小薛摸到胶片盒底下的手枪,那是冷小曼的手枪,那是别人送给她的手枪。上午她把枪交给小薛,让他带着去执行这件任务。子弹是上膛的,晚饭时冷小曼已打开保险,当时他还在心里暗自笑话她像演戏,笑话她作出誓死保护胶片的姿态,笑话她和她的组织把这堆胶片看得如此要紧——

他从未开过枪，他看见过很多开枪的场面，他拍过很多这样的照片。他生平第一次开枪射击，他连续扣动扳机。

顾福广倒在那摊雨水里，倒在那个雨水画出的圆圈，那是他自己画出的圆圈。

子弹射入冷小曼的心脏，她在抽搐，像所有小薛看到过的中弹者那样抽搐……

她一定感到疼痛，小薛搂着她，望着她紧皱的眉头。他像是能感觉到她身体的疼痛。

她的大脑开始缺氧，现在她的疼痛渐渐在消失，她的眉头慢慢舒展开来。她的嘴唇在动，她在对小薛说话，可他听不懂她在说什么。她不停地说着，有一刻，小薛觉得他能听懂她的话，他甚至觉得她说得比平时要真切得多得多，要真切一万倍。他觉得这一刻，她一点都不像是在演戏。她的神态变得越来越疲倦……

尾 声　　　　　　民国二十一年　二月七日

炮弹击中意大利巡洋舰利比亚号。这四颗炸弹，以及在两个租界中发生的多起爆炸事件，加上日军派出身穿平民装束的便衣队，在租界中袭扰商业区，攻击普通市民（导致中国军队同样派出便衣士兵在租界里搜捕日本间谍和被日方收买的汉奸）。这使躲在租界各种俱乐部里坐山观虎斗的欧洲商人们终于意识到，这是一场真正的战争，谁也无法在上个月二十八日深夜发生并延续至今的这起军事冲突事件（在外交函件中它被含蓄地称为"上海危机"）中置身事外。

驻沪外交使团联合约见吴铁城市长。齐亚诺伯爵（意大利驻中国代办）请利比亚号船长到讨论现场，向与会各方陈述调查结果。炸弹穿透甲板，幸运的是一颗都没爆炸——当时船上大多数人都在熟睡。

很快就找到那几颗未爆炸的三英寸炸弹，弹身刻有中国制造的标记。弹道分析表明，炸弹全部是从中国阵地方向射来的。正在上海负责调停争端的原田男爵[1]（东京某位重臣的私人秘书）对此多少有些幸灾乐祸。

大上海市政府的吴市长郑重表示，首先，他对战事波及中立国，使之遭到财产损失感到深切遗憾。他承诺中国军队将会谨慎避免同类事件的发生。但同时，吴市长再次向各位总领事抱怨，这难道与在座各方允许日本军队在租界调动军队一点都没有关系么？日本陆战队在租界码头登陆，日军前线指挥部设在租界，撤退日军在租界里休整，日本海军旗舰就停泊在利比亚号旁边。我们难道能够绑住那些在前线自卫的中国士兵的手么？

---

1. Baron Harada。

这起误伤事件要是发生在平时，他们怎会善罢甘休？可这会——尽管驻上海的各国军队总数有上万人，尽管黄浦江面上停泊着几十艘重炮巡洋舰，尽管驻马尼拉的美国海军舰队随时可以出发，四十八小时内抵达上海，受到伤害的中立各国代表竟全体默然，就这样让事情悄悄平息。历来在与南京的各种争端上，他们从未表现出如此限度的忍耐。有什么办法呢？连日来，他们对这块土地上前所未有爆发出的民众爱国热情，对中国军队突然表现出的战斗能力印象深刻。

萨尔礼少校站在薛华立路中央捕房门口，陪同警务处总监迎接客人，只有在重要场合，他才会穿上这套高级警官礼服。大门里侧，全体外籍警员分列三排，头戴镶白圈黑色钢盔，步枪上肩，等候来宾检阅。虽然日本军机近来频频进入租界上空，商业区多次遭到炸弹"误伤"，薛华立路沿街仍有少数好奇市民围观，人群聚集在捕房西侧花园的铁栏围墙外，冬日阳光照在花园八角小亭的琉璃瓦顶上，平添一股安详懒散气息。街对面那家小店的"Heng Tai & Co."[1]招牌下站着几个小孩，好像在游戏途中突然被警察持枪列队的景象吓得愣住，动作突然凝固，停顿在刚刚嬉闹时的位置上。

客人是公共租界日本驻军司令，由日本领事馆一等秘书泽田[2]先生陪同前来法租界警务处，目的是讨论战事延续期间法租

---

1. 恒泰杂货公司。
2. Sawada。

界的公共安全问题。

少校意气消沉。自从上个月二十八日午夜，日本海军陆战队突然向闸北江湾中国地界多处发起攻击以来，租界里大多数白人都日渐消沉。可少校的萎靡不振来得更早，七月里那起震动上海（甚至惊动巴黎朝野）的事件发生以后，他深切预感到租界未来的悲剧命运（他曾对此极为乐观），欧洲白人在亚洲殖民地的悠闲岁月终将变成一种美好记忆。没人会为此责备他，但他却在自责。他觉得正是像他这样肩负重任的一些人，无视时代的变化，坚持早年那一代冒险家的老套做法，以为单凭机变权谋就可以操控成千上万的中国人，就可以把租界牢牢掌握在手中，随意吸取这块土地上的财富，才导致这样的结局。

警务处主楼台阶处，值班秘书匆匆奔下，疾步跑到门口，把一纸电话记录交给警务处总监。麦兰总监看完后，递给萨尔礼少校。电话是从日本驻沪领事馆打来的。电话记录上说，原定今天上午十时泽田先生访问法租界警务处的行程已取消。原因是今晨八时三十分左右，两颗炸弹落到日本总领事馆东北墙内侧，虽然并未造成伤亡，但日本方面认为外交官出行安全无法得到保障。警务处值班秘书收录此件后，旋即电话各方作简单咨询。公共租界的马丁少校告诉他，那两颗炸弹是从黄浦路紧靠领事馆的一处货栈房顶上投入日本领事馆的。

毕杜尔男爵坐在法国总会酒吧间里看报纸。窗户紧闭，窗外草坪干枯稀疏，梧桐只剩下光秃秃的树枝。室内还是温暖如春。

他被报纸上的漫画吸引。意大利人马里奥的时事讽刺画。

背景是一幅上海地图。一架飞机悬挂在地图上空，正朝着地图扔炸弹。地图东北角早已被炸成一个大洞，一股强风正在把飘浮在空中的大批炸弹吹向地图西南部，吹向他——以及他的合伙人斥巨资囤积的土地上。

直到战事爆发后的第三天，毕杜尔男爵才认识到事情的可怕。在此之前，他多少有些幸灾乐祸。去年秋冬以来，他和他那帮土地投机商私下里始终抱有此种观点：认为要是日本海军陆战队真的能出手教训教训南京，倒也不无益处。在日本领事馆的招待酒会上，他甚至以微妙的方式向那位泽田先生表示，租界里很多像他这样的外国商人都觉得，先进的亚洲国家完全可以在租界大家庭里多担负一些责任。说到底，日本海军如果仅仅是想要炸毁南京政府以大上海计划之名在市区东北角上兴建的新城，所有人都会从中得益啦。

三天前，他亲眼看到乘坐汽车的日本便衣队朝人群扔出炸弹。他看到弹片割破路人的喉管，看到卷成一团的肠子从腹腔里滚出来，灰尘裹着肠子，看上去像是一团裹着面包屑和绛紫色果酱的条状奶油。毕杜尔男爵握着他朋友（一位眼界开阔的地产投机家）的手，眼看着他的脖子像一根破管子，噗噗向外吹着黏稠的红色气泡，眼看着他断气。

林培文和秦俟全趁着军舰炮击的间歇，乘舢板越过苏州河黄浦江交汇处的花园湾，沿着堤岸进入黄浦江南段，从南市的码头上岸。步行横穿中国地界，来到法华民国路。法租界已被军警封锁，那些穿过市区的港汊，在靠租界岸边拦起通电的铁丝网，铁网背后还停着装甲车，架着机关枪。道路闸口也彻底关闭，以阻挡潮水般拥入租界的难民。在这种时刻，他们还能自由出入租界，全靠那幢房子的特殊地理位置。当初租下这幢房子做联络点，谁也没想到它还会带来这项便利。这幢弄堂房子地处法租界，可它的东厢房窗户却面对华界，租界巡捕没顾得上在法华民国路拦一道封锁线，只在民国路几条交叉道口关闭闸门，架设路障。他们在窗口挂一条绳梯，便可轻易进入租界。今天凌晨，他们悄悄沿同样路线进入黄浦路那家货栈，爬到屋顶上朝日本领事馆扔进几颗炸弹，此举是为报复日军派出便衣队袭击普通市民。

前两天，有传闻说日军即将袭击南市，中国地界的居民发疯般冲过来，想要躲进中立的租界，在巡捕房的机关枪和装甲车前他们停住脚步。林培文当即决定，利用这道绳梯，尽可能向那些躲避战祸的普通市民伸出援手。从这条绳梯悄悄进入租界的难民少说也有几百个。

小薛刚从皮恩公寓出来。通过特蕾莎的白俄帮会管道，他现已查明那个白俄商人的藏身之处。此人把自家洋行的卡车出租给日本便衣队，在租界内戕害普通市民。其1359号车牌被人记住，报告到巡捕房。小薛将此情报转告南京驻上海的特别机构，同时也将此情报转告给他的老朋友——林培文。两方面派去的人都没找到那个白俄，他已早早躲避，只有从俄国人自己的小圈子才能打听到他的下落。

半年来，特蕾莎一直在养伤。她像是死过一回，觉得内心变得比从前更坚硬。很久很久以前，她就受过锻炼，她那柔软的妇人心肠早在大连、在星ヶ浦[1]水上警察局的日本监狱里被锻炼得像冰柱一样冷，像钢块一样坚硬。那些往事不仅改造她的性格，甚至改造她的记忆。从那以后，无论是向别人述说，还是夜阑人静时告诉自己，她的回忆总是像出自虚构，有时候美好得像是幻觉，有时又惨淡得像是一场梦魇。她并不憎恨日本警察，尽管那些家伙用酷刑折磨她，逼她，要她交代出雨果把钱藏在哪里。她也不憎恨雨果，那个德国人——她不得不告诉人家时，说他是个金发的奥地利人。Hugo Irxmayer，这个给予她姓氏的家伙，她跟他在一起时，他从未告诉她，他是个海盗。在北方中国海域抢劫过往货轮，丝绸、煤块，从南满铁路的码头上岸，卖给日本商人。直到大连的日本警察闯进门，她一直都是个快乐的白俄女人。他们在她的箱子里找到一支枪，恩菲尔德皇家左轮手枪（很久以后她才获悉这种武器的标准名称）。她没有告诉他们，因为她实在是不知道。直到出狱后，才有人跑来告诉她，红发雨果在枪战中被击毙，他确实留给她一笔钱，还有一堆珠宝。

小薛的脚步声在电梯间那头消失。

半年来，她心中始终藏着一个疑问。她隐约记得，在医院里，在她还处于半昏迷状态时，她问过小薛。

有一笔钱消失不见。一笔巨款——小薛至今未向她交代清楚。顾福广的暗杀组织向她购买昂贵的德国军火。按照事先约

---

1. Hoshigaura。

定的方案。小薛应该在拿到支票后才启动交货程序。与送货人接头，方法是灯光信号。信号的次数和频率她只告诉过他一个人。不见到支票绝不发出信号。

可她仍旧喜欢他的中国肋骨……紧紧贴在她身上，贴在她小腹部仍旧隐隐作痛的伤口上。

窗外，从东北方向再次传来枪炮声，这声音让她亢奋起来。

　　这故事在其雏形时——也即在其尚处于一个模糊的、雾状的，只有隐隐约约几个黑影在背景里晃动的阶段——一个八月的炎热早晨，一个没头没脑的、连我们自己都尚未察觉其含义的句子跃然纸上（如同从黄浦江东岸穿透江面浓雾照在上海档案馆阅览室东侧靠窗口桌位上的一道光线）：

　　起初，引起萨尔礼少校注意的是那个白俄女人。

　　我们绝无自称自赞之意，这不过是一句大实话。一九三一年，警务处政治部的萨尔礼少校面对法租界纷繁复杂的局势，试图理清头绪，抓住破解悬案之谜的蛛丝线索。他通过阅读旧档案，找到这个白俄女人。将近八十年后，我们坐在档案室内，（与少校一样）尝试构建发生在一九三〇年代初上海法租界的一系列事件的轮廓模型，同样通过阅读历史档案，我们一开始就发现这个女人。

　　法租界警务处政治部的文书确曾为她建立起一份卷宗（尽

管它显然带有殖民地法国官员那种懒散的、马马虎虎的风格）。日军侵入上海后，该卷宗仍保存在理论上归属法国维希政府管辖的法租界当局手里。直到一九四三年，汪伪政府正式宣布收回法租界管辖权，卷宗当然随同法租界警务处的其他所有重要文件一起，转到伪警察局档案室内。我们相信，日本侵略军驻上海的特工部门（即我们常常说的特高课），以及汪伪特工总部（即人们常说的"76 号"）一定曾抽走该档案内的一些关键文件，以配合他们随后对该女军火商人展开的复杂而成效不彰的调查。当然，另外还有一种可能（总会有另一种可能的），我们的薛维世先生（无论此前还是当时，此人一直在该部门位居显要），出于他私人的各种目的（或者国家利益），同样很有机会把卷宗内的重要文件秘密取走并销毁（即便他有收藏的意愿和可能，我们大概再也无法找到）。

众所周知，中国军民的抗战胜利是在一九四五年，这卷宗随即由光复后草草组建的上海市卢家湾公安分局接收。一九四九年以后，卷宗的接管单位是中华人民共和国上海市卢湾公安分局。作为一个历史研究者，我们必须体谅新生的、物资贫乏的国家和政府管理部门对于历史档案的处理方式——有些时候，如何节约利用物资要比合理利用历史信息更迫在眉睫。纯粹是由于纸张供应严重匮乏，共和国的公安人员不得不利用旧档案（那些看来不太具有现实价值的文件）的空白背面，以书写对他们来说更紧要、更须记录的事件。如此一来，这卷宗就被拆散，没有人会关心写在那些纸张背后的、已由（主要由投诚的国民政府军政特工人员组成的）情报咨询委员会鉴定过的，并被确认为无用的历史信息。我们相信很多相关文件已被撕碎、卷成一团，消失在纸篓里。一部分信息至今仍藏在主题全然与其无关的文件背后（因为重新装订粘贴归卷而难以被研究者发现）。我们曾发现过一页文件——在一份有关建国初工商业资本家内反动分子的举报记录背后。那页文件被翻折过来重新装订，并用劣质胶水黏合。因为天长日久而脱胶，我们这才有幸发现它。在档案馆严格的调阅规则下，我们不得不小心翼翼从上下两端挑开那页合叠的纸，确保不去破坏装订线，凭借靠窗座位比较明亮的光线，一字一句把这份残页的内容抄录下来。

不过当然，卷宗本身还是保存下来。最后它随大量历史档案一起，被有关方面转交给上海历史档案馆，由该馆的专业人员鉴别入库收藏。而到这时，这卷宗也只剩下残篇断简，案件的相关证据链再也无法建立起可靠的逻辑关系。（卷宗名见附注。）

从这个意义上来讲，摆在读者面前的这本书仍应被视为一部虚构小说。我们相信作者在某个凉风习习的夜晚（风里带着夏日特有的腥臭味），一时兴起，随心所欲就捏造出一起电影摄影棚绑架案。我们更有理由怀疑那些存在于人心深处的欲望、那些还在头脑中酝酿的复杂计划，作者如何能猜得透？我们的确能看到作者用心叵测地转换视角，以使假想出来的人物动机和行动计划欺骗性地带有一种混沌模糊的风格，在这里透露一点，在那里闪烁几下，引诱读者相信他在历史信息不足时的擅自虚构。最难测度的是人的情感因素。薛维世先生和白俄女军火商之间到底有几分是（属于人类最美好最善良的）情感？有几分是诡诈的互相利用？薛和他的另一个更加天真的情人冷小曼之间发生的事，又有多少是出于当事人愈演愈烈的情场表演呢？

假设真的有一个公正的历史法庭，我们要指控作者仅凭五六份相互之间缺乏逻辑关系的文件，妄图向陪审团构想出整个案件的过程。证据链缺乏完整性，由书面的间接证据来推论，缺少坚实可靠的论证基础。法庭将不予采纳。其实，有关薛维世先生（以及他的白俄情妇）的故事随后的发展变化本身也会提供一种例证。如上所述，由于历史档案的人为丢失，薛维世先生在"孤岛时期"处于各种复杂势力逼迫下采取的主动（或被动）行为，在上海光复后遭到国民党当局的严格审查，同样由于档案的缺失，这项审查最后毫无结果，仅凭萨尔礼少校的一份不太可靠的宣誓证明就草草收场。

但人类从来不曾生活在那个魔法世界里，在魔法世界里（就像在那部电影里），魔法师有一部可以无限对折展开的书，他所有的举措行动、所有最微妙的心理变化都将在事发同时记录备份在那本书里。如果有那样一本魔法书，不仅历史学家要失业，小说家也同样要失业。

1. U731—2727—2922—7620 卷宗:

   **法帝国主义警察处特务部对一组暗杀和贩卖军火事件的调
   查报告与分析、剪报、关卡及房屋搜查记录、照片、指纹
   编号目录相关页摘录、要人登记册相关页摘录。**

   涉及主要人物: IRXMAYER THERESE[2]

   在一张照片的背后我们看到一个名字: Weiss Hsueh。显然,
   这就是我们的薛维世先生。翻过来再次仔细研究照片, 我
   们这才发现, 照片的右下角有一个大半身被切在画框外的
   人影。他背朝着照相机, 浅色外套, 左手伸向自己的面孔。
   我们据此猜想他有揉鼻子的习惯, 他的面孔随着手势稍稍
   偏向左侧, 我们因此能看到他美丽的下巴。由于焦距是对

---

1. 相关档案卷宗摘要。因篇幅所限, 我们不打算在此抄译这些档案的全文。有兴
   趣的读者可与本书的出版商联系。
2. 加黑字体为直接引用原档文字。

准白俄女军火商，他的身影相当模糊，看不出胖瘦程度，即便如此，这也是我们所能找到的唯一一张薛维世先生的照片。

2. 一份文件残页

描述：这些纸张有可能在一九四九年解放后从上述卷宗内抽出取作他用（作为一项节约使用战略物资的临时措施）。但也有可能它从未被归到上述卷宗内（考虑到殖民地法国官员的工作态度和作风）。这是一份由英国情报部门转到法租界警务处政治部的报告，内容涉及大连日本租界水上警察对活跃在中国海域的一群欧洲海盗的一次搜捕。我们确实在文件内隐约看到 Therese 的字样，而 Hugo Irxmayer 的字样在一个括号内，括号上画出一个箭头，指向用黑色墨水写在页边的巨大问号。

3. 事实上，除那张照片外，在相关档案内找不到任何与薛维世先生有关的文件。以他在法租界警务处政治部的地位，确实有能力清除所有涉及自己的与不法行为相关的文件。但最后，我们在逃往台湾的国民党情报系统退役特工人员于八十年代后以回忆录为名发表的文章内找到线索（这些文章想必曾受到台湾有关当局的严格审查删改，其未被允许公开发表的部分至今仍保存在某个档案库内）。根据这些线索，我们翻阅到"孤岛"时期驻沪日本侵略军特高课档案。

在光复后上海卢家湾公安分局的其他档案内，看到一份法语手写的证明信，仔细辨认信件底部花哨的字体，正是大家所熟悉的萨尔礼少校。信件内甚至提到薛维世先生与那名白俄女军火商的接触，声称薛的所有活动都是在他本人授意下进行的。我们还在法租界警务处工资登记册内查到薛维世先生不断得到提升的职位和收入，他受到的各类奖励和表彰（甚至包括由率舰队视察上海的法国海军上将对其授勋的一项记录），我们在许许多多的搜查记录和报告内看到他的签字。

4. 在一九三一年春夏之交的上海中外文报纸上，能够查阅到很多与顾福广的暗杀团有关的消息，虽然语焉不详，有些纯属记者闭门造车胡编乱造，但所有报道的指向仍很明确，显示在那个时间段，顾与他的暗杀团体，确实在上海租界居民的内心造成极大震撼。查阅现已解密的英法外交部官方通信文件汇编文献，在相关时间段内，有几条涉及"上海自由市"和"租界频繁发生的暗杀活动"问题的来往信件，信件是由驻沪英法总领事（由驻北京的外交代办处首长附签或转呈）对伦敦和巴黎的外交部发出的述职报告。相关文字常常只是出现在主要报告的附录便条内，反映出外交界人士在处理敏感问题时的喜好和习惯做法。

5. 关于殖民地欧洲人那种老式的谋略（三十年代欧洲列强的绥靖政策是这一传统策略符合逻辑的延续）：以上海为例，

我们观察到国民政府的"大上海发展计划",其地理位置的中心恰好处于这座城市的东北区域。这与两租界的外国地产商以越界筑路方式向上海的西部、南部发展形成冲突。事实上,一·二八事变后,上海东北部正在进行中的、由国民政府"大上海计划"主导的城市基础建设几乎毁于一旦。而就在战后不久,西区越界筑路呈现越来越兴旺的趋势,大量资金涌入,建造新式的道路、住宅、商业建筑、大型娱乐设施,高级休养院。当然,没有任何现存的档案文献可以证明我们对于这些现象的推测。

6. 有关顾福广、林培文、冷小曼等人的事迹,只能找到零星的片言只语,想必这些至今仍属不可公开的保密档案。如果作者在这里俏皮地说道,这做法其实倒是给小说虚构一块很大的空间,读者不会怪罪他吧?